本书为2014年度浙江省社科规划第二期后期资助项目"徐訏小说的诗性品格研究"（14HQZZ014）及2013年度台州市哲学社会科学规划立项课题"徐訏小说的诗性品格研究"（13GHB10）成果。

徐訏小说 的
诗性品格研究

金 凤◎著

中国社会科学出版社

图书在版编目(CIP)数据

徐訏小说的诗性品格研究 / 金凤著 . —北京：中国社会科学
出版社，2016.10
ISBN 978 - 7 - 5161 - 8801 - 9

Ⅰ. ①徐… Ⅱ. ①金… Ⅲ. ①徐訏(1908—1980) - 小说研究
Ⅳ. ①I207.42

中国版本图书馆 CIP 数据核字(2016)第 196817 号

出 版 人　赵剑英
选题策划　慈明亮
责任编辑　慈明亮
责任校对　闫　萃
责任印制　戴　宽

出　　版　中国社会科学出版社
社　　址　北京鼓楼西大街甲 158 号
邮　　编　100720
网　　址　http://www.csspw.cn
发 行 部　010 - 84083685
门 市 部　010 - 84029450
经　　销　新华书店及其他书店

印　　刷　北京君升印刷有限公司
装　　订　廊坊市广阳区广增装订厂
版　　次　2016 年 10 月第 1 版
印　　次　2016 年 10 月第 1 次印刷

开　　本　710×1000　1/16
印　　张　15.75
插　　页　2
字　　数　251 千字
定　　价　58.00 元

序

　　这是一部关于现代作家徐訏的小说艺术论的著作。最初，我知道 20 世纪中国文学中这位有着传奇色彩的作家名字，是 1949 年以前第一部现代文学断代史《中国抗战文艺史》的文学史家田仲济先生曾在 1948 年写过一篇《通过封锁线的洋场才子——追记徐訏的为人与为文》的长文。大约在 20 世纪 80 年代初，我读到这篇文章，记得开篇这样写道"那是远在胜利以前了，一个青年从敌伪统治下的平津跑到了大后方，我问他敌占区的文化情形，最畅销的是些什么书，他毫不迟疑地回答说：徐訏的《鬼恋》《精神病患者的悲歌》。那时徐訏的十几本东西也正在大后方风行一时，一个作家的作品可以通过封锁线，在炮火相向的两个后方同时畅销，在中国也许并不足为奇，在外国是颇费人解的事情罢？"① 田先生与徐訏可谓同时代人，抗战时期，田先生在重庆写作杂文，而抗战初期，徐訏从法国回到沦为"孤岛"的上海开始卖文为生，多投稿于《西风》月刊和《中美日报》。1941 年太平洋战争爆发，他辗转到了重庆后，在国民党的《扫荡报》上连载四十万言的长篇小说《风萧萧》，有人回忆说，当时每天"重庆渡江轮渡上，几乎人手一纸"②，都在阅读这部连载小说。徐訏堪称"文坛鬼才"，1943 年还有"徐訏年"之说。20 世纪 50 年代初他便迁去香港定居，1980 年逝世。然而，当时在读研究生的我翻阅王瑶、唐弢、刘绶松几位先生分别撰写的中国现代文学史著作时，均没有发现该作家的名字，图书馆中也难找到徐訏作品的大陆版本。徐訏的成名和新中国成立后在文坛多舛的命运与 20

---

　　① 田仲济：《通过封锁线的洋场才子——追记徐訏的为人与为文》，《语文学刊》1993 年第 1 期。

　　② 彭歌：《忆徐訏》，陈乃欣等著《徐訏二三事》，尔雅出版社 1980 年版，第 249 页。

世纪中国社会特殊的政治文化语境不无密切关系，长期以来，中国文学中有一批现代作家受到冷落，诸如后被海外学人发掘的"出土文物"沈从文、张爱玲、钱锺书等。与他们不同的是，徐訏重新在中国文坛的复出，不是先有"海外版"而是大陆学者严家炎先生的研究。20世纪80年代中期，严先生在北京大学讲授和撰写《中国现代小说流派史》，特别注意到40年代徐訏小说在文坛的一度风行和其独特的小说风格，并首次将徐訏、无名氏命名为现代小说一支独特的创作流派，即"后期浪漫派"。在这部著作中，严先生通过解读作家作品认为徐訏"终其身是个浪漫主义的小说家"①，充分肯定了徐訏在现代小说史上应有的地位，尤其推进了现代作家徐訏重新进入文学史的研究。再后来，20世纪90年代初，青年学者吴义勤博士在他的硕士论文的基础上，出版了大陆第一部系统研究徐訏的学术专著《漂泊的都市之魂——徐訏论》。此后，对现代作家徐訏的关注和其作品的学理性探究逐渐扩大。20世纪90年代中后期与21世纪以来，可谓是徐訏研究在中国现代文学界从未有过的兴盛，不仅有大量关于徐訏人与事的文章及创作研究的论文问世，而且高等院校里一批现代文学研究生的硕士、博士学位论文深化了徐訏研究。在徐訏100周年诞辰之际，2008年上海三联书店出版了16卷的《徐訏文集》和吴义勤、王素霞合著的《我心彷徨——徐訏传》。至此，一个多产而有着独特个性的现代作家徐訏，才真正还原为一个历史人物的客观存在，并作为文学史常态的研究对象。这在令人欣慰的同时，也不无历史弄人的感叹。

这部书稿是金凤博士在她的博士论文的基础上整理、修订而成的。金凤同学2009年硕士研究生毕业应届考入南京师范大学攻读博士学位，回想当初，她的博士论文选题的确定和指导的过程多有些感慨。应该说，选择徐訏小说研究不是我的命题作文，也不是她的首选目标。金凤同学入学以后，我针对她应届生科研积累相对比较薄弱的情况，没有强行限定她选题的研究方向，而是让她自由读书写作。希望她抓住年龄小没有其他负担，多读书多积累，以重点阅读现当代文学作家作品和文学史第一手的报刊史料入手，逐渐找到自己有兴趣的研究目标。在南京师范大学三年读博的日子里，金凤同学是勤奋刻苦的，随园校区的图书馆

---

① 严家炎：《中国现代小说流派史》，人民文学出版社1989年版，第302页。

和教室里留下了她学习的身影。在同届同专业研究生中说她读书的痴迷和认真的话，时常有传到我这里来。但是，金凤同学的博士论文的选题并不顺利，一波三折。最初，她确定研究 20 世纪 40 年代的中国文学，却困惑于找不到有价值的学术切入点。后来她与我谈，20 世纪 40 年代的作家似乎有一种"焦虑"的精神现象值得研究。我也曾经指导过一篇类似选题的硕士学位论文，现在她有心将此问题研究做得更深入些，自然我也就没有反对。可是，最终她拿出来的选题论证报告，对该问题的理解和研究方案，显然多有先入为主的"硬做"。在开题报告会上，导师组也几乎推翻了她选题论证的可行性。整个博士论文发现问题和论证选题的过程，用她的话说一度几乎到了"精神崩溃"的边缘。

接下来，在她已经有了一定的 20 世纪 40 年代中国文学的阅读经验和资料收集的基础上，我只能够引导她缩小选题范围，鼓励她文学阅读的兴趣，发挥她文本解读之长，避其文学史宏观研究之短。金凤同学虽然经历了一段开题的不顺，但是没有放弃，没有松懈，努力重读作家作品。一天，她来找我，说决定研究 20 世纪 40 年代徐訏的小说创作。当时，我仍然有疑虑，并未正面回答可否。一方面，我觉得单一作家作品论应该是硕士研究生阶段的选题，并且现代作家研究起点很高也难以出新。作为博士研究生应该有开阔的学术视野，很强的专业问题意识，才能够在文学史研究方面作出新的突破。在她之前，我指导的博士研究生的论文选题大都是文学史思潮流派整体研究，或某种创作现象的研究；另一方面，我又觉得应该鼓励她深入阅读作家作品，以期有一些新感悟和新收获。于是，提醒她 21 世纪以来徐訏研究成果甚丰，须进一步扩大徐訏作品的系统阅读和仔细分析已有研究成果的长短，从中真正找到新的学术生长点。

这就是"徐訏小说的诗性品格研究"当初选题诞生的过程。金凤同学真正通过阅读而生成的学术话题，既是在对徐訏小说一种特殊艺术个性的领悟中得到强烈的写作冲动，又是在全面清理前人研究徐訏小说中获得了新的思考与极大信心。近 20 年，徐訏研究在还原作家真实的人与事、文学史地位的重评、创作风格上的流派定位、小说雅俗兼容的独特叙事模式和其语言风格的剖析等这些方面均有着长足的进步。金凤同学最终选择从"诗性"这个角度切入徐訏的小说创作，力求在这一角度的关注下深入揭示一个自由主义知识分子在特殊年代下的心理遭际。在这种视角的观察下，徐訏许多不受关注的作品都从不同程度暗示了作者内心的思想与感悟，通过这种对其内在精神层面的分析，希望能够还原文学史上一个真实、立体的徐訏。这一思路和研究目标的确立，显然是有她自己的研读心得的。后来，金凤同学为求证自己的思考，在论文总体框架的设计上颇花了一些精力。现在，摆在我们面前的这部书稿，我觉得有两个方面的努力可以见得她对此前徐訏小说研究的推进和深入。其一，真正走进徐訏小说创作的世界，把脉作家创作的血络和律动，直逼文本内部机体去寻踪和建构徐訏小说的诗性文体之存在。作者提出徐訏小说诗性文体建构的叙事、构造、语言的元素特点，除了细致入微地深入具体作品中解读外，更注意到徐訏小说诗性的个性特征，并在与现代作家如鲁迅、废名以及同期同风格作家无名氏等小说创作比较分析中呈现，尤其通过作品思想主题的透视，寻求其文体风格的内在意义，探究徐訏小说中诗性蕴意着的个体生命体验，藉此思考着人的命运、人的存在意义以及一种对人类终极价值关怀的历史理性。这样就使得对徐訏小说诗性文体的认知超越了艺术形式的意义，而展现出一种风格即人格统一的主体思想的哲学追问，深化了徐訏小说的本体研究。其二，作者进一步深入徐訏传奇的生活经历和全部创作世界，通过探究作家生成于中外文化场域而包孕丰富文化因子的独特小说艺术之源，解密"诗人之思"、自我人性、灵魂拯救的生命独语，所反映的是一个独立的艺术个体之存在。作者对徐訏精神世界关于儒道文化传统和西方现代哲学、心理学的厘清，虽然有些宏观，但是在认知作家思想基础、精神成因缘由上不无启发性。正是由此完整地揭示了一个边缘的知识分子的生存状态和精神追求之来龙去脉，从而完成了立体还原小说家徐訏"这一个"的文学史典型作家个案的预设目标。

显然，无论当时的论文还是现在的书稿，并非说金凤同学这一研究的课题已经做得尽善尽美了。整体上而言，该成果对徐訏小说研究的推进平稳而务实，作者只在追求面对历史，面对作家作品，真实地叙述和阐释自己心中的现代作家徐訏，自始至终以脚踏实地、平易朴素的姿态，在认真地做这一学术研究工作。我觉得这一态度比强说什么"创新和突破"要重要得多，尤其对于一个刚刚走进学术天地的青年学者来说更是如此。金凤同学第一部学术著作即将出版之际，希望我这个最早了解她做此课题的"知情人"能够给写几句话，我第一反应就是年轻人的学术成长需要积极扶植和大力支持，因为我们每个人都是从幼稚走向成熟，其间的过程最需要的是鼓励，再鼓励！为此，我十分乐意而真诚地写了上述的想法，但愿金凤同学不要怪罪我的啰唆，更不要给最有发言权的读者产生阅读的误导。

　　权为序。

杨洪承

农历乙未年初于金陵龙江小区外秦淮河畔

目　　录

绪　　论

"左不逢源右不讨好著作十数卷当代竟无人评说，春葬落花秋葬落叶笔耕四十载后世自必有公论"①，这副挽联是香港《东西方》月刊的主编寒山碧先生于1980年徐訏逝世时敬献的，它生动而准确地揭示了作家徐訏及其作品在中国文学史上的遭遇。但事实上，徐訏却是一位在现代文学史上曾轰动一时的作家，"也是全才，小说、新诗、散文、戏剧样样都来，也样样都精"②，尤其是小说，在20世纪三四十年代的中国文坛就已声誉斐然，1943年还被称为"徐訏年"。1950年，定居香港后的徐訏仍笔耕不辍，在近半个世纪的创作生涯中留下了总计五百多万字的小说作品。但就是这样一位产量颇丰的作家在20世纪90年代以前的中国大陆却很少得到关注，在80年代编撰的现代文学史和现代小说史中，即使是偶有提及也多有贬词，如有的研究者认为徐訏的《风萧萧》与陈铨的《野玫瑰》同属"特工文学"③，还有的认为徐訏"以'战国派'为同道，和荆有麟一样，在那里写颂扬'特工'的特务文学"，"危害最大的，是他那部近50万字的《风萧萧》"。④ 吴义勤曾对这一现象分析时说：

> 文学史上常常有一种非常奇怪的现象：赢得了广大读者的许多作家，却得不到评论家的认同。评论家所把持的文学史毫不留情地把这

① 寒山碧：《香港需要文学批评》，寒山碧编著《徐訏作品评论集》，香港文学研究出版社2009年版，第3页。

② 秦贤次：《江湖行尽风萧萧》，陈乃欣等著《徐訏二三事》，尔雅出版社1980年版，第7页。

③ 黄修己：《中国现代文学发展史》，中国青年出版社1988年版，第612页。

④ 赵遐秋、曾庆瑞：《中国现代小说史》（下），中国人民大学出版社1985年版，第795—796页。

些作家放逐出去，他们只好无奈地寂寞、沉沦几十年。徐訏正是遭受过这种不幸的一位作家。①

事实上，徐訏自成名之日起就遭受到了评论界的冷遇，香港学者陈封雄曾在《忆徐訏》中回忆了同时代的人对徐訏小说的评价：

　　徐訏当时是既遭主张"文艺为抗战"一派的批判，又受"为艺术而艺术"的京派的蔑视。在四十年代，他是个被热烈议论过的作家，有人说他是"洋鸳鸯蝴蝶派"，说他是"黄色小说家"，说他毒害了青年，教唆青年走向颓废，甚至于说他破坏了抗战的士气，帮了敌人的忙。另一些人则赞扬他，说他开辟了中国小说写作的新途径，说他是纯娱情小说家，情节设计能手，说他的作品能深刻描述爱情与人生，能消除人间苦恼，是使人微醉的美酒……②

这种褒贬悬殊的评价明显源自评论者所持的迥异的文艺观，处身于20世纪40年代内忧外患、烽火连天的民族危急关头，强调"文艺为抗战服务"的功利主义文学观自然占据了历史的前台，因此，徐訏虽然得到了读者的认可与欣赏，但由于其小说较重视个体的存在及其价值等形而上的追求在当时显得很不合时宜，评论界应者寥寥。在为数不多的评论中，批评声明显高过褒奖声。如他的小说《鬼恋》，在1936年发表之初就曾轰动了上海文坛，在1941年更是被上海国华影片公司拍成电影后在各大影院放映，影响甚巨。但即便如此，批评声也不绝于耳，先是辛雪在《中美日报》上发表影评，认为《鬼恋》主题晦涩，使读者难以把握作者意旨以致误解，得到的正面启示微乎其微，认为作者不如说得更明白些。此外还指出小说有逃避与消极的缺陷。③而到了1944年，程帆在《微波》杂志上发表文章《鬼恋与人恋——关于徐訏著〈鬼恋〉的题材与主题》中也同样提到了《鬼恋》的消极避世，同时还把矛头直指男主人公乍露的

---

① 吴义勤：《漂泊的都市之魂——徐訏论·前言》，苏州大学出版社1993年版，第1页。

② 陈封雄：《忆徐訏》，《徐訏纪念文集》，香港浸会学院中国语文学会1981年版，第105页。

③ 辛雪：《鬼恋》，《中美日报》1941年10月22日。

享乐倾向以及女鬼既轻佻随便又严肃认真的矛盾态度，最后甚至武断地认为徐訏是在挥发废物污染别人。① 除此之外，徐訏的《风萧萧》也遭到了诸多的批评，如1948年老白的《论洋场才子的"唯美恋爱观"——评徐訏的〈风萧萧〉》认为徐訏故意以独身主义与精神博爱来掩饰其风流堕落、不负责任，甚至还指摘其小说播弄"爱情只是人在爱自己的想象"等所谓的哲学是在故弄玄虚，以幻想为手段制造美感与欢娱，把伪饰当成腐化的资产阶级生活的必备品，而徐訏则在此不断堕落。还进而认为，这种现象要到社会改革之后才能清除，但此时应该警惕被其所骗。②

　　而到了1949年以后，文艺的合法性来源于与社会主义意识形态的一致性，徐訏"不合时宜"的创作很快受到冲击。1955年7月22日，国务院发出《关于处理反动的、淫秽的、荒诞的书刊图画的指示》，掀起在全国范围的书籍查禁、收换运动。上海市根据书刊内容及流传情况，分三类进行处理："查禁类：反共反人民等涉及现实政治的反动书刊；社会公认的淫书、淫画及露骨描写性行为的书刊；宣扬特务、强盗、战争及反动会道门的书籍。收购调换类：内容荒诞的神怪武侠书；传布色情、腐化堕落生活方式的图书；严重宣传反动思想及一般涉及现实政治的反动书刊；内容离奇恐怖的侦探书刊；宣扬间谍活动及帮会组织的书刊。"③ 在上述标准下，徐訏的部分书籍赫然在列，如其中对他的小说《一家》的收换理由是：写日寇来后苟延残喘的地主家庭的无聊生活。而对《鬼恋》的查禁理由则是认为它描写了一个歇斯底里的怪女人：神怪、恐怖、荒诞。并且，文化部还曾专门发出通知：为了肃清反动、淫秽、荒诞的图书，请各省市文化局在审读图书时，对于徐訏、无名氏、仇章、张竞生、王小逸（捉刀人）、蓝白黑、笑生、待燕楼主、冷如雁、田舍郎、桑旦华、冯玉奇、刘云若、周天籁、耿小的、朱贞木、郑证因、李寿民（还珠楼主）、

---

　　① 程帆：《鬼恋与人恋——关于徐訏著〈鬼恋〉的题材与主题》，《微波》1944年第1卷第1期。

　　② 老白：《论洋场才子的"唯美恋爱观"——评徐訏的〈风萧萧〉》，《大公报》1948年1月27日。

　　③ 《1955—1956年处理反动、淫秽、荒诞书刊工作及对私营书摊铺的安排改造》，《上海图书馆事业志·附记》，上海社会科学出版社1996年版。

王度庐、宫白羽、徐春羽21人编写的图书特别加以注意。① 这也成为徐訏在大陆文学界长期被封杀的重要原因，其书籍也自然而然地成为"禁书"。而在港台文学界，直到1980年徐訏逝世，才开始了对徐訏小说的公正评价。而大陆直到20世纪80年代末才断断续续地出版了徐訏的作品及对他的评论，诸如从流派定位、传奇色彩、雅俗融合、情爱母题等层面关注他的创作或把他放在整个20世纪文学史格局中来进行观照等。

应该来说，上述对徐訏的评论更多的是从外围来界定徐訏的小说创作，但事实上，徐訏的整个小说创作更多的是面向个体内心的一种写作，他曾说过："一个一生只从事于写作的作家，他的生命与作品就成为无法分割的东西，我的作品有多少成就是另一个问题，其足以代表我的一个诚实淡泊勤劳的生命则是实在的。"② 与此同时，徐訏也是一位才华横溢的诗人，他六岁就开始尝试写诗，青年时代由诗歌的创作开始文学的起步，一生共出版了《借火集》《灯笼集》《进香集》《鞭痕集》《未了集》《待绿集》《幻袭集》《四十诗综》《轮回》《时间的去处》《原野的呼声》等多本诗集，直至逝世前还有评论家回忆说他都在创作诗。诗歌不仅是他喜爱的文体形式，而且成为他构筑生命的一种方式，甚至他的一生就是一首漂泊的诗，并且终其一生都在寻找人类"诗意的栖居地"。因而，他更多的是以一种写诗的方式在创作小说，所以有研究者指出，"他的诗作在思想倾向上也与同时的小说呈同一基调，理想主义的歌咏中也有悲观主义的哀叹，'内容多属于个人情感抒发'，'充满了人生悲剧中的忧愁、悲哀、叹息、不平……'"③ 这也就是我们在他的小说中能感受到那种浓浓的诗意的原因所在了，而到了后期，面对香港的商业化环境和自身的命运遭际，徐訏开始更多地思考人的终极归宿、人的生存意义等问题，这种思考典型地反映在了《彼岸》和《时与光》中，他开始把神和上帝正式引入了其文学中，并认为只有真正建立了人与神之间的联系才能恢复人的本真存在，走出世界之夜。而这种对人的存在和命运的关怀让徐訏的小说充满了一种浓郁的诗性色彩。因此，在笔者看来从"诗性"这一角度关注徐

---

① 《文化部关于续发处理反动、淫秽、荒诞书刊图画问题的指示》，《中华人民共和国出版史料》第8卷，中国书籍出版社2002年版，第2页。

② 徐訏：《〈全集〉后记》，《徐訏文集》（第10卷），上海三联书店2008年版，第138页。

③ 吴义勤、王素霞：《我心彷徨：徐訏传》，上海三联书店2008年版，第207页。

訏的小说创作显得尤为重要，这种从"诗性"的角度关注作家的创作能为探讨"作家（知识分子）的精神世界提供一个内在的'窗口'，正因为一个作家对诗学形式的感知、体验、表现、创新往往是在一种不自觉甚至是无意识的状态中完成的。所以，比起以往的从内容→创作主体的研究路线，这样从诗学形式→创作主体的研究路线更具有说服力"①。但事实上，从"诗性"这个角度关注徐訏的小说创作却是一个薄弱环节，因此有必要引起研究者的重视。

一　关于"诗性"概念的界定

在目前的现代文学研究中，小说的"诗性"问题已成为一个常见论题，但却往往框定在比较固定的几个作家的作品身上，如鲁迅的《故乡》《社戏》《在酒楼上》、郁达夫的《迟桂花》《春风沉醉的晚上》，沈从文的《边城》、废名的《桥》以及20世纪40年代萧红的《呼兰河传》、冯至的《伍子胥》、孙犁的《荷花淀》等。纵观评论界对这类小说的关注，往往集中于其对传统诗歌意境的借鉴和营造上，即在"诗性"文体学层面的含义上，认为他们的文字清新淡雅，有着高渺恬适的意境、舒缓散淡的叙事、鲜明跳跃的意象等。②但事实上还有一类小说，着重表现在绝望中挣扎奋斗者的心路历程，有着明显类似于心灵超脱、终极关怀为轴心的精神取向，更多体现出"诗性"本体层面上的对人的存在、人类的命运及生命意义的追问与探寻，主要以徐訏、无名氏、张承志为代表。但这类作家的诗性品格却很少得到关注，这不能不说是现代文学中的一大缺憾。因为"诗性"是文学的本体性内容，置身于现代文学这个"非文学的世纪"，文学的诗性创作很大程度上呈现出潜隐状态，对它的关注直到近些年才成为热点。而对于其中的作家徐訏来说，由于在大陆的研究起步较晚，对其小说中诗性品格的关注者更是寥寥，这不能不引起笔者的重视。

---

①　吴金喜、郑家建：《诗学的与哲学的维度——论20世纪中国小说研究的两个生长点》，《福建论坛·人文社会科学版》2005年第11期。

②　这一方面的研究成果主要有吴晓东、倪文尖、罗岗的《现代小说研究的诗学视域》（发表于《中国现代文学研究丛刊》1999年第1期），解志熙的《新的审美感知与艺术表现方式》（发表于《河南大学学报》1986年第5期），杨联芬的《中国现代小说的抒情倾向》（北京师范大学出版社1996年版），席建彬的《论现代小说的诗性传统》（博士学位论文，南京师范大学，2006年），方锡德的《中国现代小说与文学传统》（北京大学出版社1992年版）等。

而在探讨徐訏小说的诗性品格之前，有必要对"诗性"概念进行一些界定。

通常而言，"诗性，狭义地讲是指'诗歌的特性'，广义地说是指与逻辑性相对的艺术性和审美性。"① 关于诗歌的特性，中西方文论对它的探讨主要集中在抒情性、意象性、节奏性等特征上。如《毛诗序》认为，"诗者，志之所之也，在心为志，发言为诗。情动于中而形于言，言之不足故嗟叹之，嗟叹之不足故永歌之，永歌之不足，不知手之舞之足之蹈之也。"② 别林斯基则直接认为："情感是诗的天性中一个主要的活动因素；没有情感就没有诗人，也没有诗。"③无不把抒情性作为诗歌的突出特征。而关于诗歌的意象性、节奏性等特征，中外文论也多有阐释，如胡应麟的《诗薮·内编》认为："古诗之妙，专求意象。"④ "意象作为艺术家的主观情志的具象载体，把艺术家的主观世界和外部世界联系到一起，使其成为由外部世界通向艺术家内心世界的一座桥梁……正是从这个意义上说，意象是诗歌的灵魂。"⑤ 而对于诗歌的节奏性，郭沫若曾说："节奏之于诗是她的外形，也是她的生命。我们可以说，没有诗是没有节奏的，没有节奏的便不是诗。"⑥ 而弗雷德里克·霍夫曼也曾认为："完美的节奏是诗歌的重要因素，它必须伴随着诗意的想象。"⑦

但同时，是否就一定能够据此认为那些具有抒情性、意象性、节奏性特征的诗歌就一定具有诗性呢？显然不是，"比如那些专事于点缀升平，附庸风雅，无病呻吟之流的诗作，也同样均有抒情性、形象性和节奏性，但由于其抒情性主体人格模糊，意象趣味媚俗，语言平庸寡味，因而无论就精神格调来说，还是就语感趣味而言，都无法令人吟后从心底起兴，所以从本质上却与'诗性'无缘，不过是一类徒有诗形的诗而已。这便说

---

① 李建中、吴中胜、褚燕：《中国古代文论诗性特征研究》，武汉大学出版社 2007 年版，第 1 页。

② 韩湖初、陈运良主编：《古代文论名篇选读》，中国书籍出版社 1998 年版，第 63 页。

③ ［俄］别林斯基：《别林斯基论文学》，梁真译，新文艺出版社 1958 年版，第 14 页。

④ 胡应麟：《诗薮》，上海古籍出版社 1979 年版，第 88 页。

⑤ 耿建华：《诗歌的意象艺术与批评》，山东大学出版社 2010 年版，第 4 页。

⑥ 郭沫若：《论节奏》，《沫若文集》（第 10 卷），人民文学出版社 1959 年版，第 225 页。

⑦ 转引自诺布旺丹《艺人、文本和语境：文化批评视野下的格萨尔史诗传统》，青海人民出版社 2013 年版，第 137 页。

明,'诗性'的内涵其实远不止于抒情性、意象性和节奏性这三个特征,还有着更为丰富蕴藉的深层内涵。"① 由此看来,"诗性"也不仅仅只是与逻辑性相对的艺术性和审美性,其包含着的深层内涵更多地指向"诗性"本体论层面的含义。对此问题,以海德格尔为代表的西方哲学家曾作过深入探讨,如海德格尔很早就意识到现代科学技术的发展对人的身心的危害,在他看来,诸神从人那里转过身徜徉远去,神性的光芒从世界历史中消失,人生在世的居留丧失了根据,人处于一种无家可归的状态。因此,"在这贫乏的时代做一个诗人意味着:在吟咏着去摸索隐去的神的踪迹。正因为如此,诗人能在世界黑夜的时代里道出神圣……哪里有贫乏,哪里就有诗性。"② 在这里,"诗性"更多的是与信仰、爱、神性、追求人生皈依等本体性问题相关联。与此同时,李扬在分析曹禺戏剧时也提到了"诗性"这个概念,并认为"诗性"不仅仅存在于其作品中的理想性、抒情性、象征性、人物塑造以及语言的华丽、韵律的整饬等这些外在的层面,更在于其反映生命的"内在深度"方面:对人的存在、人类的命运及生命意义的追问与探询。③ 由此,我们可以看出,"诗性,不仅仅是诗形,诗情,诗韵这些浅层质素,更是'人内在的一种生命的体验,一种心灵的诉求以及性灵的彰显'。"④ 说到底,"诗性"是从人性中生成而来的,是人为了体现生命的价值,执着地追求生命的存在意义与生命的理想境界,从而达到的一种深层次的生命形态。

从这个意义上来说,"诗性"也并非诗歌所专有,它既可以存在于小说中,也可以存在于散文、戏剧、杂文中。可以说,它是文学创作所追求的一种至高的理想境界,"文境之高处未有不是诗者"⑤。正如贾平凹在回答研究者曾令存关于"诗性"的问题时说道,"作品能否升腾,在于文字中弥漫的或文字后的一种精神传达,能唤起阅读者的心灵颤动,鲁迅没有写过诗,司马迁没有写过诗,《红楼梦》和《西厢记》是小说和戏剧,但

---

① 迟蕊:《鲁迅杂文诗性品格研究》,吉林人民出版社 2012 年版,第 8 页。

② [德] 海德格尔:《林中路》,沈奇选编《西方诗论精华》,花城出版社 1991 年版,第 29 页。

③ 李扬:《现代性视野中的曹禺》,人民文学出版社 2004 年版,第 35 页。

④ 迟蕊:《鲁迅杂文诗性品格研究》,吉林人民出版社 2012 年版,第 10 页。

⑤ 周汝昌:《〈负暄琐话〉骥尾篇》,张中行《负暄琐话》,黑龙江人民出版社 1986 年版,第 218 页。

他们是诗人和诗。如果作品中没有形而上的东西，没有维度，没有感应天地自然的才情，即便你写的是诗，文字有所谓的诗意，那也不是诗人。"①

而对于小说而言，"在大量的传统小说中，生成了一种以故事情节的起伏、跌宕乃至传奇性为表征的叙事结构，叙事成为一种关于历史道统的认知和传达而并非是对人生情感体验与意蕴的丰富喻示。显然，情节叙事的因果关系存在着过于刻意的人为痕迹，明显封闭的线性链条排斥了现实反映的偶然、琐碎乃至多样复杂的意义可能性，随着小说的发展和文学观念的转变，其机械和僵化受到了愈来愈多的质疑"②。这一点在西方也不例外，如华莱士·马丁就曾认为："情节这一概念本身是与传统故事和通俗小说的常备手段连在一起的，由于这些程式化的东西是非现实主义的，现代小说家通常都躲避它们。"③ 因为"人们都对线性的叙述，循序渐进的程式和建立稳定的现实表象等手法提出质疑"④。在这种状况下，小说转向的可能性开始被酝酿，这其中之一则是小说向诗歌的倾斜，"也即用诗歌的方式组织叙事。为了最大程度地逼近诗，削弱散文小说叙述结构的统一感和逻辑性，作者需要利用诗歌的特色手段来替换或转化散文性叙事的形式技巧——诸如强调关键词语、有意重复某个意象、富有暗示意义的细节、节奏等"⑤。在这种创作理念下，20世纪二三十年代诞生了一大批具有诗性特征的小说，如上文所提到的鲁迅的《故乡》、废名的《桥》、萧红的《呼兰河传》等，"或讲究白描传神，或提倡以诗作为小说的素质，或追求短篇小说的'浑然的美'，从不同的角度注意到小说的写意抒情须形神统一，情理统一，创造出一种深远的、气韵生动的真实境界来"⑥。然而，"小说的诗性价值当不仅关涉文体层面辞藻的优美，韵律的音乐化，话语的象征性、暗示性、意境性等'诗性'特征，还更在于文

---

① 贾平凹、曾令存：《九十年代"散文革命"检讨——关于散文创作的对话》，《东方文化》2003年第3期。

② 席建彬：《文学意蕴中的结构诗学：现代诗性小说的叙事研究》，人民出版社2012年版，第15页。

③ ［美］华莱士·马丁：《当代叙事学》，伍晓明译，北京大学出版社2005年版，第7页。

④ ［英］马·布雷德伯里、詹·麦克法兰编：《现代主义》，胡家峦等译，上海外语教育出版社1992年版，第366页。

⑤ 张箭飞：《鲁迅诗化小说研究》，广西教育出版社2003年版，第2页。

⑥ 杨义：《中国现代小说史》（第1卷），人民文学出版社1986年版，第149页。

学的深度思考和表现，具有审美生命本质上的理想意义"。① 而后者正是
20 世纪 40 年代徐訏小说诗性品格所呈现出的突出特征，"客观上指明了
'诗性'对于文学或人生的本体意义和拯救作用"。② 这种诗性特征的创作
对徐訏的意义有三：

（一）文体上的自觉需求

曾有论者认为："抗日战争的发生，不仅仅意味着社会政治生活的巨
大转折，而且意味着一般人个人生活的动荡不安，以及由于这些变化引发
的一个时代中人们的情感和思维的诸多变迁。"③ 表现在文学上，20 世纪
40 年代的文学不再如"五四"时期那样呈现出鲜明的启蒙色彩，战争中
的颠沛流离升华了知识分子的人生经验，使得部分知识分子能够"站在新
的制高点上展示人类心灵的丰富性，使文学由笼统的'为人生'发展深
化到对于生命存在的专注，从而突破了五四文学模式，具有较为鲜明的
'为人类'的性质"。④ 这种对生命存在的关注，对心灵丰富性的展示，对
生存诗意的向往必然要求新的文体样式来承担作者的这种存在之思，于是
文体渗透甚至是文体杂糅则成为传达这种存在之思的首选样式。如孔范今
就曾经指出："在国统区和沦陷区，都市小说更趋近于一种'杂糅文体'
或'边缘文体'，徐訏等人的作品广纳各种较为新鲜的学科知识和生命体
验，'七月派'小说生命燃烧般的'诗性'语言，使小说文体向'散文
化'、'诗化'的努力变得贴切而必要。"⑤ 海德格尔曾认为："存在之思
乃是作诗的原始方式。在思中，语言才首先达乎语言，也即才首先进入其
本质。思道说着存在之真理的口授。思乃是原始的口授。思是原诗；它先
于一切诗歌，却也先于艺术的诗意因素，因为艺术是在语言之领域内进入
作品的。无论是在这一宽广的意义上，还是在诗歌的狭窄意义上，一切作
诗在其根本处都是运思。思的诗性本质保存着存在之真理的运作。"⑥ 因

---

① 席建彬：《诗意的探寻——中国现当代抒情小说研究》，中国社会科学出版社 2012 年版，
第 2 页。

② 席建彬：《论现代小说的诗性传统》，博士学位论文，南京师范大学，2006 年，第 4 页。

③ 范智红：《世变缘常：四十年代小说论》，人民文学出版社 2002 年版，第 1 页。

④ 孔范今主编：《二十世纪中国文学史》，山东文艺出版社 1997 年版，第 851 页。

⑤ 同上书，第 859 页。

⑥ ［德］海德格尔：《阿那克西曼德之箴言》，孙周兴编《海德格尔选集》（上），上海三联
书店 1996 年版，第 539 页。

此，有着深厚的哲学修养和诗歌创作天赋的徐訏，在其小说中大量地借鉴诗歌的创作特性来传达这种对存在的思考，如在《彼岸》《时与光》中直接插入诗歌来抒发自己的感情，在《烟圈》中借"烟圈"这一慢慢扩散、消失的意象传达出对人生的虚无感受，在《风萧萧》中通过"灯光"暗示人对温暖与和平的需求，《时与光》中通过"光"暗示出人对上帝和神性的追求。这种意象的象征性和暗示性有效地传达了作者对存在的体验和感受，从而使其小说具有明显的诗性特质。除此之外，诗歌的语言往往被徐訏大量地借鉴来传达对生命的哲理思考，因为诗歌的语言往往讲究精练传神，并且在精练的语言中蕴含着深刻的哲理。这种深具哲理性的语言在徐訏的作品中大量出现，恰到好处地传达出作者对生命和存在的本质思考。

因此，这种在小说中借助于诗歌的抒情、意象和语言的诗性创作，有利于更有效地传达出徐訏对生存的思考，是徐訏的一种自觉追求。

（二）生命体验的"美"及诗性人生境界的追求

杜夫海纳曾断言"人类对于美有着渴望"①，因为"只有美的途径才能达到自由，恢复人类的和谐，而这正是诗的使命"。② 而对于诗人来说，"诗人之本性乃是漠视现实，是造梦而非劳作。其所创造者仅属梦幻，幻想玄思为诗人能唯一奉献者"。③ 这种梦幻很多时候能带给人一种美的享受，不仅如此，"从一切美得来的享受，艺术所提供的安慰……对于他在一个异己的世代中遭遇到的寂寞——孤独，是唯一的补偿"④。对于徐訏来说，这种诗性之美的补偿对于他尤其重要。他的童年是在寂寞、孤独中长大的，由于父母感情不和，五岁那年就被送到学校去住读，这种住读生涯给他留下了巨大的心灵创伤。而到了青年时期，又处于中国的动乱之中，颠沛流离的生活让他时时感到生命的无常和灵魂的孤苦，因此，这种颠沛流离的漂泊生涯使其特别需要艺术上的美，以期安慰自身的痛苦灵魂。他在《〈风萧萧〉初版后记》中说："我是一个企慕于美，企慕于真，

---

① 参见［法］杜夫海纳《美学与哲学·前言》，孙非译，中国社会科学出版社1985年版，第2页。

② ［德］席勒：《美育书简》，徐恒醇译，中国文联出版公司1984年版，第32页。

③ ［德］海德格尔：《人，诗意地栖居》，刘小枫编《人类困境中的审美精神——哲人、诗人论美文选》，东方出版中心1994年版，第561页。

④ 刘小枫：《诗化哲学》，山东文艺出版社1986年版，第113页。

企慕于善的人。在艺术与人生上，我有同样的企慕。"① 在《阿剌伯海的女神》中，他也通过小说人物之口说道："我愿意追求一切艺术上的空想，因为它的美是真实的。"② 因此，他在小说中执着地追求爱与美的理想境界，对于超越凡俗的性灵之爱和乌托邦式的理想社会给予高度艺术化的表现，恰恰印证了伍尔夫所谓的"我们渴望理想、梦幻、想象和诗意"③ 以及海德格尔的"艺术拯救人生"，寻求"诗意地栖居"等内涵。

（三）终极关怀的精神意向

对于徐訏来说，"诗性"的意义不仅仅只是通过追求爱与美的理想境界来缓解自身的孤独寂寞情绪，更指向对"'存在的探询与追问'：关注人的生存状况，以艺术的方式述说了对人类存在境况的理解。"④ 其最终目的是为有限的人生寻得皈依。原因正如荷尔德林所言：

> 现在的时代是一个不幸的时代，诸神已离人远举，人被抛弃在大地上，神的缺席使人处于一个根本的"贫乏"时代。由于失去了神的光芒，人生存在于"世界之夜"中。在这样的一个危难时刻，诗人和作家被天命地抛在人神之间。神选择了诗人和作家来向人传达爱与信息，为人提供生存的神性尺度；人又选择了诗人和作家来向神呼吁，请求神的归来。诗人和作家事实上成了人神之间的"使者"，成了人寻求拯救的希望。⑤

之所以选择诗人来向神呼吁，是因为对于真正的诗人来说，尤其不能容忍精神的漂泊无依，不能接受没有终极价值关怀的虚无状态。而这种精神的漂泊无依与价值关怀的虚无状态正是徐訏一生的写照，他的足迹曾遍布世界各地，长期的漂泊与流浪使他在生活上成为流浪汉，在思想上成为

---

① 徐訏：《〈风萧萧〉初版后记》，《徐訏文集》（第 10 卷），上海三联书店 2008 年版，第 131 页。

② 徐訏：《阿剌伯海的女神》，《徐訏文集》（第 6 卷），上海三联书店 2008 年版，第 219 页。

③ 伍尔夫：《狭窄的艺术之桥》，瞿世镜编选《伍尔夫研究》，上海文艺出版社 1988 年版，第 577 页。

④ 席建彬：《论现代小说的诗性传统》，博士学位论文，南京师范大学，2006 年，第 7 页。

⑤ 吴义勤、王素霞：《我心彷徨：徐訏传》，上海三联书店 2008 年版，第 301 页。

无依者，甚至已经迷失了自我。在这种价值关怀的虚无状态下，无家可归的人不自觉地靠近了宗教，因为"其实人类本是一种哲学动物，他需要自己有一个着落的，想像一个上帝来依靠原是他的初步的归宿。"① 在这种深渊般的贫乏时代，唯一能引领人们奔向那神圣家门的就是神和上帝。这也正是徐訏后期的小说如《江湖行》《彼岸》《时与光》等作品创作的心理症结所在，正如他在《江湖行》中所申明的："而艺术的创作则是对神的，是求神对你宽恕。"② 他渴望通过神或宗教来达到对于生命的神圣救赎，从而到达生命的彼岸。事实上，这种渴望早就存在于徐訏心中，如早期他曾在《幻觉》中通过小说人物墨龙之口说："我从小爱艺术，爱好美，我追求美，陶醉于美，但结果我反而堕入于最丑恶的虚幻中，我不安于痛苦，但不能自拔，一直到我出家了，我灵魂才平静安详起来。"③ 这或许是夫子自道。只是到了晚年，徐訏的这种渴望越发强烈，以至于不得不诉诸文本。因而，徐訏小说的诗性更多的呈现出对终极关怀的探索，而这种探索最终指向了宗教，希冀借助宗教来拯救人类的灵魂。

二　研究基础及现状

在 20 世纪中国文学史中，徐訏是一位个性独特的作家，他早年毕业于北京大学哲学系，又研究过心理学，30 年代起任《人间世》编辑，主编过《天地人》杂志。1936 年，徐訏赴法国攻读哲学，1938 年"抗战军兴，学未竟而回国"④，抵达已成"孤岛"的上海，著有《赌窟里的花魂》《荒谬的英法海峡》等名篇。"孤岛"沦陷后徐訏开始了辗转大后方的逃亡生活，在重庆创作的长篇小说《风萧萧》，在报刊连载时引起了极大轰动，以至于"重庆渡江轮渡上，几乎人手一纸"⑤，并很快风靡大后方，被列为"全国畅销书之首"。1950 年，出于对大陆新生政权的疑惧，徐訏来到了香港，开创了其写作的另一个高潮，有《江湖行》《彼岸》《时与光》等鸿篇问世。连徐訏自己都说，长长的一辈子，除了写作好像没干过什么事，"漫长的文学生涯使他参与和见证了 30 年代至 70 年代中

---

① 徐訏：《谈鬼神》，《徐訏文集》（第 9 卷），上海三联书店 2008 年版，第 228 页。

② 徐訏：《江湖行》，《徐訏文集》（第 2 卷），上海三联书店 2008 年版，第 3 页。

③ 徐訏：《幻觉》，《徐訏文集》（第 6 卷），上海三联书店 2008 年版，第 71 页。

④ 徐訏：《〈全集〉后记》，《徐訏文集》（第 10 卷），上海三联书店 2008 年版，第 136 页。

⑤ 彭歌：《忆徐訏》，陈乃欣等著《徐訏二三事》，尔雅出版社 1980 年版，第 249 页。

国文学的历史进程，从30年代的左翼文学、京海之争到40年代的抗战文艺、生命体验、雅俗整合，乃至50年代的反共文学、现代主义和60至70年代的'文革'反思，他都直接或间接地表现或审视"。① 其作品也从一个侧面反映了一代自由主义知识分子的心路历程。

然而，由于政治的原因，就是这样一位作家，大陆学界长期对他讳莫如深，以至于徐訏在他的《〈全集〉后记》中忍不住发出了这样的牢骚："中国自新文艺运动以来，作品中最有进步的有人说是散文，有人说是小说，有人说是诗歌，有人说是戏剧，大概很难有确切的定论。但最失败的则是文艺批评，这大概是无可讳言的了。文艺批评之所以不能建立，大概与中国社会的亲疏之分很有关系。"② 这种亲疏之分也鲜明地存在于香港文学界，如寒山碧曾感叹道："香港文学除了选本存在种种问题之外，更严重的是缺乏文学批评，甚至有人说，香港不是缺乏文学批评，而是根本没有文学批评，有的只是互相吹捧和互相攻讦。香港地小人稠，文学界来来去去都只是那几个人，'朝见口，晚见面'（朝夕相见），赞扬别人作品好既没有回报，甚至会招来'擦鞋'之讥，批评别人作品不好则易招怨怼。因此大家都视文学批评为畏途，除了小圈子内互相吹捧之外，绝对不肯用文字评论别人的作品，甚至是不阅读不评论不触碰小圈子之外的任何作品。这一来真正的文学批评在香港已变成罕世珍宝，既不可遇，也不可求。"③可想而知，对于徐訏这种"非组织的人"来说，其作品是很难在这种风气下得到公允评价。无怪乎司马长风在论及徐訏和无名氏时认为："这两位作家，都具有孤高的个性，不肯敷衍流行的意见，因此，饱受文学批评家的冷遇和歧视，成为新文学史上昏暗郁结的部分。"④

而在港台文学界，即使是香港的李辉英和台湾的周锦，在70年代末依然运用社会的功利主义文学观来评价徐訏。如李辉英认为徐訏的小说"纵任空虚幻想的奔放，把荒谬，把人鬼，把吉普赛的赞赏等等都摊了出来，既怪诞又发挥了某些所谓'情调'，从而招致了些好奇、享乐的读者

---

① 陈旋波：《时与光：20世纪中国文学史格局中的徐訏》，百花洲文艺出版社2004年版，第228页。

② 徐訏：《〈全集〉后记》，《徐訏文集》（第10卷），上海三联书店2008年版，第137页。

③ 寒山碧：《香港需要文学批评》，寒山碧编著《徐訏作品评论集》，香港文学研究出版社2009年版，第2—3页。

④ 司马长风：《中国新文学史》（下），昭明出版社1978年版，第100页。

更进一步的憧憬，使那些每天奔忙于敌机轰炸下的小市民像是寻到了一角的乌托邦，藉此而轻轻地松了一口气，认真地说，对我们的抗战事业多少是起了消极的作用。"① 周锦认为徐訏小说"故事的内容虽然无可厚非，但刻意的编织情节，点缀噱头，渲染些小风趣"，"也只是消磨时间和找些精神上的刺激"，"这对中国新文学的发展，并无益处。"② 甚至是挖掘了张爱玲、沈从文、钱锺书的美籍华人学者夏志清，也不曾将其纳入现代文学史的范畴，尽管在海外徐訏与张爱玲同享盛誉。对此夏志清曾这样辩解："徐訏刚出书时，我看了他的《鬼恋》和《吉普赛的诱惑》，觉得不对我胃口，以后他出的书，我一本也没有看。我这种成见，可能冤枉了他，因为他后期的作品可能有几种是很好的。但一个作家一开头不能给人新鲜而严肃的感觉，这是他自己不争气，不能怪人。"③ 事实上，"且不说他（夏志清，引者注）认为徐訏一开头便给人以不新鲜不严肃的感觉是否客观，单就他对《风萧萧》这样在 1940 年代风行一时的小说看也不看，就去写他的《中国现代小说史》，也是极不严肃的一种态度"。④ 由此可见，批评家的成见有时也很能影响对一个作家的客观评价。

港台文学界首次在文学史中对徐訏给予较高评价的是香港文学史家司马长风，他是这样评价徐訏的文学史地位的："环顾中国文坛，像徐訏这样十八般武艺，件件精通的全才作家，可以数得出来的仅有鲁迅、郭沫若两人，而鲁迅只写过中篇和短篇小说，从未有长篇小说问世，而诗作也极少。郭沫若也没有长篇小说著作，他的作品，除了古代史研究不算，无论诗、散文、小说、戏剧、批评，都无法与徐訏的作品相比。也许在量的方面不相上下，但在质的方面，则相去不可以道里计。"⑤ 其还在《中国新文学史》中以较长篇幅详细介绍了徐訏的生平和诸多作品，并从艺术审美的角度来鉴赏徐訏的小说，认为徐訏小说的心理刻画受到了弗洛伊德的影响，且"具启发性的哲理境界"，并创见性地做出了徐訏是"凭超绝的想

---

① 李辉英：《中国现代文学史》，香港文学研究社 1978 年版，第 269—270 页。

② 周锦：《中国新文学史》，长歌出版社 1977 年版，第 655 页。

③ 夏志清：《夏志清书简》，《书评书目》第 28 期，1975 年 8 月。

④ 闫海田：《港台及海外汉学界评价徐訏的几个问题新考》，《文艺争鸣》2013 年第 3 期。

⑤ 司马长风：《书刊评介》，转引自陈乃欣《徐訏二三事》，尔雅出版社 1980 年版，第 19 页。

象力来造型角色"的主观性作家的结论①。虽然对徐訏有溢美之词，难以让人完全认同，但还是部分抓住了徐訏创作的实质，对丰富徐訏的研究起到了重要的作用。1980 年，徐訏在香港逝世，港台文学界的一些作家及学者纷纷撰文纪念，后由陈乃欣结集编成《徐訏二三事》，由台北尔雅出版社出版。书中提供了许多鲜为人知的徐訏的生平及创作逸事，并从多个角度评价了徐訏文学创作的思想和艺术成就，观点鲜明、评价中肯，对港台文学界的徐訏研究起到了重要的推动作用。

与此同时，随着思想解放运动的开展，大陆文学界开始从一元政治功利的标准下解放出来，回复到文学自身的独立品格和审美价值立场上来，徐訏这位被尘封了多年的作家开始"浮出历史地表"。1988 年，春风文艺出版社和上海书店分别重印和影印了他风靡一时的小说《风萧萧》和《鬼恋》。1996 年，安徽文艺出版社也出版了他的部分小说。2008 年，正值徐訏 100 周年诞辰之际，上海三联书店出版了 16 卷本的《徐訏文集》②以及吴义勤、王素霞合著的《我心彷徨：徐訏传》。可能仍然囿于意识形态的缘故，徐訏的《个人的觉醒与民主自由》《在文艺思想与文化政策中》《大陆文坛十年》等一些重要的作品仍未能收录进来，但相较于之前对徐訏小说的出版情况，还是好了很多。与此同时也涌现出了诸多对徐訏作品的研究，笔者将其归纳为如下几种：

第一种情况是把徐訏本人或他的小说纳入某一流派，主要出现在 20 世纪 90 年代，如严家炎的《中国现代小说流派史》和程光炜主编的《中国现代文学史》把徐訏归入"后期浪漫派"。这里的"后期浪漫派"是相对于"创造社"为核心的"前期浪漫派"而言的，认为这个流派的作品具有以下特征，"人物和故事往往只凭想象来编织，有不少夸张和理想化成分，异国情调和神秘色彩，人生哲理的丰富思考与象征，诗情的刻意追求。"③并且认为徐訏终其身是个浪漫主义的小说家。但从其所列举的徐訏的《鬼恋》《风萧萧》《精神病患者的悲歌》《阿剌伯海的女神》《英伦

---

① 司马长风：《中国新文学史》（下），昭明出版社有限公司 1978 年版，第 94—95 页。

② 上海三联书店出版的 16 卷本《徐訏文集》是目前大陆较为完备的版本，但徐訏一些反共倾向比较明显的作品被删除了，另外排版时出现了两个不应该出现的明显错误：一是第 6 卷中《初秋》的最后一段文字应放在《禁果》的文首，二是第 7 卷中《杀妻者》和《传统》的题名错置，应互换位置。

③ 参见严家炎《中国现代小说流派史》，人民文学出版社 1989 年版，第 309—316 页。

的雾》《卢森堡的一宿》等作品来说，严家炎仅仅注目于徐訏在 20 世纪 40 年代的几篇较具浪漫色彩的小说，从而把徐訏定位在"浪漫主义"范畴内，这种做法多少有些以偏概全。因为纵观徐訏的整个创作历程，40 年代这几篇相对较具浪漫主义色彩的作品只是其中的一部分，30 年代的小说创作如《滔滔》《郭庆记》等明显带有左翼色彩，而 50 年代香港时期的小说创作一方面注目于大陆移民的遭遇，另一方面赓续着 40 年代生命追寻的精神脉络，继续向内心掘进。与 40 年代注目于浪漫主义氛围的营造不同，徐訏后期作品的哲理意蕴更为深沉，宗教色彩也更加强烈。因此，不可轻易把徐訏归结在"浪漫主义"旗下。事实上，徐訏自己对当时的中国能否产生浪漫主义也是持怀疑态度的。在他看来："在那个时代，在中国这样的环境，像西欧一样蓬勃的浪漫主义是无法产生的。"① 而且他对新月派、创造社的浪漫趣味也极为轻视，认为"五四时代的文艺，后来所称的浪漫主义，其作品之脆弱与微薄，实际上只是情书主义"。② 尽管徐訏也受到了法国浪漫主义作家如雨果、乔治·桑、梅里美、纪德等人的影响，但就此把徐訏归为"浪漫派"似乎只是一种研究便利。而孔范今主编的《二十世纪中国文学史》中认为"存在主义"和"生命哲学"是徐訏小说的哲学基础，在这种哲学基础的影响下，徐訏的作品追求存在与生命的本质，其"寻找"与"超越"的主题与西方现代主义的核心思想有着深刻的相通，同时这些作品那种全面走向心理的倾向也正是现代派的典型表征③，为此他把徐訏、无名氏一起归入"后期现代派"，这对于丰富徐訏的研究具有一种开拓性的意义。此外，也有部分研究者把徐訏纳入海派文学的框架中进行研究，如吴福辉的《都市漩流中的海派小说》以及许道明的《海派文学论》。吴福辉认为徐訏是带有现代主义倾向的后期海派作家，能把品味较高的文学传向大众，如他"对性爱有较高的文化探讨、哲理探讨的热情，她们赋予性爱具有表现无上生命的文学高位品格……这就把海派的现代性，提到了一个前所唯有的位置"。④ 而许道明

---

① 徐訏：《启蒙时期的所谓写实主义与浪漫主义》，《徐訏文集》（第 10 卷），上海三联书店 2008 年版，第 25 页。

② 徐訏：《谈情书》，《徐訏文集》（第 9 卷），上海三联书店 2008 年版，第 434 页。

③ 参见孔范今主编《二十世纪中国文学史》（下），山东文艺出版社 1997 年版，第 851—861 页。

④ 吴福辉：《都市漩流中的海派小说》，复旦大学出版社 2009 年版，第 152—153 页。

则认为徐訏的小说"没有深刻的主题含蕴,不过,他对现代心理小说的发展还是有自己的贡献的,他对于小说故事的浪漫编织,降低了文学的本体纯度,推动了一种特殊的都市读物,既不同于张资平,也不同于叶灵凤,也不同于穆时英,他是新派传奇的代表,满足了文学读物相对匮乏的时代,也满足了相对较弱的都市市民读者的阅读期待"。① 这类评价往往只注意到徐訏小说中爱情故事的通俗性的一面,却忽略他通过爱情所探讨的关于人的存在及其命运的层面,某种程度上降低了徐訏小说的价值。与此同时,刘成友、蒋先武的论文《并不浪漫的"后期浪漫派"》一文认为严家炎的把徐訏、无名氏的作品命名为"后期浪漫派"的命名是偏颇的,二者的作品都带有一种明显的混交与融合倾向,是"对新感觉派的感知方式、浪漫主义的手法、鸳鸯蝴蝶派小说的故事编织的综合运用,命名的偏颇在于对想象与理想的不完整理解。"② 因此这篇论文认为,在某种意义上徐訏、无名氏只是有着浓重浪漫倾向和现代色彩的通俗小说作家而已。除此之外,部分学者也关注到了徐訏小说的雅俗立场,如孔庆东在《超越雅俗——抗战时期的通俗小说》中认为徐訏小说以其突出的抒情性和哲理性跳出了传统通俗小说的窠臼,并实现了与世界通俗文学的对接,有着超越雅俗的美学品格,是"现代化的通俗小说的标准典范"③。此观点在一定程度上切近了徐訏的小说创作,持类似观点的还有华中师范大学的博士余礼凤,她在其学位论文《雅俗之间——徐訏小说论》中由对现代文学转型及其流变这一文学史背景的分析入手,详细地从叙事、文体、语言方面分析了徐訏的小说的雅俗特性,提出了自己独到的见解。

以上均属于 20 世纪 90 年代左右研究者们对徐訏小说的流派定位,但事实上,徐訏和无名氏从未承认过自己属于任何流派,也不承认彼此属于同一流派(虽然无名氏曾承认受到过徐訏的一些影响)。正如亲历那一段历史的施蛰存曾说道:"事实上,这个'派'字,只是一群人的意思,不是一个文学流派……中国的小说作家都是一人一个样,连'群'都说不上,别说'派'了……摹仿外国前后现代派,各人摹仿各人的对象,还

① 许道明:《海派文学论》,复旦大学出版社 1999 年版,第 348 页。
② 刘成友、蒋先武:《并不浪漫的"后期浪漫派"》,《湖北大学学报》1996 年第 5 期。
③ 孔庆东:《超越雅俗——抗战时期的通俗小说》,北京大学出版社 1998 年版,第 77 页。

没有共同的风格。"① 在这种情形之下，文学史研究硬是要为他们派定一个流派，并讨论这一流派对文学史的意义，多少显得有些简单化。虽然对徐訏小说流派的划分显得有些牵强，但无论是浪漫主义、海派文学的派别划分，还是生命哲学的角度、雅俗的立场以及多种文学混交融合的倾向等都侧重了徐訏小说的一个方面，都有着"片面的深刻"，观点的多元化正好印证了徐訏小说的丰富性以及研究空间的广阔性。

　　第二种情况是从徐訏小说中提取一个主题进行分析，诸如情爱主题、宗教主题、怀乡情结，精神分析学层面等，在情爱书写上，王梅在《在通俗与现代之间——论徐訏小说的情爱母题》中认为"徐訏小说的情爱书写在日常性和通俗性的面目上又赋予其哲理性、现代性的品格"。② 类似的论文还有黄慧的硕士学位论文《论徐訏的爱情小说》、陈燕玲的硕士学位论文《徐訏情爱小说论》等。在宗教主题上，杨剑龙在《论徐訏创作中的宗教情结》中认为徐訏小说《精神病患者的悲歌》中通过"我"与海兰、白蒂之间的情感纠葛与最终归宿，《彼岸》中通过"我"的坎坷人生经历的描写和心理历程的揭示，《时与光》中通过对郑乃顿、多赛雷、苏雅的人生道路与追求的描述，都溢出浓浓的宗教色彩。③ 与此类似的还有陈俊的《徐訏小说与基督教观念》。邵平的硕士学位论文《论徐訏在港的文学选择》认为徐訏在小说《时与光》《彼岸》《江湖行》中通过对宗教情感、流浪、忏悔等的书写与前期小说创作风格保持了一致并进行了深化，减少了其对香港的身份认同危机。④ 而吴福辉在《城乡、沪港夹缝间的生命回应——从徐訏后期小说看一类中国现代作家》指出"怀乡情结"是徐訏夹在沪港之间的矛盾所在。⑤ 程亦骐在《精神分析学派对徐訏三、四十年代小说创作的影响》中认为徐訏小说中有着明显的精神分析学因

---

　　① 古剑：《施蛰存的"辨正"及其他》，《书城》2008 年第 1 期。

　　② 王梅：《在通俗与现代之间——论徐訏小说的情爱母题》，《上海师范大学学报》2002 年第 5 期。

　　③ 杨剑龙：《论徐訏创作中的宗教情结》，《河南师范大学学报》1999 年第 4 期。

　　④ 邵平：《论徐訏在港的文学选择》，硕士学位论文，南京大学，2011 年。

　　⑤ 吴福辉：《城乡、沪港夹缝间的生命回应——从徐訏后期小说看一类中国现代作家》，《文艺理论研究》1995 年第 4 期。

素，可看作是对精神分析学的形象化阐释①，类似的还有田建民的《精神分析学的形象化阐释——论徐訏的小说创作》。

第三种情况是从风格特征层面论述徐訏的小说创作，如程亦骐在《马路的喧闹与书斋的雅静——徐訏小说艺术风格初探》中认为徐訏小说的主要特色是"奇幻"②。赵凌河在《中国现代浪漫主义的两种建构——读郁达夫和徐訏的小说》中认为郁达夫代表的是中国模式的浪漫主义，它以言志缘情为传统，以现实性和功利性为目的；而徐訏代表的是西洋模式的浪漫主义，它以西方的哲学和宗教为背景，崇尚超越现实的理想神话，作品多笼罩着神秘空灵的氛围，并着重指出徐訏小说常常把抒情渗透在诗化的象征里，让人到如诗如梦的意象中去寻找感觉，并具体以《风萧萧》中的"灯"这个意象为例，论证了徐訏小说不只是抒情的诗化，更有一种抽象的象征和哲理的审视在其中③。张亚容的《诗性的浪漫：徐訏小说的特征》认为徐訏的小说抒写着心醉神迷的诗性世界，诗性浪漫主义成为其显著特征，具体表现在：一方面与神或上帝之间进行交流对话进而完成对自我的找寻；另一方面追求一种天人合一的圆融境界，对人性中世俗欲望的摒弃而完成自我追求的提升与升华④。该文注意到了徐訏小说中的浪漫是一种诗性的浪漫，并指出其表现特征，但囿于篇幅的短小，并没有对此进行深入论证，从而为本书的写作留下了一定的空间。类似的还有江卫社在《徐訏小说的抒情特征》中认为徐訏小说之浪漫感人在于其文本的抒情性而不在于其文本的传奇性，并把其小说视为"诗化小说"⑤。该文抓住了徐訏小说的抒情性特征，对于研究徐訏小说的诗性品格也起到了一定的借鉴作用。

第四种情况是从叙事学的角度来研究徐訏的小说创作，如吴义勤《论徐訏小说的叙述模式》从"叙事接受人"的角度分析徐訏小说的魅力和

---

① 程亦骐：《精神分析学派对徐訏三、四十年代小说创作的影响》，《中国现代文学研究丛刊》1992 年第 4 期。

② 程亦骐：《马路的喧闹与书斋的雅静——徐訏小说艺术风格初探》，《中国现代文学研究丛刊》1989 年第 3 期。

③ 赵凌河：《中国现代浪漫主义的两种建构——读郁达夫和徐訏的小说》，《内蒙古师大学报》1995 年第 1 期。

④ 张亚容：《诗性的浪漫：徐訏小说的特征》，《现代语文》2010 年第 4 期。

⑤ 江卫社：《徐訏小说的抒情特征》，《江海学刊》2000 年第 2 期。

文学史意义①；类似的还有王庆华的《作为故事家的徐訏——从〈鬼恋〉到〈风萧萧〉》认为其小说模式所呈现出来的叙述者——人物固定内聚焦的视角模式，倒叙的叙述结构及叙事背景的淡化使其成为最会讲故事的小说家②；李婷的《论徐訏后期小说的叙事艺术》在与徐訏前期小说的对比中，着重从叙述者、叙述接受者、距离叙事等角度研究徐訏后期小说神秘多元的叙事艺术③。李曙豪《论徐訏小说的叙事特色》认为徐訏小说具有浓厚的诗化特征，并不单纯靠情节取胜，其中的诗意美和情感美是徐訏小说一直拥有众多读者的一个重要原因④，该论文着重指出了"诗意美"和"情感美"是徐訏小说的诗化特征的主要方面，这对于研究徐訏小说的诗品格征提供了有效的借鉴。另外，何莲芳的《复调——徐訏、无名氏小说的叙事模式》认为徐訏小说存在鲜明的复调性，具体表现在其情节故事的隐喻性，人物性格的对话性，同叙述与异叙述交混制造了不完全情节序列，外叙述中插入内叙述，制造多重意象，收缩淡化历时性情节，扩张凸显共时性情节，促进时间小说向空间小说嬗变⑤。除了从叙事角度外，也有部分研究者注意到徐訏小说的语言特征，如李小杰的《说理慎密、抒情曲折——论徐訏小说的语言特征》认为徐訏在《风萧萧》、《鬼恋》、《阿剌伯海的女神》中为读者呈现出了具有哲思性的语言，而在《盲恋》、《吉普赛的诱惑》、《鸟语》和《痴心井》中为读者呈现出的语言则具有曲折的抒情特征⑥。

　　上述部分论文在论述徐訏小说的风格特征、叙述模式或语言特色时对徐訏小说的诗性特征都有所注意，但基本都停留在文体论的层面，如小说中的抒情性、对诗歌意象的借鉴等，忽略了其诗性特征所具有的本体性层面的内涵。正如一位研究者所指出的那样："这种关注也往往局限于一种

---

① 吴义勤：《论徐訏小说的叙述模式》，《扬州师院学报》1991 年第 2 期。

② 王庆华：《作为故事家的徐訏——从〈鬼恋〉到〈风萧萧〉》，《南京师大学报》1994 年第 4 期。

③ 李婷：《论徐訏后期小说的叙事艺术》，《名作欣赏》2010 年第 5 期。

④ 李曙豪：《论徐訏小说的叙事特色》，《韶关学院学报》2006 年第 11 期。

⑤ 何莲芳：《复调——徐訏、无名氏小说的叙事模式》，《乌鲁木齐成人教育学院学报》1998 年第 4 期。

⑥ 李小杰：《说理慎密、抒情曲折——论徐訏小说的语言特征》，《福建论坛》2009 年第 2 期。

纯粹文体学的范围之内，却很少有人深入探究这种文体背后的文化依托，或者只将它归结于传统文化的范围之内，浅尝辄止。这种现象的背后是对价值理性的无视、怀疑和动摇。"① 明显忽略了作家的精神层面，它并不能对作者的创作作全方位的关照，因为要真正认识一个作家及其作品，必须要对作家的生命观等精神层面的东西进行深层体察，才能深刻地领悟出作家通过文学表现出来的对于人生的价值和意义的建构。

除了单篇论文对徐訏的研究和关注外，还有部分专著集中于对徐訏作品的研究，为丰富徐訏的研究起到了重要的作用。国内首先对徐訏进行系统研究的是吴义勤，他的专著《漂泊的都市之魂——徐訏论》相对全面地介绍了徐訏的小说、戏剧、散文、诗歌创作，对其小说的母题建构、叙述模式以及其散文、戏剧、诗歌的艺术成就、创作方法，都有较为独到的探讨，对丰富徐訏的小说研究具有开拓性的意义②。而对徐訏的小说创作把握较为准确且富有新意的是王璞的博士学位论文《一个孤独的讲故事人——徐訏小说研究》，这位酷爱徐訏小说的香港女作家借鉴纳博科夫《文学讲稿》的写法，以故事为切入点，用文本细读的方式评析徐訏小说的叙事方式及文学价值，对丰富徐訏的小说研究具有重要的价值③。之后，耿传明的专著《轻逸与沉重之间——"现代性"问题视野中的"新浪漫派"文学》把徐訏的创作纳入"现代性"视野中进行考察，认为徐訏的"现代性"在中国现代文学史上表现出一种浪漫主义的"反现代"的"审美现代性"诉求④。陈旋波的专著《时与光——20世纪中国文学史格局中的徐訏》是徐訏研究中的又一别开生面之作，其运用文学史整体观的方法，通过对徐訏文学个案的微观分析，厘清其与20世纪中国文学思潮与文学运动的历史联系，凸显其创作的历史阶段性，从而宏观把握了徐訏思想与创作的基本脉络，最终揭示其在20世纪中国文学史中的独特意义。著作中揭示了徐訏30年代的文学活动与左翼文学、新感觉派和京派之间的联系，抓住了其40年代文学创作的生命体验性倾向，并且提出

① 王学谦：《自然文化与20世纪中国文学》，吉林大学出版社1999年版，第140—141页。

② 吴义勤：《漂泊的都市之魂——徐訏论》，苏州大学出版社1993年版。

③ 王璞：《一个孤独的讲故事人——徐訏小说研究》，博士学位论文，华东师范大学，2003年。

④ 耿传明：《轻逸与沉重之间——"现代性"问题视野中的"新浪漫派"文学》，南开大学出版社2004年版。

了"中国现代玄学爱情小说"这一新的概念，充分肯定了其在50年代香港时期对原乡的追忆性叙事，漂泊中对宗教的独特情怀等，并在整个文学史格局内凸显徐訏独特的文学史价值①。佟金丹的博士学位论文《徐訏小说创作的文化心理》从徐訏所受的传统文化的角度，弗洛伊德和荣格的精神分析学理论以及西方的基督教文化的角度来分析其对徐訏创作的影响②。袁坚的博士学位论文《论徐訏30—40年代的小说创作》则以时间为主线，分留法时期、上海"孤岛"时期、重庆时期、美国时期来分别对徐訏30—40年代的小说创作进行细读，并在此基础上将他的小说创作放置在文学史及历史大背景下进行考察，试图在共时平面与历史发展中确立起徐訏在文学史上的地位。③

纵观以上对徐訏小说的研究，虽研究成果较多，但明显存在以下几方面的问题：

（1）缺乏深度。研究大多集中在对其爱与美、自由与人性，宗教情怀以及其创作中呈现的浪漫主义或通俗性等特征的关注上。事实上，徐訏的小说叙述明显有"表层结构"与"深层结构"之分："表层结构"即是指文本中展现出的故事情节，通常为一个感人的爱情故事，"深层结构"则着眼于小说人物的心理和情绪，迷茫、孤独、残缺、命运、虚妄、恋执等词频频地出现在文本中。但很多研究者往往注目于其小说的表层结构，很少有研究者通过作品深入作者的内心世界，殊不知在其表层的爱情故事背后呈现的却是作者对人的命运、存在及其存在意义的思考和探询，并集中表现出一个"左不讨好，右不逢源"的自由主义知识分子在时代夹缝中的心理遭际。

（2）大陆学者的研究往往集中在徐訏前期为人所耳熟能详的《风萧萧》《鬼恋》《精神病患者的悲歌》等作品中，却未能深入关注其在香港时期的创作，因此很难窥见徐訏创作的全貌及作家的内心世界。事实上，徐訏大部分有分量的作品恰恰创作于香港时期，虽说香港的文坛状况迥异于20世纪三四十年代的大陆文坛，但作为一个生命体验性的作家，香港时期的创作很大部分是接续着其40年代的小说创作的，所以香港研究者

---

① 陈旋波：《时与光——20世纪中国文学史格局中的徐訏》，百花洲文艺出版社2004年版。

② 佟金丹：《徐訏小说创作的文化心理》，博士学位论文，山东大学，2008年。

③ 袁坚：《论徐訏30—40年代的小说创作》，博士学位论文，复旦大学，2008年。

黄康显认为："题材的转变，在他（指徐訏）'流放'香港的最后阶段，毕竟来得太晚了。在他去世的时候，他给世人的印象，仍然是一位旅港作家。"① 因此，研究者很多犯了以偏概全的毛病，对此王富仁曾经认为："中国现当代文学研究之所以会显得有些虚浮，原因当然是多方面的，但其中一个很重要的原因，恐怕是因为研究者面对的往往不是作者的全人，而是作者一个时期的一个或一些作品。"但同时他也提出"研究他们的晚年，不是为了用对他们晚年的评价代替对他们在现代文学史上的创作的评价，而是为了更深入细致地感受和理解他们当时的创作"，"实际上，一个作家和所有的人都一样，是处在不断变化的过程之中的。我们知道，中国现当代的历史是一个大动荡、大分化的历史，它不断冲击着一个人的生活，也不断冲击着一个人的文化心理和思想感情。可以说，在中国现当代的历史上，没有一个知识分子是没有受到这种外力的强烈冲击的，也就是说没有一个中国现当代知识分子一生只有一种思想倾向和艺术倾向。即使排除了社会大环境的影响，一个人的自身也是时时变化着的。从少年到青年，从青年到中年，从中年到老年，人的体质发生着变化，人的知识结构发生着变化，人的文化心理发生着变化，人的人事关系也发生着变化。所有这一切，对一个作家都是至关重要的，都会影响到他的创作思想和艺术风格的或显或隐的变化。只要从这种变化的角度看，一个作家任何一个时期的任何一个作品都不会完全等同于他当时所自觉意识到的思想和艺术的基本倾向，仅仅通过对一种思想和艺术倾向的推理论述是不可能揭示其作品的真实含义和实际价值的。"② 因此关注徐訏小说的创作全貌是至关重要的。

在这种研究存在薄弱环节的情况下，本书选择从"诗性"这个角度切入徐訏的小说创作，力求在这一角度的关注下深入揭示一个自由主义知识分子在特殊年代下的心理遭际。这里的"诗性"并不仅仅是指用诗情画意的语言符号，象征的表现手法来呈现诗化的意境，它更多表现在徐訏通过表层的故事情节深入展现出了对人的命运、存在以及意义的思考，并藉此拯救自身孤苦的灵魂的意向，展现出一种面对生存折磨、内心虚无以及死亡恐怖时坚韧挺拔的诗性精神。在这种视角的观察下，徐訏许多不受

① 黄康显：《香港文学的发展与评价》，秋海棠文化企业 1996 年版，第 149 页。

② 王富仁：《重视对中国现当代作家晚年的研究》，《中国现代文学研究丛刊》2005 年第 1 期。

关注的作品都从不同程度暗示了作者内心的思想与感悟，通过这种对其内在精神层面的分析，希望能够还原文学史上一个真实、立体的徐訏。

三　本书的研究方法及研究框架

米兰·昆德拉曾在《小说的艺术》中这样阐释小说："小说是通过想象出的人物对存在进行深思"，因此，"小说家既非历史学家，又非预言家：他是存在的探究者"①。对于徐訏这种研究哲学的生命体验性作家来说，其小说创作并不仅仅如有些研究者所认为的那样是"用传奇式的形式美以及贾宝玉式男人必为若干女人所喜的爱情，织结成奇幻虚渺的故事引人入胜"②，相反，对人的存在的思考成为其小说中探讨的重要问题，尤其是他在战争中的经历更是加强了其从自身独特的视角对人的命运、存在本身的关注，从一个侧面反映出一代上层知识分子追求人生真谛的苦难的心路历程，呈现出浓郁的诗性品格来。

本书对徐訏小说的考察，并不是孤立地对其作品进行文本解析与评述，而是放置在中国现当代文学史，乃至中国现代历史的背景下。同时重点立足于徐訏小说文本的细读，并结合其诗歌、散文、戏剧、文论的写作来全面考察徐訏创作的心路历程。尤其是他的诗歌创作几乎覆盖其人生的每一个阶段，密集时一日数篇，不仅诗作内容带有记录当时、当地情感与思想的性质，而且其诗作篇末所附的时间、地点记录，对于厘清各阶段的生活与创作状态大有帮助。

其次，本书所采用的材料包括文学史及社会历史资料，但尽量采用第一手材料。但由于徐訏直接的生平及创作材料不多，"既没有一堆书信可资参考，也没有一本日记可供分析"③，在这种情况下，对现有材料的发掘与利用尤为重要，如吴义勤与王素霞合著的《我心彷徨：徐訏传》，徐訏女儿葛原的《孤星残月：我与父亲徐訏》，台湾研究者陈乃欣等编著的《徐訏二三事》及香港浸会学院中国语文学会出版的《徐訏纪念文集》收录了大量徐訏亲友及文坛同人的回忆文章，其中包括许多关于徐訏生平及

---

① ［法］米兰·昆德拉：《小说的艺术》，董强译，上海译文出版社 2004 年版，第 56 页。
② 李辉英：《中国现代文学史》，香港文学研究社 1978 年版，第 269 页。
③ 王璞：《一个孤独的讲故事的人——徐訏小说研究》，博士学位论文，华东师范大学，2003 年，第 4—5 页。

创作方法的独家材料，此外还有一些散落在其他各处的与徐訏同时代人的回忆文章，均具有重要的参考价值。

与此同时，纵观徐訏的人生经历，他从小是在传统文化的熏陶下成长的，大学期间又曾接触过大量的关于柏格森的生命哲学理论，在战争期间又经历过颠沛流离的逃亡生涯，见识过诸多的生离死别，后半生又置身于素有"文化沙漠"之称的香港，在他的感觉中，冥冥之中整个人生都仿佛被命运所摆布，因此他在文本中不断地思考命运对人的制约作用，展现出命运的神秘与无可抗拒性。同时也通过文本传达出自身对存在的感受与体验，那种孤独、偶然与荒诞的存在感受均是作者在面对人类的命运之谜以及生存困境时的真切体验。而追索人生意义的徐訏又不甘于沉沦于这种孤独与荒诞的处境中，毕竟人是一种具有物质和精神双重性的动物，"人生的本质问题或核心问题乃在于对生命意义的追究，而这是一个关涉'实体世界'的终极性问题"。① 所以在其小说中，徐訏不断地在追问存在的意义及拯救的途径，其文中的主人公往往通过流浪甚至死亡的方式来对抗孤独和荒诞，从而进行一种自我救赎。

而这种对命运的关注，对存在的体验及存在意义的追问让其文体形式也呈现出明显的对应性。在徐訏小说中，他明显偏爱采用"第一人称"视角，而其中的"我"往往又是打上了作者自身烙印的哲学家、作家等孤独文人的形象，非常有利于展现自身对命运、存在的思考和感悟。在对命运、存在的思考和感悟下，徐訏小说明显呈现出人物性格的弱化。在结构特征上他偏爱采用一种"回忆"的叙事结构，这种结构更易于使个体生命向身前、身后进行无限的探问和质询。而在文体上，小说中诗歌的插入更利于情感的抒发和哲理的追问，而大量的意象采用以及具有抒情性、暗示性、哲理性的语言都更有利于传达出作者的生命体验。因此，作为生命体验的物化和赋形，文体的意义已不仅仅在于外在的符号形式，更是作为"有意味的形式"中的"意味"，折射出作者的存在感受，其明显突破了现代诗性小说研究中仅仅偏重于对意境悠远、情意盎然的审美情境，情感抒发的节制以及人性美的探讨上。

而以往这种对审美情境、节制的情感抒发以及人性美的探讨往往集中在鲁迅的《故乡》、郁达夫的《迟桂花》、沈从文的《边城》、废名的

---

① 檀传宝：《试论对宗教信仰的社会观照与人生观照》，《浙江大学学报》2003 年第 2 期。

《桥》等一批诗性小说上，虽然他们也具有浓郁的诗性品格，但更多呈现出的是一种古典的诗性精神，诸如对乡土田园和谐、朴素生活的向往，对人性美、道德美、风俗美的追求。与之相比，虽然徐訏也有少量的小说呈现出对乡土田园生活的向往，但更多的时候，其小说展现出的是一种面对生存折磨，面对内心虚无，面对死亡恐怖时坚韧挺拔的现代诗性精神。这种对现代诗性精神的追求和丰富明显拓宽了现代诗性小说的写作领域。

因此，循着这样的思路，本书的框架设计如下：第一章着重从徐訏所受的中国传统文化的熏陶、西方哲学思想的影响以及其创作时所遭遇的时代社会因素上深入分析徐訏的文化心理结构，以期探究他小说中诗性品格形成的文化基础。第二章主要从"诗性"这一角度分析徐訏小说的主题内涵，认为其重点通过小说展现出其对命运的思考，对存在的关注以及存在意义的追问。在命运的思考上，徐訏着重展示了命运的神秘性及它的无力抗拒性，充分体现出其在关注人的生存困境时的困惑与茫然。在存在的体验上，徐訏基于自身的体验着重通过文本展示了存在的孤独、无意义以及偶然与荒诞，并在文本中秉持着担当存在的勇气思考着存在的意义，用流浪甚至死亡的方式反抗着存在的虚无，明显体现出自身对生命存在的关怀。第三章侧重分析徐訏小说在文体上的诗性特征，以哲学家、作家等"第一人称"限制视角的大量使用，回忆的叙事结构，诗歌文体的插入等都有利于作者的生命体验的传达。在表达方式上，这种对命运和存在的思考与追问让其更偏爱采用意象、营造意境等来进行传达，而且在语言的使用上，明显采用一种抒情性、暗示性、哲理性的语言来表情达意，从而建构了一种典型的诗性文体。第四章重点探讨这种诗性主题和文体特征背后隐藏的作者的精神特征。这种对命运的思考、存在的体验及其意义的追问更多的是作者在特殊年代作为边缘人的生命独语，其通过文字的形式展现出自身对灵魂拯救的渴望。第五章则把徐訏小说中所呈现的诗性品格放在整个文学史范围内进行考量。这种边缘人的生命独语和灵魂拯救的渴望让徐訏小说凸显出一种典型的现代诗性精神，它不仅是对大陆 20 世纪 40 年代后期逐渐淡出历史舞台的诗性传统的接续和丰富，明显扩大了以沈从文、废名等小说家开创的诗性小说的内涵，同时也在某种程度上提升了香港文学的审美格调，并对一些作家的创作产生了重要的影响。

　　总之，通过"诗性"视角的切入，本书全面考察徐訏小说的主题内涵以及其所呈现的文体特征，并探讨隐藏在其背后的作者的精神世界，希望能够突破以往仅仅局限于对徐訏小说表层的爱情书写、雅俗融合以及传奇特征的关注上，以期能够还原一个丰富、立体的徐訏。

第一章

徐訏小说诗性品格形成的文化基础

美国学者 J. R. 坎托在其《文化心理学》中认为"每一个人都置身于一定的文化系统中"①，都是"文化化"的人。对于作家来说，文化对其创作的影响是根深蒂固的，即使是如"五四"时期的作家，传统儒家文化面临着西学的侵蚀而陷入解体，但"儒家道德理想主义的群体意义、人生理想和人文宗教，仍如'游魂'（余英时语）附丽于启蒙运动和知识分子的思想深处"②。这一点对于徐訏来说也不例外，他从小就在传统文化的熏陶下成长，阅读了大量的古典名著。而事实上，"从某种意义上来说，中国传统文化是以'中国诗词'为文本形式，以'中国诗学'为理论系统，以及以'诗性智慧'为哲学基础的一种诗性文化形态"。③ 这种诗性文化形态对徐訏小说诗性品格的形成产生了潜移默化的影响。而到了20 世纪 30 年代，大学时就已接触的柏格森的生命哲学让徐訏开始放弃了早年信奉的马克思主义思想，转而更多地关怀人的生命价值和意义，再加上战争期间辗转大后方的逃亡生活让他充分体验到生命的无常与偶然，因此，即使面对着战争频仍的 40 年代以及 50 年代香港的商业化氛围，徐訏依然选择了关注人的命运和存在，而这恰恰是"诗性"的题中应有之义。因此，着重从徐訏所受的传统文化、西方文化的影响以及其所处的时代社会因素中厘清徐訏小说诗性品格形成的基础显得十分必要。

① ［美］J. R. 坎托：《文化心理学》，王亚南、刘薇琳等译，云南人民出版社 1991 年版，第98 页。

② 高力克：《五四的思想世界》，学林出版社 2003 年版，第 83 页。

③ 刘士林：《中国诗学精神》，海南出版社 2006 年版，第 3 页。

第一节　徐訏小说诗性品格秉承的传统文化因子

1908 年，徐訏出生于美丽的浙江慈溪竺杨村，其文学"性格"也开始被这片美丽的土地所塑造，而这片美丽的土地也因徐訏的成名而得到了关注，几十年后，徐訏家乡文联的王静女士寻访徐訏旧居后写道：

> "小城外有青山如画，/青山前有水如镜，/大路的右边是小亭，/小亭边是木槐荫，/木桥边是我垂钓的所在，/槐荫上有我童年的脚印。/桥下第三家是我的故居，/破篱边青草丛中有古井，/传说有大眼长发的少女，/为一个牧童在那里殉情。/最后请就站在那里远望，/看马鞍山上是否有微云。"这是徐訏晚年的诗作——《幻寄》，诗中的景情与我眼前的情景是多么的相似啊，竺杨村的竹叶依然纤纤，槐木依然青青，虽然青草丛中少了古井，也少了牧童，但马鞍山上仍飘着微云。徐訏的故居就在离马鞍山不远的小村，小村二十几幢农舍躲藏于一片深深浅浅的绿荫间……①

可以说，"一个人从他出生的时候开始，就会不自觉地接受地域文化的熏陶，包括生活方式、内在性格以及成长记忆"。② 徐訏在 12 岁之前基本都是在竺杨村度过的，这是一个有着深厚文化底蕴的小村。从文化传承角度上来看，它属于江南文化区域，这里的"江南文化"系指"以江苏、浙江为主体的长江下游南岸地区，在长久的历史发展进程中所积淀和传承下来的一种地域文化"。③ 这个区域在中国古代有着重要的地位，从汉乐府的《江南》、南朝时期的《江南思》《江南曲》《江南弄》，到唐代的李白、白居易、温庭筠、杜牧、韦庄，宋代的贺铸、黄庭坚、柳永、苏轼、晏几道等一大批诗人、词人都曾不遗余力地歌咏着江南山水的诗意与情趣。"江南可以说是让无数中国作家魂牵梦绕的地方"④，无论在现实中怎

---

① 王静：《寻找徐訏故居》，《留住慈城》，上海远东出版社 2004 年版，第 18—19 页。

② 王嘉良：《浙江 20 世纪文学史》，浙江大学出版社 2009 年版，第 162 页。

③ 凤媛：《江南文化与中国现代文学》，文化艺术出版社 2008 年版，第 25 页。

④ 吴晓东：《理解现代派诗歌的几个形式要素》，温儒敏、姜涛编《北大文学讲堂》，中央编译出版社 2005 年版，第 355 页。

样地忧虑、焦灼，中国古人始终向往和追求着这个梦，在那里寻找着心灵的平衡和宁静，并在此过程中不断地阐释和强化着江南文化的诗性精神。以至于"江南文化"这一指称在后人眼中已先验地被赋予了一种文化精神，即能在自然态的江南山水中唤起人们诗意的文化想象和精神意识。这种诗意的文化想象和精神意识影响了一代又一代的后世文人，所以，有学者指出"江南文化对江南作家的影响……作为母文化的基因成分，已深深地融化在他们的精神血肉之中，孕育了他们一种极具地域性特征的文化性格和审美心理，成为了他们认识世界、表现人生的一种最基本的，也是极具个性特征的思维方式、审美方式和艺术表现方式，从而使他们的创作总是能够代表中国文化、文学、艺术的最感性、最唯美、也是最柔情的一个方面。"同时"江南的富庶、江南的风情、江南自然与人文景观的色诱和情殇以及那种独特的柔美飘逸、柔情细腻而又略带颓废放浪，且又是抒情浪漫的江南气质和审美映象，都对生活在华夏文化圈内的人形成了一种永恒的心理召唤和审美诱惑，使之萌发出一种置身于人间凡尘，又期盼超越世俗藩篱之束缚的生命感怀"。① 江南文化的这种诗性特征明显地影响了徐訏的小说创作，形成了其唯美的、抒情的创作风格。这一点在其创作的小说《鸟语》《旧地》《私奔》中都有明显的体现。

　　除了出生于充满诗情画意的江南文化区域外，徐訏的家庭也是一个文化底蕴非常厚实的家庭。"徐家的祖业曾经繁盛一时，是当时有名的大户人家，到了父辈，由于战事频繁，农村经济萧条，徐家也逐渐走向败落，成为逐渐崩溃、沉沦下跌的破落户。"② 徐訏的父亲徐荷君，从小聪颖过人，能诗善文，在光绪三十年中过举人，是一位既有着传统学识，眼光又很开放的家长。他和徐訏母亲的感情并不好，并在外面另组了一个家庭，因此，幼时的徐訏就很少能享受到父爱。而在徐訏 5 岁时，父母亲分居后的寄宿生活让其又缺失了母爱。在弗洛伊德的精神分析学中，"恋母情结"是男性一种永远也摆脱不了的宿命。但在霍尔奈、弗洛姆等新弗洛伊德学者看来，恋母情结却是"人的生物本能的结果"③。因为对于孩童来说，母亲就是食物，就是爱，就是温暖，就是大地。所以"恋母情结"

---

① 黄健、王华琪：《现代江南作家的柔性艺术风格》，《名作欣赏》2006 年第 11 期。

② 吴义勤、王素霞：《我心彷徨：徐訏传》，上海三联书店 2008 年版，第 5 页。

③ ［美］卡伦·霍尔奈：《精神分析新法》，上海文艺出版社 1999 年版，第 129 页。

中所谓的孩童对母亲的依恋，本质上并不是弗洛伊德所谓的"性依恋"，而是一种对母腹或母亲怀抱所内含的安全感——母爱的依恋，也即弗洛姆所谓的"返回子宫"①。然而，对于徐訏来说，这种缺失的母爱是一件永远也不能填补的奢侈品，他在父母离异后就被送往了寄宿学校，和一个老学究校长住在一起。对于一个一无所知的 5 岁儿童来说，突然离开母亲的怀抱来到陌生的学校那种如临深渊的孤独无助感是可想而知的。若干年后，他在香港曾借一部《霜叶红红》的意大利电影来描述自己童年时期的那种处境："其中一段印象最深刻的正是一对父母亲分居之后，孩子被送到森严的教会学校住读。那十岁大的孩子参观了校园、教室以及犹如牢狱似的宿舍后，缓缓转过身对着他父亲望，双眼盈满了祈求、恐惧的泪水，把那种一个小孩所承受不了的孤单、寂寞都倾进观众心里。这一幕此时恰似对我做更真确的诠释。"②

这种孤独的寄宿生活持续了近 5 年，给徐訏带来了沉重的内心创伤，影响了他的性格形成。荣格在他关于梦的理论中曾将人的心理结构分为"外倾型"和"内倾型"两类，他所谓的"内倾型"是指发生在内向者身上的一切心理现象，"好沉思，喜内省，并且抵制外部的影响。在同别人和外界接触中，他缺乏自信，而且比较倾向于孤僻和害羞。"③ 而徐訏的性格明显就属于后一种，他自己就曾在散文《"挤牛奶"的悲剧》中谈道："我是一个很容易流泪的人，孤独地对一朵早枯的花，或一瓣早凋的落叶；清晨在沙滩漫步，对着渺茫的海；黄昏在楼头，望着黯淡的落日，以及冬夜看到冷落街头的游妓与田野中碰到孤苦的儿童哀号母亲，都能使我泫然鼻酸。"④ 正是这种长期孤独的成长环境让他养成了一种孤僻、爱沉思默想、爱思考的习惯，这种孤独感几乎伴随了他一生，如他经常在小说中自白："我只是一个孤独的旅人，在寂寞的旅途中，寻找一个可以互

---

① ［美］埃里希·弗洛姆：《人心 人的善恶天性》，范瑞平等译，福建人民出版社 1988 年版，第 87 页。

② 心岱：《台北过客》，陈乃欣等著《徐訏二三事》，尔雅出版社 1980 年版，第 36 页。

③ ［美］杜·舒尔茨：《现代心理学史》，沈德灿等译，人民教育出版社 1981 年版，第 362 页。

④ 徐訏：《"挤牛奶"的悲剧》，《徐訏文集》（第 10 卷），上海三联书店 2008 年版，第 343 页。

相寻求了解的人。"① 这种孤独寂寞的气质一方面影响了其创作的风格，如有研究者就指出，徐先生"很喜欢打开窗子让街上的寂寞飘进自己的房间里来。徐先生的寂寞是他给他的人生刻意安排的一个情节，一个布局，结果弄假成真，很有感染力，像他的小说。"② 另一方面促成了他能够亲近哲学，关注生命体验和存在的意义，从而为其在 20 世纪 40 年代生命体验性的创作打下了基础。

虽然徐訏从小在缺乏母爱的孤独环境中长大，但能诗善文的父亲却对他的教育非常严格。徐訏后来在《关于文化革命的交流与复兴》中曾以强烈的民族自豪感高度赞扬了中华民族的传统文化："我们的文化是诸子百家，光焰万丈的文化，正如一颗太阳，我们无从分析它挑剔它，它的热它的光照到哪里，碰到什么都会有感有反应是必然的……以人类文化来讲，中国文化至少是凸出的，不同于西方的文化，这'不同'，已经是有足够的理由存在而不必自卑。这正如一个花园中我们贡献了另一花木，如果人类文化缺少中国文化，这将减少多少色彩与光辉。中国文化就是中国文化，是整个不可分割的东西，它有五千年之历史，是前后几十亿的人民血汗的结晶。它曾经兴旺，也曾经衰微。但仍是存在，而且将继续存在。如果我们自爱、谦虚、努力，随时可以兴旺。"③ 他的这种对传统文化的热爱肇始于父亲对其进行的严格的传统文化教育，徐訏后来回忆说，"很小的时候，就有一位老师住在家里，专门教我古文，直到今日，我还记得当时根本听不懂他讲些什么，凭揣摩猜测，不了解真正意思，硬着头皮背诵，譬如像'道德'之类的字眼，四、五岁的孩子，如何能接受呢？除此之外，每天都要写字作文。"④ 这种严格的教育不仅培养了徐訏的"文学之心"，而且还直接促成了他最初的文学实践，他在回顾自己的创作道路时透露："严格地说，好像还在六七岁的时候，我就有过写作的冒险。那时候家父常有一些朋友来唱和写诗，互相推敲，有一次我看了他们几首七绝以后，也模仿着写了一首诗，自己抄在一本簿子里，以后陆续地写了七八首，虽是从来没有给人看过，而内容也多是杂凑唐诗三百首的成句，

① 徐訏：《彼岸》，《徐訏文集》（第 5 卷），上海三联书店 2008 年版，第 129 页。

② 董桥：《满抽屉的寂寞》，《旧时月色》，江苏文艺出版社 2003 年版，第 282 页。

③ 徐訏：《关于文化革命的交流与复兴》，《场边文学》，上海印书馆 1971 年版，第 69—70 页。

④ 陈乃欣：《徐訏二三事》，陈乃欣等著《徐訏二三事》，尔雅出版社 1980 年版，第 23 页。

也仍可夸说是我写作的开始了。"① 除了学习古文以及自己尝试写作外，为了消磨时间，孤独的徐訏开始大量地阅读书籍，尤其是中国古代的优秀之作。他非常喜欢诗歌，幼年时就曾读过《诗经》，后来又特别喜爱白居易等人的诗。除了诗歌外，他也曾大量涉猎古典小说，"以我个人的经验来说，我在十四岁以前已经看了《野叟曝言》、《红楼梦》、《西厢记》。大概十五六岁看到《金瓶梅》，读到潘金莲大闹葡萄架，就觉得'恶形'，没有看下去"。② 这些古典文学著作极大地增强了他的文学素养，成为他日后文学创作的坚实基础，尤其是其中的《红楼梦》对他后来的文学创作产生了极大的影响，他笔下很多女主人公的形象都可以从《红楼梦》里找到影子，如《鸟语》中超凡脱俗、纤尘不染的芸芊分明有着妙玉的影子，而《彼岸》中如带露莲花般纯洁高贵的女主人公露莲、《盲恋》中有着高贵灵魂和仙子般美貌的盲女微翠、《痴心井》中捧着"珊瑚心"跳井的痴情女子银妮等均是黛玉形象的传承者，这种诗意幻化的女性形象也给小说带来了浓郁的诗性气息。除此之外，《红楼梦》中那种人生如梦、自色悟空的虚无思想也对徐訏的创作产生了重要的影响，如批评家吕清夫在谈到徐訏的小说时就曾认为："徐訏曾把《红楼梦》推许为世界第一流的名著，其实他的某些著作，尤其是长篇小说，给我的感受实与《红楼梦》相去不远，说得夸张一点，那种感受有点像心痛，或者近乎李叔同所谓的'空苦无常'之感……"③ 吴义勤也认为："《红楼梦》结局那种'白茫茫一片真干净'的空灵和虚无，也正是徐訏许多小说的意蕴所在。"④

根据弗洛伊德的理论，人的早年经历对人的精神气质、人格心理都会产生重大影响。徐訏早年孤独的寄宿生涯以及大量的涉猎古典名著，使其形成了一种温和纤敏、忧郁孤独的性格特征，也正因如此，"他很早就有了一种人生无常的宿命感以及感伤和悲凉的情怀，这种气息一直弥漫在他

---

① 徐訏：《〈全集〉后记》，《徐訏文集》（第 10 卷），上海三联书店 2008 年版，第 136 页。

② 徐訏：《两性问题与文学》，《徐訏文集》（第 10 卷），上海三联书店 2008 年版，第 375 页。

③ 吕清夫：《徐訏的绘画因缘》，陈乃欣等著《徐訏二三事》，尔雅出版社 1980 年版，第 264 页。

④ 吴义勤：《漂泊的都市之魂——徐訏论》，苏州大学出版社 1993 年版，第 220 页。

的人生和后来的文学创作之中"。① 而在文章的风格特征上，古典小说那种温柔敦厚的抒情风格也让徐訏在情感的抒发上崇尚"乐而不淫，哀而不伤"的风格特征。同时，在语言的使用上，徐訏则摆脱了"五四"时期作家那种浓重的欧化色彩，完全呈现出一种流畅、清新、优美的抒情语言艺术，而这都与他大量地涉猎古典文学有莫大的关系。

徐訏小说诗性品格的形成除了受这些古典诗词和小说的影响外，也与其接受的传统文化中的佛、道思想有很大的关联。刘士林曾在《中国诗学精神》中认为传统文化是一种诗性文化，而这种诗性文化的典型代表即是道家文化。因为"道家'齐物'、'无为'、'自然'、'逍遥'等乃是蔑视一切现实对人的'强加'，体现了对人的自由生命本体的高度重视，因此主张'混沌'的道家思想恰恰成为古代对抗非合理存在的思想源泉——诗性精神的渊薮"。② 而道家的这种诗性精神最鲜明地体现在其对自然的态度中，道家创始人老子认为："人法地，地法天，天法道，道法自然。"③ 因此，道家力图回归自然，顺应自然生命，以获得真朴的心境。这一观点对中国文学乃至国人的精神世界都产生了重要的影响，因为在中国人看来，自然界的一草一木，与人类有着千丝万缕的联系，有时甚至是先天的精神联系和精神交换，这就是自然"深层的精神结构"，诗性就是要回到人的存在的自然状态，回到自然那"深层的精神结构"中。因此，许多古代的诗人都曾吟咏过对自然界的向往，最著名的莫过于陶渊明的《饮酒》以及《归园田居》了。这种对自然和田园生活的向往甚至成为一种集体无意识，深深植根于中国文人的精神土壤，成为一种潜在的精神追求。

这种精神追求无疑已深深植根于谙熟传统文化的徐訏身上，他曾说："老庄的自然观，是使人与宇宙在'道'中沟通，视生死无别，万物齐一，这是中国人，尤其是知识阶级的洒脱、旷达的一面。这一面正是代表对平等自由的爱好，视富贵如敝屣，看权势如草芥，淡泊自足，悠闲自得，他们是与清风明月为友，不以贫穷为羞，不以懒惰为耻的独来独往的一种人。我以为中国大部分的文学作品与绘画以及庭园等建筑艺术都是以

---

① 吴义勤、王素霞：《我心彷徨——徐訏传》，上海三联书店 2008 年版，第 16 页。

② 王海燕：《花魂诗魄女儿心：林黛玉新论》，中国社会科学出版社 2007 年版，第 7 页。

③ 冯达甫译注：《老子译注》，上海古籍出版社 2007 年版，第 50 页。

这种自然观为源泉，如果没有这种自然观，中国的文学艺术不知贫乏到什么地步了。"① 经徐訏的解释，道家的自然思想不仅是一种超脱的人生方式的依据，而且是中国文化的根源。从这点出发，我们就不难理解其小说《彼岸》中锄老的形象及其意义了。这个七十八岁的老头"心中只有一个海，海似乎是他的爱人，是他永不能占有的爱人，海又似乎是他所爱的儿子，是远离他的儿子，海又似乎是他所创造的艺术品，是他现在无法再创造的艺术品。他模仿海，认识海，时时感觉着海，意识着海，他可以预见海的愤怒，预见海的温情"。② 这个几乎与海融为一体的老人生具一派仙风道骨，"一头白头，满脸白须，但腰背挺直，精神矍铄，而面目清癯，从无笑容，平时吹一管细长逾恒的洞箫，吸一支更细更长的旱烟管"。③ 在他的十来任助手相继去世以后，他依然平静地驻守着灯塔，没有世俗情感的牵绊，没有社会力量的羁绊。因而，在这种心灵完全自由的情况下，他能一头扎进海的怀抱，与明月清风为伴，摒弃尘世的喧嚣，于海天一片的宁静中达到与自然的和谐。在这种和谐的境界里，世间万物在一片剔透晶莹的虚空中舒展着各自内在充实的生命，摆脱束缚的个体生命在一片澄澈空明中放射出光辉。这是徐訏的理想境界，也是其不懈的人生追求。

除了道家文化的影响外，佛教思想对徐訏小说诗性品格的形成也产生了重要的影响。曾有研究者认为："宗教在其原始的信仰形成之后，就会变成一种集体无意识积淀下来，深植于人们的文化心理结构之中，在特定的个体身上得到映现并影响着个体，无论是宗教信徒与否，也不管是有神论还是无神论者，都难以彻底超脱。"④ 佛教自传入中国以来，经过两千年的融合，已经化成了中华文化血液的一部分。因此，相比于儒家文化的经世致用和道家文化的天人合一，"虽然佛教文化始终没有进入到中国政治文化结构的核心层次，但其在文学中的影响却是深远而悠久的，甚至比儒、道两家文化精神的影响更加巨大，更加突出。20 世纪 20 年代的五四新文化运动以摧毁旧文化、旧道德为己任，儒家文化与道家文化被批判得体无完肤，倒是一直处于政治文化结构之外的佛教文化受到知识分子的尊

---

① 徐訏：《关于文化革命的交流与复兴》，《场边文学》，上海印书馆 1971 年版，第 68—69 页。

② 徐訏：《彼岸》，《徐訏文集》（第 5 卷），上海三联书店 2008 年版，第 202 页。

③ 同上书，第 200 页。

④ 胡绍华：《中国现代文学与宗教文化》，华中师范大学出版社 1999 年版，第 36 页。

敬，并被用以作为沟通新型知识分子与传统文化的一座桥梁"。① 所以，
对于深受传统文化熏陶的徐訏来说，其天然地对佛教有种亲近感，例如他
在《论中西的风景观》中说道：

> 我爱中国寺院（固然我不喜欢它太富有），因为在世俗的人世间
> 劳碌半生，偶尔到山水间宿一宵，钟声佛号，泉鸣树香之间，会使我
> 们对于名利世事的争执发生可笑的念头，而彻悟到无常与永生，一切
> 欲念因而完全消净，觉得心轻如燕，对于生不执迷，对于死不畏惧
> 了。我相信，每个人如果肯一年一次，在那些深山古刹中生活一月，
> 世界上大战小赌，流血吐血的事情一定可以减去十分之九，而人类生
> 命的长寿一定可以增加十分之五的。一个人心灵需要在山水之间冥
> 想，等于一个人肉体需要洗澡一样，灵魂上的积垢浓污是同身体差不
> 多的，需要常常净化，而其与健康的关系，则比肉体还要重要。②

佛教文化之所以受到新型知识分子的青睐还与其本身的思想体系有
关，佛教对人生的基本价值认定是十分简单而又干脆的一个字：苦，并认
为"人的苦难来之于人自身的肉体，肉体是没有恒常的自体自性的，刹那
之间在发生着变化。而且，人在十月怀胎时就处于水深火热之中，一朝分
娩之后也是四大难调，生老病死，无可避免。芸芸众生由于愚昧无明，看
不透造化的无常，纷纷执着于这个没有恒常自体的肉体，才会产生人生的
无量诸苦"。③ 除了生老病死的肉体之苦，佛教认为的"苦"也包括种种
精神上的痛苦：怨憎会苦（和不爱的事物或人会合在一起）、爱别离苦
（和可爱的事物或人离别）、求不得苦（欲望不能满足）与五阴炽盛苦
（一切身心的烦恼）。对于每个个体来说，上述佛教思想中所谓的"八苦"
通常都会遇见，再加上三四十年代频繁的战争更加加剧了现代知识分子对
佛教思想的认同，如俞平伯、许地山、丰子恺等都在其作品中传达出强烈
的佛教思想。
　　对于徐訏来说，其对佛教思想的认同更多的是源于自身的经历。徐訏

---

① 谭桂林：《百年文学与宗教》，湖南教育出版社 2002 年版，第 2 页。
② 徐訏：《论中西的风景观》，《徐訏文集》（第 9 卷），上海三联书店 2008 年版，第 8 页。
③ 谭桂林：《百年文学与宗教》，湖南教育出版社 2002 年版，第 136 页。

在幼年时父母就离异，五岁时就被送往寄宿学校，很早就有了一种人生无常的宿命感以及感伤和悲凉的情怀，青年时代又处于动乱的中国，并只身到法国求学，抗战军兴，学未竟而回国，50 年代又孤身一人前往香港。自始至终，徐訏对自己的生命都有很强的悲观感受，如他在一首诗中写道："翻两个三个的跟斗，一声叹息，几十度春秋就成了七拼八凑的生命。"① 这种颠沛流离、沧桑多变的人生经历恰恰切合了佛教"生存即是苦难"的价值认定，所以在初到香港时，徐訏就开始关注并研究了一些佛教的东西，并直接用佛历来标记一些作品的创作时间，如《痴心井》写于"佛历二五一六年九月八日，香港"等。

除此之外，这种对佛教价值的认定也使徐訏在小说中开始不停地思考人的存在与命运问题。佛法认为世间一切有为法都是因缘和合而生，因缘所生的诸法，空无自性，随着缘聚而生，缘散而灭，它是三世迁徙不住的。无常是世间实相，因为世间永远有生和灭的变化。这种对命运的看法极大地影响了徐訏的命运观，如他在《鸟语》中通过批芸芊的签诗"悟道本是一朝事，得缘不愁万里遥。玉女无言心已净，宿慧光照六根空"以及"我"的签诗"有因本无因，无因皆有因。世上衣锦客，莫进紫云洞"展现出对佛教因缘前定的认同，并表达随缘任运的思想。

虽然徐訏认同了佛教的思想，但佛教思想对其小说的影响并不是机械的对应，而是有他自己的独特理解和消化方式的。对于徐訏来说，对佛教的信仰并没有如废名等佛教徒那样去参禅打坐，而更多的是想通过抛弃欲念与"我执"来求得内心的纯洁与真善美。如《幻觉》中墨龙所说："我从小爱艺术，爱好美，我追求美，陶醉于美，但结果我反而堕入于最丑恶的虚幻中，我不安于这痛苦，但不能自拔，一直到我出家了，我灵魂才平静安详起来。"② 徐訏似乎认同墨龙的这种人生感受，吴义勤认为，"徐訏不但把佛教作为一种哲学看待，更把它当作一种美的根源，一种最高的人生境界来表现。佛教在被徐訏纳入自己的世界图式中时，已经转变为一种内涵更为空灵的精神符号，集中表达了作者的人生理想"。③ 所以佛教对

① 徐訏：《悼亡组曲》，《徐訏文集》（第 15 卷），上海三联书店 2008 年版，第 169—170 页。

② 徐訏：《幻觉》，《徐訏文集》（第 6 卷），上海三联书店 2008 年版，第 71 页。

③ 吴义勤：《漂泊的都市之魂——徐訏论》，苏州大学出版社 1993 年版，第 222 页。

徐訏的影响更多的是让其突进人物的内心，关注执着于欲念之苦中的人物的内心挣扎及其救赎方式。这正切合了谭桂林所谓的佛教对现代文学的影响是"为现代文学提供了一种别致的情趣，一种别致的韵味，一种别致的境界，使得汲汲于同时代政治与社会问题紧张对话的现代文学多了一种关怀心灵的深邃，一点讲究情趣的空灵，也多了一点向着人性深处搏击的力度"。①

第二节　徐訏小说诗性品格受到的西方文化浸染

虽然徐訏"是一位传统'情结'相当浓的作家"②，"在任何场合徐訏都会表达出对中国文化的强烈自信"③，但他并不是一个一味耽溺于传统的温煦的作家，他对西方文化的巨大热情也在他的文学生命中奏响了迷人的乐章，并对其小说诗性品格的形成产生了重要的影响。

徐訏 1927 年考入北京大学哲学系，1931 年毕业后，又进入北大心理学系研修两年。北大是"五四"新文学的发源地，陈独秀、胡适、鲁迅、周作人等新文化的巨匠在北大的巨大影响体现在校园生活的方方面面，这种开阔的视野和自由的风气给知识欲旺盛的徐訏提供了一个广博的阅读空间。更何况，徐訏在北京大学求学期间，西方十九世纪的各种文学思潮通过译介也陆续传入中国，对中国的文化界产生了重大影响。从大学时代起，徐訏就开始接触西方文化，他自己说很小的时候就看过林译小说，对于许多外文著作都想读原文，他后来从法国回来，带回的也是几箱子书，而在美国更是"懒得出门，住处的附近有一个市立图书馆的分馆，每次可以借七本书，我大概二三天去换一次，借的都是小说。"④ 并曾在随笔《我的照相》中，展示了"我"翻箱倒箧找寻自己照片的过程：

> 一到家，就翻箱倒箧，Watson：Behaviorism 里找出了七张，前门牌罐里找出了十一张，康德《纯理性批判》里找出两张，《养鸡学纲

---

① 谭桂林：《20 世纪中国文学与佛学》，安徽教育出版社 1999 年版，第 19 页。
② 吴义勤：《漂泊的都市之魂——徐訏论》，苏州大学出版社 1993 年版，第 219 页。
③ 同上书，第 213 页。
④ 徐訏：《谈艺术与娱乐》（第 9 卷），上海三联书店 2008 年版，第 411 页。

要》里找出五张，马克思《资本论》里找出一张，Eddington：The Nature of Physical World 里找出三张，老子《道德经》里找出一张，张东荪译的《物质与记忆》里有一张，《论语》、《大学》、《中庸》中各找出一张……①

而在小说《风萧萧》中，当"我"来到史蒂芬家中，被其优美和谐的家居环境所感染，突然产生了读书的欲望时作者写道：

> 我沉默着。我有一种欲望，找一本书，但是到底读什么书是最适宜呢？我想起 Schelling，想起 Eicht，想起 Bergson，想起庄子，想起东坡。想起许多的哲学家与诗人，还想起许多的传记。②

这种强烈的"拿来"意识，在开阔了徐訏文学视界的同时也加深了他的文学修养，在很大程度上影响了他的创作。徐訏在北大求学期间，对中国思想界产生广泛影响的则是马克思的学说，在左翼文学风行的 30 年代，徐訏也深受其影响，甚至几乎成了左联北平分盟的成员。他曾说："大学时代，左倾思想很风行，我读了太多有关资本论、经济学方面的书，又看了马克思、列宁、恩格斯。还有日本左派河上洮等人的著作，无形中思想便倾向社会主义。"③并且描述当时对马克思主义著作如饥似渴的程度时说："每出版一本书，无论文字是多么生硬，总是要借来买来，从头把它读完。"④并尝试写了一些明显带左翼色彩的作品，如《滔滔》《郭庆记》《小刺儿们》等，从中展现出朦胧的阶级意识的觉醒。然而，随着徐訏 1936 年到法国巴黎大学攻读哲学期间，其思想发生了重大的变化，他曾回忆说：

> 当时，我在上海接近来往的朋友比较广泛，但是基本上我的对于马克思主义的信仰并没有改变。

---

① 徐訏：《我的照相》，《徐訏文集》（第 12 卷），上海三联书店 2008 年版，第 179 页。

② 徐訏：《风萧萧》，《徐訏文集》（第 1 卷），上海三联书店 2008 年版，第 43 页。

③ 心岱：《台北过客》，陈乃欣等著《徐訏二三事》，尔雅出版社 1980 年版，第 38 页。

④ 徐訏：《道德要求与道德标准》，陈乃欣等著《徐訏二三事》，尔雅出版社 1980 年版，第 91 页。

　　以后我去了法国，那时候我的法文程度只能读些报告一类的东西。我在巴黎看到一本苏联史大林审判托洛斯基派的综合报告，那是厚厚的一本书，因为正合我的法文程度，所以读了大半部。

　　这本东西，很激烈地动摇了我对于"正统"共产国际的信仰，跟着我对于共产主义也起了怀疑。因为如果共产主义是好的，怎么会产生这许多奇怪的伟大的革命人物——如托洛斯基、布哈林、拉狄克……等等，忽而变成了叛党叛国叛主义的罪犯呢？那时候有许多同情托洛斯基的人出来写书写文章，我自然也读了许多，后来也读到纪德的《从苏联归来》等书。我的思想起了很大的变化。

　　我由否定共产主义，接着我也否定了马克思主义。

　　我先是扬弃了他的唯物论接着是他的唯物史观。那时候，我开始喜欢柏格森的哲学。

　　我的马克思时代就是这样结束，而且一去不复返了。①

　　在放弃了马克思主义的唯物论和唯物史观后，徐訏开始信奉康德、柏格森的哲学，弗洛伊德、荣格的心理分析学，以及接受诸如唯美主义、表现主义、存在主义和现代主义等各种思潮，并在自己的创作中打下了明显的印记。这其中，柏格森的生命哲学尤其是"生命冲动说"对徐訏的影响很大。在柏格森的生命哲学看来，世界的存在是一种"生命的冲动"的过程，是一种意识的不断绵延和不可分割的过程，要把握它，只有靠下意识的"直觉"。所以，总体看来，柏格森的哲学是反对以科学理性为核心的本质主义思维方式，倡导一种关怀人的生命价值和意义的人本主义思潮。这种哲学观点也直接影响了其对艺术的看法，在柏格森看来："艺术不反映现实，而是对现实的'超脱'，是体现'绵延'的一种方式。因此，无论创作还是欣赏，都与理性分析无关，只是一种纯粹的直觉活动，追求'绝对的境界'。"② 除此以外，荣格的原型心理学也对徐訏的创作产生了重要的影响。作为著名的精神病学家和心理分析学家，与弗洛伊德的情欲一元论不同的是，荣格首次提出心理有三个层次：意识、个体无意识

---

① 徐訏：《现代中国文学过眼录》，时报文化出版公司1991年版，第379—380页。

② 赵乐甡、车成安、王林编：《西方现代派文学与艺术》，时代文艺出版社1986年版，第11页。

和集体无意识，并认为不是"性本能"而是集体无意识才是人的行为中最重要的东西。这里的"集体无意识"是指潜藏于人类心灵深处的普遍的种族记忆，往往是通过神话、图腾、不可理喻的梦等原始表象显现出来，成为"原型"。荣格的那种试图从人类集体无意识原型中找寻生命体验的深层意义很大程度上激发了徐訏对人类心理模式的探讨，尤其是其中的阿尼玛原型，使得徐訏对爱情问题的探讨直接指向了人类深层的集体无意识。

柏格森的这种生命哲学观、文学观以及荣格的精神分析学说对徐訏的文学观产生了重要的影响，使其能积极投入现代生命哲学的领域，着力关注生命存在的境遇，呈现出极为强烈的生命体验倾向。在这里，"体验永远是个体对个体生命，对处于历史关联域中的个体生命的独特体验"①，是一种对生命的内在隐秘本质的把握。在徐訏的小说里，"体验"一词出现得非常频繁，常被用以描述主人公对于生命深层意蕴的一种直觉性领悟，如：

　　而现在，我们还应当体验（着重号为引者加，下同）反省。常常在我们工作之中，会发现我们爱情的升华，有时候会觉得有上帝同一胸怀，在艺术里，我们也可以有同样地感觉，但这与我们本能的人间的爱情，在矛盾之中还是和谐的。②

　　我在人体与劳动的和谐之中体验到一种永远鼓动人的节奏，这些节奏中所产生的精神生活是宗教所不能体会的。这是一种合唱，每一个人的呼吸有同一韵律，生命在这里不是如此孤独，人们像是一片森林，每一阵风都会唤起呼应的共鸣。③

　　我靠在她的膝上沉默了，于是整个湖山的寂静一齐涌进我们房内，我们在寂静之中体验到一瞬间的生命就包括了天地的永恒。④

周宪认为，那种崇尚体验性的作家往往把艺术看作目的本身，"总是从

---

① 王一川：《意义的瞬间生成》，山东文艺出版社 1988 年版，第 110 页。

② 徐訏：《风萧萧》，《徐訏文集》（第 1 卷），上海三联书店 2008 年版，第 449 页。

③ 徐訏：《彼岸》，《徐訏文集》（第 5 卷），上海三联书店 2008 年版，第 133 页。

④ 徐訏：《精神病患者的悲歌》，《徐訏文集》（第 4 卷），上海三联书店 2008 年版，第 340 页。

自己所处的具体历史情境出发，从自身的内心困惑和焦虑出发，把艺术世界的构造过程当作是经由体验而追寻人类命运之谜的升华过程"，并"孜孜不倦地追求，以期达到形而上学的终极层次"。① 这种从"体验"的角度来关注人类存在与命运之谜的方式正好切合了"诗"的范畴，因为"作诗并不是在诗歌和歌唱意义上的一种诗。存在之思乃是作诗的原始方式……思是原诗，它先于一切诗歌，却也先于艺术的诗意因素，因为艺术是在语言之领域内进入作品的……思的诗性本质保存着存在之真理的运作"。② 因而，这种对生命的体验以及存在的思考让徐訏小说充满了浓郁的诗性色彩。

　　当然，除了柏格森的生命哲学和弗洛伊德、荣格的精神分析学外，唯美主义、表现主义、存在主义和现代主义等文艺思潮均对徐訏的创作产生了重要的影响，这其中尤以存在主义对徐訏的影响最为显著。这一点孔范今在《二十世纪中国文学史》中就已指出，在他看来："'生命'与'存在'，这是他作品中的核心概念，代表了他创作观念中的最重要的哲学命题。"③ 但作者并没有详细分析究竟存在主义对徐訏产生了哪些具体的影响。事实上，存在主义可谓是20世纪西方最有特色的思潮，它产生于20世纪初叶的德国，第二次世界大战后在西方国家广泛流传，丹麦哲学家克尔凯郭尔的存在神学、德国尼采的唯意志论和胡塞尔的现象学都是其理论先驱，而它真正的创始人是德国哲学家海德格尔，主要代表人物有德国的亚斯贝尔斯、美国的蒂利希、法国的萨特和加缪等。而在中国，虽然在20年代有部分作家曾受过存在主义的影响，但中国文学界真正对存在主义表现出足够的敏感和热忱则要到战火纷飞的40年代，这其中尤其以萨特的存在主义理论受到中国文学界的欢迎。而这种理论的传播最初并不是由哲学家，而是由法国文学研究家和现代翻译家来完成的。如1943年的《明日文艺》上就发表了展之翻译的萨特的《房间》，不久在《文阵新辑——纵横前后方》上又刊登了作家荒芜翻译的萨特的《墙》等。与此同时，盛澄华、罗大冈、吴达元、陈石湘等人也发表了多篇文章，使得1947年和1948年成为我国早期对存在主义文学介绍最为集中的时期。

---

　　① 周宪：《超越文学：文学的文化哲学思考》，上海三联书店1997年版，第330页。

　　② ［德］海德格尔：《阿那克西曼德之箴言》，孙周兴选编《海德格尔选集》（上），上海三联书店1996年版，第539页。

　　③ 孔范今：《二十世纪中国文学史》（下），山东文艺出版社1997年版，第853页。

对于徐訏来说，对存在主义哲学理论应该早有耳闻，因为他在法国留学时正是存在主义哲学在法国崛起之日，与其交情甚笃的盛澄华当时就非常关注正在兴起的存在主义哲学。而以徐訏对哲学的研究以及其博览群书的喜好不可能忽略影响如此之广的哲学理论，这一点从其小说创作中也可以清晰地看出来。如他发表于 1956 年的小说《灯》则明显有着萨特《墙》影响的痕迹，文中的主人公"我"和《墙》中的伊比埃塔有着类似的经历，都是因为朋友的缘故被抓进监狱，同样面临着肉体和精神的双重折磨和审判，但却都不愿意出卖朋友来保全自己的性命，而这样做的理由都不是为了所谓的崇高和英雄主义。最终二者同在偶然、无意识和不可逆转的情境中成了无耻的叛徒。惊人的情节相近背后可能是徐訏受到萨特的影响之故。而在徐訏其他的小说创作中，主人公所感到的这种偶然性和荒诞性也大量存在。

同时，除了存在主义理论的影响外，这种存在的偶然性和荒诞性应该也是徐訏在生活中经常体验到的，尤其是经历过战争中逃亡的人更是如此，如他自己就曾说："尤其是我们这一代人，经过十年抗战的日子，谁的生命不是勉强而凑巧地在死亡中遗漏的？"① 也正是这种独特的生存体验让其在文本中不断地思考人存在的价值以及意义。

第三节　徐訏小说诗性品格形成的时代社会因素

虽然徐訏在 20 世纪 30 年代也曾创作过几部小说，如《内外》《本质》《滔滔》等，但其正式步入文坛进行大量创作却是在 40 年代。而以战争为开端的 40 年代是一个集外族入侵、内战为一体的动荡年代，这个以战争为标志的年代明显不是一个文学的时代，而是一个政治统御文化、政治消解文学的时代，是一个个体融入群体、个性同化于共性的时代，它对文学和作家的影响是无所不在的，在 40 年代走入文坛的小说家贾植芳曾有过这样的历史回顾：

大约自一九三七年抗战开始，中国的知识分子就进入了另一个时代，再也没有窗明几净的书斋，再也不能从容缜密的研究，甚至失去

---

① 徐訏：《死》，《徐訏文集》（第 10 卷），上海三联书店 2008 年版，第 212 页。

了万人崇拜的风光。五四时代知识分子以文化革命改造世界的豪气与理想早已梦碎，哪怕是只留下一丝游魂，也如同不祥之物，伴随的总是摆脱不尽的灾难和恐怖。抗战以后成长起来的知识分子只能在污泥里滚爬，在浊水里挣扎，在硝烟与子弹下体味生命的意义，在监狱与刑场上渴望自由……①

这种在战争中颠沛流离的生活徐訏也曾经历过，1942 年 5 月，徐訏从已被日本人接管的上海开始了辗转大后方的逃亡生涯，途经衡阳、阳朔、桂林，最后到达重庆。其间经历了无数的奔波、痛苦、心惊肉跳，看到了诸多的抢劫、勒索、离别和死亡，尤其是他搭乘从金华开往鹰潭的火车时，虽然有空袭警报，火车散成三四节，但他依然平安度过。而四天后，从金华开出的火车在相同的地点被日本飞机炸得很惨，死伤达七八百人之多，这让徐訏顿时体会到生命的偶然、无常以及个体在历史大潮面前的孤独、无奈与焦虑的情绪。尽管如此，这种颠沛流离的生命体验并没有让徐訏像一批流亡知识者，如何其芳等那样在追寻历程中终于走出"旷野"，最终在象征着"土地"，"家园"的延安找寻到精神归宿。在战争的影响下，深受西方现代哲学影响的徐訏更多的是以另一种方式展现出对生命的诗性追寻以及对存在的思考。

这种对生命的诗性追寻在他写于 1939 年的《荒谬的英法海峡》中即有初步的展现。汪曾祺认为："小说的作用是使这个世界更诗化。"② 而当代著名哲学家 E. 贝克也认为："在人身上的那种要把世界诗化的动机——是我们有限生命的最大渴求，我们的一生都在追求着使自己的那种茫然失措和无能为力的情感沉浸到一种真实可靠的力量的自我超越之源中去。"③ 尤其是身处乱世的作家更加需要"把世界诗化"来消除自身的茫然失措和无能为力感，《荒谬的英法海峡》正是这种心态的明显展现。小说中的"我"所乘坐的渡轮为海盗劫持，并被带到了一个与世隔绝的海中岛屿上，这个岛上的世界是一个和平、自由、平等、快乐，没有阶级、没有官僚的世界。小岛上的领袖是由大家推选出来的，没有特权，只有责

---

① 贾植芳：《在这个复杂的世界里——生活回忆录》，《新文学史料》1992 年第 1 期。

② 汪曾祺：《使这个世界更诗化》，《晚翠文谈新编》，北京三联书店 2002 年版，第 11 页。

③ 转引自刘小枫《诗化哲学》，华东师范大学出版社 2007 年版，第 45 页。

任和义务，岛上的青年男女可自由交往，自由相爱，整个世界洋溢的都是平等与自由，以至于让文中的"我"感叹道："假如说世界上最值得我留恋的，是今天这一刹那，那温和的天气中，天象征着和平，海象征着博爱，云象征着诗，太阳象征着热情，你象征着真美善，假如日子是永远可以这样过，我愿意老死在这里，我没有到别的世界去的念头。"① 然而船行到岸，却发现这只不过是一个乌托邦的梦，它只存在于作者的理想世界中，用以慰藉作者在战争中的孤苦心境。

　　而作为一个生命体验性的作家，战争除了让徐訏向往一个自由、平等的世界外，更多的是对人类命运与存在的思考与探索。日本学者竹内好在《中国文学与人道主义》中写道："我曾以为战争会使中国文学遭到荒废，因为中国遭受的战争灾难比日本严重多少倍。然而，经过战争的中国文学，竟会令人惊异地更加清新娇艳，更具有艺术性，简直令人震惊。我第一次懂得了战争也可以深化人类的灵魂。"② 而这种战争对人类灵魂的深化最终甚至引发了文学乃至文化整体的重大变化，也即孔范今所认为的"站在新的制高点上展示人类心灵的丰富性，使文学由笼统的'为人生'发展深化到对生命存在的专注，从而突破了五四文学模式，具有较为鲜明的'为人类'的性质。"③ 这句话虽然是对20世纪40年代整体的文学来说的，但它尤其适合用来指称徐訏此时期的小说创作，这一点通过对比他30年代与40年代的文学创作即可看出。

　　徐訏30年代的小说创作较少，仅有《小刺儿们》《滔滔》《郭庆记》等几篇试笔之作。在这为数不多的几篇小说中，关注工农大众，反映时代问题和社会矛盾无疑是其主导性主题。其中《郭庆记》通过洗衣局寡妇及其三个儿子的苦难生活，控诉社会的黑暗，充分表现了贫民阶层的反抗精神。《滔滔》则通过对主人公小顺嫂朦胧阶级意识的觉醒，把本来属于城乡对立的素材转换成表现社会阶级对立的左翼文学主题。然而到了战火纷飞的40年代，徐訏的创作却呈现出了迥异于前期的新质。这种新质主要表现在："徐訏40年代的文学创作与其30年代的社会剖析和都市经验

---

① 徐訏：《荒谬的英法海峡》，《徐訏文集》（第4卷），上海三联书店2008年版，第29页。

② 转引自［日］中野美代子《从小说看中国人的思考样式》，若竹译，十月文艺出版社1989年版，第128页。

③ 孔范今：《二十世纪中国文学史》（下），山东文艺出版社1997年版，第851页。

描述分道扬镳，着重表现心醉神迷的诗性世界，发掘生命深层的神秘体验，以直觉的领悟和原型的追寻把握生命本体的终极奥秘，从而建构了一种独特的'体验美学'。"① 这种"体验美学"的形成一方面与徐訏接受的西方文学的影响有关，另一方面战争的残酷性也深化了人对存在的关注，使得一向被称为自由主义者的徐訏在 40 年代能够用自己的切身体验关注人类的整体生存，从而营造了让人心醉神迷的诗性世界。

　　然而随着新中国的成立，文学的自由空间却越来越狭小，虽然徐訏的一系列作品，如《鬼恋》《风萧萧》《吉普赛的诱惑》《精神病患者的悲歌》等受到读者的热烈欢迎，却也引起了不少批评家的指责，并被贬斥为"新鸳鸯蝴蝶派"作品②，甚至他本人也被称作"黄色作家"。再加上他曾于 1946 年作为国民党《扫荡报》特派员驻任美国两年，他十分清楚新生政权会让自己处于逼仄的人身处境中，可以说 40 年代后期的徐訏始终处于惶恐中。曾有学者指出："面对着 1950 年代不同地区新建立的政治权利结构，尚未完全失落'自我'的作家一方面要求着自己以诗人的身份生活在现实文化环境中，即便要参与政治，也只是以公民的义务去参与；另一方面，则尽量采取疏离于现实政治的姿态去创作。但是，由于社会政治格局转变的急促（例如 1950 年东南亚各国华侨社会向华人社会匆匆过渡，中国大陆由政治领袖的判断转移而发生的形势急转等），作家的创作往往被驱入'悬置'的状态，即作家无法适应或无法承受社会政治格局变动而形成巨大文化压力而来的创作'虚脱'，作家被迫割断自身的文化联系而造成与社会现实的内在层面、跟自我的内在欲求的脱节。"③ 因此，对新生政权所能容纳的文学自由度的疑虑以及预感到自己的创作即将被"悬

----

① 陈旋波：《时与光——20 世纪中国文学史格局中的徐訏》，百花洲文艺出版社 2004 年版，第 101 页。

② 1948 年 12 月 16 日的《大公报·大公园地》刊载了孟超、徐角、杨光明、范启新、王季等批判徐訏的座谈会纪要，题目为《蝴蝶·梦·徐訏》，他们认为徐訏的作品"追求神秘，歪曲现实，不幸他的浪漫没有力量，没有时代和他配合"，"真正的浪漫归结于爆发革命与强烈的对抗性，而徐訏的浪漫是逃避、麻醉、出世、宿命、投降"。相较于 20 世纪初张恨水、徐枕亚等鸳鸯蝴蝶派作家而言，徐訏因此被称为"新鸳鸯蝴蝶派"，但这些研究者也认为，张恨水的作品里有颇重的现实，徐訏的世界却全是梦幻，具有浓重的媚俗倾向。

③ 黄万华：《1950 年代文学"悬置"中的突围：历史转折和作家身份的变动》，《闽江学院学报》2004 年第 3 期。

置"的徐訏于 1950 年悄悄离开上海前往香港，成为"第三批南来作家"①。

　　然而，徐訏到香港后，创作盛况持续不多久就急剧下滑。他在 1952 年秋写的一篇《序黄甫光〈无声的琴声〉》中曾说到主人公"我"的投稿情形："十篇之中，六篇被退了回来，三篇就此遗失，只有一篇被登出来的，而且那一篇总是因为我上面附注着'不计稿酬'的一篇。"② 虽然这只是一篇幽默小品，投稿者"我"也并非徐訏本人，但从中我们仍然能看出徐訏的某种心迹。五、六十年代，香港读者接受文化的途径主要是通过报章副刊，因为此时期电视还不十分普遍，报章自然成为香港大多数家庭与传媒接触的主要途径。"香港的报章内容较为特别，除新闻外，副刊和专栏是不可少的，一些副刊还有长篇小说连载，长达数月，甚至一两年，读者要知道故事的头尾，便得每天追看，报章有副刊，闻说战前已开始，但真的盛行起来，还是战后的事。不要小觑副刊的影响力，战后十多年里，它是香港人的精神食粮……副刊内容真的多姿多彩，有侦探故事、言情小说、武侠故事，也有卖弄色情的黄色小说。总之，各式各样，各取所需……为了追看喜爱的故事，很多人每天购买两三份报纸。"③ 虽然徐訏在来港的头两年也分别在《星岛日报》和《星岛晚报》发表了 20 多篇

---

　　① 参见刘登翰主编的《香港文学史》（人民文学出版社 1994 年版），其中"第三批南来作家"主要是指 20 世纪 50 年代左右南下香港的作家，他们是徐訏、曹聚仁、徐速、刘以鬯、李辉英、司马长风、张爱玲、黄思骋等。这批作家南下香港的行为更多的是带有政治和文化意义上的双重逃难性质，他们是一批有着明显自由主义倾向的文化人，对新生政权往往抱着疑惑的态度。之所以被称为"第三批南来作家"，是相对于前两批作家而言的。"第一批南来作家"是指抗战爆发后，茅盾、巴金、萧红、戴望舒等 120 位作家南下香港传播新思想、新文化，宣传抗日，极大地繁荣了香港文化，并曾使香港一度成为战时文化中心之一，同时也使香港新文学进入一个繁荣期。"第二批南来作家"是指抗战胜利后到新中国成立前，内地作家郭沫若、茅盾、叶圣陶、夏衍等 150 余人为躲避战乱和国民党当局的迫害南下香港，他们以建设新文化、教育民众为使命，并为香港培养了一批青年作家。

　　② 徐訏：《序黄甫光〈无声的琴声〉》，《徐訏文集》（第 12 卷），上海三联书店 2008 年版，第 278 页。

　　③ 周永新：《目睹香港四十年》，明报出版社 1990 年版，第 148—149 页。

报章连载小说①，但这种创作势头很快就大大减缓。究其原因则是报载小说要求吸引读者，从而也需要作者去迎合读者，如果故事发展缓慢而又与现实脱节，势必会很快失去读者，一旦失去读者便不容易再拉回来，从而影响报刊的销路。纵观徐訏此时期的小说创作，多以内地特别是上海为描写对象，充满了世事沧桑、时间流逝的历史哀感，贯穿着一种强烈的漂泊流放意识。这一点显然并不能适应香港的报章小说需求，因为此时的香港"报刊完全按照'生意眼'选择作品，对于他们来说，小说与电影并无区别，动作多就是好小说，至于气氛、结构、悬疑、人物刻画等等都不重要"。② 而徐訏明显又不想使其作品沦为商业竞买的随从，因此，他不愿意再将自己的创作放在报刊上连载，然而报刊的销量大，传播途径广，放弃这一发表途径，对于在香港以写作为生的作家而言是相当不利的，此时的徐訏明显陷入了两难境地。

这种情况也同样存在于他的编辑活动中，徐訏到港后曾与在上海时就已熟识的曹聚仁、李辉英积极筹办《热风》杂志和创垦出版社。其中的《热风》杂志在存续的三年期间坚持刊登不同立场的文章，却在创办期间传来种种谣言。徐訏发表文章予以回应时说："其实《热风》上的文章，不要说在思想见解方面我同意的很少；就是在文章方面，我所喜欢的也不多。可是在整个《热风》来说，也许是我创办人的私见，我总觉得是一个代表民主自由不失知识分子尊严的刊物，在这个各为主人服务的姜婢文化空气中，《热风》总是一个最有刊格的刊物。"③ 除此之外，徐訏还在1953 年主编《幽默》半月刊，1968 年与南天书局合办《笔端》，1976 年主编《七艺》。然而在香港读者偏好娱乐性作品的五六十年代，这些刊物大都不幸夭折。如其中的《笔端》，"编得相当好，只是销数不多"④，而

---

① 发表于《星岛日报》的小说主要有《百灵树》，发表于《星岛晚报》的小说主要有《期待曲》《炉火》《笔名》《鸟语》《结局》《一九四〇级》《彼岸》《劫贼》《私奔》《星期日》《爸爸》《秘密》《杀妻者》《传统》《舞女》《痴心井》《有后》《坏事》《无题》《凶讯》。

② 赵稀方：《小说香港》，生活·读书·新知三联书店 2003 年版，第 191 页。

③ 徐訏：《谣言时代的〈热风〉》，《徐訏文集》（第 11 卷），上海三联书店 2008 年版，第383 页。

④ 刘以鬯：《忆徐訏》，寒山碧编《徐訏作品评论集》，香港文学研究出版社 2009 年版，第297 页。

《七艺》"此刊想稍微持较高水准"①，得到的却是"四期而止"的命运。虽然徐訏早在大陆创办《天地人》时就谙熟刊物存在的前提，正如他所言："一个刊物的存在，编者自然是一个主要角色，但是比编者更主要的倒是读者与作者，尤其是读者，可说是一个刊物的真正主人，刊物好像是一桌菜，作家是采办菜的人，而编者不过是一个厨子。"② 然而，香港虽有办刊的自由环境，却明显缺乏能欣赏高品位刊物的读者群体。这一点有过多年办刊经验的刘以鬯也曾感叹道："在商品经济高度发展的香港办纯文学杂志，满路荆棘，有许多障碍需要排除。读者的接受水准越来越低，出版商又习惯以销路大小作为衡量作品优劣的标准，消闲商品充斥书市，严肃文学的生存终于受到了威胁。"③ 所以作为一个现实空间，香港在徐訏的生活中开始出现裂缝。对于这批迁徙作家，谭桂林先生认为："迁徙时的憧憬与快乐不幸被迁徙后的失望与无奈所淹没。当然，这种命运的产生并不是因为作为冒险家的乐园的现代都市没有为他们提供生存与发展的机会，而是因为如现代作家这种类型的迁徙者恰恰都是人文精神的守望者，与都市的急功近利物欲横流格格不入，保持着一种'从来不能和都市的生活相通的固执'。"④ 与此同时，对于"五四"以来的中国知识分子而言，香港从未被视为文化或商业的中心，"经过多少年来的政治革命，知识分子的地位（诚如余英时所述）已经被政权逼向边缘化，但并没有改变他们的中心心态，所以他们也无法从边缘的立场透视问题，更不会对边缘地区如香港感到兴趣。"⑤

对于徐訏来说，他在来港前就凭借《风萧萧》《鬼恋》《吉普赛的诱惑》等小说暴得大名，他本来以为香港也会对他展开热情的翅膀，但他猛然发现，他的创作在当时的香港显得格格不入。香港的文化环境与上海相去甚远，初来乍到的徐訏根本无法从中营建基本的文学经验，对此他说：

　　文学作品离不开乡土，正如有文化必须有属民一样。一个才华出

---

① 刘以鬯：《忆徐訏》，寒山碧编《徐訏作品评论集》，香港文学研究出版社 2009 年版，第297 页。

② 徐訏：《公开信的复信》，《天地人》1936 年 3 月 1 日创刊号。

③ 刘以鬯：《在荆草棘木里行走》，《香港文学》第 61 期。

④ 谭桂林：《论中国现代文学的漂泊母题》，《中国社会科学》1998 年第 2 期。

⑤ 李欧梵：《狐狸洞呓语》，辽宁教育出版社 2000 年版，第 159—160 页。

众的文学家，一旦离开自己国家的土地便无法继续发光。俄国大革命之后，许多作家流亡海外，住在德国、法国和其他国家，始终没有再出现不朽的作品。蒲宁（Bunin），虽是得诺贝尔奖，仍是为他未出走前的文学业绩。①

更何况，徐訏抵港后不久，以"反共反华"为要务的美国驻港新闻处正好掀起了"绿背小说"②的高潮，然而，"徐訏一部也没有写，他认为这种别有政治目的的'黑幕文学'是不足为训，毫无价值的。"③ 在这个"绿背小说"的高潮中，他把目光重点投射到内地逃港难民的身上，从历史兴衰和人事沧桑的背景中反映此类人群飘零落魄的孤苦命运，以缓解自身在香港的身份认同焦虑。

事实上，徐訏的这种身份认同焦虑即使在其日常生活中也有明显的体现，如他的朋友曾经回忆说："香港对他来说，都是他作为过境的一个痛苦的地方"，"他把香港说成是个令人憎厌的地方"。④ 尤其是徐訏认为香港很没人情味，"大陆出来的朋友都说香港太没有人情味，你要是问路，没有人理你；你要是搭巴士或电车，卖票员对你毫不客气；人与人之间像敌人一样，互相提防，彼此敌对，香港真是一个毫无温暖的世界。这话我是相信的。"⑤ 以至于他"居港三十年，居然一句不学（更不说）香港话，他说的是上海话或家乡（慈溪）话。他请客吃饭，一般要到由沪迁港的餐厅，或有上海厨师的餐厅。就连看京戏，也要看一些由沪来港的票友的

---

① 陈乃欣：《徐訏二三事》，陈乃欣等著《徐訏二三事》，尔雅出版社 1980 年版，第 30 页。

② "绿背小说"，即 20 世纪 50 年代初香港"反共反华"小说的通称，它是美国政府为了国际上反共的需要，在香港建立反共文化基金，用金钱拉拢作家和各种文化出版机构，策动作家进行反共文学创作的政治活动。因美元有绿色的背面，故此得名。在这种金钱的诱惑和援助下，许多刊物和出版社纷纷发表或出版反共作品，如张爱玲的《秧歌》和《赤地之恋》即是在此背景下依照别人的提纲创作的，除此之外，还有沙千梦的《长巷》《有情世界》，司马长风的《北国的春天》《多少梦想变成真》，赵滋蕃的《半下流社会》，南宫博的《江南的忧郁》，林适存的《鸵鸟》等。

③ 袁良骏：《香港小说史上的徐訏》，《新文学史料》2009 年第 1 期。

④ 布海歌：《我所认识的徐訏》，《徐訏纪念文集》，香港浸会学院中国语文学会 1981 年版，第 118 页。

⑤ 徐訏：《人情味》，《徐訏文集》（第 10 卷），上海三联书店 2008 年版，第 224 页。

演出。"① 这种对香港的厌憎情绪在他的诗歌中也有反映，如《时间的去处》：

愉快并不在热闹中产生，
忧愁则在静寂中袭来，
空虚常伴着寂寞，
孤独总率连着悲哀。

痴寻时间的去处，
红的已褪尽绿的已衰，
记忆里是颠簸的过去，
想象中也无安详的未来。

长记平静的世界中，
年年的春天都望花开，
如今满树的深紫浓黄，
也无人有诚意来采。

此处已无真诚的笑容，
热闹的都市荒凉如海。
饿狗与饥鹰争食，
野狼与狡狐夺爱。

念多少的血流染红土地，
历史是弱肉强食的记载，
且待风暴掀起狂涛，
看哪一颗灯光还可以存在？②

---

① 袁良骏：《香港小说史上的徐訏》，《新文学史料》2009 年第 1 期。
② 徐訏：《时间的去处》，《徐訏文集》（第 14 卷），上海三联书店 2008 年版，第 381 页。

因此，在创作上，"文章虽然在发表，书虽然在出，他却颇有落寞之感。"① 而在台湾文学界，徐訏的处境也很尴尬。1953 年冬，他应邀到台湾访问，回港后写了一万多字的短篇小说《马伦克夫太太》发表在台湾的《中央日报》上，却没想到被公开围剿，其理由是缺乏"反共意识"。例如葛令在《〈租界作品〉说到〈马伦克夫太太〉》中就大肆质问说：

> 我们不能不说是失望了，徐大作家的第一次礼物，别说对反共抗俄没有丝毫关系，而且连"时代"的意义也没有。这一篇大作，如果于民国二十五年左右，在上海发表的话，也许可以说是含有某一些启示，说明租界时代的外国瘪三或罗宋人，如何藉租界的恶势力而引诱乡间女人女孩子堕落。然而，今日何日？这篇东西搬到台湾来炒冷饭，请问有什么价值？老实说，帝国主义的殖民地，固然庇护了马伦克夫，但他不是一样的庇护了我们的徐大作家，当年在那里写些《荒谬……悲歌……》等等荒谬可悲的麻醉人的东西？……②

因此可以说，徐訏初到香港，其生存环境是相当不利的，"在香港，他是一个异乡人。"③ 这种"异乡"除了地理空间和风俗习惯上的迥异外，更多地指向一种文化和精神上的隔膜，这种隔膜使徐訏更感受到自由主义文学理想与现实的严重脱节，他既失去了中国生活的"根"，又感到"文学家在资本主义的自由商场中，好像是卖淫的女人，打扮越来越轻佻，虽然粉越搭越厚，可是越显得清瘦可怜"。④ 因此，与居住地香港的疏离感自始至终伴随着他的后半生，一直到 1975 年他还认为"住在香港的人，大家都是暂住性质，流动性很大，没有人当它是永久居留地"⑤，这种心态也影响到了其在港小说的内容和形式。在入港初期，他写了大量的反映

① 柳苏：《徐訏也是"三毛之父"》，《香港文坛剪影》，生活·读书·新知三联书店 1993 年版，第 179 页。

② 葛令：《〈租界作品〉说到〈马伦克夫太太〉》，《文坛月刊》第 2 卷第 9 期。

③ 布海歌：《我所认识的徐訏》，《徐訏纪念文集》，香港浸会学院中国语文学会 1981 年版，第 118 页。

④ 徐訏：《文学的堕落》，《徐訏文集》（第 10 卷），上海三联书店 2008 年版，第 310 页。

⑤ 陈乃欣：《徐訏二三事》，陈乃欣等著《徐訏二三事》，尔雅出版社 1980 年版，第 29—30 页。

难民生活小说，如《爸爸》《劫贼》《手枪》等，通过"他乡遇故知"的戏剧化场景表现了时代的遽然变异及人生的荣辱变化。虽然这些作品融入了作家的部分生命感悟在其中，但对于 20 世纪 40 年代就已倾心于"生命体验"的徐訏来说，这类反映人事变迁题材的作品显然并不能完全满足他的精神追求，在物欲横流的香港社会，他处处感到精神的压抑和孤独，唯一拯救他的方式就是写作，正如一位美国作家所言："驱使我写作的原因是我不愿再感受孤独。"① 这句话无疑非常契合香港时期徐訏的写作心境，因为写作早已成为他生命存在的方式，这一点从其早期的活动中即可看出。

　　1936 年徐訏赴法留学时，本来的意愿是想就此放下半路出家的文学，而专心一意地致力于哲学研究。然而，赴法的船还没有靠岸，他就一头扎进《阿剌伯海的女神》的创作中去了，从此创作的欲望一发不可收。即使到了内战的 1946 年至 1949 年，徐訏依然不问世事，只管终日埋头笔耕。因此，唯有写作才能拯救他漂泊不定的灵魂。于是与香港社会格格不入的徐訏开始向内心深处的"上海经验"以及之前所形成的艺术范式中寻求灵感。这一点陈旋波也曾指出："这位 40 年代孜孜探寻生命意义的体验性作家绝不甘心于此。他还没有找寻到生命最后安顿之所，他还试图接续固有的主题去参透生命的真谛。徐訏香港时期最有价值的作品无一例外都属于这种生命体验的主题类型。《彼岸》、《江湖行》和《时与光》赓续着 40 年代生命追寻的精神脉络，是作者洞彻奥秘之后阵发的空谷足音，是亲历生命世界之神秘与庄严之后的超升。在这些小说里，徐訏摆脱了反共文学和难民文学的束缚，以匠心独运的艺术构思、绚烂的色彩和深邃的玄想描述了生命探寻的曲折历程以及生命彻悟的沉醉与欢乐。"② 而这恰好符合了徐訏早年在《吉普赛的诱惑》卷首的献辞中的话："那么让我先告诉你故事，再告诉你梦，此后，拣一个清幽的月夜，我要告诉你诗。"③当然，这里的"诗"并非被视为一种文学类型，而是一种生命哲学的指南。"这种"诗"的创作一方面慰藉了徐訏孤独漂泊的灵魂，另一方面毫

① ［美］考利·达琳：《诱惑与孤独》，侯国良等译，学苑出版社 1989 年版，第 211 页。

② 陈旋波：《时与光——20 世纪中国文学史格局中的徐訏》，百花洲文艺出版社 2004 年版，第 237 页。

③ 徐訏：《吉普赛的诱惑》，《徐訏文集》（第 4 卷），上海三联书店 2008 年版，第 86 页。

无遗漏地展现了一个自由主义知识分子一生的心路历程和人生感悟。这一点作者通过文本中也表露得很清楚，如徐訏在长篇小说《江湖行》中反复强调："我想说的不是故事，而是生命。"[①] 而在《时与光》中作者也说道："于是我重新用我透明的灵魂捡取宇宙的光芒，在云彩上写我短短的生命中的浅狭与污秽，写我偶然机遇里的爱与我寂寞灵魂里的斑痕。"[②]

这种对生命的形而上关注让徐訏后期的小说呈现出一种浓郁的诗性品格，这种诗性品格不仅使其后期小说在香港这个消费主义时代里独树一帜，而且相较于五、六十年代的大陆文坛也是一种难能可贵的补充。

---

① 徐訏：《江湖行》，《徐訏文集》（第 2 卷），上海三联书店 2008 年版，第 22 页。
② 徐訏：《时与光》，《徐訏文集》（第 3 卷），上海三联书店 2008 年版，第 6 页。

第二章

徐訏小说的诗性主题内涵

米兰·昆德拉曾从小说理论的角度作出规定，认为一个小说家是否具有诗性品格，其基本准则在于他的小说是否对一个问题做出了回答："人的存在是什么，它的诗性在哪里？"因此，"当我们说某位作家的创作具有'诗性'的时候，并不是单纯指作品的意象、语言等外在层面的'诗化特征'，而是指其作品如实地呈现了'人'的生存状况，并在其中追问着生命的价值和意义。"① 对于徐訏来说，传统文化的熏陶、西方哲学理论的浸染以及战争年代颠沛流离的生活中所体验到的生命的无常与偶然，让其不断地在小说中关注人的命运，探讨它的神秘与无可抗拒性，并据此传达出自身对存在的感受与体验。那种孤独、偶然与荒诞的存在感受均是作者在面对人类的命运之谜以及生存困境时的真切体验。同时作者又不甘于沉沦于这种孤独与荒诞的处境中，通过小说不断地追问存在的意义及拯救的途径，甚至通过身体的流浪以及弃身的死亡来对抗孤独和荒诞，进行一种自我救赎，而这恰恰体现出一种明显的诗性特征。因此，本章重点从徐訏对命运主题的思考，对存在的内心体验以及对存在意义的追问上厘清徐訏小说所体现出的诗性品格，从而突破以往仅仅局限于对徐訏小说的表层关注上。

第一节 命运之思：孤独灵魂的抚慰

（一）命运的神秘与轮回

"命运"是一个老生常谈的话题，古今中外概莫如此。如孔子就曾认

---

① 李扬：《现代性视野中的曹禺》，人民文学出版社 2004 年版，第 35 页。

为："道之将行也与，命也；道之将废也与，命也。公伯寮其如命何！"①
在他看来，命运是一种人力所无法抗争的异己力量和必然趋势。而墨子则
不认为有人力所无法抗争的那种命运，他说："自古以及今，生民以来
者，亦尝有见命之物、闻命之声者乎？则未尝有也。"② 在他看来，倘若
人们都相信注定的命运，便会失去进取的动力，"故命，上不利于天，中
不利于鬼，下不利于人。而强执此者，此特凶言之所自生，而暴人之道
也。"③ 但同时，墨子又认为存在一个创造自然界万事万物主宰人类事务
的有意志的上天，上天的意志便是"兼爱""非攻"。可见，"墨子是把自
己的是非好恶和价值取向都说成是上天的意志，并认为人们要按照上天的
意志办，即'法天'"。④

而在西方，早在古希腊时期，"命运"就成为关注的重点。著名的如
索福克勒斯的《俄狄浦斯王》。"神示"曾预言忒拜王的儿子俄狄浦斯长
大后会弑父娶母，因此他一出生就被父母抛弃在荒山野岭中，但是邻国的
国王科林斯王发现了他并收其为养子。长大后的俄狄浦斯也得知了自己将
弑父娶母的可怕命运，便乘机逃出了科林斯国，到了邻近的忒拜城，并在
一个三岔路口打死了与其冲突的老人，可这个老人恰巧就是身着便服，带
着几个侍卫外出的忒拜王。进入忒拜城的俄狄浦斯顺利地破解了著名的
"斯芬克斯之谜"后当上了忒拜城的国王，娶了王后为妻。后天降瘟疫，
俄狄浦斯在追查杀害前忒拜王凶手的过程中发现真正的凶手却是自己，而
被杀害的前忒拜王正是自己的亲生父亲。自己在不知不觉中完成了"神
示"的弑父娶母的命运，他极力摆脱命运的过程正是其一步步靠近并陷入
命运罗网的过程，他的挣扎促成了命运的最终实现。得知这一切的俄狄浦
斯王最后刺瞎双眼，去位流浪，可见命运的巨手无处不在。这是希腊悲剧
鼎盛时期的最著名的命运悲剧代表作。在漫长的历史发展中，西方人关于
命运的看法则有三种基本的思想倾向，一是神意决定论，认为人的意志取
决于神的意志。如古罗马哲学家塞涅卡就认为："你愿意把神叫做命运
吗？不错，因为世界上的一切都依赖它，神是一切原因的原因。"⑤ 二是

---

① 孔丘：《论语》，邹蓉等译注，新疆青少年出版社 2005 年版，第 110 页。
② 墨翟：《墨子》，朱越利校点，辽宁教育出版社 1997 年版，第 74 页。
③ 同上书，第 73 页。
④ 蔡永宁：《解读命运：关于人生命运的哲学思考》，人民出版社 2001 年版，第 7 页。
⑤ 转引自章海山《西方伦理思想史》，辽宁人民出版社 1984 年版，第 135 页。

必然决定论，认为一切都是必然的，如叔本华就认为："没有什么是绝对偶然的，相反，一切都必然地发生，甚至那些彼此之间并没有因果关系的事件同在某一时间发生，亦即我们称之为偶然的事件，其发生也是必然的，因为现在同一时间发生的事情在很久以前就已经通过各种原因的作用，确定了要在此时发生。"① 三是偶然论，这种观点认为一切都是偶然的，人生命运中的各种遭遇也都是偶然的，取决于偶然性。如法国 17 世纪著名哲学家帕斯卡尔就认为："正像我不知道我从何而来，我同样也不知道我往何处去；我仅仅知道在离开这个世界时，我就要永远地或者是归于乌有，或者是落到一位愤怒的上帝的手里，而并不知道这两种状况哪一种应该是我永恒的应分。这就是我的情形，它充满了脆弱和不确定。"② 持类似观点的还有一些存在主义哲学家，如萨特。

　　上述的观点和看法很大程度上激发着后人对命运的思考和探索，尤其是在人的生命朝不保夕的战争年代更是如此，这一点在中国作家中体现得就较为明显。因为从抗战开始，绝大部分知识分子就开始了颠沛流离的生活，人的生命显得那么脆弱，无意义而且无所依凭，所以对于"命运"的描写与思考在"四十年代的小说中占有相当大的比重，这种现象或许与战争时期的一部分作家对于自我角色及其同类的命运的意识有关联，他们藉人物对于'命运'的思虑所要表达的其实倒是他们自己的思考，有时这种表达的愿望甚至超过了他们对于小说自身的兴趣，以致他们笔下的人物常常会发出一些与其身份悟性不那么相称的人生感慨和疑问来，甚至直接以作者（叙述者）自身关于'命运'的思考来作为小说结构的基本原则。"③ 如沈从文、萧红、骆宾基等都曾借小人物庸常、停滞但又质朴天然的生命形式来思考命运及人们对于命运的态度。沈从文的《王嫂》中从乡下来昆明做帮工的王嫂，女儿不幸早亡，年幼的儿子要和自己一样为人当差，虽然一生命运都较为坎坷，但在这个乡下农妇眼里，一切事情都简单具体，她把人生的希望寄托在儿子的出息上面，眼前的生死则托付给天命，"生死有命，富贵在天"的简单信念支撑着她的生命和情感，即使战乱扰攘，她依然平静地生活着，尽力做事，可靠做人。类似的例子还有

---

① ［德］叔本华：《叔本华思想随笔》，韦启昌译，上海人民出版社 2005 年版，第 156 页。

② ［法］帕斯卡尔：《思想录》（上），吉林大学出版社 2005 年版，第 102 页。

③ 范智红：《世变缘常：四十年代小说论》，人民文学出版社 2002 年版，第 95—96 页。

萧红《后花园》中的磨倌冯二成子，常年与他为伴的是一头拉磨的小驴，戴着眼罩，什么也看不见，只是绕着圈瞎走，而他每天所做的工作则是添一添麦子，扫一扫麦粉，紧一紧眼罩等重复性的工作。在这种单调而乏味的生活中，他经历了母亲的悄然离世，对邻家女儿从单相思到幻灭的过程，也经历了和王寡妇相依为命的生活，最终又目睹了自己儿子的死亡。面对生命中的希望一个个幻灭后，他选择了一种如自然界植物般的生活方式平静地生活下来：

> 以后两年三年，不知多少年，他仍旧在那磨房里平平静静地活着。后花园的园主也老死了，后花园也拍卖了。这拍卖只不过给冯二成子换了个主人。这个主人并不是个老头，而是个年轻的、爱漂亮、爱说话的，常常穿了很干净的衣裳来磨房的窗外，看那磨倌怎样打他的筛罗，怎样摇他的风车。①

对于徐訏而言，他也曾经历过战争中的颠沛流离，诸多的死亡场景让他深深感到人生会聚无常，乱世生命，谁也不知道有什么变化。然而，作为一个生命体验性作家，徐訏并没有如沈从文、萧红那样重在展现人在命运支配下的坚韧与平静，而是有着对命运的深深困惑。所以，他在小说中总是以生命终极之源和存在根据的终极视角思考这样一个问题：外在的、客观的因素在多大程度上左右着人的命运，藉此展现出对人生困境的关注，从而呈现出迥异于同时代其他作家的形而上思考。

这种对命运的困惑与思考在徐訏的很多小说中都有所表现，最典型的莫过于他的中篇小说《盲恋》了。这篇小说创作于 50 年代初期的香港，明显受到《巴黎圣母院》的影响。然而，作者的主旨不只是如浪漫主义作家雨果那样通过人物"美的极致"和"丑的极致"的对比展示出对于道德与美的追求，也不仅仅如有的研究者认为的是作者藉此展开对爱情的探讨，也即"'盲目才配有真正的恋爱'，获得光明后，原先的恋爱也就毁弃了"②。细读全文，笔者发现以梦放为视角的自述更多地展现了人在

---

① 萧红：《后花园》，凡尼、郁苇编《萧红作品精编》（小说卷），漓江出版社 2004 年版，第 177 页。

② 严家炎：《中国现代小说流派史》，人民文学出版社 1989 年版，第 301 页。

残酷的命运面前的无可奈何。梦放的父母兄弟姐妹都是健全美丽的正常人，而命运却偏偏给了他一个丑陋的生命：

> 我突然看到了我丑怪的容貌与畸形的身躯，我的头颅是三角形的，颈子粗短，两肩斜削，胸部内陷，肚子外凸，我的人不算矮，但是身躯奇长而两腿奇短，一切都不是一个人型的比例。①

这种丑陋与雨果《巴黎圣母院》中的加西摩多如出一辙，致使其长期在孤独和黑暗中过着土拨鼠一样的生活，被亲人唾弃，被师友笑骂。然而，这样一个怪物却有着常人没有的艺术修养和造诣：他博览群书，勤奋创作，大学时代就在报纸杂志上发表过不少文章，并且会演奏《都内拉的天鹅》，聆听德布赛的《云》。一个偶然的机会，他被介绍到张家去做家庭教师，并遇见了女主人公卢微翠，这是一个无比娟好美丽的女性：

> 没有人可以相信一个尘世里的成人可以保有这样纯洁天真无邪的容姿的，她像是一只封在皮里的水菱或者是刚刚从蓓蕾中开放的花朵，似乎从来没有接触过人间的烟火尘埃与罪恶。真实、素洁、甜美、良善，活像十七世纪荷兰画派所画的圣母，尤其是她的没有被口红污染过的嘴唇，像是刚刚迎着朝阳而启露的百合，她从未说过谎话而也不知道什么是谎话的。②

不仅如此，微翠还有着惊人的记忆力，她听过的小说，不但故事都记得，而且故事发生的时间，主角的名字——那些陌生的外国名字——她都说得出；她也有独特的欣赏力，能欣赏美妙的音乐；虽然从小不识字，她却懂得不少中国文学，会背许多唐诗宋词。因为她的美丽与纯洁，梦放悄悄地爱上了她，但囿于自己的丑陋与自卑始终未敢启齿，然而"人生的命运并不是直线的，奇怪的变化随时在我们的环境里发生"③，一个偶然的机会，梦放从其学生心庄那里得知微翠是一个盲女，这恰恰可以掩盖他的丑

---

① 徐訏：《盲恋》，《徐訏文集》（第5卷），上海三联书店2008年版，第360页。
② 同上书，第327页。
③ 同上书，第319页。

陌和自卑，而美丽的微翠也因为自己的"盲目"长期生活在自卑中。于是，在心庄的鼓励下梦放勇敢地向微翠进行了表白，他们很快就相爱了，婚后，他们一起搬到了苏州，在那里过着伊甸园般的生活：一起听音乐，一起风花雪月，一起创作震惊文坛的《冥国之秋》《山谷的波涛》与《冷渡》。然而命运的布局是一个曲折的迷宫，变幻莫测，让人无法预料。从小与微翠青梅竹马的张家少爷世发从国外回来并告知微翠的视力有恢复的希望，这使梦放彻底陷入了两难处境，恢复微翠的视力则有可能让她正视自己的丑陋，但不恢复微翠的视力则显得自己如此自私。在两难处境下，他决定以自杀来为微翠捐献眼球的方式表达对微翠的爱，然而命运却偏偏让其自杀未遂。与此同时，为梦放的爱所感动的微翠也在做手术前暗暗祈祷，"如果我恢复了视觉而不能爱你，那么就让我同我不洁的爱情一同灭亡吧。"最终，这祈祷竟真的应验了，恢复视觉后的微翠在看到了世界美丽的同时也看到了外貌极其丑陋的梦放，她在极力避免对梦放厌恶的同时也在尽量克制自己对世发的感情。但当微翠到世发的哥哥世眉家里去做客时，命运却又鬼使神差地让她碰见了世发，爱上世发的微翠为了兑现自己对梦放的承诺而选择了自杀。因此，对于梦放来说，命运是极其残酷的，在给了他短暂的幸福的同时，却又很快地剥夺了他的全部，让他彻底回归之前的孤独状态。面对命运的捉弄，他束手无策，只能感叹：

　　　　一切似乎只好听命运的安排，唯有时间可以让我知道上帝的意志了。[1]

　　　　至于以后怎么样，那就只好听命运的摆布，或者是上帝的吩咐了，在我的智慧中，我是想不出我有什么地方可以努力的。[2]

　　整个过程就仿佛是做了一个梦，而梦醒后的痛苦却比先前更剧烈，他只得以流浪的方式来度过后半生的生活。而对于女主人公微翠来说，命运同样和她开了一个残酷的玩笑，"盲目"，是她的生理缺陷，然而正如文中的梦放所认为的：视觉是罪恶的源泉，是骄傲、自私、愚蠢、庸俗的来源。人类可以宝贵的自尊的不是视觉，也不是书本上的学问，是他的心

---

①　徐訏：《盲恋》，《徐訏文集》（第 5 卷），上海三联书店 2008 年版，第 381 页。

②　同上书，第 385—386 页。

灵，是他在各种阻碍中都可以吸收智慧的心灵。这种盲目的缺陷使微翠祛除了世俗人的功利心理和蠢俗欲望，从而更加成就了她的超脱和高贵澄明。她和梦放一起在苏州近郊过着伊甸园般的日子，"在小小庭院中，我们一同种花，那些花都是平常的花草，但从放籽抽芽开花的过程中，微翠嗅抚每一种的叶子的花瓣……"① 因此，"盲目"有时恰恰是心灵进入澄明和无功利的诗意生存状态的最好保障。然而，人类寻求光明正"像飞蛾扑火一样，一次一次地被灼受伤，但仍是飞向光明一样。人的寻求光明是一种理想，不是表面的所谓幸福。"②脱盲对于微翠来说是梦寐以求的，然而，脱盲之后，她却明显遵循了现实原则去判断她和梦放曾有过的伊甸园般的爱情。可事实是，她既不能和世发相亲相爱，又不想去辜负曾为她自杀过一次的梦放。因此，梦醒时分面临的却是死亡的最终命运。或许，"《盲恋》在告诉我们，残缺就是完美，失却就是获得，重生意味着终死，重明意味着进入彻底的无边的黑暗，而最大的获得意味着最终的失去。"③

　　而在《痴心井》中作者则着重探讨了命运的神秘性对人的支配作用，以往对《痴心井》的研究往往只注意到它塑造了一个悲凄的爱情故事，如金宏达认为："《痴心井》是个写得非常凄切、悱恻、令人感伤的爱情故事。断墙残垣、废墟石井、痴情女子的传说、珊瑚心的象征意味，造成一种神秘氛围。岂知又一个痴情女子，重演了昔日故事，直应了'新鬼旧梦'的说法，使人唏嘘不已。"④ 但事实上，爱情在这篇小说中只是一个幌子，作者并没有对恋爱中男女主人公的心理和恋爱细节进行细细描摹，相反在开篇就由朋友余道文为"我"讲述了其表姑的故事，他表姑与其堂叔从小青梅竹马，感情甚好，但后来堂叔出门经商、成家后就忘了表姑，表姑于是就有了神经病，经常拿着祖传的珊瑚心问别人"你看见过这东西没有？你有这东西没有？"最后红颜薄命，怀揣珊瑚心掉入井中而亡，其鬼魂夜夜在园中徘徊，并吓死了余道文的父亲，自此以后余家似乎就专出敏感而痴情的女子，但结局都较凄惨。在"我"居住于余道文家期间，这种凄惨的命运几乎原封不动地在余道文的族妹银妮身上轮回上演

---

①　徐訏：《盲恋》，《徐訏文集》（第5卷），上海三联书店2008年版，第347页。

②　同上书，第372页。

③　王玉琴：《得与失的二律背反》，《宝鸡文理学院学报》2006年第1期。

④　金宏达：《鬼恋——徐訏作品系列·前言》，安徽文艺出版社1996年版，第7页。

了一遍。敏感而又痴情的银妮在与"我"的朝夕相处中默默地爱上了"我",但怯懦的"我"在看到银妮拿着珊瑚心问"你看见过这东西没有?你有这东西没有?"时顿生恐惧,并不辞而别离开了她以逃避责任。在余道文夫妇的提醒下,"我"意识到了自己对银妮的爱,遂决定回杭州向银妮的父亲提亲。可是回杭州的途中却在上海下了车,耽误了三天时间,而就因为这几天的耽搁,银妮于精神恍惚中怀揣珊瑚心掉入井中而亡,完全重复了道文表姑的命运。因此,这里的"井"具有强烈的象征意蕴,文中也多次提到它,如"井里是黝黑的,水很低,里面非常清晰地照出我自己的面容,我弯下身子,我故意的笑了笑,影子也笑了,而同时也发出了我假笑的回音。这使我感到一种奇怪的凄凉与寂寞。"① "我弯下身子,我在乌黑的井水上看到我的面影,我凝视许久,我开始意识到我第一次到这个井边的那天,什么都没有两样,我也是这样的看到自己的面影。而当我回头过去,我看到了银妮在树丛里⋯⋯"② 在这里,"井"不仅仅是余道文表姑和银妮身亡的处所,小小的深邃的"井"明显象征着一个圆形的命运轮回,这种命运轮回让人匪夷所思,也让"我"产生了一种深深的对命运的恐惧之心:

> 只要我不在上海下车,不在上海下车!天!而这竟是无法重新做过!我愣了!我不知该怎么样对自己解释,我感到一种害怕,为什么我在去的时候未买联运票子而知道不在上海逗留,而来的时候买了联运票反要在上海下车呢!不管支配我们的是神是鬼,是命运是机会,是我自己的冲动,而这个支配是多么可怕呢?③

在这篇小说中,作者明显借用命运的轮回循环探讨着命运的神秘力量对人的支配作用。在作者看来,人在这种支配作品下,完全无力反抗。相较于同时代的作家张爱玲对命运的思考,徐訏的命运观明显有着宿命的成分。因为张爱玲小说中人物的悲苦命运很大程度上有着人为的因素,如《十八春》中曼桢一生的命运悲苦都是姐姐曼璐一手造成的。为养活家人

---

① 徐訏:《痴心井》,《徐訏文集》(第 5 卷),上海三联书店 2008 年版,第 234 页。
② 同上书,第 290—291 页。
③ 同上书,第 291 页。

而成为舞女的曼璐在年老色衰之前嫁给了有钱的"靠山"祝鸿才，但失宠后的曼璐为了笼络住丈夫的心而不惜装病以使鸿才强奸其垂涎已久的妹妹曼桢，从而彻底毁了曼桢与世钧的幸福。因而，曼璐明显是导致曼桢悲惨命运的罪魁祸首；《多少恨》中虞家茵的凄惨命运也明显是其父亲的贪婪、自私的卑劣人格导致的；而《金锁记》中，长安、长白的命运则完全是其母亲七巧一手造成的，"三十年来她（七巧）带着黄金的枷，她用那沉重的枷角劈杀了几个人，没死的也送了半条命。"① 人性的自私与变态让她疯狂地把魔爪伸向了自己的儿女。因此张爱玲小说中无可奈何的残酷命运下隐藏的都是人性的扭曲与阴暗，展现出的是作者对人性的思考；而徐訏更多的是展现出对命运的困惑与恐惧，所以在他笔下，银妮的命运冥冥中似乎早已注定。而梦放，即使他反对恢复微翠的视力，然而在未来漫长的生活中，微翠也会因他的自私责备于他，其孤苦的命运也在所难免。

这种对命运的恐惧和神秘性的探讨在徐訏的小说中还经常以一种预言的形式出现，如《时与光》中巫女的水晶棺材居然能预示萨第美娜太太和罗素蕾的命运走向。为了提供给"我"写传记的艺术灵感，想象她年轻美丽的过去，萨第美娜太太决定带"我"去看吉卜赛巫女那樽可以看到人的过去与未来的水晶棺材。在这个巫女施展的法术下，水晶棺材有了神奇的变化，其中对萨第美娜太太的命运预测为：

慢慢地我发现在这一浓一淡之中，可看出萨第美娜的人影有一种奇怪的变化。我发现她年轻起来，她的眼睛开始有光，身躯开始有风致，于是脸上下垂的肌肉逐渐地上缩，一次一次被五彩的氤氲掩去，一次一次显露了青春的再生。最后……最后我逐渐地不相信自己的眼睛，浮在氤氲后的竟是一个无比光彩的绝色的仙女，黑色的衣服在她身上竟飘逸得像银翅，衬托她晶莹的皮肤像玉琢一般的光润……接着，这些泡沫又破裂成五彩的氤氲，一层一层地拥簇，我忽然发觉这美丽的人影已经模糊，时隐时现地慢慢离我远去。接着这人影已在一隐一现中老了起来，最后成了一个巨大的黑影，从遥远的地方像云一般地驶近我，而我就看到她越变越小，越小但越清楚地浮在我的眼

---

① 张爱玲：《金锁记》，《张爱玲典藏全集》（第 7 卷），哈尔滨出版社 2003 年版，第 45 页。

前，我发觉她已经老了，她已经是萨第美娜太太，清清楚楚地躺在棺材里面……①

而对罗素蕾的命运预言则为：

罗素蕾在里面穿的是白绸的衣服，在五彩的烟雾中飘荡，她愉快地面带笑容，像是跳舞似的有各种迎拒的动作。大概有十分钟的工夫，罗素蕾忽然两手掩面，于是仰首微笑，突然她的白绸的衣服裂开，一缕蓝色的烟雾绕着她的身子，她的下身似乎浮肿起来，于是这些烟雾一时都变成乳白色，像波浪似的在她的身上淹泼，她的人影就在这乳白色的波浪里消逝了。②

在带领文中的"我"去看这个水晶棺材之前，萨第美娜太太曾要"我"立誓不许再带别人去，如若违约则不得善终。然而，罗素蕾告诉"我"，她命中注定活不过二十岁，于是"我"在她的再三央求下只好带她去看了那尊巫女的水晶棺材，妄图预知未来，可恰巧我们所带的钱不够支付巫女为我们解读的费用。最终，"我"被暗恋罗素蕾的鲁地醉酒后枪杀，正好应验了违背誓言后的结果。关于罗素蕾"活不过二十岁"的魔咒，到底是偶然还是必然，如果不是"我"那么偶然地在香港停留，如果不住进那个陆眉娜随口胡诌的房间，就不会认识陆眉娜，更无从结识罗素蕾。如此说来，没有"我"的出现，罗素蕾还有如预言般地早夭吗？命运的这种可怕际遇与神秘安排让"我"毫无反抗之力，只得感叹道："我望着浩瀚的天空，想到我流浪的生涯，以及一切奇怪的遭遇。我觉得冥冥之中，真像是命运在摆布了一切。"③ 而罗素蕾也怀着身孕投海自杀，正应验了"她的人影就在这乳白色的波浪里消逝了"。

（二）命运的残酷与反抗的徒劳

如果说梦放、银妮和郑乃顿在神秘、残酷的命运面前完全无力反抗的话，那么徐訏在稍后的小说如《选择》《时与光》则完全展现了命运的残

---

① 徐訏：《时与光》，《徐訏文集》（第 3 卷），上海三联书店 2008 年版，第 124—125 页。

② 同上书，第 260 页。

③ 同上书，第 248 页。

酷及人类对其反抗的徒劳。在徐訏的众多小说中，《选择》这篇小说并不为人所注意，然而它很大程度上正是徐訏对"命运观"的最好诠释。在小说中，乔教授的两个女儿其锦和其绣同为大学生，在一次游城隍庙的看相中，相士断言姐姐其锦一生很劳碌，很难有钱，即使嫁有钱的丈夫最终钱也会被荡光，而断言妹妹其绣则会嫁百万富翁，即使刚开始是穷光蛋将来也会飞黄腾达。这让一向心高气傲的其锦很不服气，于是毅然与在进出口行做事的男友李秉伦分手，而选择了一个很有钱的经理人结婚。而其绣则在阴差阳错的命运安排中与李秉伦成婚，几年后其锦丈夫的大量财产被没收，全家过着相当凄惨的日子。与之相反的是李秉伦与其绣结婚后远走新加坡，在新加坡的橡胶生意非常顺利，一家的日子则过得很是安逸，正好印证了当年相士的预言。这篇短篇小说与古希腊悲剧《俄狄浦斯王》的情节如出一辙，俄狄浦斯和其锦都在预言的预示下努力地抗争命运，然而其挣扎的过程也正是其一步步靠近命运罗网的过程。可见，在命运的支配下，人逃无可逃。类似的情景也发生在《时与光》中的罗素蕾身上，被预言十八岁之前必须与人结婚或同居方能活命的罗素蕾在巫女的水晶棺中再次看到了自己短命的预言，恐惧的她极力想用与"我"的结婚和出国来摆脱自己短命的谶言，然而这种做法不仅没有挽救她的生命却加速了她的死亡，"我"的被枪杀让她也跟着跳海殉情。许多时候，人们极力反抗与不甘成为命运的奴隶，主张自己来掌握自己的人生际遇，让命运俯首贴耳听从我们的使唤，然而这一切只不过是人们天真的妄想。正如叔本华所言："人生好比下棋，我们如何走动棋子决定于对手棋子的走法，——在生活中则决定于命运的安排。"[1] 这种看法很大程度上也是徐訏本人的看法，在他看来，在命运的强大控制下，人是那么渺小，任何挣扎都是徒劳的，他通过其笔下很多的主人公来阐释这种观点，如《时与光》中的林明默认为："我们是人，人都是应该服从命运支配的。"[2] 陆眉娜也认为："我现在只能相信命运了。"[3]《巫兰的噩梦》中"我"和儿子学森所爱的帼英相爱，并筹划结婚，学森表示理解，却于父亲结婚前日在日月潭

---

[1] ［德］叔本华：《叔本华论说文集》，范进、柯锦华等译，商务印书馆1999年版，第190页。

[2] 徐訏：《时与光》，《徐訏文集》（第3卷），上海三联书店2008年版，第176页。

[3] 同上书，第276页。

投水身亡，这直接导致了帼英的发疯与"我"对命运的恐惧，"原来使我有兴趣的巫兰已经毁去，占据在那块遗址的是学森的坟墓。我每天对着这个坟墓，回忆巫兰盛开的日子，想到台风狂扫宁园的情境，想到帼英与尚宁身上的红痣。一切一切，我觉得竟是一种命运奇怪的安排，好像自始就自有一种神秘的力量一步步在逼我走进了这个可怕的综错。"① 而在《江湖行》中，命运似乎总是与周也壮的意志相违背，当他想爱一个人的时候，往往是深深地伤害了这个人，阿清因爱他而死，葛衣情因爱他而疯。这种命运的捉弄让他不得不感叹道："这样推理分析起来，我们可以细细找到无数的细小的偶然因素。这些因素，只要少了一个，我的生命可能就不能走上这条路径。对于这些偶然的无数巧妙的组合，我除了用机缘或命运的名词外，就不知道该说什么了。"②

因此，在这种命运的残酷捉弄下，徐訏更多地主张顺应命运的安排，如《选择》中的其绣，她并没有如姐姐其锦那样嫌贫爱富，而是顺应命运的安排嫁给了当时并不富裕的李秉伦，最终真的如相士所预言的那样飞黄腾达了。类似的例子也体现在《鸟语》中，文中的芸芊在尘世的生活中被视为白痴，既不会上学也不会与人交际，但一到了世外的宝觉庵她却仿佛寻到了自己的天堂，甚至很容易就读懂了常人很难读懂的《金刚经》。在作者看来，这种与佛法的缘分很大程度上是前定的，甚至有种宿命的成分。

米兰·昆德拉曾经认为："小说家应该描绘世界的本来面目，即谜和悖论。"③ 对于徐訏来说，命运本身就是一个谜，它隐秘莫测，我们无法知道它怎样运行，即使凭借巧妙的技术，也捕捉不住它的踪影。同时它又充满了悖论，人生在世，大部分人极力地想通过努力掌握自身的命运，然而很多时候却又不得不为命运所左右，甚至为命运所吞噬。尤其是在那种动荡的战争年代，日常的生活秩序被破坏殆尽，命运的巨手随时能摧毁人的一切，人更多地处于一种孤独、恐惧的心理状态，甚至产生了一种宿命的思想。而 20 世纪 40 年代的作家却较少关注到这种作为

① 徐訏：《巫兰的噩梦》，《徐訏文集》（第 5 卷），上海三联书店 2008 年版，第 471 页。

② 徐訏：《江湖行》，《徐訏文集》（第 2 卷），上海三联书店 2008 年版，第 375—376 页。

③ 《小说是让人发现事物的模糊性——昆德拉访谈录》，中国社会科学院外国文学研究所《世界文论》编辑委员会编《小说的艺术》，社会科学文献出版社 1995 年版，第 60 页。

个体的人的命运感受，他们更多的是侧重于对民族命运的关注与书写，更不要说从形而上的高度来思考命运对人的影响与制约作用了。而这恰恰是徐訏与其他作家与众不同的地方，哲学专业的修养以及生命的体验让其在看问题时总是能另辟蹊径，看到常人所不能及的地方，所以命运之思成为其小说的重点。

同时，徐訏这种对命运的思考与看法也充分体现出了作者在关注人生困境及寻找自我时那种孤独、茫然的情绪，正如一位研究者所言，"作为孤独主题的进一步发展，产生了人的命运是预先注定的这个主题"①。这种命运观某种程度上能抚慰孤独的灵魂，因为长期跋涉在精神探索的路上，看不见前方的星光与希望，宿命的思想可以赋予跋涉者一种特殊的精神力量，使之能够超越绝望与虚妄，而使得孤独的灵魂获得安宁与归宿感，以使自己能重新整装待发。这种宿命论的思想让徐訏的很多小说充满了一种浓郁的悲剧色彩，充分体现出作者对人生存困境的关注。

第二节　存在体验：主体的内心投射

著名的美学大师海德格尔认为："凡艺术都是让存在者本身之真理到达而发生，一切艺术本质上都是诗"②，"存在之思乃是作诗的原始方式。"③ 在这里，海德格尔把艺术归结为"诗"的前提是艺术源于作家的"存在之思"，正是"思的诗性本质"注定了"一切艺术在本质上都是诗"。对于一个长期漂泊的生命体验性作家来说，对于存在的感受与思考处处充斥着徐訏的小说文本，真正体现了米兰·昆德拉所谓的"小说审视的不是现实，而是存在"④。

---

① ［苏］米·赫拉普钦科：《作家的创作个性和文学的发展》，上海人民出版社1977年版，第210页。

② ［德］海德格尔：《艺术作品的起源》，孙周兴选编《海德格尔选集》（上），上海三联书店1996年版，第292页。

③ ［德］海德格尔：《阿那克西曼德之箴言》，孙周兴选编《海德格尔选集》（上），上海三联书店1996年版，第539页。

④ ［法］米兰·昆德拉：《小说的艺术》，董强译，上海译文出版社2004年版，第54页。

（一）存在的孤独与无意义

纵观徐訏的一生，可以看到，其自始至终处于一种孤独的境地。童年时期父母的离异，5 岁起开始孤独的寄宿生活，其稚弱而胆怯的心灵是孤独的，至 11 岁随父亲到上海求学，简直像个犯人，除了上课的日子可以见到同学之外，星期天和假期一概在斗室里。年轻时又孤身一人留学海外，战乱时期四处迁徙，年届中年又从内地辗转到香港，这种孤独的生存体验在其早期小说中就有鲜明的体现，如让其一举成名的《鬼恋》，诸多的研究者均认为作者为大众读者营造出了一个悲凉浪漫、曲折离奇的爱情故事，奇特的人物，奇幻的恋情，曲折的情节；还有的研究者认为"鬼"的做法体现了作者对自由的追寻，和道家老庄的思想不谋而合。但事实上《鬼恋》创作于徐訏抵达巴黎约半年之后的冬天，据其自述，当时他到巴黎不久，往还的朋友不多，一个人遇到寂寞无聊，思乡更浓，这一点在其同时期创作的诗歌《冷巷的旅情》中有明显的体现：

> 明明是西子湖上的雨点，
> 偏洒巴黎黝黑的街头，
> 可是带我故家的相思泪，
> 相思中有这样的哀愁。
>
> 这哀愁骤把我心地涂黑，
> 那异国的情调更显得落寞，
> 我愿见一个故乡的旧鬼，
> 告诉家园的柚子是否已熟。①

在这样的情况下，徐訏构思了一个"故乡的旧鬼"，以慰藉那孤独的留学生涯，"鬼"身上自始至终弥漫着一种孤独氛围，她曾说道：

> 我暗杀人有十八次之多，十三次成功，五次不成功；我从枪林里逃越，车马缝里逃越，轮船上逃越，荒野上逃越，牢狱中逃越……
> 但是我的牢狱生活，在潮湿黑暗里的闭目静坐，一次一次，一月

---

① 徐訏：《冷巷的旅情》，《徐訏文集》（第 13 卷），上海三联书店 2008 年版，第 494 页。

一月的，你相信么？这就是造成了我的佛性。……

　　后来我亡命在国外，流浪，读书，一连好几年。一直到我回国的时候，才知道我们一同工作的，我所爱的人已经被捕死了。当时我把这悲哀的心消磨在工作上面……但是以后种种，一次次的失败，卖友的卖友，告密的告密，做官的做官，捕的捕，死的死，同侪中只剩我孤苦的一身！我历遍了这人世，尝遍了这人心，我要做鬼，做鬼。①

由"鬼"的上述自述我们不难看出：不管是其独坐暗黑的牢狱，还是其离群索居做"鬼"，伴随她的只有孤独，其早已成为她生命的存在方式，因此她宁愿选择孤独也不愿意选择"我"做她的爱人，宁愿选择孤独也不愿意选择在凡间做人。而对于文中的主人公"我"来说，其由最开始对"鬼"的热烈爱恋，到最终孤独地等待"鬼"的归来，整个过程仿佛梦境一场，又回复到最初的孤独境地。徐訏有过夫子自道：

　　我是一个最热诚的人，也是一个最冷酷的人，我有时很兴奋，有时很消沉，我会在狂热中忘去自己，但也有最多的寂寞袭击我心头。我爱生活，在凄苦的生活中我消磨我残缺的生命；我还会梦想，在空幻的梦想中，我填补我生命的残缺。在这两种碰撞之时，我会感到空虚。②

因此在笔者看来，男主人公"我"与"鬼"完全可以说是一个统一体的两面，共同体现了人物主体的"二重人格"分裂。

这种对孤独的体验和书写在徐訏以后的小说中越来越多，尤其是到了战争频仍的 20 世纪 40 年代。40 年代被文学史家称为"文化综合"时期，在这个因战争而生成的独特文化语境里，知识分子"对人类的命运深为忧虑，对人生的意义深感困惑，而存在主义似乎给人们提供了一个思考和观察的起点，一个安身立命的根据，遂受到他们的欢迎。"③ 如冯至的《十

---

① 徐訏：《鬼恋》，《徐訏文集》（第 4 卷），上海三联书店 2008 年版，第 179 页。
② 徐訏：《一家·后记》，夜窗书屋 1941 年初版。
③ 解志熙：《生的执着：存在主义与中国现代文学》，人民文学出版社 1999 年版，第 239 页。

四行集》即在自然山水的沉潜中思考人之存在意义。而对于徐訏来说，辗转大后方的逃亡生活使其顿时体验到生命的偶然与无常，投射在写作上则是他格外关注人的存在，体现出一种典型的"存在之思"。这里的"存在之思"，"主要指面对人生的'沉沦'状态和'悲剧性'，人要秉持存在的勇气，探询着生命的存在之境"①。

这种对生命存在的思考和探寻在徐訏40年代至香港时期的创作中体现得非常明显，也为评论者所关注到，如陈旋波就认为"40年代后期，徐訏的人生观有了显著的变化，他从一个浮士德式的生命追寻者几乎变成一个存在主义者——人的存在在本原性意义上的偶在与虚无，以及由此而来的那种根本上的荒诞、焦虑和孤独，这种存在主义的人生观成为徐訏此时期生命体验的重要内容，它同时也延伸至徐訏香港时期的文学创作，使之染上强烈的存在主义色彩。"② 如《风萧萧》中主人公徐就经常感到一种孤独感：

> 只有寂寞在我旁边……
> 我感到说不出的空虚……

> 料峭的春寒与沉重的寂寞在我重新关上车门时从四周袭来。我像逃犯似的奔进了家，奔进了自己的房间，开上门，开亮灯，吸起一支烟，抽出一本书，我倒在沙发上，逃避那一种说不出的凄凉与压迫。③

海伦也认为：

> 唱歌已经填不满我心灵的空虚，我时时感到说不出的寂寞……我现在没有郁闷，只是空虚。郁闷是一瞬间的，空虚是长期的。④

类似的语句在其他小说中出现得非常多，已成为徐訏大部分小说主人

---

① 席建彬：《论现代小说的诗性传统》，博士学位论文，南京师范大学，2006年，第63页。
② 陈旋波：《时与光——20世纪中国文学史格局中的徐訏》，百花洲文艺出版社2004年版，第123页。
③ 徐訏：《风萧萧》，《徐訏文集》（第1卷），上海三联书店2008年版，第35页。
④ 同上书，第147页。

公的精神特点。如《助产士》中史小姐学生时代美丽而骄傲，如今成为助产士的她眼看同伴个个恋爱结婚而深感寂寞，可随着岁月流逝，人老珠黄的史小姐依然在不断地重复着接生和百无聊赖的孤独生活；《星期日》中女主人公年轻时拒绝了一个又一个男子的求爱，人到中年仍然孑然一身，其工作外的生活几乎被孤独占据着，却又无力摆脱，"望望周围，周围是空虚与寂寞，这使你回忆到过去，幻想到将来，你感到了说不出的渺茫"。①《盲恋》中的梦放，他人的目光即是地狱，相貌的丑陋让他渴望而又害怕与世界的交流，只能感到"这是多么寂寞的世界呢！我在自己的房间内，望着天，望着邻近的灯火与远处的原野，我觉得我竟永远是一个孤独的生命"。②而《彼岸》中的"我""只是一个孤独的旅人，在寂寞的旅途中，寻找一个可以互相寻求了解的人，也就是寻找一个角度与纸质相同相近的人"。③

　　对于孤独感，曾有研究者把它大致分为三种类型，即人际孤独、内心孤独和存在主义孤独。其中，"人际孤独"意味着缺乏关系或关系不合我意，而"内心孤独"意味着自己心理中有着内在的不统一，是一种病态的孤独，实际上已经与外在关系没有多少牵涉。"存在主义孤独"指向的"不是寻求关系，渴望理解，而是在一定程度上主动回避关系，渴望独处，是一种超越性孤独"④。这种"超越性孤独"迥异于日常生活中的孤独，是一种生命本体性的孤独，是个体独自面对存在的精神状态。在三种孤独状态中，徐訏小说的主人公所感到的更多的是一种存在主义孤独，如《江湖行》中的周也壮自白道："不知是什么样一种感触，到了热闹的街上，我突然感到非常孤独。吸着烟，一时竟觉得全世界没有一个人是了解我的。"⑤即使在获得大的成功的时候，他也深感空虚迷惘。而《盲恋》中丑陋的梦放虽然活在众人之间却注定无法与任何一人沟通："我在学校里始终是孤僻的，我爱黑暗，爱孤独，我从不交朋友，从不同别人来往，我走路低着头，上课时望着桌上，从不同教授有什么问答，我怕人注意，怕人看我。我过的是土拨鼠一样的生活。学校宿舍是两人一间，但我同房

①　徐訏：《星期日》，《徐訏文集》（第 7 卷），上海三联书店 2008 年版，第 61 页。

②　徐訏：《盲恋》，《徐訏文集》（第 5 卷），上海三联书店 2008 年版，第 406 页。

③　徐訏：《彼岸》，《徐訏文集》（第 5 卷），上海三联书店 2008 年版，第 129 页。

④　沈玲、方环海、史支焱：《诗意的语言》，学林出版社 2007 年版，第 120 页。

⑤　徐訏：《江湖行》，《徐訏文集》（第 2 卷），上海三联书店 2008 年版，第 168 页。

的同学是很活泼广交的人，他常常在外面，但是我还在中间挂了一块黑布，使我同他隔离着，我们从未交谈。"① 通过对徐訏小说笔下主人公精神状态的分析，我们可以清楚地看出他们对孤独有着自觉的体认与追寻：一方面他们感觉孤独，寻求了解，但另一方面却又总是在走向孤独，是一个个孤独的跋涉者，最后回归的仍然是孤独，其正切合了徐訏在《江湖行》中的话："人与人之间也许有爱，但不能有了解。"

克尔凯郭尔认为只有孤独的个体才能在其内心体验到自己的存在，其他物是没有这种能力的，因此，只有孤独个人的存在才是真正的存在，也即真正的个人是孤独的人。曾有研究者认为："当我执笔写着有关孤独的这本小册子的时候，本身就曾经不止一次地体验过无法忍受的孤独，惶惶不安，以及不知道该如何自处的时刻。"② 因此，徐訏小说中诸多人物的孤独感受折射的正是作者内心的孤独，惟其孤独，他才能以自由的心境漫游在世界和人生的无疆之域，思考着生与死、苦难与信仰、残缺与爱情等诸多的问题。

存在的这种孤独感很大程度上也让徐訏体验到一种生存的无意义，创作于 20 世纪 40 年代末期的小说《烟圈》就鲜明地体现了作者对人生存在意义的思考。《烟圈》中以一个思考人生存在意义的哲学家为主线，通过来自九种不同行业的知识分子临终前对人生的总结来贯穿全文。出人意料的是这群知识分子都认为人生不过是一个烟圈，它"慢慢地滚动着扩大，扩大，淡起来，淡起来，散开去，散开去；以致消失。这——就——是——人——生！"③ 从摇篮到坟墓不过就是这样一个过程，赤条条地来，赤条条地去。此后，这种虚无的人生观总是或潜或隐地存在于徐訏的许多小说创作中，如徐訏到港后的诸多书写移民苦难的小说。

对于这类小说，研究者关注得较少，普遍认为其文学价值较低，脱离了 40 年代作者对浪漫爱情的编织，偶有涉及的研究者也认为这类小说的书写"一是通过移民对香港的认知程度表达作者个人的心理变化过程，如《劫贼》《女人与事》《仇恨》等；二是借助移民实现对香港、大陆两种社

---

① 徐訏：《盲恋》，《徐訏文集》（第 5 卷），上海三联书店 2008 年版，第 305—306 页。

② ［日］箱崎总一：《孤独心态的超越》，何逸尘译，巨流图书公司 1981 年版，第 54 页。

③ 徐訏：《烟圈》，《徐訏文集》（第 6 卷），上海三联书店 2008 年版，第 146 页。

会文化形态的批判，如《过客》《自杀》《逃亡》"等①。但细读全文，笔者发现事实不完全如此，从诗性的角度来看，这类小说充分体现了徐訏通过移民的境遇改变来思考人存在的意义等问题。如《自杀》中的王三多，在大陆时期因共产党的号召，斗死了地主郭恩代，而王三多的父亲因受恩于郭恩代，制止儿子不力而愧疚自杀，此后这两重死亡阴影始终笼罩着王三多：

> 他于是时时想念他顽固的已死的父亲，也想到地主郭恩代，也想到他父亲的话。两个惨死的死尸又不时在梦中出现，他开始对自己的房子害怕起来，对自己的乡村厌憎起来，对共产党的说法怀疑起来，他一度偷奔到都市里去，但被抓了回来，他被斗争清算，他变成了反动分子。这时候，他几乎天天梦见他的父亲，每天黄昏回家，总像是听到他的父亲在同他争吵，顽固地骂他忘恩负义，骂他不孝子，于是他眼前又浮起遍体鳞伤跪在地上的地主郭恩代。②

在这种惶惶不可终日的情形下，王三多逃亡到香港。在香港，他与表哥靠偷窃为生，表哥的被捕与死亡让王三多陷入生活的绝境，他在多天的蹲点观察中终于等到了一个天赐良机的发财机会，并能轻而易举地窃取珠宝商施先生家的钱财。本来计划好好用这些钱财做点小生意过平平稳稳的生活，但就在他准备偷施先生的钱包时却意外地发现睡在床上的施先生已服毒身亡了，他的死亡让王三多开始思考人生存的意义：

> 像他这样都自杀，那么我，自从生出来，一直这样苦。为求生而杀人，而逃亡，而偷东西，而也许被捕，也许被冤枉，也许……还活着干什么？③

这种无意义的人生让穷惯了的王三多在一直渴望的金钱面前毅然选择了死亡，他平静地服下了施先生未喝完的毒药。因此，《自杀》这篇

① 参见邵平《论徐訏在港的文学选择》，硕士学位论文，南京大学，2011 年，第 24 页。
② 徐訏：《自杀》，《徐訏文集》（第 8 卷），上海三联书店 2008 年版，第 413 页。
③ 徐訏：《自杀》，《徐訏文集》（第 8 卷），上海三联书店 2008 年版，第 422 页。

小说并非是如有些研究者认为的那样从受虐和施虐两个角度写"三反""五反"遗留在人身上的余毒，而是王三多在诸多的死亡面前——不管是穷苦父亲的死亡，还是地主郭恩代的死亡抑或是富商施先生的死亡——骤然感到人整个的生存即是痛苦，死亡是唯一的选择。这种对存在的感受与看法明显是作者徐訏所附加的，因为作为农民的王三多是很难对人生的存在意义进行思考的，这种思考在徐訏的另一篇小说《过客》中体现得更加明显。王逸心曾是上海的富家子弟，仪表堂堂、谦逊和善，花钱尤其漂亮。在经历过大陆的"三反""五反"以及企业破产后，精神备受打击。随后来到曾受他接济的朋友周企正家作客，既不喝酒，也不跳舞，连曾经最爱的音乐也不愿提起，整天独自闭门关在房间里，夜里不住地在房间里踱步，完全变成了一个行尸走肉的"活死人"。周家的生活开始受到影响，但碍于二人在上海时的友谊，企正夫妇又不便多说什么。当圣诞节到来，经常闭门不出的逸心突然外出，并给周家各人买来了圣诞礼物，且神情愉快，殊不知他已经做好了"归去"的准备。就在企正的琴声中，随着玻璃杯的脆响，逸心服毒自杀了，在临终前，他总结自己的一生道：

> 日子过得真快，人在世上不过是一个过客。我们差不多年纪，现在大家都老了。老了，我们在这个世上干过什么？什么也没有，什么也没有，只是翻了几个跟斗！有的翻上，有的翻下，一样是一个过客，是不？
>
> 我不要家，我已经没有家了，安妮同我离婚了，其实我在安妮心上也只是一个客人，来过，去了；我们在这个世上还不都是客人，来过，去了。①

这种过客的心态明显折射出徐訏内心的真实体验，如他也曾在诗歌《过客》中清楚地表明了这种感慨：

> 我是一个可怜的过客，
> 到世上作几十年的摸索，

---

①　徐訏：《过客》，《徐訏文集》（第 8 卷），上海三联书店 2008 年版，第 93—94 页。

来处是漆黑的迷茫，
去处是迷茫的漆黑。

但是我生逢可怕的乱世，
社会上到处是纷争攘夺，
强者暴者人人富贵荣华，
弱者良者个个贫穷孤独。

只因为我怀疑那人生的因果，
就注定了我一生奔走漂泊，
我看尽了人间的生老病死，
走遍了地球的东西南北。

有人说我议论不合政治的要求，
有人说我思想有违传统的道德，
有人说我感慨多是无病呻吟，
有人说我文章都是愤世嫉俗。

于是在这茫茫的尘世中，
我再也无处立足，
万卷在病患中散尽，
半技在闲散中忘绝。

妻在贫穷中下堂决去，
子女个个都患营养不足，
夜来常梦见童年的蹉跎，
晨起总惊惶头上的发白。

在如此生涯中我如何不怀疑，
上苍何曾顾到人间的祸福，
但我知道即使我相信什么教义，

我也还是一个可怜的过客。①

这种过客的心态正是徐訏对整个人生命运的感慨。"过客"的意象在鲁迅的小说也出现过，在无边的旷野上，一个行色匆匆，衣衫褴褛的形象出现在一条"似路非路"的地方，他从有着杂树和瓦砾的地方走来，又走向荒凉破败的地方。从他有记忆的时候，他就这么一个劲儿地直往前走，鞋烂了，又饥又渴，但仍不忘咬着牙前行，任凭老者的劝说挽留，"过客"也毫不松懈，只觉得有一个声音在催促和呼唤着他，使他不能停息，即使明知道终点是坟，他也义无反顾，连小女孩送给他包扎伤口的布片，他也谢绝了。这里鲁迅想要表达的明显是一种对生命的承担精神，所以他在回答读者的提问时说道："《过客》的意思不过如来信所说那样，即是明知道前路是坟而偏要走，就是反抗绝望，因为我以为绝望而反抗者难，比因希望而战斗者更勇猛，更悲壮。"② 因此《过客》也成为鲁迅反抗绝望的人格象征。这一点在其写完这篇散文后曾明白表示："我想，苦痛是总与人生联带的，但也有离开的时候，就是当熟睡之际。"③ "我自己，是什么也不怕的，生命是我自己的东西，所以我不妨大步走去，向着我自以为可以走去的路；即使前面是深渊，荆棘，狭谷，火坑，都由我自己负责。"④

然而，徐訏毕竟不是鲁迅，鲁迅始终抱着怀疑的心态与"历史中间物"的意识在无所归依中痛苦挣扎，展现出一种绝望中抗战的精神，而徐訏则始终在寻求着存在的意义与精神的慰藉。到了香港时期，这种愿望更加强烈，但这类形而上的追问在消费主义的香港却越来越不切实际，徐訏的精神也日益颓唐，因而，在其笔下，"过客"王逸心已经没有了鲁迅笔下"过客"的那种顽强的斗志，哪怕是他已到了香港可以在朋友的帮助下开始新生活时，他还是选择了"坟"，存在的无意义感让他彻底失去了生存下去的勇气。

事实上，不仅是这些难民在残酷的现实面前感觉存在的无意义，生活

① 徐訏：《过客》，《徐訏文集》（第15卷），上海三联书店2008年版，第56—57页。

② 鲁迅：《致赵其文》（1925年4月11日），《鲁迅全集》（第11卷），人民文学出版社1981年版，第442页。

③ 鲁迅：《两地书》，《鲁迅全集》（第11卷），人民文学出版社1981年版，第15页。

④ 鲁迅：《北京通信》，《鲁迅全集》（第3卷），人民文学出版社1981年版，第51页。

于富贵人家的小姐白蒂也时常有这种感觉。白蒂是被许道明誉为"爱情与宗教的力量玉成的《精神病患者的悲歌》"①中的女主人公，在这篇小说的解读中，研究者大都将笔调集中在侍女海兰舍身让爱的情节上，认为她是具有超俗的精神情趣的唯美主义者，是健康、爱与美的理想化身，与之相对的白蒂则代表未能免俗的官能享受者，是一个自私、病态的精神病患者。但事实上，细读全文，笔者发现这明显是一部"存在"与"救赎"的小说，白蒂本是一个读过许多文学作品，爱玩爱笑，充满青春激情与活力的美丽女子，但她出生于一个极其富裕但是缺乏温暖与爱、缺乏理解与生气的"古堡家庭"。她父亲甚至为了事业将自己的权利意志强加在女儿身上，欲将其嫁给一个她并不爱的英国贵族，她因不愿遵从父亲意愿而与父亲大吵一架。后来，某男子酒后对白蒂无礼，白蒂便开枪将那个男子打死，从法律的纠纷中脱身之后，白蒂便开始不信任任何人，于是：

> 她吸烟，喝酒，赌博，同人吵架，她有时特别爱打扮，有时特别随便，有时整天关在自己房内，有时整天在外面，有时半夜三更一个人驾着车在各处走，有时一个人到赌窟里消磨一个整夜……外面呢，下流的男女朋友交得很多，他们都花她的钱，整天在各处叫嚣，时常出事闯祸。②

其乖张、放荡的言行在处于正统社会环境和秩序规范下的父母眼里完全脱离了常态，因而被视为"精神病患者"，但仔细看来，她并没有精神病，"在她的表情之中，常常有凝视在空虚的浅笑，这一种凝视，是神经衰弱的一个特征，但并不是十分变态。她的变态的地方，我寻不出"③。即使是她自己也从不承认自己患有精神病，"她自信力极强，绝对不承认自己有病，她咒骂医生，不肯吃药，也不愿接受医生的忠告，不肯改变生活"④。在其佯狂行为的表象下，掩盖的是白蒂觉察到的存在的空虚，她找不到自己的人生价值，也找不到支持自己生活的精神力量，因此，在下

---

① 参见许道明《海派文学论》，复旦大学出版社 1999 年版，第 340 页。

② 徐訏：《精神病患者的悲歌》，《徐訏文集》（第 4 卷），上海三联书店 2008 年版，第 268—269 页。

③ 同上书，第 288 页。

④ 同上书，第 268 页。

流的酒馆里，她经常一个人用渺茫的眼光望着空虚的空间，而在家中她则嚷着人生的无味与对生命的厌倦，这种对生活的空虚与厌倦使她不断地在酒馆和赌窟里挥霍自己的青春，若不是"我"的爱与海兰的牺牲，她迟早会在空虚与无意义中自杀。

（二）存在的偶然与荒诞

除了对人存在的孤独有切身的体验外，徐訏对于"偶然性"也有切身的体验并进行了着力的探讨。这里的"偶然性"是指在客观事物发展过程中，它并非是确定性要发生的，它可以出现或不出现，并且可以以任何的状况出现，它具有一种不确定性，有时一个小小的偶然事件会使人生的整个境遇发生变化。关于"偶然性"的境遇及其讨论在徐訏的小说中随处可见，如《吉普赛的诱惑》是写"我"游历马赛时，偶遇吉普赛算命女郎罗拉藉此带来的一段人生奇恋；《鬼恋》是"我"半夜买烟和一个自称为"鬼"的女子的奇遇和爱恋；《投海》中毒杀了岳母、妻子及其情人的余灵非在蹈海自杀之际，却偶然地拯救了自己欲蹈海殉情的学生；《结局》中偶然中的一张马票改变了主人公司马柄美与卓启文夫妇之前一直较贫穷的生活境遇；《陷阱》中的祖父、祖母年轻时一次偶然地跌入乡下人捉野猪山麂的陷阱，却成全了一段美满的姻缘。

除此而外，在徐訏最重要的三部长篇小说《风萧萧》《江湖行》《时与光》中均涉及对偶然问题的探讨。如在《风萧萧》中，最巧的情节莫过于慈珊这个人物。这是主人公徐在谎称避居乡下时给梅瀛子、海伦和史蒂芬夫妇的回信中虚构出来的一个人物，但在徐与梅瀛子的逃亡过程中却戏剧性地为一个叫慈珊的女孩所救。应该说，小说虚构出如此巧合的情节桥段本是创作的大忌，但由于作者主要是想藉此展示人生的诸种姻缘耦合，从而生发出生命存在的哲思，由此，这种巧合又带来一种发人深省的意味，所以"慈珊"的弄假成真让"我"不禁感叹生命本身的偶然与神奇：

> 但这些竟都是命运之神的手法，是这样严密，是这样巧妙，在我们追念之中，竟觉得在一定的组合里，多少细小的因素，都不能有笔缺少，否则其结果就将完全两样了。[1]

---

[1] 徐訏：《风萧萧》，《徐訏文集》（第1卷），上海三联书店2008年版，第392页。

而在《江湖行》中白福的意外死亡导致了周也壮一生的流浪，在流浪的过程中机缘巧合地和葛衣情、紫裳、阿清、容裳展开了错综复杂的爱恨纠葛。最后，他爱的女人疯的疯，死的死，嫁的嫁，孑然一身的周也壮不禁感叹：

> 这样推理分析起来，我们可以细细找到无数的细小的偶然因素。这些因素，只要少了一个，我的生命可能就不能走上这条路径。对于这些偶然的无数巧妙的组合，我除了用机缘或者命运的名词外，就不知道该怎么说了。①

类似的关于"偶然性"的感悟在小说中出现得很多，似乎主人公周也壮每次都在为自己找理由开脱，但是纵观主人公的经历，其确实在偶然的错综中走向意料之外的结局。例如，他本想和葛衣情过安定的生活，却被其无情地拒绝，而在他去上海求学之后，葛衣情却回心转意想回到他身边；本来计划好了用舵伯的钱出国留学，却在流浪的过程中落草为寇；迫于生计他成为带烟土的跑腿，却在送烟土的过程中偶遇紫裳的母亲和妹妹容裳；本想与紫裳终成眷属，紫裳却在衣情的巧妙设计下另嫁他人；将与容裳定终身，却因为阿清的自杀被抛弃。在这个过程中，无数偶然的错综让周也壮这个最初的农民的儿子，经历了戏班的卖艺生活，学校的政治斗争，与女明星的相恋，落草为寇的土匪生涯，贩卖烟土的跑腿生活，声名鹊起的创作生涯，敌后的抗战工作，被日本人的刑囚逼供以及最终的剃度出家。每一次的转变都没有走向主人公计划好的结局，人生不过就是一系列偶然事件的错综，以致主人公无奈地总结自己时认为：

> 许多许多偶然的机遇变成必然的因果，而我竟像永无勇气与能力与这些机遇反抗一样，一步一步陷入最苦恼最悲惨的情境，这是多么可怕的人生啊！②

而对这种"偶然性"的探讨最鲜明地体现在小说《时与光》中。加

---

① 徐訏：《江湖行》，《徐訏文集》（第2卷），上海三联书店2008年版，第375—376页。
② 同上书，第570页。

缪曾经说过："小说从来都是形象的哲学，在一部好的小说里，其全部哲学都融汇在形象之中。"① 这种对"偶然性"的探讨几乎都集中在主人公郑乃顿身上。他曾经爱过一个女子，那女子也爱恋着他，在欧洲读书时他日夜思念着心上人。然而在回国前夕，曾经和他海誓山盟的女子突然变了心，这个打击让郑乃顿一度颓唐不振，甚至认为自由意志的不可靠，如他认为："你以为自己是可靠的么？……你有没有对一个认为很可爱的人，而突然觉得他不可爱了呢？你有没有安排好一件事而突然不喜欢呢？譬如你规定了我在你家里吃饭而忽然改变了意思，细想起来，决定的是你自己么？"②所以他"不相信自己，也不相信任何人对于将来可以有什么预定"③，以至于最终他变成了一个没有宗教信仰，也没有哲学信念，只相信偶然的"偶然论者"。在他看来："人生都是偶然的机缘，随缘触机，碰在一起，玩玩笑笑，用生命与灵魂赌严肃的爱情，这是多么危险呢！"④果然，他偶然流落到香港，所住的房间又与陆眉娜随口胡诌的地址完全一致，由此认识了陆眉娜，继而认识了萨第美娜太太，爱上了萨第美娜太太的租客林明默。但名花有主的林明默再次让郑乃顿陷入情感的痛苦境地，在失望和痛苦中他认识了单纯的少女罗素蕾。在他还没来得及弄清楚自己和罗素蕾的真实感情时，林明默爱人的变心让郑乃顿对林明默的感情又有了转机。又一个偶然的机缘，郑乃顿在"然偶室"（寓意"偶然"）里违背自己的主观意志和林明默订婚，直到此时，郑乃顿才明白自己真正爱的人是罗素蕾，于是放弃与林明默的婚约转而与罗素蕾相爱。爱情的甜蜜让郑乃顿和罗素蕾单纯地相信只要相爱就可以应对未来任何未知的命运，殊不知在偶然的命运、必然的宿命面前爱情的力量是如此的单薄。在结婚前夕，郑乃顿却被一个单恋罗素蕾的男子鲁地开枪打死，罗素蕾也怀着腹内的孩子跳海殉情……

对于郑乃顿来说，他所经历的诸多巧合、巧遇实在匪夷所思，无论是酒店旅馆的邂逅，然偶室里的求爱，还是幻梦成真、巫语成谶，都充满了不可思议的偶然性。置身于如此充满偶在性的世界里，郑乃顿深深感到：

---

① ［法］加缪：《评让－保尔·萨特的〈恶心〉》，杨林译，《文艺理论译丛》（第3辑），中国文联出版公司1985年版，第302页。

② 徐訏：《时与光》，《徐訏文集》（第3卷），上海三联书店2008年版，第26页。

③ 同上书，第22页。

④ 同上书，第62页。

人在时间与空间中永远是渺小的，一切悲剧不过是偶然的错综……人生中有许多计划，严密而详尽，谨慎而小心，以为一定可以实现的，而突然变了；又有多少像今天一样的预料不到的事情会突然出现，那么人生也许只好随其摆布推动……①

由此，徐訏彻底摧毁了人对自由意志的幻觉，在他看来，"一个一直胜利的人常常以为自己有权力支配一切，但是我以为任何微小的力量都可以摧毁你的权力。"②所有的感情、决定、计划都会在时间与际遇的流程中被不可知的偶然改变，个人无法把握自己的命运。既然人生充满了偶然，爱情也是偶然与必然的混合物，那么人生还有什么意义？爱又有什么意义呢？德国哲学家左茨塔夫·勒内·豪克认为，"意义首先是超自然的，不可理解的生命体验的深刻认识，是与宇宙、超验性的融合，是宇宙中既被肯定又被扬弃的存在。当人们置身于无意义的绝望存在中时，当人们作为世界命运的一段插曲，一个瞬间，目睹毁灭的黄昏渐渐降临时，他们就会重新发现古老宗教的新威力，发现它在追问人生的意义，抚慰对死亡充满恐惧的人类灵魂等方面所具有的独特而珍贵的价值和功能。"③ 在这里，宗教的威力也即文中所说的"光"，正是它使郑乃顿的灵魂在死后得到了安息，也成为晚年徐訏人生关注的焦点。

因此，上文诸多的"偶然性"都是作者的刻意为之，目的是"通过似乎是偶然性造成的传奇来表现一切都是预先安排好了的必然性所安排的命运，通过特殊的人生来表现可以概括一切特殊的一般性的人生哲理。"④这种关于偶然性的哲理讨论从亚里士多德的《形而上学》就已开始，值得一提的是存在主义大师萨特，他在《七十岁自画像》中就谈到自己很小就感受到偶然性，并认为人是偶然的存在，偶然性便是赤裸裸的现实。"它的自在的偶然性始终是不可捉摸的。这就是在自为中自在的作为散朴性保留下来的东西，这使得自为只有一种事实的必然性。"⑤ 并认为人的

---

① 徐訏：《时与光》，《徐訏文集》（第3卷），上海三联书店2008年版，第41页。

② 同上书，第22页。

③ 转引自吴义勤《漂泊的都市之魂——徐訏论》，苏州大学出版社1993年版，第108页。

④ 赖新芳：《徐訏小说中的奇情及其叙述》，硕士学位论文，暨南大学，2006年，第45页。

⑤ ［法］萨特：《存在与虚无》，陈宣良等译，生活·读书·新知三联书店1987年版，第127页。

种种活动就是对偶然性的不断超越。但事实上，人很难摆脱偶然性的控制，因为人间一切都没有恒常的自体自性，时时都在发生变化，这变化并不以一切人的意志为转移，因此，人常常陷入对命运的恐惧之中。正如美国当代著名存在主义哲学家 P. 蒂利希所说："命运是偶然性的法则，对命运的焦虑是建立在有限的存在对其每一方面的偶然性，对其缺乏最终必然性的认识基础上的……最终必然性的缺乏即非理性，它便是命运的不可穿透的黑暗。"①

这种"偶然性"的存在让人整个地感到存在的荒诞，不仅郑乃顿清楚地感觉到这一点，在徐訏其他诸多小说中也有清楚的体现。如小说《打赌》中，妻子从小就是一个十分爱打赌的人，在她看来："人生就是偶然的，一切不过是一个机缘。打赌就是凭这个机缘。"② 与人打赌甚至已成为了她的生活方式，不打赌她就会感到人生的毫无趣味。于是经常与自己的好朋友梁晓明打赌，婚姻、房子、车子、钟表店、钻戒都成了他们的打赌对象，输赢多少都按协议赔付，最后甚至赌起了各自的丈夫。在赌梁晓明丈夫患盲肠炎后的生死问题上，妻子把"我"输给了梁晓明，整个过程让人感到啼笑皆非。在这里"打赌"明显已成为一种人生荒诞性的隐喻，因为赌的过程并没有什么必然性的依据，一切不过凭各人的预感，如梁晓明丈夫的病，她预感到这次他逃不过难关，果不其然，丈夫从手术室出来时还好好的，但第二天早晨竟突然离奇地死亡。第一人称"我"的观察视角让人感到整个人生都处于荒谬和不可靠之中。类似的感觉在《父亲》《笔名》等小说中也清晰地反映了出来。《父亲》中的"我"和莉莲历尽精神磨难终于相爱走到一起，但在结婚前夕却赫然发现二人原是同父异母的兄妹，莉莲的母亲正是父亲在香港姘居的情人，这种荒诞的场景让人欲哭无泪。而在《笔名》中，"我"眼中的笔名为金鑫与越亮的这对夫妻本应该婚姻美满，却互相感到对方很不满意，皆有"做戏"的感觉，如丈夫就认为：

> 有的家庭是牢狱，我的家庭是舞台，回家等于登台演戏，剧本就

---

① ［美］P. 蒂利希：《存在的勇气》，成显聪、王作虹译，贵州人民出版社 1988 年版，第 41 页。

② 徐訏：《打赌》，《徐訏文集》（第 12 卷），上海三联书店 2008 年版，第 313 页。

是舒服美丽和谐的家庭，我的角色是好丈夫，好父亲，好男子，家庭的东西用具都是道具，每一个拿动都是剧本规定的，吃饭是剧本规定的，走路是剧本所规定的，睡眠也是剧本所规定的。①

而妻子则认为："夫妻似乎需要性情相投，我们就缺少这一点。"② 因此，在现实世界里，虽然丈夫有成功的事业，妻子有较好的艺术才华，并且有一个可爱的女儿，然而夫妻之间的感情明显貌合神离，两人心底都在追求自己幻想中的理想对象。妻子因为阅读小说而在想象中爱上了笔名为金鑫的作家，并以自己对金鑫的感情为基础写了很多情诗去发表，而当金鑫的作品《岐火》被抨击为有毒素时，妻子引证了文学史上许多曾被当时认为有毒素的作品来为金鑫辩护，最后甚至因为这份感情要和丈夫闹离婚。殊不知金鑫就是与他相处多年的在她眼里毫无趣味的丈夫，而丈夫也不知道有着冷静、渊博、警辟文风的女诗人越亮竟然就是自己的妻子。因此在幻象世界里，妻子对于丈夫的感情越陷越深，荒诞的是这幻象竟是对方投稿时所用的笔名，双方终于在互不了解中因为金鑫的死亡而分开。应该说，人际关系中最亲密的莫过于夫妻关系，同床共枕，朝夕相处，理应是知人知面更知心的。然而，这对夫妇却互相隔膜，生活如同照剧本演戏，毫无自我，因此即使是朝夕相处的伴侣也成为"最熟悉的陌生人"，只在创作的作品中才展露出自己本真的一面。最终，当妻子知晓一切时，已与丈夫天人永隔，永无再了解沟通的可能。因此，在这篇小说中，作者借"夫妻互不相识"这一手法明显展现出人与人之间互相隔绝、无法沟通，形同陌路的荒诞状况。

事实上，这种对人生存的孤独、无意义和荒诞感的着力表现均是作者对人的存在之根本茫然和不安的体现，明显呈现出与西方文学家共同的心理感受，如卡夫卡发出这样的慨叹：目的虽有，却无路可循，我们称之为路的无非是踌躇。③ 而在加缪的哲学中，荒诞被描述为现代人普遍面临的生存处境："荒诞感可以在随便哪条街的拐弯处打在随便哪个人的脸

---

① 徐訏：《笔名》，《徐訏文集》（第 6 卷），上海三联书店 2008 年版，第 347 页。

② 同上书，第 349 页。

③ ［奥］卡夫卡：《误入世界：卡夫卡悖谬论集》，黎奇译，陕西师范大学出版社 2002 年版，第 47 页。

上"①，因此"现代人被抛在这种处境中无处可逃，他唯一可做的只是如何面对荒诞并在荒诞中生存。"② 如其小说《局外人》中，人已经从"此在"处开始了沉沦，主人公默尔索对诸如亲情、爱情、友情甚至审判、死亡都漠然视之，他杀人的动机也仅仅是因为那天的太阳光线过于刺眼，从而预示着荒诞的无处不在。陀思妥耶夫斯基则深深地感到一种存在的无意义，"我们的全部生活和我们的各种焦虑……常常只是微不足道的无谓奔忙。"③ 而对于徐訏来说，这种对存在的关注与感受并不仅仅只是作者受上述存在主义哲学家影响后的创作表现，更多的是折射出一个孤立的知识分子在"政党""主义"一统天下时代真实的心理遭际和存在感受。徐訏曾这样回顾他的人生："像我这样年龄的人，在动乱的中国长大，所遭遇的时代的风浪，恐怕是以前任何中国人都没有经历过的。我们经历了两次中国的大革命，两次世界大战，六个朝代。这短短几十年工夫，各种的变动使我们的生活没有一个定型，而各种思潮也使我们的思想没有一个信赖……我同一群像我一样的人，则变成这时代特有的模型，在生活上成为流浪汉，在思想上变成无依者。"④ 而他作为自由主义知识分子在"政党""主义"一统天下的时代可谓是左右不讨好，这种荒诞的内心体验在他的一首诗《你说》中表现得非常清楚：

> 我深居简出孤独地读唐人的诗篇你说我太落伍，
> 我奔东走西开会游行讲原子的学理你说我太前卫；
> 早晨九点钟睡在床上看流行的杂志你说我太懒惰，
> 但是十点钟我对窗读报纸你又说我把人家吵醒。
>
> 我早出晚归每天沉默地低头办事你说我太贪利，
> 我忠诚地对人发表我自己的意见你说我重名；
> 我闭户谢客不求闻达于社会你说我自命清高，

① ［法］阿尔贝·加缪：《局外人·鼠疫》，郭宏安等译，漓江出版社 1990 年版，第 10 页。

② 朱立元主编：《当代西方文艺理论》，华东师范大学出版社 1997 年版，第 131 页。

③ ［德］赖因哈德·劳特：《陀思妥耶夫斯基哲学》，沈真等译，东方出版社 1996 年版，第 199 页。

④ 徐訏：《道德要求与道德标准》，陈乃欣等著《徐訏二三事》，尔雅出版社 1980 年版，第 83 页。

我送往迎来交际于旧好你又说我有野心。

我不修边幅破衣旧履任发乱胡长你说我故作惊人，
我衣冠整齐凑合着社会的时尚你又说我展览风情；
我响亮地逢人说早安你说过敏的朋友都怪我声音太重，
我低微地同人道再会你又说人家会怪我礼貌未尽。

那么你可是要我跟着你反复地讲陈旧的八股滥调，
喊幼稚的口号，对墙上领袖主席的照相自作多情；
或者也要我穿上制服追随你在街头路角，
摇旗呐喊，卖弄风骚，待新贵权臣的赏识怜悯。①

　　这种左右为难、无所适从的悖论性的生存状况让徐訏深切地感到了存在的无意义，所以他在诗歌《虚无》中总结自己的一生道：

我已老，竟无从记起
在哪一个青春时代，
我不够珍惜爱情。
说生命起于误会，
地球发生于唐突
社会是行劫行乞
与行骗，人间是逆旅。

生没有经我允诺，
存没有给我选择，
文化与传统的交代
未经我取舍与同意，
我只是被安置在一个型，
一个框，一个图案的中间。

---

①　徐訏：《你说》，《徐訏文集》（第 15 卷），上海三联书店 2008 年版，第 273 页。

> 我来自偶然，成长于偶然，
>
> 看时间飞逝，如白云流水，
>
> 从渺茫到渺茫，
>
> 从无常到无常，
>
> 从爱到爱，梦到梦。
>
> 我本是尘土，归于尘土，
>
> 我本是虚无，归于虚无。[①]

这种荒诞和虚无的存在感受使徐訏开始在作品中不断地追问："人的存在究竟是什么？"并扩展成对整个人类的存在处境的关注与思考。它明显迥异于"五四"时期问题小说家们对此问题的探讨，从而在整个现代文学中都显示出了自己的独特性，这一点通过与前辈作家的对比中可以清楚地看出来。郁达夫曾在论及现代散文时指出："五四运动的最大的成功，第一要算'个人'的发见。从前的人，是为君而存在的，为道而存在，为父母而存在的，现在的人才晓得为自我而存在了。我若无何有乎君，道之不适于我者还算什么道，父母是我的父母；若没有我，则社会，国家，宗族等那里会有？"[②] 因此晚清以前，中国人从来没有人的观念（周作人语），直到"五四"时期，才开始建立文学的价值理性，也即"人的文学"，关注作为个体的人的情感与欲望。然而，"由于启蒙主义的历史规约，五四文学并未生发出超越感性现实的生命终极价值追求，知识分子那种可能的终极关怀最终让位于关乎社会的伦理的变革诉求。"[③] 刚刚萌动的对人的个体自由价值的追求不得不让位于对人的社会价值的探讨。因此，人的真实的存在体验与感受在现代文学中很少真正得到过关注，即使是"五四"时期有了"人"的觉醒，知识分子们也更多的是关注处于传统与现代夹缝中人的心理苦闷，有着浓重的感伤成分，除了鲁迅外很少有作家能真正上升到对人的真实的存在体验的书写上。到了革命文学兴起的 30 年代，左翼小说更多的是关注人的社会属性，新感觉派小说

---

① 徐訏：《虚无》，《徐訏文集》（第 15 卷），上海三联书店 2008 年版，第 109—110 页。

② 郁达夫：《〈中国新文学大系·散文二集〉导言》，上海文艺出版社 2003 年版，第 5 页。

③ 陈旋波：《时与光——20 世纪中国文学史格局中的徐訏》，百花洲文艺出版社 2004 年版。第 304 页。

更多的是侧重书写人的欲望层面，京派小说则重在展示人的人性美和道德美。到了战争频仍的 40 年代，张爱玲、苏青等则更多地关注人的世俗习性，虽然张爱玲也通过小说展现出了人的苍凉感受与孤独体验，但这种感受和体验更多的是基于其独特的身世与敏感的神经，从而通过女性的视角展现出一种对现世人生，对整个人类文明的普遍的绝望感，传达出的是一种"末世的悲吟"。而相比于徐訏，张爱玲更多的是集中于对人性的探讨，揭露出人性的自私、冷漠、唯利是图等。相对而言，对人的生存困境，对人的偶然存在以及荒诞体验却着墨不多，而这正是徐訏重点关注的内容，充分展现出了他对人存在的思考。这种基于自身体验的对人存在境遇的关注也让其小说充满着一种浓郁的诗性品格。

第三节　拯救之路：存在意义的追问

虽然存在主义哲学家认为人类的存在是孤独的、荒诞的、无意义的，但这并不是存在主义的最终观点，相反却是起点。如萨特认识到存在之偶然性和虚无性，却反而主张积极介入。海德格尔认为人是一种"向死的存在"，却主张在"死的自觉"中挣脱一切异己之物的束缚，保持自己个人的独立性，得到自由。加缪认识到生命的荒诞，却进而主张反抗这荒诞，因为人生的价值即在这反抗的过程本身而非结果，并在《西绪福斯神话》中系统地阐述了上述思想。希腊神话中的西绪福斯被罚做苦工，日夜不停地推石上山，但每当石头快到山顶时，又自动地滚回山脚，如此往返不已，永无成功的希望。然而，西绪福斯却坚持不懈地推石上山，以自己的整个身心致力于一种没有效果的事业，并在这种无望的努力中获得了存在的意义，因为他以此证明了他高于命运，他比巨石更强大。

对于诗人徐訏来说，虽然在现实生活中深深地感到人存在的荒诞与无意义，然而人毕竟是一种追求意义的动物，"人被宣称为应当是不断探究他自身的存在物——一个在他生存的每时每刻都必须审问和审视他的生存状况的存在物。人类生活的真正价值，恰恰就存在于这种审视中。"[①] 因此，徐訏并不甘于沉沦于空虚与无意义中，相反却始终在追寻着存在的意义，藉此拯救自身漂泊的灵魂。

---

① ［德］恩斯特·卡西尔：《人论》，甘阳译，上海译文出版社 2004 年版，第 9 页。

（一）流浪：生命存在的拯救路径

事实上，徐訏对存在意义的思考与探讨在《风萧萧》中就已开始，只是在这篇小说中并没有作为作品的主要层面，如文本中海伦与"我"的对话：

> 她（海伦，引者注）说：但是我什么都没有兴趣。人生到底为什么？战争，金钱，我……
>
> 人生是一张白纸，随便你填。
>
> 必须填么？
>
> 事实上你每天在填，吃饭，睡觉，起来，坐下，头脑想，手动，活着就是在填人生的白纸。除非死去，你死了方才算是交卷。
>
> 那么什么是人生的意义呢？
>
> 就在白纸的填写。儿童拿到了白纸乱涂，商人在白纸上写帐，画家在白纸上绘画，音乐家在白纸上画音符，建筑家在白纸上打样，工程师在白纸上画图。
>
> 于是你在白纸上写哲学。
>
> 好好坏坏在上帝交我的白纸上填写点意义上去。①

文中的"我"是一个哲学家，关注的是人类生存的意义以及爱与人性等的哲学意义，然而"我"由结识美国军医史蒂芬进而认识了白苹、梅瀛子、海伦三个女性，经常出入赌窟、舞场、夜总会等娱乐场所，这种香鬓钏影中的荒唐生活，本质上是对"我"哲学化的、清静玄思的生活方式的背叛。虽然"我"也曾多次做过逃避热闹生活而回归宁静书斋的尝试，如在杭州和白苹、梅瀛子等人游玩时"我"中途先回，谎称回乡租屋另居等都是明证。然而，随着太平洋战争的爆发以及史蒂芬的被捕牺牲，宁静雅致的书斋生活成为不得不告别的过去，急迫、危险的间谍生活在向"我"招手，在民族危亡之际，"我"无法回避也无法抗拒这种生活的诱惑。当美国军方谍报人员史蒂芬太太让"我"担任间谍工作时，"我"却感到：

---

① 徐訏：《风萧萧》，《徐訏文集》（第 1 卷），上海三联书店 2008 年版，第 148 页。

心中似乎都是兴奋，觉得在这灰色平凡的生活中，现在可以有一个新奇的转变，可以从烦琐沉郁的问题上，转到干脆明显的工作去，这是多么愉快的事。而几年来，我想担任一点直属于民族抗战的工作，现在居然一旦实现了。这是何等的生活。①

因此，在笔者看来，正是这种对人生意义的承担使一向孤独地研究哲学的主人公"我"愿意投身到间谍工作中来，因为这明显对民族的存亡更为有利。相比之前经常感到的空虚和寂寞，虽然间谍工作充满了危险和不安，但却让"我"感觉到了充实。因此，尽管前途渺茫，我还是独自踏上了去后方的路。

然而到了香港时期，那种生命的孤独、偶然以及无意义感开始全面地占据徐訏的内心世界，此时期的他明显对人的存在及其意义思考得很多，如《彼岸》《时与光》《江湖行》等均是这方面的代表作品，并且重点思考拯救自身的途径。但以往的研究者则往往忽略了这一点，下面即试以《江湖行》为例进行重点分析。

写作于1956年至1961年的小说《江湖行》，曾被司马长风誉为"实是一部野心之作"②，构思三年，书长六十万字。据徐訏的老朋友沈寂回忆说这部小说在40年代末期即开始搜集材料准备创作，"该书以抗战为背景，出没各阶层各类型的角色，包括政要、英雄、文人、富豪、一夕成名的女伶、横行僻乡的土匪、游击队的战士、流落的江湖客、卖艺的武师、卖淫的妓女，作者用细腻的笔触，写各型人物在大时代中的色相和悲欢"③。而这诸多的人物、宏阔的场景是由"我"——周也壮贯穿起来的。作为农家子弟的"我"在父母双亡后弃农随舵伯等民间艺人浪迹江湖，后遇戏子葛衣情却为其情爱所伤，遂萌发去上海读书的欲望，企图用知识来充实自己的身心。但参加学生革命团体后却发现缺乏实践的理论只能成为被人利用的工具，读书并不能安抚"我"灵魂的焦躁。于是"我"随老江湖等艺人再次流落江湖，遇见了卖艺的何老与紫裳，何老的离世与临终嘱托让"我"不得不带领紫裳进入上海投靠舵伯。后来在与紫裳的爱

---

① 徐訏：《风萧萧》，《徐訏文集》（第1卷），上海三联书店2008年版，第156页。
② 司马长风：《中国新文学史》（下），昭明出版社1978年版，第93页。
③ 同上。

情出现隔阂后，"我"再次逃离了萎靡的城市，随穆胡子成了土匪中的一员，后因穆胡子所在团体被中共招安，"我"又开始了无目的的流浪。偶遇农家女阿清，并结下一年的婚约，后又邂逅野凤凰、容裳母女，引出了为逃避情感纠纷而辗转于抗战大后方的所见、所闻、所感。最后，在我所爱的这些女人死的死，疯的疯，嫁人的嫁人后，孑然一身的"我"选择了在峨眉山皈依佛门，不再沾染世事。

这部为徐訏所偏爱的作品也被许多研究者所推崇，如萧辉楷认为："《江湖行》是徐訏倾其毕生学问、经历与见识写成的……足以反映现代中国全貌的史诗性伟大著作，这应该是确有资格称为徐訏代表作的。"① 陈纪滢则推崇它为"近二十年来的杰作"。② 吴义勤也认为："《江湖行》不仅是徐訏创作生命的高峰，也是对他人生的最全面、最深刻地总结。它不仅对于徐訏个体的生命和文学历程具有特别重要的意义，而且具有深远的文学史意义。"③ 但即使是得到如此多好评的作品似乎研究得不够透彻，吴义勤仅仅停留在对主人公生命的流浪故事和爱情故事的分析上，认为它们是作者生命感悟的对象，也是推进他的生命感悟的动力，印证了作者在文中反复申明的话："我想说的不是故事，而是生命。"对于这部鸿篇巨制来说，这样的分析稍显单薄。在笔者看来，作者这种对生命的感悟重在其对存在及其意义的思考上。

通过上述作者所经历的跌宕起伏的故事，我们可以看到，作者基本是通过主人公周也壮流浪的一生来揭示人的生存困境与拯救渴求的。在这篇小说中，主人公的性格特征更近似于西方乔伊斯以来的"只是无面无名的主人公的形象，他既是每一个人，同时又谁也不是"④，作者更多的是想通过他构筑一个独特的关于生存的象征世界。周也壮童年生长的地方是一个典型的诗性乐园，那里有世外桃源般的生活，后园里种了许多瓜果与菜蔬，父亲勤俭能干，日出而作，日落而息，母亲贤惠善良，永远有笑容挂在脸上。而他在上学之余则帮着父亲在田里劳作，"晚饭总是我们家庭最

---

① 萧辉楷：《天孙云锦不容针》，寒山碧编《徐訏作品评论集》，香港文学研究出版社 2009年版，第 74 页。

② 陈纪滢：《徐訏先生的生平》，《中华文艺》第 20 卷第 4 期。

③ 吴义勤：《流浪的意义与生命的感悟——重评徐訏的小说〈江湖行〉》，《山东文学》2008年第 1 期。

④ ［美］威廉·巴雷特：《非理性的人》，杨照明等译，商务印书馆 2004 年版，第 61 页。

快乐的时辰，父亲喜欢在饭前喝一点酒，喝了酒他总是有说有笑。"① 整个家庭气氛非常融洽，与邻里也是相处和睦。只可惜这种诗性乐园般的生活很快就被白福的意外死亡而打破，因为它也直接导致了周也壮父母的双亡，因而原本和谐的乡村生活却成为主人公梦魇的地方。海德格尔曾认为：人生下来就处于一种被抛状态，绝对地孤独无助，从根本上没有任何存在的根据和理由，但又不得不把已经在世这一事实承担起来，独自肩负起自己的命运，这就是人的存在的荒诞性之所在。父母双亡的事实让周也壮彻底被抛在这个孤独的世界中，此时他"想离开这可怕的世界，与附着这世界的许多阴魂"。② 然而，舵伯的出现却让他陷入了选择的两难，是死耽在一个令其恐惧的地方继续种田还是随舵伯流浪去做生意，他必须有一个决断。这里的"决断"实际上就是自觉谋求对现状的改变，摆脱那种单一的烦琐的"自在性存在"，同时也是存在者对自身的存在及其世界勇于承担的"责任感和自主性"。存在主义哲学认为通过"决断"，才能走向"自为的存在"，所以雅斯贝斯认为"本然的自我存在只有通过自由的、无条件的决定才能实现。"③ 这是周也壮初次逃离农村，浪迹江湖，舵伯的出现对于他来说是一种拯救（实际上是一种"他救"）。在与舵伯漂泊流浪的过程中，周也壮也确实一度获得了生存的解脱和精神的自由，他开始拥有了金钱和生命的自由，但这种自由的生活很快就被葛衣情的悔婚而打乱，于是周也壮开始了其进入都市、浪迹江湖、人生浮游的流浪阶段。

应该来说，周也壮并没有非流浪不可的理由，他本可以依靠舵伯的财产过舒服的上等社会的生活，但他都断然拒绝了，除了上文分析的对自由生活的向往以及男人应该自尊自强的意识外，笔者认为导致他屡次进入江湖流浪的根本原因还在于他在未知的命运面前有着对"非存在"的一种恐惧。这种"非存在"是指个体在面对宇宙中绝对存在的实体的威胁时对生命的真实理解，在每一种存在的背后，都有与之对立的"非存在"包围并威胁着我们。在周也壮流浪之初，他并没有真切体会到这种"非存

---

① 徐訏：《江湖行》，《徐訏文集》（第2卷），上海三联书店2008年版，第5页。

② 同上书，第8页。

③ ［德］施太格缪勒：《当代哲学主流》（上卷），王炳文等译，商务印书馆1986年版，第232页。

在"，但事实上，这种"非存在"对人的威胁却是多方面的。根据美国当代著名存在主义哲学家P. 蒂利希的观点："非存在威胁人的本体上的自我肯定，在命运方面是相对的，在死亡方面则是绝对的。非存在威胁人的精神上的自我肯定，在空虚方面是相对的，在无意义方面则是绝对的。非存在威胁人的道德上的自我肯定，在罪过方面是相对的，在谴责方面则是绝对的。对于这三重威胁的认识便是以三种形式出现的焦虑，即对命运和死亡的焦虑（要言之，对死亡的焦虑）、对空虚和意义丧失的焦虑（要言之，对无意义的焦虑）、对罪过与谴责的焦虑（要言之，对谴责的焦虑）。"① 这种对命运和死亡的焦虑，在小说开始白福的意外死亡导致他父母的双亡以及他的流浪中皆可窥见，而在文末作者也对此进行了全面的总结和反思：

> 在这静思默想的生活中，我虽然仍不能忘怀容裳，但好像已不是以前单纯失恋的痛苦而是在摸索一种新的境界。我开始对生命怀疑，对命运恐惧。我想到我一生的际遇都像冥冥之中有人在摆布一样，而我的脆弱的性格正好像为配合这命运而存在，我不但毫无能力超越命运可怕的安排，反而处处凑合着命运完成了它所望的结果。②

除此之外，周也壮最为恐惧的则是生活的空虚与无意义，他在文中经常说的就是："我感到说不出的空虚与孤独……""我已经没有悲哀，我也已经没有痛苦，我只感到一种说不出的空虚。"③ 这种空虚在他求学时领导学生团体失败后感到过，在紫裳于上海大红大紫时感到过，甚至在依侍舵伯的供给，与葛衣情的私情偶欢，与韩涛寿去鸦片房消磨生命或者做紫裳的地下情人时，生存的空虚与无意义仍未能被消泯，反而越来越强烈。因此，渴望摆脱这种空虚与无意义的处境正是他流浪江湖的主要动因，也即文中所谓的"试图恢复贫穷中流浪的能力"，他更多的是想借流浪来证明自己的存在的意义与价值，借流浪中艰难的生活来考验自身的生

---

① ［美］P. 蒂利希：《存在的勇气》，成显聪、王作虹译，贵州人民出版社 1988 年版，第 38 页。

② 徐訏：《江湖行》，《徐訏文集》（第 2 卷），上海三联书店 2008 年版，第 569 页。

③ 同上书，第 578 页。

存能力，从而拯救自身空虚的灵魂。这一点他自己也说过：

> 我的生命也正是被梦想所引诱，一步一步地走到想不到的境域。而每一次觉醒也就产生了另一种梦想。等到完全没有梦想的时候，那大概就是老了。①

这种对艰难的爱好，明显是存在主义者的一个特点。尼采曾说："存在的最大享受和最大成就的秘密乃是'生活在险境中'。"② 这种对艰难和险境的爱好某种程度上恰恰切合了周也壮的性情，他本可以在舵伯的照应下舒舒服服地生活，却甘愿放弃这种上等人的生活在流浪中证明自己的意义。因此，对于主人公来说，这种对人生意义的寻找很大程度上就是要找到一种存在自为的获救，只有自为的"自救"才能真正摆脱那种时时袭来的空虚感，避免陷入在世的"畏""烦""焦虑"甚至荒诞等"非本真的状态"，从而趋向一种诗性的自由生存境界。

然而，周也壮毕竟不是西绪福斯能以自己的整个身心致力于一种没有效果的事业，并从这种劳而无功中找寻快乐和出路。他虽然也通过流浪来探寻人生的意义以及自我的拯救，却并没有真正摆脱其在世所感到的"烦""畏""焦虑"等，反而加剧了这种感觉。其根本原因则在于一种人性上的困境，这一点舵伯一针见血地指了出来：

> 你没有毅力，没有气魄；你要钱，但你不肯冒险；你要爱情，但是你不肯牺牲自己；你要读书，但你不肯发奋；你要虚荣，但是你没有勇气；你求上进，但是你的方向不坚定。你一直不知道你自己要什么，实际上是你要的东西太多。你骄傲，你也不想依赖人，可是你自己并没有一种独创的精神，你不能获得什么。③

由此可见，徐訏在关注人的存在与自救的同时，也无时无刻不在思考着人性及其困境，这种悖论性的性格特征让周也壮一次次地陷入痛苦的境

---

① 徐訏：《江湖行》，《徐訏文集》（第 2 卷），上海三联书店 2008 年版，第 497 页。
② ［美］W. 考夫曼编著：《存在主义》，陈鼓应等译，商务印书馆 1987 年版，第 105 页。
③ 徐訏：《江湖行》，《徐訏文集》（第 2 卷），上海三联书店 2008 年版，第 342—343 页。

地。而在流浪江湖的过程中，这种感觉更是强烈。虽然只有流浪途中偶发的故事才能缓解他对存在的焦虑，但是纵观其流浪途中发生的主要故事就是他与葛衣情、紫裳、阿清、容裳四个女子的爱情。某种意义上爱情是配合流浪的一种生命力量，他也把爱作为行动的勇气和心理疗伤的快慰，并成为拯救和实现自我的终极旨归。在生命流浪的某个阶段，主人公也确实同时爱着她们，而情感的错综复杂又是如此的相似，他欲用下一段爱情来弥补上一段爱情带来的创伤，可犹豫不决的性格使他无法完全斩断与其中任何一个女子的关联，如他和紫裳的爱情。周也壮也曾希望把紫裳作为自己停泊流浪生命之舟的港湾，然而舵伯安排了紫裳的走红，身份悬殊的爱情让其只能充当紫裳的地下情人，由此生命的虚掷和无意义感让他陷入了更大的"烦"的境地。于是再度流浪江湖，邂逅阿清、容裳，虽然他依然爱着紫裳，但又与阿清缔结下一年的婚约。在遇见容裳后，又情不自禁地对容裳产生了感情。随后，他与葛衣情的纠缠不清导致了紫裳的移情别嫁，他与容裳的爱情又导致了阿清的自杀，而阿清的自杀却成为容裳离开自己的直接原因。最后，当他所爱的女人一个个远离他而去时，便把一切都推向命运："我觉得一切都是命运"，"一切一切是不可测度的一种机会，不可摸索的一种因缘。那么我又何必斤斤地未能忘怀于我的得失呢？"①"愿可以了解我一点的人，会原谅我的懦怯。"这种缺乏担当的怯懦性格让他在爱情上节节败退，如他剖析的那样"我的一生是失败的一生，我的生命是平凡的生命。我没有勇敢地恨一个人，也没有坚贞地爱一个人。"②

因此，周也壮的自救某种程度上不仅没能让他独自承担其人生的意义，从而走出"畏""烦"的局面，反而让他成为一个多余人，这一点他自己也很清楚地揭示了出来，如在游峨眉山时他悟道：

> 我重新意识到我们在抗战。千万的人在流亡，千万的人在奔忙，千万的人在忍冻挨饿，千万的人在流泪流血……在这样的社会，有人在牺牲，有人求改造，有人想革命，有人在逃避，有人谋混谋捞。我

① 徐訏：《江湖行》，《徐訏文集》（第2卷），上海三联书店2008年版，第578页。
② 同上书，第589页。

忽然发现我竟是不属于任何一个类别，而又是属于任何类别的。①

这种彻底的悲观主义让他最终皈依了佛门，也许，"对于一个属于独身与流浪的人，退隐山林，削发为僧正是一种最切合于流浪本质的生命方式。"② 因此，虽然周也壮总结自己的一生时认为："我觉得我渺小的一生，浪费在追寻失去的东西，而得到的则是多一个失去的东西。"也即流浪的生活方式并没有让自己完全达到对自我的拯救，从而趋于一种澄明的境界，但至少他一刻不停地在希望，在追求，使属于流浪的人归于流浪，这种对存在无意义的承担本身就具有了一种超越的意味。

事实上，这种对存在的虚无体验与存在意义的探寻某种程度上正是徐訏本人的内心写照，徐訏的朋友吕清夫就认为徐訏的生活经验或许在《江湖行》中透露得最多。吴义勤认为："对生命存在的诗意追问，对在某种可变的历史环境中人的存在可能性以及人的具体存在和'生命世界'的勘探，才是《江湖行》的真正主题。对生命超越与生命自由式的向往，构成了流浪的形而上意义，它是一种存在的维度，也是一种存在的通道。"③ 因此这部小说典型地反映了徐訏对存在及其意义的思考与探索，他不甘于那种沉沦的生存境遇，试图借流浪来思考把人从虚无与荒诞中拯救出来的路径。而对流浪的书写在40年代作家的笔下出现得非常频繁，最典型的如路翎的《财主底儿女们》。但在书写流浪时大多数作者往往关注的是流浪中人们的痛苦感受以及孤独体验，如《财主底儿女们》中写道：

> 人们底脸孔和四肢都冻得发肿。脚上的冻疮和创痕是最大的痛苦。在恐惧和失望中所经过的那些沉默的村庄、丘陵、河流，人们永远记得。人们不再感到它们是村庄、丘陵、河流，人们觉得，它们是被天意安排在毁灭的道路上的可怕的符号。人们常常觉得自己必会在这座村落、或这条河流后面灭亡。④

① 徐訏：《江湖行》，《徐訏文集》（第2卷），上海三联书店2008年版，第598—599页。

② 吴义勤、王素霞：《我心彷徨——徐訏传》，上海三联书店2008年版，第252页。

③ 同上书，第253页。

④ 路翎：《财主底儿女们》（下），人民文学出版社1985年版，第723页。

　　人们走在平原上，就有一种深沉的梦境。那样的广漠，那样的忧郁，使人类底生命显得渺小，使孤独的人们处在一种恍惚的状态中，而接触到虚无的梦境：人们感觉到他们底祖先底生活，伟业与消亡，怎样英雄的生命，都在广漠中消失，如旅客在地平线上消失，留在飞翔的生命后面的，是破烂了的住所，从心灵底殿堂变成敲诈场所的庙宇，以及阴冷的，平凡的，麻木的子孙们。①

　　这种痛苦的流浪生涯让人深深地感受到生活的绝望与残酷。然而，"战争中的人（中国的知识者）的心灵史并没有从这'绝望'与'残酷'的生命体验深入下去，而突然地转了方向"，原因在于，"中国知识者无力承受绝望，直面生命的沉重与残酷，必然要寻求心理的平衡与补偿。"②于是，"通过'想象'（'幻想'）将作为'归宿'的国家、民族、家庭、土地、人民（农民）、传统（文化）……诗化（浪漫化）、抽象化与符号化……真实的'生存痛苦'在'想象'（'幻觉'）中转换成了虚幻的'精神崇高'"。③典型地如诗人井岩盾写于延安的《冬夜》：

　　　　树木的叶子又已凋零，
　　　　入眠的土地上
　　　　又呼啸着寒冷的风，
　　　　在一切都睡去的夜晚，
　　　　这宇宙的音乐啊，
　　　　流浪的时候曾使我感到孤单，
　　　　而现在，
　　　　它使我感到了温暖和安宁。

　　　　我爱在这样的夜晚醒来，
　　　　听风的呼号，

---

　　① 路翎：《财主底儿女们》（下），人民文学出版社 1985 年版，第 652—653 页。
　　② 钱理群：《"流亡者文学"的心理指归——抗战时期知识分子精神史的一个侧面》，王晓明主编《二十世纪中国文学史论》（下），东方出版中心 2005 年版，第 49 页。
　　③ 同上书，第 57 页。

> 听窗纸的战慄，
> 听和我拥挤着的，
> 同志们轻轻地呼吸，
> 我感到温暖了，
> 我感到孩子时候，
> 睡在祖母身边一样舒适。①

因此，流浪的意义与思考在虚幻的精神崇高中被消解掉，"'苦难'终于没有引出更深刻的觉悟"，中国抗战时期的"流亡者文学""在'哲学'面前停住了"。②

作为哲学家的徐訏，虽然也经历过战争中辗转多地的流浪生涯，见识过诸多的生离死别，但其并没有如 40 年代的大部分作家那样仅仅停留于对痛苦的流浪生涯的描绘和虚幻的精神崇高的追求上，相反却另辟蹊径，藉此思考"流浪"本身对人存在的意义，借流浪中对艰难险境的克服来对抗存在本身的荒诞与无意义，展现出对人本身存在的关注，从而也呈现出一种迥异于其他作家的诗性品格来。

（二）死亡：弃身的自我拯救

除了《江湖行》之外，徐訏在港的另一部小说《时与光》也鲜明地体现了主人公面对存在的荒诞时对自我的拯救。文中的主人公郑乃顿被偶然地抛入陌生的都市，经历了一系列的偶然事件，诸如旅馆里与陆眉娜、旁都的邂逅，然偶室里与林明默的婚约等都让其充分感觉到存在的偶然与荒诞。而他在与萨第美娜太太的接触和为其作自传的过程中又充分地感受到了人是一种向死的存在。六十多岁的萨第美娜太太是深水湾别墅的女主人，香港社交界的名媛，父亲和丈夫均为有钱的富商，在其年轻的时候曾有无数的追求者，可谓是风头无限。然而到了其青春不再、死亡临近的老年时这一切都烟消云散了，于是她企图在传记的写作里复活她曾经的光辉岁月来滋养她贫乏的现在，因为她深深地领会着时间对人的存在意义，那就是"有一件事情是不变的，时间在推动人生，每个青年人都要老去，也

---

① 井岩盾：《冬夜》，《摘星集》，作家出版社 1958 年版，第 5—6 页。
② 赵园：《艰难的选择》，上海文艺出版社 1986 年版，第 212 页。

都要死亡。"① 海德格尔曾认为：人的存在的本质不是抽象的观念性的，它就体现为时间性。人历史地存在着也即人时间性地存在着。而且，"时间性绽露为本真的烦的意义。"② 也即对人来说，烦的根源就在于时间性，人从根本上来说被时间制约，是一种"向死而生"，这也就是萨第美娜太太焦虑、痛苦的根本原因。除此之外，陆眉娜的遭遇也让郑乃顿充分领略到人生的荒诞。陆眉娜像热带红花般鲜艳夺目，同时也像诱人探尝的禁果，有一种热烈而禁忌的美。在她眼里，人生、命运、未来都能自信地掌握在自己手中，因此，她留恋于奢靡的社交生活，肆意地挥霍自己的青春，尽情享受男人的追逐，"她还没有经过风，经过霜，生命在她是容易的，物质的欲望在呼唤之中就可以满足，心灵还没有应填的空虚。爱情与黄金，俯拾皆是，没有一样值得珍惜"③。主人公曾在陆眉娜家看到一种没有花蕊的红色花卉，这绝非闲笔，而是作者的有意为之，花无蕊就像人无心，它恰到好处地象征了陆眉娜对待爱情的态度，她对那群像卫星似的围绕在她身边的男人如旁都、方逸傲等并没有实质性的爱情，更多是在享受他们的追逐。这种对于爱的轻佻和玩弄，最终让她饱尝苦果。在旁都与方逸傲的爱情角逐中，一场由旁都蓄意制造的车祸让方逸傲丧失了年轻的生命，也让陆眉娜失去了舞蹈者最宝贵的双腿。而这一切，竟非常切合郑乃顿写的一篇小说《舞蹈家的拐杖》，现实与虚构的高度叠合让郑乃顿对这些奇怪的机遇与可怕的因果顿感恐惧。因此，面对着萨第美娜太太的死亡，面对着周围一系列的偶然事件和荒诞情境，面对着命运的预言，在鲁地的枪口下，郑乃顿没有呼救，也没有逃避和退缩，而是以一种自为自觉的人生态度平静地进入陌生的死亡领域。

> 我意识到我已经死过，我的确把我痛苦肉体遗留在尘世里，而现在，我只是一个孤独的灵魂，在神奇的色彩与音乐中飘荡——飘荡，是的，我没有意志支配我的方向与途径，似乎空间只是空间，并没有人定的方向与途径，我只是愉快地听凭这瑰丽的色彩与奇妙的音乐的

---

① 徐訏：《时与光》，《徐訏文集》（第 3 卷），上海三联书店 2008 年版，第 127 页。
② ［德］海德格尔：《存在与时间》，陈嘉映、王庆节译，北京三联书店 1987 年版，第 387 页。
③ 徐訏：《时与光》，《徐訏文集》（第 3 卷），上海三联书店 2008 年版，第 47 页。

带领。

又是一个新归来的灵魂么？

我惊奇了！这是从哪里来的声音呢？这声音是慈悲的，是庄严的，它感动了我，我没有考虑地回答：

是的。

你何以不留恋那丰富的人世呢？

我想冰山在这伤感的慈悲的声音里也该融化，我终于感到我灵魂的空虚。我说：

在大宇宙的怀里，人世还有什么值得我留恋么？①

由此可见，死亡对于郑乃顿来说并不是一件痛苦得需要去逃避的事情，这种对死亡的不逃避在郑乃顿的心中早就出现过，如他在去罗素蕾家经过一个海边的悬崖时就曾想到：

我忽然想到这是一个自杀的好地方。如果我现在往下纵身，这海水大概会有点波动，两分钟后，我就会在这漩涡里消逝。天空仍会是这样明朗，海水仍会是这样宁静，世界仍是一样行进。我是一个偶然的过客，在此滞留，没有计划，没有目的，由一个电话，认识了陌生的一个男人，也认识了一个陌生的女人，他们的纠纷正是大海的小漩涡，我像是小漩涡里的泡沫，旋转，我又碰到了另外一个漩涡，一个老的一个少的……没有我，她们的生活也许有不同，但还是一样地过去……现在，我如果纵身而下，也只是多了一个漩涡或者少一个漩涡而已，人生究竟是为什么呢？我的偶然在香港滞留，也正如一个孩子出生，偶尔在这世上滞留一样，一个人匆匆几十年，还不是在大漩涡中产生几个小漩涡而已……因为我是一个偶然的人，也是一个不速之客，也可以说是一个多余的漩涡。那么我何苦多在这痛苦的漩涡里煎熬呢？这样想着，我忽然觉得一心是空，我站起来，我想就此纵身下去了。②

① 徐訏：《时与光》，《徐訏文集》（第3卷），上海三联书店2008年版，第4页。
② 同上书，第223—224页。

在通常情况下，死亡是威胁人类的最大敌人，"死的观念和恐惧，比任何事物都更剧烈地折磨着人这种动物。死是人各种活动的主要动力，而这些活动多半是为了逃避死的宿命，否认它是人的最终命运，以此战胜死亡"①。但对于郑乃顿来说，"人活着可以接受荒诞，但是，人不能生活在荒诞之中"②，既然人间没有意义，只有那些偶然的际遇、荒诞的情境与可怕的因果，也许死亡是唯一有意义的事件。正如歌德笔下的维特开枪自杀一样，"与其让暧昧的世界以让人不能接受的方式赢，不如自己以绝对肯定的方式让它输"③。类似的还有上文提到的《自杀》中王三多以及《过客》中的王逸心。面对生存的无意义，王三多在自己唾手可得的金钱面前毅然选择了死亡，因为无意义地活着就是一种活着的死亡，所以他"嘴角露着轻蔑的微笑，深深地吸了一口气。他期待应该到来的到来，他觉得他比他所认识的三具尸体都高贵"④。而对于王逸心来说，虽然已离开大陆，可以在朋友周企正的帮助下开始新的生活，但他觉得自己活在世上是如此多余，活着的意义只剩下了一个简单的"吃"字，因此断然地选择了自杀，"第二天，逸心就火葬了，没有人知道他是怎么来与怎么去的"⑤。

同时，对于死亡，徐訏小说中的人物往往都表现得比较平静，如《投海》中的余灵非就认为：

> 我们看蚂蚁为一只死苍蝇而斗争，我们看两只狗为一根骨头而对咬，我们觉得可笑。这因为我们在较高一个阶层。我们为钱财而涉讼，我们为恋爱而谋杀，我们为荣誉为信仰而流血，为主义为国家而战争，如果我们站到"死"的境界，也会觉得这是可笑的。
> "死"的境界，也就是"仙"的境界，也就是"鬼"的境界。
> ……
> 对这个人世他已经厌倦，他有好几次都想死，而他竟没有勇气。

---

① ［美］E·贝克尔：《反抗死亡》，林和生译，贵州人民出版社1988年版，第1页。

② ［法］马尔罗：《人的状况》，柳鸣九、罗新璋编《马尔罗研究》，漓江出版社1984年版，第287页。

③ 刘小枫：《拯救与逍遥》（修订本），华东师范大学出版社2007年版，第43页。

④ 徐訏：《自杀》，《徐訏文集》（第8卷），上海三联书店2008年版，第422页。

⑤ 徐訏：《过客》，《徐訏文集》（第8卷），上海三联书店2008年版，第95页。

直到现在！现在当他毒杀了三个人以后，他觉得这决定了他的归宿。

……

他已经计划好一切，他要自杀。

现在，他带了安眠药，在海边，坐在山岩上，他随时可以跳进海里去。

他的游泳技术不错。有人说，会游泳的人跳海自杀是一场恶斗，因为一个人最后还是会与死对抗，想在无可奈何之中找生路。但是他知道有一个游泳家自杀，是尽量地游向海去，一直到无力游回时，听其死去。这等于被放逐在沙漠里一样，是一种疲乏饥渴的死亡。

他在游泳时，常喜欢仰卧在海水上，白天可以看天上的云霞与太阳，在晚上，则可以看到月亮与星星，他可以想象宇宙的浩瀚与自己的渺小。他想在平静的海上躺着吞服安眠药，望着天空，让自己渐渐失去知觉，这会是多么平静的一种死法。①

《彼岸》中的"我"在出了疯人院企图自杀时也认为：

在一有死亡准备的刹那，心灵上再没有任何的滞碍，它透明得像无云的天空，它与它的上下四周都没有挂牵，这时候精神是明朗而空灵，任何声色的刺激都无法在它上面遗留斑痕。而肉体已是不再存在，可以使我不再对它关心。②

日本学者今道友信曾经认为："思索存在的人，而且思索人的人，不能不思索死。"③事实上，徐訏在进行文学创作时，具有鲜明的死亡意识，"徐訏所有的对人的深刻认识，都以死亡作为极限，并以这一极限作为对生存体悟的起点和切入口，生存的价值，生存的意义，生存的方式，只有在与死亡这一极限照面时，才会得到真正真实的显示"④。所以，在许多

---

① 徐訏：《投海》，《徐訏文集》（第8卷），上海三联书店2008年版，第424—425页。

② 徐訏：《彼岸》，《徐訏文集》（第5卷），上海三联书店2008年版，第180—181页。

③ ［日］今道友信：《存在主义美学》，崔相录、王生平译，辽宁人民出版社1987年版，第70页。

④ 张艳梅：《试析徐訏小说世界的生命意识》，《东北师大学报》1999年第6期。

作品中，徐訏都喜欢把故事背景设置在人物面临死亡的时刻，用死亡作为对立面，探寻存在的意义。如《时与光》中开篇即为"一瞬间，我什么也不知道了"，正是由于死亡的缘故，主人公才能远离尘世以旁观者的角度，冷静剖析尘世的种种。在这里，死亡是主人公回顾一段人生旅程的开端，同时死亡的时刻恰恰是生命获取意义的时刻。而《鸟语》中，一部邮寄来的《金刚经》引来了芸芊死亡的消息，在这个噩耗的沉重打击下，叙事者回忆起了与芸芊相识、相交再到相别的过程，以此引起了"我"对自己凡俗生命意义的思考。而在小说《烟圈》中，那群苦恼于"人生究竟是怎么一回事？"的中学时代的朋友，选择面临死亡的时刻作为最能形成正确答案的时间点，以临死前的感悟作为可接纳的答案：

> 他说以后大家应当搜求人生最后一个呼吸间所给我们的对人生之谜的解答。朋友之中尤其不能忘掉在临死时写一个答案，那末，我们中最晚死的人就可以看见全部的不会再变更的结论了。这个提议，大家都笑着承受了。①

但《烟圈》中这些人死亡时留下的答案全部都是圆圈，人生在死亡的时间里仿佛又回到了最初出生的时刻，就像烟圈，慢慢地扩大，扩大；淡起来，淡起来；散开去，散开去；以至消失，传达出一种强烈的人生虚无感。而以往的研究者在关注徐訏小说时，很少注意到其笔下的死亡主题，尤其是对《时与光》中郑乃顿在鲁地枪下毅然赴死的因由缺乏足够的认识，更遑论其中展现出的徐訏的精神状况了。

中国从来就被认为是一个重生的国度，对"死亡"常常持一种回避的态度。如孔子就认为"未知生，焉知死"，这句名言暗含着：生在前而死在后，生是实有而死是虚无，它明显体现出一种将死亡悬置起来存而不论的中国式的理性态度。相比之下，庄子则乐死恶生，将死亡带给人们的痛苦和恐惧消释于自然山水中。所以对于死亡，中国人"不是建立在道家齐生死的思想之上，就是建立在儒家的功名思想之上，或者佛家的生死轮回思想之上，这样，他们就靠麻痹自我意志，或借外物转移自我意识，从而逃避了对人生虚无、荒诞的思考，回避了正视死亡对于生命具有终极性

---

① 徐訏：《烟圈》，《徐訏文集》（第6卷），上海三联书店2008年版，第148页。

意义的事实。因此，传统文人总是不直接描写死亡，而只是书写随着时光流逝而来的衰老。在表现死亡主题时，往往采取间接的方式，如写离别沧桑、功业未就、青春不再、爱情失落、故园颓废等等"①，呈现出一种明显回避或者淡化死亡的倾向。到了现代文学中，"五四"时期由于主体意识和自由精神的高扬，死亡主题开始大量地出现在了郭沫若、李金发、闻一多等作家的笔下。如在他们的大量诗歌中，或表现出对死亡的感伤，如李金发的《有感》："如残叶溅/血在我们/脚上，生命便是/死神唇边/的笑。"② 或表现出对死亡的沉醉，如郭沫若的《死》："嗳！/要得真正的解脱吓，/还是除非死！/死！/我要几时才能见你？/你譬比是我的情郎，/我譬比是个年轻的处子。/我心儿很想见你，/我心儿又有些怕你。/我心爱的死！我到底要几时才能见你？"③ 或表现出对死亡的超越，如朱大楠的《时间的辩白》："古人拿客店比喻人生，/死是你们归宿的家庭，/莫抱怨我紧紧相催，/可怜我还无家可归，/呵这万古不息的狂奔！/谁不是由我送进墓门，/等你歇好了再送别人，/你们都静眠在墓场，/我还守着墓草滋长，/呵那无缘接近的佳城！"④ 主张人应以平静明智的心态对待死亡。而在现代小说创作中，一大批作家都曾展现出对死亡的关注，如郁达夫的小说《银灰色的死》《沉沦》，柔石的小说《旧时代之死》，鲁迅甚至有一种"死亡情结"，据许广平回忆，"鲁迅时时存在自尽的念头，他在北京时，床下就压着一把匕首"⑤。而他在给许广平的信中也说过："有时则竟为希望生命从速消磨，所以故意拼命的去做。"⑥ 他笔下展示了众多人物的死亡，如《药》中先觉者夏瑜的死亡，《孤独者》中魏连殳的死亡，《伤逝》中子君的死亡，《在酒楼上》中的吕纬甫则是一种活着的死亡。

---

① 肖百容：《直面与超越：20 世纪中国文学死亡主题研究》，岳麓书社 2007 年版，第 20—21 页。

② 李金发：《有感》，周良沛编选《李金发诗选》，长江文艺出版社 2003 年版，第 45 页。

③ 郭沫若：《死》，杨芳选编《郭沫若作品精选》，长江文艺出版社 2007 年版，第 105 页。

④ 朱大楠：《时间的辩白》，蓝棣之编选《新月派诗选》，人民文学出版社 2002 年版，第 314 页。

⑤ 参见中国社会科学院文学研究所鲁迅研究室编《1913—1983 鲁迅研究学术论著资料汇编》（第 2 卷）（中国文联出版公司 1986 年 8 月版，第 937 页）；或可见鲁迅博物馆、鲁迅研究室、《鲁迅研究月刊》选编的《鲁迅回忆录》（上）（北京出版社 1999 年 1 月版，第 347 页）。

⑥ 鲁迅：《两地书》，《鲁迅全集》（第 11 卷），人民文学出版社 1981 年版，第 79 页。

　　相对于传统文学而言，现代作家虽然开始了直面和正视死亡，大胆裸露自己的心灵，表现出了前所未有的率真和勇气，但"五四诗歌的死亡主题，是对旧文学'瞒'与'骗'的品质的反叛"①，小说也不例外，都鲜有对死亡的本体性思考。而到了三四十年代甚至六七十年代的小说中，作家们更多地关注死亡的社会价值和伦理意义，歌颂为民族抗战而牺牲的英雄形象，突出他们在死亡面前的顽强意志和崇高境界，并给人们以精神的洗礼。如《红岩》中的许云峰面对死亡时的回答可典型地代表了当时的革命英雄对死亡的态度："人生自古谁无死？可是一个人的生命和无产阶级永葆青春的革命事业联系在一起，那是无上的光荣！这就是我此时此地的心情。"②

　　相比之下，徐訏在港小说中很多人物的死亡既没有一种崇高的社会意义，也并非一种痛苦的解脱，而很大程度上是个体对抗荒诞与虚无的一种方式。这一点与传统迥然有异，传统文化中的死亡更多的是被纳人一种等级秩序中，"君叫臣死，臣不得不死，父叫子亡，子不得不亡的忠孝伦常观念，彻底剥夺了生命的自主权，使人别无选择地服从于死。"③ 相反徐訏却较重视这种生命的自主权利，因为有的时候似乎只有死亡才能真正从他内心所体验到的荒诞感觉中解脱出来。

　　而这种死亡对存在的救赎作用即使在同样非常关注存在意义的无名氏笔下也没有出现过，虽然后者笔下也曾出现过较多人物的死亡，如《北极风情画》中女主人公奥蕾利亚的死，《无名书》中印修静、左狮的死亡等。但奥蕾利亚的死亡更多的是为了印证其对林上校爱情的忠贞，在她看来，"我的亲丈夫！我已经把一切交给你了，除了这点残骸。它的存在，是我对你的爱的唯一缺陷。现在，我必须杀死这个缺陷，让我的每一滴血每一寸骨每一个细胞都变成你的血、你的骨、你的细胞。让我的名字永远活在你的名字里！我的自我毁灭绝不是悲剧，是我生命中的最后幸福！"④ 而印修静的死亡是一种纯净的自然界的循环，"我没有遗嘱，因为我没有死。我只不过从'人'这个生物转变成一些无机的和有机的化学原素，它们又渐渐转入另外一些动物与植物躯体中。"⑤ 左狮是一个不折不扣的革命狂者，他对于革命的看法也就是无

---

① 肖百容：《直面与超越：20世纪中国文学死亡主题研究》，岳麓书社2007年版，第133页。

② 罗广斌、杨益言：《红岩》（第3版），中国青年出版社2000年版，第332页。

③ 季进：《论五四小说中的生与死》，《中国现代文学研究丛刊》1991年第1期。

④ 无名氏：《北极风情画》，上海文艺出版社2001年版，第165页。

⑤ 无名氏：《无名氏自选集》，黎明文化事业股份有限公司1985年版，第110页。

名氏对革命的看法，他的死亡很大程度上意味着作者对革命信仰的彻底否定。因此，相较于无名氏，徐訏笔下的人物死亡更有着一种强烈的精神内涵，个中的根本原因则是作为诗人的徐訏实在不能接受没有终极价值关怀的虚无状态，他太注重存在的价值与意义，以至于在小说中以弃身的"死亡"来反抗这种荒诞的生存处境，而这种死亡的文字实验某种程度上亦是小说家魂之所至的一种自我救赎方式。

因此，从"诗性"这个角度来看，徐訏小说着力从个体的生命体验出发，藉此思考着人的命运、存在及其意义，体现出一种对人类终极价值的关怀，从而提供了"一种不同于历史理性精神与工具理性精神的另一种尺度"①。甚至可以说，"徐訏以对人生存体验的关注平衡着中国现代文学在战争时空背景下略显单薄的生命之思，给主流文学以反省与更新的活力。"②

---

① 陶东风：《社会转型与当代知识分子》，上海三联书店1999年版，第209页。

② 陈娟：《一种说不出的残缺》，硕士学位论文，湖南师范大学，2006年，第5页。

第三章

徐訏小说的诗性文体建构

对于小说的诗性主题而言，文体形式很大程度上是其价值意义的符号载体，因为"文体是指一定的话语秩序所形成的文本体式，它折射出作家、批评家独特的精神结构、体验方式、思维方式和其他社会历史、文化精神"。① "在我看来，说一个小说家创造了自己的文体，那更是指他对自己的情感记忆有了一种特别的把握。"② 由此可见，形式从来不只是表达的工具、内容的附庸，形式也有其内容，二者融为一体才生成了艺术造型之效果。对于徐訏来说，由于他的小说在主题上重点呈现出对命运的思考，对存在的体验及其意义的追问，因而在叙事视点上，以哲学家、作家等"第一人称"为主的孤独文人的形象更利于这种思考和追问，同时也带来了其小说人物性格的弱化倾向。在结构特征上，"回忆"的叙事结构更易于使个体生命向身前身后进行无限的探问和质询。而在文体特征上，诗歌的插入更利于情感的抒发和哲理的追问；在表达方式上，这种对命运和存在的思考与追问让其更偏爱采用意象、营造意境来进行象征性的传达；而且在语言的使用上，使徐訏小说明显呈现出一种抒情性、暗示性、哲理性的特征来。

第一节　叙事形态的诗性特征

（一）有限视点："看"向人生深处

虽然对于小说的文体探讨是多方面的，但视点无疑是小说中最为核心的要素。它是小说家为了展开叙述或为了读者更好地审视小说的形象体系所选

---

① 童庆炳：《文体与文体的创造》，云南人民出版社1994年版，第1页。

② 王晓明：《"乡下人"的文体与"土绅士"的理想——论沈从文的小说文体》，王晓明编《二十世纪中国文学史论》（上），东方出版中心2005年版，第442页。

择的角度，"它的功能在于可以展开一种独特的视角，包括展示新的人生层面，新的对世界的感觉，以及新的审美趣味，描写色彩和文体形态"①。同时，它也能引导读者进入小说的形象世界，并直接或间接地将作者的态度和评价展现出来，以期最终影响读者。因此，一个严肃的作家对视点人物的选择往往是慎之又慎的，因为它"实在是牵一发而动全身的问题"②，"在很多情况下，如果视点被改变，一个故事就会变得面目全非甚至无影无踪"③。

虽然视点人物是作者选择讲述整个事件的叙述者，表面上是叙述者在看，但实际上是作者通过叙述者在看，是作者在操控整个事件的讲述。叙述者是作者在文本中的心灵投影，因为文学作品作为作家的精神产品，叙述者、故事等都是这一产品的构成。传统小说由于全知全能的说书人的存在，造成了"叙述者"对"作者"的覆盖，读者很难看到投射在整个事件讲述中的作者的主体精神，因而，这种全知全能的叙述者更多的是一种非个性化的视点人物，更适合讲述波澜壮阔或曲折离奇的故事，如《三国演义》《西游记》《七侠五义》等，而不适合于展示人物幽微细腻的内心活动。这一点陈平原在《中国小说叙事模式的转变》中说得很清楚："中国古代小说绝大部分以故事情节为结构中心，而几乎找不到以人物心理或背景氛围为结构中心的，这无疑大大妨碍作家审美理想的表现及小说抒情功能的发挥。"④ 到了"五四"时期，随着个性解放的提倡，人的觉醒结束了封闭保守的"他"时代，现代小说进入了真正个人的、艺术的创作时代。"第一人称"的有限视点占据了"五四"时期的大部分小说，这种视点的有限化是一种自觉的人物叙事，正是中国小说现代化的一种表征。然而，尽管"五四"作家偏爱"第一人称"的叙述方式，"但他们并没有最大限度地发挥它的角度优势，反而受制于它本身具有的直接的感知性和私密性所带来的自传（忏悔）性倾向。他们的叙述多是沿着直抒胸臆的方向运动以至发展到自我怜悯、自我神话的程度。"⑤ 并被成仿吾称为"单调的伤感与狂热"，典型的如郁达夫的《沉沦》《银灰色的死》，丁玲的《莎菲女士日记》等都具有强烈的自叙传倾向的小说，抒发的都是觉醒后的知识分子在时代大潮下的苦闷、伤怀。相

---

① 杨义：《中国叙事学》，人民出版社 1997 年版，第 195 页。

② 同上书，第 191 页。

③ ［美］华莱士·马丁：《当代叙事学》，伍晓明译，北京大学出版社 1990 年版，第 158 页。

④ 陈平原：《中国小说叙事模式的转变》，北京大学出版社 2003 年版，第 184 页。

⑤ 张箭飞：《鲁迅诗化小说研究》，广西教育出版社 2004 年版，第 176 页。

较于传统"全知全能"的叙述者，虽然"五四"小说的确完成了从传统到现代的叙述技巧的转变，但一味沉溺于感情的抒发则无形中抹杀了其小说的深度和厚度。而到了文化综合的 40 年代，文学由"五四"时期笼统的"为人生"发展深化到对生命存在的关注，视点也相应地发生着变化。

作为 40 年代重要的生命体验性作家，徐訏一生共创作了 89 篇小说。在这 89 篇小说中，运用第一人称叙事的就达 53 篇之多，尤其是他的长篇《风萧萧》《江湖行》，中篇《鬼恋》《荒谬的英法海峡》《吉普赛的诱惑》《彼岸》等重要的小说均采用第一人称"我"来叙事。可以说，作为叙事者的"我"已然成为徐訏小说中的一个重要的结构性因素。其中的"我"往往是一个富有哲思气息的文人学者，如哲学家、作家等，有渊博的学识、良好的教养，典型的如《风萧萧》中的"我"是一个哲学家，企图把美与善的根源作一个根据写一部哲学上的书，《吉普赛的诱惑》中的"我"为游历世界的作家，都明显打上了作者自身的烙印。而到了香港时期，随着阅历的加深，生命体验的增强，徐訏小说中的"我"更多带上了一层感悟人生的色彩，具有非常强烈的存在主义式的孤独感。这种孤独感正是徐訏后期小说主人公的主要精神状态，如《时与光》中的"我"郑乃顿是一个笃信偶然主义的作家，认为人是世界最偶然的客人，偶然的生，偶然的死，自始至终处于孤独状态。《彼岸》中的"我"是一个迷失了自我并在不断地寻找自我的人。

徐訏认为："所有艺术创作上的问题，因此都有关于表达上的问题，而一切艺术派别也都是关于表达的分歧。所谓表达第一步当然是一个主体——我——的表达……这就是说，只是'我'接触到外界后才有所表达，哪怕最原始的感觉。"[①] 由此可见，徐訏是一位非常认同于"表现"的作家，这种表现就是对自我的一种深入理解和创造，具有强烈的主观色彩，所以他往往在文中选用第一人称"我"来进行表现，因为"'他'把我们弃在外面，'我'却把我们带进内部"[②]。这能给读者以很强的真实感与亲切感，并体现着鲜明的主体性与浓郁的抒情性。而且，徐訏小说中的"我"并不像鲁迅小说中的"我"那样，面对的是如祥林嫂、闰土等底层民众，从而不自觉

---

① 徐訏：《回到个人主义与自由主义·自由主义与文艺的自由》，亚洲出版社 1957 年版，第 154 页。

② ［法］米歇尔·比托尔：《小说技巧研究》，《文艺理论研究》，任可译，1982 年第 4 期。

地呈现出知识分子对大众启蒙的特点，也并不如郁达夫小说中的"我"那样多半是带着忧郁感伤的"零余者"，面对人生和世事抒发无尽的哀伤。徐訏小说中的"我"更多的是理智平和的、沉静而善于省思的，如《风萧萧》中的徐，《时与光》中的郑乃顿，《盲恋》中的陆梦放等都与徐訏自身的性情相吻合。这一点从友人对徐訏的评价即可看出："文如其人，据徐訏友人回忆，徐訏为人谦和、温雅、不爱张扬自己，更不猖狂，放诞，常常是静静地听别人讲话，说话时也是不疾不徐，语气平和。"① 由此我们可以说徐訏很多作品中的"我"已不再是叙述人的一种手段，而是其真实生命的一部分，就像他小说中人物所说的："没有一个我小说里的人物不在创造我。"② 因此，通过那种打上了自身烙印的哲学家或作家的视角来看事物，徐訏的小说很多时候不再仅仅聚焦于故事本身，而是往往抒发的是作者自身的思想感情和哲理感悟，同时，"也由于这种第一人称，带来了徐訏小说浓郁的抒情风格，叙述人或以回忆的姿态讲述故事，或发表自己在故事中的切身感受，造成舒缓而悠长的抒情情调"③。而在抒发感情的时候，他非常注重讲求感情的节制，这一点与其自身恬雅适度的性格休戚相关，这种温和的性格特征使其在看事物时明显少了一些剑拔弩张、夸张剧烈的凌厉之气。如《风萧萧》中的一段：

> 我俯视街道，没有一个行人，没有一辆车，有黑浊的碎块在蠕动，还有污白的碎片在飘零，在昏黄的灯下，我辨得出是焦枯的落叶，是被弃的报纸……在这样的街景中回来，跳出汽车，如果略一浏览与沉思，应当怎么样感悟到绿酒灯红、纸醉金迷生活的浅浊。但是为生活，让青春在市场中出卖，这是人生！让生活在迷信中消耗，这也是人生！我的同她的没有两样，哲学与歌唱没有两样，海伦的前后没有两样，后浪推着前浪，在无限的时间与空间中滚动……④

这是主人公"我"在夜里焦急地等待白苹归来时面对窗外的景色对人

① 金宏达、于青编《舞女——徐訏作品系列·前言》，安徽文艺出版社1996年版，第9页。
② 徐訏：《丈夫》，《徐訏文集》（第6卷），上海三联书店2008年版，第279页。
③ 孔范今主编：《二十世纪中国文学史》，山东文艺出版社1997年版，第918页。
④ 徐訏：《风萧萧》，《徐訏文集》（第1卷），上海三联书店2008年版，第118—119页。

生发出的感慨，面对着超越自身的时与空，顿时感到人生的苍茫与自己的渺小。哲学家视角的使用使情感的抒发产生了一种独特的感伤、惆怅，充满了诗意和哲理。这种情感的节制和过滤明显造成了一种距离的美感，而这正是徐訏所追求的。在他看来："任何美的东西，必须保住一个距离，否则太接近就破坏了美：海浪极美，但太近了就会使你产生怕感，于是就无所谓美。画幅用镜框，雕像用座台都是为了与实世界保持一个距离的缘故。"① 这种有节制的抒情方式总是让徐訏的大部分小说笼罩在浓郁的诗意中，类似的还有《盲恋》《春》《旧地》等小说。

　　而到了其后期的《江湖行》《时与光》等小说中，作者则不仅仅局限于对情感的抒发，随着人生阅历的增长，徐訏开始将目光更多的聚焦于对人的存在及其意义的思考。如《彼岸》中的"我"，不再仅仅如《风萧萧》中的"我"那样抒发在战争环境下对人生和世事的感伤之情，而是一个有着强烈的主体精神的"我"。这种有着强烈的自主意识的"我"在之前的文学中出现得较少，因为中国的传统文化一向具有超稳定性，"我"的意义也长期排拒"自由人格""哲理追问"等概念的侵入。"儒家多从修身仁治的需要界定'我'的本质和属性，甚至把界定扩延成一种约束个性意识的体制……一般国人只在人伦纲常的范畴使用'我'这个人称代词，多数情形下，'我'只携带着贫乏的指代功能。"② 这种情况虽然在"五四"时期有所改观，但"五四"时期的"我"更多的是从传统的桎梏下觉醒的、带着心灵创伤的形象，抒发的多是梦醒后无路可走的感伤，停留在一种浮泛的感情抒发上。除了鲁迅等极个别的作家外，"五四"小说中的"我"很难发出"我是谁？""我向何处去？"的哲理追问。对于徐訏来说，由于其曾深受柏格森生命哲学的影响，在其后期小说创作中明显可以看出其对柏格森的发问产生共鸣："我们来自何方？我们现在在做什么？我们将走往何处？"③ 这种共鸣让其小说中的人物不再仅仅停留在前期的抒情上，而达到了一种哲理的追问，如《彼岸》中的"我"，这是一个迷失了自我的孤独灵魂：

---

① 徐訏：《照相的美与真》，《徐訏文集》（第9卷），上海三联书店2008年版，第275页。

② 张箭飞：《鲁迅诗化小说研究》，广西教育出版社2004年版，第75页。

③ ［波兰］拉·科拉柯夫斯基：《柏格森》，牟斌译，中国社会科学出版社1991年版，第53页。

我说我遗失自己已经多年，也就是说我寻求自己已经多年，我遗落在一切使我留恋的地方，一切使我怀念的人上，我还流落在我读过的书中，写过的信札中。一瓣云影，一朵花，一片海洋，一座高山，一望无垠的沙漠，一豆黯淡的烛光……都曾经占据过我，当我离开它们的时候，我已经失去了部分的我，但我也吸收了本来不属于我的生命，而不久就与我混合，变成了我自己的成分。如此整日整夜变化，像一盆水放在湍急的溪水中，经过了岁月的变动，我不但认不出什么是我，我也不知道我到底是否还存在，而我似乎永远在变动，我的一举一动，一投目，一摇手，都在使我变化，那么到底我是什么呢？我既然不是什么，那么为什么我又意识着我的存在呢？①

文本中"我"体味到人类精神价值的失落及根本性的生存困境，于是开始追问："我"是谁？这一秒的"我"跟上一秒的"我"相同吗？现在的"我"同刚出生的那个"我"又是同一人吗？在这种自我存在的虚无感受下，"我"开始不断地追问人存在的意义及寻求灵魂的皈依。于是"我"先后经历了爱情的虚幻、原始的人类劳作、都市的刺激生活、盗劫的冒险生涯以及政治权力的虚妄。然而，这些最终都变成我心灵上厚浊的堆积，我依然感到整个人生的无意义，遂决定蹈海自杀，露莲天使般的微笑拯救了"我"，但却无法挽回"我"堕落、沉迷的灵魂。"我"所执恋的竟是最庸俗的人类的肉体，露莲的决绝自杀让我濒于疯狂的边缘，灯塔看守者锄老的道家哲学也无法挽救我痛苦的心灵，而"你"对"我"的拯救又注定是一场虚妄。几度沉浮"我"终于顿悟了人生的困境，这种困境几乎是全人类的。因此，小说中对自我的寻找及对人类存在意义的追问让这部小说充满了一种浓郁的哲理色彩。

（二）人物性格的弱化

这种对情感和哲理感悟的偏重让徐訏小说中的人物明显呈现出一种性格的弱化。在传统小说中，人物性格是情节的承重墙，"人物引出事件，事件造就人物，两者紧密相连"②。莱辛甚至宣称："一切与性格无关的东西，作

---

① 徐訏：《彼岸》，《徐訏文集》（第5卷），上海三联书店2008年版，第127页。
② ［英］爱·摩·福斯特：《小说面面观》，苏炳文译，花城出版社1984年版，第79页。

家都可以置之不顾。对于作家来说，只有性格是神圣的。"① 在此背景下，以刻画立体丰满的人物性格为中心的典型论被广泛接受了。这一点在中国小说中也不例外，如《三国演义》中的曹操、《红楼梦》中的王熙凤、《阿Q正传》中的阿Q、《家》中的觉新等则都是性格复杂的圆形人物。而这种人物形象在徐訏小说中是很少出现的，"徐訏不是按照人物性格发展的因果律，即人物在现实关系的发展变化中'必然有的样子'去把握，塑造他的人物，而是按照人物在他心造的世界中'应该有，或许有的样子'去塑造人物的"②。有鉴于此，对情感的抒发和人生的感悟让其并不太重视塑造一个个血肉丰满的人物形象。这一点不仅在其短篇小说中有明显体现，在他的那些中、长篇小说中也可窥见一斑。

曾经有研究者认为："与其将徐訏小说看作是浪漫传奇的，毋宁将其称作'抒情小说'。"③ 这种抒情特征非常明显地体现在他的部分短篇小说中，如《星期日》《黄昏》等。在这些小说中，"虽然都有故事和情节点缀，但是作者追求的并不是一个完整生动的故事，即使有情节也常被接踵而来的细节冲淡稀释，情节弧度减小；即使有故事，也常被随意触发的联想切断、弱化，故事成为片段。传统小说情节发展的因果链被拆散，一切都随意绪的波动而随意拼接"④。由此可见，作者更多地是把目光聚焦于对人物心理情绪的开掘。如小说《星期日》中，单身的女主人公醒来后无事可做，过往的生活开始在头脑中一一浮现，她想到初中时温暖的星期日，高中时短促的星期日，大学时灿烂的星期日，想到初恋时的懵懂美好，想到与四个男人无疾而终的交往，父母对自己婚事的操心，父母逝去后突然萌发的对家庭的渴望，到港工作后老板对自己的试探，忽而又幻想起自己当新娘的情形……前后跨越了几十年的时光，女主人公的少女、中年、当下的生活、情感、工作等在她的意绪波动下被随意拼接，从而把一个孤独、哀怨、迷茫又患得患失的都市大龄剩女的心态展现得淋漓尽致。而这种情感体验是很难按照一般讲故事的方式来组织情节的，因为它明显缺乏传统小说情节发展的因果链，只是一个个零散的生活经历。为此，"作者抓住了人物的情绪线索，不管表现

① ［德］莱辛：《汉堡剧评》，张黎译，上海译文出版社1981年版，第125页。

② 江卫社：《现实的幻影与人性的聚光》，《柳州师专学报》2004年第2期。

③ 江卫社：《徐訏小说的抒情特征》，《江海学刊》2000年第2期。

④ 刘中树、吴景明：《废名与中国现代诗化小说传统》，《社会科学战线》2009年第8期。

的内容如何变化无常，各段之间如何任意跳跃，小说仍然是一个统一的整体。倒是由于情绪流动起伏，联想自由展开，现代女性丰富而隐秘的内心世界得以展现，小说被遮蔽的丰满性和深度得以凸现，这只有心理情绪结构可以做到。"①

类似的还有小说《黄昏》，写的是一个年过半百的父亲吴觉逊在黄昏时分等候唯一的女儿嘉壬回家吃饭，并被女儿告知她即将与男朋友成婚并远赴加拿大的决定。在此过程中，叙事的因果链被一条条"情绪流"所取代，吴觉逊在独自等待的过程中不自觉地回忆起了家庭的种种变故：大女儿的远嫁四川并被清算致死，二女儿的夭折，三女儿的被迫自杀，妻子的撒手人寰，来港后独自抚养小女儿的艰辛。然而这些"情绪流"也只是被作者一笔带过地简要交代，相反却把大量的笔墨集中在细细描写黄昏下的雏菊以及黑暗的降临上：

> 一不注意，小院里的阳光已经照在四株雏菊身上了……
>
> 当阳光从四株雏菊上斜过去时，吴觉逊开始注意到它真是一株一株的放弃，好像是一只母亲的手，在几个孩子的头上摸过去一样。
>
> 这几株雏菊都开着小小的黄花，在阳光下，显得特别的鲜嫩而光泽，它们很整齐地排在一起，但都有点向阳光斜过去的方向倾斜。
>
> 于是阳光就从它们顶上滑过。吴觉逊知道这时候阳光已经被何家的矮墙截去了。
>
> 天登时暗了不少。
>
> ……
>
> 窗外的天空已经暗下来了，但还未漆黑，吴觉逊似乎要等这一线黄昏消逝后，才想开灯。光亮是年轻人所需要的，他逐渐地觉得不需要了。他已经在这间房间内住了好多年，家具什物，总是放在差不多的地方。每天一睁眼，就看见那副面目。他感到单调、枯燥、乏味。他不想多看它们，所以希望它们常浴于黑暗里。黑暗至少可以使它们生硬的轮廓稍微柔和一点。②

---

① 余礼凤：《雅俗之间——徐訏小说论》，博士学位论文，华中师范大学，2011年，第60页。
② 徐訏：《黄昏》，《徐訏文集》（第8卷），上海三联书店2008年版，第213—214页。

对阳光下的雏菊以及黑暗中的家具的细致描绘无形中拆散了传统小说发展的因果链，却强化了对环境的描写力度。本来，"传统小说中的环境往往只是人物活动的场所、事件发生展开的地点，由于处于提供背景的边缘地位通常也就并不构成整合、制导叙事的秩序性作用。但在诗性小说中，随着情节的淡化、人物的单纯和'扁平'化，'环境'功能却得到了强化，进而被提升为寄寓、生发意义的结构性力量"①。在这篇小说中，对外在环境的细致描摹并不是可有可无的，它恰到好处地把主人公那种人到暮年孤独寂寞的心境烘托得淋漓尽致，明显是凝聚了作者的真情实感在内的。这种强烈的情感抒发让作者把更多的笔墨着眼于人物的内心体验，从而无形中淡化了人物的性格特征。甚至在徐訏的有些小说中，作者为了抒情表意，有些小说根本没有情节，更遑论展示人物的性格特征了。因为生命情怀的传达需要叙事结构能够具有更大的包容性，如此必然迫使作家削弱其故事性，把人缩小到极不重要的一个点上。如小说《烟圈》中，仅仅通过来自九种不同行业的知识分子临终前对人生的感受来结构全篇，以烟圈的扩大、散开、消失来象征着人生的虚无，传达的仅仅是作者对生命的感悟。可以说是"想不要情节，或是仅依稀要最低限度的一点情节作壳穴，在上面纺织作者绵密的思绪"②。

事实上，不仅仅是徐訏的部分短篇小说中人物性格不突出，即使是他那些有名的长篇小说如《风萧萧》《时与光》《江湖行》等中的男性形象，其性格也基本没有一个"成长"的过程，在文本前后处于恒定状态。如《风萧萧》中的青年哲学家徐，酷爱诗和哲学，在民族战争的特殊时期，他偶然结识了美国和中国方面的反侵略人士——舞女白苹和交际花梅瀛子。此后他虽然沉溺于美与现实享乐，但基于爱与美，他在史蒂芬太太的劝说下走向了反法西斯的战场，开始与间谍白苹、梅瀛子并肩作战，而后在经历了白苹的被刺、与梅瀛子的逃亡以及身份的暴露之后，内心依然顽强地纠结于诗和哲学。亚里士多德指出：行动是性格的表现，"通过一个人的抉择或行动，人们可以看出他的性格"。③ 主人公徐的这种情感选择再次说明了其性格的非发展性。虽然说在《风萧萧》中，作者也较多地展示了徐的矛盾心理，

---

① 席建彬：《文学意蕴中的结构诗学——现代诗性小说的叙事研究》，人民出版社 2012 年版，第 176 页。

② 萧乾：《小说艺术的止境》，《旅人行踪：萧乾散文随笔选集》，中央编译出版社 2005 年版，第 22 页。

③ ［古希腊］亚里士多德：《诗学》，陈中梅译注，商务印书馆 1996 年版，第 69 页。

如他虽然对梅瀛子为了达到目的不择手段的功利主义甚为反感，但同时又为她的意志与魄力所折服，虽想听命于她的授意，又时时想违背她的命令，想用自己的文化修养感化她，却又不得不服从于她的意志。事实上，这种矛盾的心理并不是人物性格的多面性，而是在模糊的先验观念及实施的叙事中试图加在人物身上的调和色。这种性格发展的零度现象削弱了小说的线性情节特征，同时也在某种程度上强化了人物性格的多重符码（阐释、象征）特征。这一点也典型地体现在《江湖行》中的周也壮和《时与光》中的郑乃顿身上，一部六十万字的《江湖行》探讨的只是周也壮与其命运的故事。在文章的开头，父亲的一次失手导致了白福的意外死亡，而白福的死亡也直接导致了周也壮父母的双亡，此时跟随舵伯初出江湖的周也壮开始反省自己的命运：

> 如果稻草不用堆积，就用不着那间茅屋；没有那间茅屋，白福就不会去躲；白福不会去躲，就不会跌死；他不会死，我父亲就不会见鬼，神经就不会错乱；那么我母亲也不会死，父亲也不会狂饮，不会……总之，一切的变化就不会有了。①

随后，周也壮开始跟随舵伯闯荡江湖，他经历了一系列的命运沉浮，包括与葛衣情的恋爱，上大学时的政治斗争，跟随杂耍团的流浪生涯，一番人生历练之后，他关于命运的思维仍是这一套逻辑：

> 让一切有自信的人相信自己在安排生活吧，可是真实的人生竟本有一个巧妙的安排，要是何老的卖唱不走近我们的船岸，他不会碰见老江湖，他也无法同我们在一起。那么许多人的生命也许就完全不同了。
>
> 但如果不是我，我想那一夜不会有别人去注意岸上的卖唱，而叫他来唱一曲的。那么我为什么那天会被这歌声所吸引呢？我不能不想到是因为大夏大冬常常在练箫练唱，而这正是我所鼓励的。这样想下去，事情该归因于穆胡子的犯法。不然，我怎么会对大夏大冬有这一种责任上与情感上的接近呢？人生就是这样的一种综错，人生就是这样的一种安

---

① 徐訏：《江湖行》，《徐訏文集》（第 2 卷），上海三联书店 2008 年版，第 10 页。

排，于是我们的生命就在这不可知的许多因素中生长与发展了。①

"依照这样的逻辑，命运仿佛是由一只不可知的大手操纵的套环，依照既定的路线向前滚动，所以一切的挫折和伤悲也就似乎不可避免。这也正是这部小说一直在追究的一个谜。宿命论的色彩笼罩着每个人的命运，野壮子行走于江湖的一生，如果说有一个目的的话，那目的就是要摆脱这神秘的命运之手。他不想被命运操纵，也不想被任何人的命运左右。"② 然而最终，当阿清自杀，容裳弃他而去时，主人公周也壮的反省依然如故：

> 阿清自杀，我来桂林并不能救他，等她葬好，我本来可以马上回重庆的。为什么偏偏这时候有那么一个去湘西的团体使我不但没有去重庆，而且也离开了桂林。倘若我在桂林，容裳的信不会压了两个礼拜，那么我于接信后就去重庆，向她解释恳求，那么她一定还没有与吕频原接近，自然仍是很容易挽回的。
>
> 这一切一切，大小因素的辐射，凑成了这样一个结局，不正是命运的摆布吗？而我的个性不正是逐步地在做事件演变的配角吗？③

最终，周也壮在穆胡子的启示下皈依佛门，可以说，其性格自始至终处于一种非发展状态。事实上，并非作者徐訏不注重塑造血肉丰满的立体人物，而是主人公身上承载的命运主题让徐訏更多地把其作为一个符码来传达自身的心灵感受，类似的做法在《时与光》中的郑乃顿身上也有明显的体现。这个偶然主义者自始至终都笃信人生都是偶然地机缘，偶然地生、偶然地死，即使在他死后依然对这种观点坚信不疑。因此，他在香港一系列偶然的遭遇及其对生活的看法都是为了说明作者预设的那个先验的主题，也即存在的偶然与荒诞。

这种人物性格的象征性在徐訏笔下的女性人物身上也显得尤为突出，典型的如《江湖行》中的紫裳、《风萧萧》中的海伦、《荒谬的英法海峡》中

---

① 徐訏：《江湖行》，《徐訏文集》（第 2 卷），上海三联书店 2008 年版，第 70—71 页。

② 王璞：《一个孤独的讲故事人：徐訏小说研究》，博士学位论文，华东师范大学，2003 年，第 72 页。

③ 徐訏：《江湖行》，《徐訏文集》（第 2 卷），上海三联书店 2008 年版，第 569 页。

的培因斯、《精神病患者的悲歌》中的海兰，《鸟语》中的芸芊、《彼岸》中的露莲、《百灵树》中的先晟、《盲恋》中的微翠、《时与光》中的罗素蕾等女主人公的性格特征相差无几，甚至作者对她们的描写都有很多雷同之处。如《鸟语》中的芸芊有"莲花瓣一般的脸颊，映照着斜阳，更显得无比的艳美，淡淡愉快的微笑永远有神奇的洁净"①；《彼岸》中男主人公第一次见到的露莲"有一个甜美的圆脸，玲珑的身材，动人的是她的笑容，她使我在联想到带露的莲花"②；《风萧萧》中星夜漫步的海伦给男主人公的感觉则是："月色把草地点化成水，没有一个别人，她在上面走着活像是一朵水莲"③；《盲恋》中男主人公眼里的微翠呈现出"端庄静娴婀娜自然的风度，在柔和的烛光中移过来，竟像是月光下银湖中的水莲冉冉开放。"④ 在对这些女主人公的描写中，作者都用到了"莲花"来喻指她们的纯洁无瑕。可见，她们明显是徐訏理想中的纯洁美好的化身，也即荣格所谓的"阿尼玛"（Anima）。在荣格看来，阿尼玛是人类集体无意识中存在着的一个外像化的女性原型，这个原始意义的精魂始终成为男性无意识追寻的对象："她是一个海妖，一尾美人鱼，一个变成了树的山林水泽之仙子，一位优雅女神，或者是艾尔金的女儿，或者是一个女妖，或者是一个女魔，她迷惑年轻的男子，从他们身上吸走了生命。"⑤ 徐訏这种对纯洁美好的阿尼玛的追寻通过其笔下的人物之口也清楚地揭示了出来，如《时与光》中，主人公郑乃顿对高贵神秘的林明默以及旷达天真的罗素蕾均产生了"爱情的想象"，他的朋友多赛雷一语道破："这正是 JUNG 所说的 ANIMA，他认为每个男人心中都有一个 ANIMA，他只是凭这个 ANIMA 在爱女人的。"⑥ 而在《风萧萧》中，史蒂芬太太描绘主人公徐的理想对象时也指出："你需要的可是神，是一个宗教，可以让你崇拜，可以让你信仰。她美，她真，她善，她慈爱，她安详，她聪敏，她……"⑦ 由此可见，徐訏笔下这类纯洁美好的女性

---

① 徐訏：《鸟语》，《徐訏文集》（第6卷），上海三联书店2008年版，第403页。

② 徐訏：《彼岸》，《徐訏文集》（第5卷），上海三联书店2008年版，第182页。

③ 徐訏：《风萧萧》，《徐訏文集》（第1卷），上海三联书店2008年版，第92页。

④ 徐訏：《盲恋》，《徐訏文集》（第5卷），上海三联书店2008年版，第393页。

⑤ ［瑞士］荣格：《集体无意识的原型》，《荣格文集》，冯川、苏克译，改革出版社1997年版，第64页。

⑥ 徐訏：《时与光》，《徐訏文集》（第3卷），上海三联书店2008年版，第210页。

⑦ 徐訏：《风萧萧》，《徐訏文集》（第1卷），上海三联书店2008年版，第51页。

形象是其无意识中潜隐的一种深沉的梦想，而且有时徐訏为了保持其纯洁性，最终使其要么遁入空门（如芸芊），要么殉情而亡（如其中的海兰、微翠、露莲、先晟），从而成为死亡女神。

除此之外，徐訏小说中另外一些女性形象也具有很强的象征性，典型的如《江湖行》中的葛衣情，她明显象征着现世的诱惑。主人公周也壮初次见她的时候她还是一个"闪着酒一般的眼光，浮着花一般的笑容，披着雾一般的头发"的女戏子，主人公对她一见钟情，并想把她作为自己停泊靠岸的幸福港湾。可是，葛衣情因向往都市的热闹生活而使周也壮的初恋毁于一旦，她的"我要嫁一个读过书的人""我不想过乡下生活"的托词彻底斩断了主人公重回父亲式乡村生活的归途。若干年后，两人偶然相遇，葛衣情在失去周也壮后才发现自己真正爱的是他，并想重温旧情。可是时过境迁，逝去的爱无法重生，几次幽会之后，主人公就对葛衣情厌倦起来。然而主人公依然没能摆脱她的肉体诱惑，即使是与紫裳相爱的时候，他仍然不时与葛衣情鸳梦重温，虽然他常常自责。最终在葛衣情的巧妙设计下，主人公的爱情毁于一旦，而她自己最终也被送进了疯人院。与葛衣情的现世诱惑相对，阿清则象征了缥缈的乡魂。相对来说，主人公周也壮与阿清的结识具有偶然性。阿清的一家在主人公流浪途中最落魄无助的时候给予了他家人般的温情和关怀，同时也勾起了他对久远的乡村生活方式的记忆，因此他与阿清的一年婚姻之约更多的是出于报恩意识。虽然在流浪的途中阿清的木梳和她伫立门口送其远行的画面始终陪伴着主人公，然而在离开了阿清的家进入都市之后，主人公的想法又开始动摇。他在上海的繁华圈中得以与紫裳再续前缘，此刻阿清早已被他忘到九霄云外。紫裳另嫁他人后，主人公在奔赴内地的途中再次邂逅阿清，已沦为风尘女子的阿清在主人公的援救与爱情的滋润下重新焕发生命的光彩。然而，此时滞留重庆的周也壮又爱上了紫裳的妹妹容裳，他的悔婚直接导致了阿清的自杀。为此主人公曾说道：

> 我在为李白飞工作的时候，我有多少次都想回到阿清那里去，可是我还是回到了都市。我好像每在失败的时候想回到阿清那里，而在成功的时候则想去找紫裳的。甚至当我搭船到上海的那天，我站在甲板上感到渺小无依的时候，我还是想回到阿清身边的。一瞬间我对自己忽然轻视起来。我像是始终把阿清当作我的退步一样，没有珍贵她，也不愿意

放弃她。①

因此，对于周也壮来说，阿清的出现直接激发了他回归田园乡土的欲望，然而这欲望很快被葛衣情代表的现世诱惑所取代，飘散于空中。

人物性格的这种象征性特征让徐訏小说的人物形象很是单薄，近似一个个人物意象。而"第一人称"限制视角的使用又很难突进到她们的内心世界，因此她们并不具有圆形人物那样独立的性格世界，仅仅成为作者感悟人生和生命的工具性存在，相反作家自己的内心感受、哲理思索可以通过"我"的视角一览无余，淋漓尽致地展现在读者面前。

（三）回忆的叙事结构

除了用哲学家或作家等第一人称限制视角抒发自己的哲理感悟外，徐訏的许多小说都偏爱采用一种回忆的视角。这种"回忆"的视角成为近年来学术界讨论的热点，如萧红的《呼兰河传》中的"回忆"风格更被一些学者视为对"回忆的诗学"作出了独特的贡献②。

关于"回忆"，西方哲学家进行过诸多的讨论，柏拉图、奥古斯丁、黑格尔、叔本华、海德格尔、弗洛伊德、柏格森等分别从哲学的、美学的、心理学的层面进行过多层次的探讨。如叔本华就曾认为：生存即痛苦，只有暂时去除意志，消灭欲望才能得以解脱，而审美回忆即可做到这一点。因为"在过去和遥远（的情景）之上铺上一层这么美妙的幻景，使之在很有美化作用的光线之下而出现于我们之前的（东西），最后也是这不带意志的观赏的怡悦。这是由于一种自慰的幻觉（而成的）……尤其是在任何一种困难使我们的忧惧超乎寻常的时候，突然回忆到过去和遥远的情景，就好像是一个失去的乐园又在我们面前飘过似的。"③ 因此，叔本华着重强调的是回忆所具有的审美品质，通过与往事拉开了时间间隔的回忆来淡忘现实的痛苦忧惧。而海德格尔则认为："戏剧、音乐、舞蹈、诗歌都出自回忆女神的孕育。显然，回忆绝不是心理学上证明的那种把过去牢牢把持在表象中的能力……回忆，九缪斯之母，回过头来思必须思的东西，这是诗的根和源。这

---

① 徐訏：《江湖行》，《徐訏文集》（第 2 卷），上海三联书店 2008 年版，第 559 页。

② 吴晓东、倪文尖、罗岗：《现代小说研究的诗学视域》，《中国现代文学研究丛刊》1999 年第 1 期。

③ ［德］叔本华：《作为意志和表象的世界》，石冲白译，商务印书馆 1982 年版，第 277 页。

就是为什么诗是各时代流回源头之水，是作为回过头来思的去思，是回忆……诗仅从回过头来思、回忆之思这样一种专一之思中涌出。"① 在海德格尔看来，"回忆"远非对经验的简单浮现，而是"思之聚合"，根据他的理论，这里的"思"更多的是指心灵深处的真实自我、生命存在的意义、个体的栖居与灵魂的归宿等。

在徐訏看来，"小说所写的只是回忆。"② 因此，他的"大部分小说都是在离开一地迁移到另一地之后，再回过头来抒写曾经居留过的彼地，而当下所处的此地，在他的小说中往往是缺席的。"③ 在这种创作观念下，回忆视角成为徐訏小说中的一大特色。回忆不仅是重回过去，而是重建过去，诗化现在，它能够截断现实的侵袭，超越现实的制约，就如美国社会学家 F. 戴维斯所言："它隐匿和包含了未被检验过的信念，即认为过去的事情比现在更好、更美、更健康、更令人愉悦、更文明也更振奋人心。简言之，它泰然自若地宣称美好的过去和毫无吸引力的现在。"④ 而且通过回忆也能慰藉焦虑的灵魂，在弗洛伊德看来，焦虑是一种积极的心理状态，它最终导向的是对这种心理状态的想象性解决，或满足，或宣泄，或转移，当然也包括适当的压抑。

在这种焦虑心理的驱使下，徐訏 40 年代末 50 年代初曾创作了大量回忆性的作品，尤以回忆故乡的作品居多。因为长期背井离乡，孤独漂泊的徐訏对故乡很有感情，这一点他自己曾坦言说："我还有许多恋恋难舍之'执'，如对于故乡，对于旧游之地，对于久违的亲人，对于已逝的爱，甚至对于已失的赠物，每一想起，我都感痛苦与恋念。"⑤ 因此《鸟语》《私奔》《旧地》等小说均是在故乡山水的诗意徜徉中通过想象性地满足来释放自身的焦虑，如《鸟语》里记忆中的回澜村门前是稻场，稻场上长满了绿草，四周有树，后面是山，晴时似近，雾时似远，村中的女孩芸芊纯洁无瑕、纤尘不染。《旧地》中记忆中的枫木村也充满了诗情画意，潺潺流淌的小河、满

① ［德］海德格尔：《什么召唤思?》，孙周兴编《海德格尔选集》（下），上海三联书店 1996 年版，第 1213—1214 页。

② 徐訏：《〈红楼梦〉的艺术价值与小说里的对白》，《徐訏文集》（第 11 卷），上海三联书店 2008 年版，第 34 页。

③ 袁坚：《论徐訏 30—40 年代的小说创作》，博士学位论文，复旦大学，2008 年，第 238 页。

④ 转引自赵静蓉《现代怀旧的三副面孔》，《文艺理论研究》2003 年第 1 期。

⑤ 徐訏：《书籍与我》，《徐訏文集》（第 9 卷），上海三联书店 2008 年版，第 470—471 页。

山的杨梅，民风淳朴，人性善良：

> 每次到那里，你远远地就可看见人影三三四四在移动，看羊的放牛的牧童散在左近，认识你的马上会跑上来欢迎你，不认识的会脸上浮起问句的笑容。村头的狗会对你虚吠，一看你是熟人，它会跑过来对你摇尾招呼，于是你会看见肥壮的鸡群在稻场上啄食，一到小河边，如果在夏天，你马上可以看到两岸牛车边的人，立着的，站着的，在谈在笑，在讲故事。沙岸上，总可以看到有村女们在洗衣洗米，有的穿红花衣，有的穿绿边裤，乌油的辫子垂在颈前，笑容可掬地一边工作一边谈笑。在清晨，在黄昏，有许多村头的孩子从一里外的一个小学校来去，他们在路上彼此打闹，你都可以看到。春天里，稻场上常常飞着风筝，孩子们也玩踢毽子，拍皮球，大都散在稻场上。夏天的晚间，村里的人们都会在门外乘凉。①

海德格尔曾认为："所有进入诗境的诗人的诗歌都是还乡的"，"诗人的天职是还乡，还乡使故土成为亲近本源之处。"② 对于徐訏而言，故乡是其人生历程中最难忘的部分，以至于《旧地》中长大后的"我"认为：

> 这一角世界在我的记忆中是最美的，最安详的，最温暖的世界，我长大了以后，无论是求学做事，每当我疲倦烦恼的时候，我总是想到那温暖的一角，它好像同我母亲的怀抱一样，永远为我留着温情与安慰。③

这种回忆性的基调让整篇小说笼罩在一种诗性的情感氛围中，很好地淡化了徐訏在现实生活中所感到的忧惧和痛苦。除此之外，对一生进行总结的回忆成为徐訏晚年创造的重心，其在小说中惯用的模式是一个孤独者对个人往事的回忆。如其后期重要的小说《彼岸》《江湖行》《时与光》等均采用第一人称的"我"的回忆视点来传达自己对人生和生命的感悟，《江湖行》

---

① 徐訏：《旧地》，《徐訏文集》（第6卷），上海三联书店2008年版，第54页。
② ［德］海德格尔：《人，诗意地安居》，邬元宝译，上海远东出版社1995年版，第87页。
③ 徐訏：《旧地》，《徐訏文集》（第6卷），上海三联书店2008年版，第54页。

中以作者以第一人称的忏悔语调追述了自己的一生：

> 在流动的生命之中，一切的准备与计划都会落空，重获已失的东西
> 总不是你所要的，然而人是多么看重已失的东西呢！……我的一生只是
> 追寻已失的东西，而得到的则总是加多了一个已失的东西。我不知道我
> 生我知以前神与命运是怎么安排的，在我生我知以后，我的生命就在这
> 样追寻中浪费了。①

并且书中反复回荡着这样的哲理感悟：

> 人间无不变的爱，无不醒的梦，无常绿的草也无常开的花。人间无
> 绝对的善恶，无清楚的爱恨。人间的是非渗杂着利害，真伪混淆着
> 观点。②

而在《时与光》中，作者是"用我透明的灵魂捡取宇宙的光芒，在云
彩上写我短短生命中的浅狭与污秽，写我偶然际遇里的爱与我寂寞灵魂里的
斑痕。"③ 这种"回忆"的视点让作者更多地聚焦于对存在的一种追问，故
事情节的曲折成为一种点缀，尤其是《彼岸》，传统意义上的故事情节已经
从小说中撤退，通篇聚焦的是作者对生命的感悟。全书共 26 章，前 15 章则
是纯粹的人生哲理的冥思，后 11 章叙述了"我"和露莲、斐都以及"你"
的爱情故事，借此验证和阐释前一部分的哲学思索。整个小说创作基本是在
最低限度上的一点情节的外壳上纺织"绵密的思绪"，从而给自我精神世界
的探索留下足够的空间，书中随处可见的是作者情感的抒发。如其中第五章
对人类历史的感悟：

> 于是我知道人类的历史都是血史，我在辉煌的历史中看到血，我在
> 英雄的传记里看到血……就在这层层鲜血的轻烟上浮起了英雄，英雄允
> 许将来给我们平等，自由与幸福，但现在则仍旧需要更多的血液去制塑

---

① 徐訏：《江湖行》，《徐訏文集》（第 2 卷），上海三联书店 2008 年版，第 5 页。
② 同上书，第 597 页。
③ 徐訏：《时与光》，《徐訏文集》（第 3 卷），上海三联书店 2008 年版，第 6 页。

他的伟大，等他的伟大已经与上帝的概念不相上下的时候，他初有的基石已不能容纳他的野心，他希望有上帝一样的权威来代替人间过去一切的权威，他不得不来吮吸人间过去一切权威所吮吸的血液，灌注在一个以地球为基地的人像里面，于是我听到呻吟和战栗，我看到饥饿的人群向一个人像祈祷，像原始的人类向他们的神像祈祷一样。①

这是 20 世纪所特有的也是最典型的历史场景，我们从希特勒那里可以看见他的典型形式，类似的感悟还有 26 章中的关于"谐和"的感悟：

在整个的时间与整个的空间中，一切伟大的都是渺小，一切完整的都是残缺，而一切谐和的都不是终极的谐和。能把心灵扩大到无边无涯的境界，才能与宇宙融化贯通合一。而这种高僧的境界既不是我们所能到达，那么我们除了用谦逊与容纳尊敬别人的谐和与自己谐和相处，再无别的态度。②

这种回忆性的视角在徐訏小说中非常常见，它有利于有限的个体生命向身前身后进行无限的质询，从而更好地掘进自己的内心去思考生命及其存在的意义，以此展现出了作者最真实的自我。这种对存在的思考和内在自我的展示正契合了"诗"的属性，因为"'诗'是作家生命之'存在'得以'敞开'的触媒，是独一无二的个体得以区分的标志"③。

第二节　诗歌文体的渗透

（一）徐訏小说中的诗歌介入

曾有研究者认为："徐訏对多种艺术门类均有涉猎，并均有建树，各种艺术形式相互渗透、交融，大大丰富了徐訏的创作素养和艺术表现力。"④这是对徐訏勇于进行文体实验的最好评价。读徐訏的小说，你总能从中感受

---

① 徐訏：《彼岸》，《徐訏文集》（第 5 卷），上海三联书店 2008 年版，第 136 页。

② 同上书，第 226 页。

③ 张川平：《主体建构与困境救赎——王小波及其文学世界》，博士学位论文，首都师范大学，2009 年，第 126 页。

④ 潘亚暾、汪义生：《香港文学史》，鹭江出版社 1997 年版，第 320 页。

到多种文体互渗所带来的艺术魅力：在这个以小说结构的文体中，有诗歌的语言与意象，有散文的蕴藉与意境，有戏剧的对话与布景，还有哲学的沉思、电影的蒙太奇、绘画的绚丽色彩……真正切合了作家张承志所言的"小说应当是一首音乐，小说应当是一幅画，小说应当是一首诗。"① 而在这诸多的文体渗透中，最具特色的莫过于诗歌文体对徐訏小说的渗透了。

把诗歌引入小说在古代即有大量的例子，因为诗歌是古典文学中最重要的文体之一，它以优雅而感情充沛的特质吸引着一代又一代文人，从诗经的抒情与灵动，楚辞一唱三叹式的感怀，汉赋的博大雄浑到六朝诗的山水情韵，唐诗的瑰丽绮思，宋词的豪放与婉约……在漫长的文体演变与进化中，诗歌文体逐渐养成了优越于其他文体的个性特征，所以有研究者认为："从西周到宋，我们这部文学史，实质上是一部史诗——诗似乎也没有在第二个国度里，像它在这里发挥那样大的社会功能，在我们这里，它就是宗教，是政治，是社交，它是生活的全面。维护封建精神的是礼乐，阐发礼乐意义的是诗。所以，诗支配了整个封建时代的文化。"② 由此，"中国作为一个诗的国度，任何一种文学形式，只要想挤入文学结构的中心，就不能不借鉴诗歌的抒情特征，否则很难得到读者的赏识。"③ "据统计，《三国演义》中的诗在 150 首以上，《水浒传》中的诗超过 500 首，《西游记》中的诗达 700 多首，《金瓶梅》中的诗最多，超过 800 首，《红楼梦》中的诗也在 200 首以上。"④ 但纵观这些古典小说中的诗歌渗入，它更多的是展示文人才情的一种方式，而不是一种文体的自觉。曾有研究者认为，"文体不是寄生在作品上的附生物，不是为了造成一种外在的装饰效果，不是对现存秩序的外在反抗，它应该是与作品内在的气质同构在一起，从作家的心态中派生出来的，是自然而然出现的，它的推动力是作家为了更好地到达他眼中真实的世界图景。"⑤ 这一点非常适合用来解释徐訏小说中的文体互渗现象。从本质上讲，徐訏是一位具有浓郁诗人气质的作家，他六岁就开始写诗，诗歌也是他开始文学创作的起步，而且在创作之初就得到了当时北大德文系主任杨丙辰教授

① 张承志：《绿风土》，山东文艺出版社 2001 年版，第 102—103 页。

② 闻一多：《文学的历史动向》，《闻一多全集》（第 1 卷），北京三联书店 1982 年版，第 203 页。

③ 陈平原：《小说史：理论与实践》，北京大学出版社 1993 年版，第 182 页。

④ 李颖：《章回小说中的诗歌因素与诗化现象》，《湖南第一师范学报》2008 年第 2 期。

⑤ 谢有顺：《文体的边界》，《当代作家评论》2001 年第 5 期。

的激赞，"这位杨教授有一次为文评论徐志摩的诗，认为徐志摩的感情流于浮泛，而提出他（指徐訏）的诗情感比较凝重。当学生的他只觉得被过奖得太厉害"①。除此之外，林语堂曾赞誉徐訏为唯一的中国新诗人，称其诗"诗句铿锵成章，节奏自然"②。而孙观汉则认为"徐訏先生是二十世纪最伟大的新诗人"，"徐訏先生能逃出旧诗的规律，运用他对文字的天才和技巧，他诗中的文字看起来是那么的顺利和自然，自创一种新的和美的格调"③。虽然后两者的评论很难让人认同，但最起码徐訏的诗作得到了部分人的肯定。而在小说创作中，徐訏也以他诗人的气质来浸染小说，一个意象的剪裁，一种意境的营造，一种色彩的选择在其小说中都是匠心独运的。因此，他的诗歌介入小说并不是单纯地引入诗歌来装饰小说，而是借鉴诗歌的精神（即诗歌的表现性与抒情性），是一种情感的自然流露，是为了更好地传达感情，也即孙犁所说的，"兼小说与诗歌为一体，实便于情感的抒发尽致。"④ 从而也形成了其小说浓郁的诗性特征。

徐訏小说的这种诗歌介入小说最明显的是通过文章卷首的献辞等直接出现，如《鬼恋》中的献辞：

> 春天里我葬落花，
> 秋天里我再葬枯叶，
> 我不留一字的墓碑，
> 只留一声叹息。
>
> 于是我悄悄的走开，
> 听凭日落月坠，
> 千万的星星陨灭。
>
> 若还有知音人走过，

① 心岱：《台北过客》，陈乃欣等著《徐訏二三事》，尔雅出版社1980年版，第36页。

② 徐訏：《从〈语堂文集〉谈起》，《徐訏文集》（第11卷），上海三联书店2008年版，第176页。

③ 孙观汉：《应悔未曾重相见》，陈乃欣等著《徐訏二三事》，尔雅出版社1980年版，第198—199页。

④ 孙犁：《小说杂谈》，《孙犁文论集》，人民文学出版社1983年版，第214页。

骤感到我过去的喟叹，
即是墓前的碑碣。

那他会对自己的灵魂诉说：
那红花绿叶虽早化作了泥尘，
但坟墓里终长留着青春的痕迹，
它会在黄土里放射生的消息。①

在这首诗中，"春天"与"秋天"、"落花"与"枯叶"、"墓碑"与"叹息"、"青春的痕迹"与"生的消息"等对称的意象与语言一上来就为整部小说营造了一种寂寥、孤独的氛围。这种氛围也成为笼罩整部小说的主要情绪，不仅烘托了主人公失去"鬼"时寂寥的心情，也是作者孤独情绪的一种自然流露。相较于以叙事为主的小说，这种情绪通过诗歌的对称性意象能更准确地传达出来，因此，《鬼恋》这篇小说重点不在于讲述故事，而是为了抒发作者在异国他乡的孤独感悟，诗歌的介入更好表达了文章的主旨，类似的例子还有《吉普赛的诱惑》中的献辞：

我未记我身受的苦，
也还未记我心底的哀怨
以及胸中的愤怒，
请许我先记青春消逝的路上，
我是怎么样的糊涂。

我还没有背诵我的耳闻，
也尚未细述我的目睹，
我暂想低诉我在黑夜的山上，
怎么样抚摸我周围的云雾。

所以请原谅我不告诉你——

---

① 徐訏：《鬼恋》，吴秀明、李杭春编《中国现代文学作品选评》，浙江大学出版社 2005 年版，第 380 页。

在海滩上我写过什么字，

还有怎么样在潺潺的溪边，

望着那流水的东逝，

惦念到今与昔，生与死。

那么让我先告诉你故事，

再告诉你梦，

此后，拣一个清幽的月夜，

我要告诉你诗。①

以至于杨义认为这篇小说是从"一种历尽儿女情长的'梦'之后，上升到自然人性和原始宗教的入圣超凡的'诗'"。②

除了在卷首有诗歌外，徐訏在文中也经常插入诗歌，如《痴心井》中的对联诗："且留残荷落叶，谛听雨声；莫谈新鬼旧梦，泄露天机。"这首刻在亭柱上的诗句在文中一共出现了四次，米勒在其《小说与重复》（*Fiction and Repetition*）一书的首页便指出："无论什么样的读者，他们对小说那样的大部头作品的解释，在一定程度上得通过这一途径来实现：识别作品中那些重复出现的现象，并进而解释由这些现象衍生的意义。"③文中四次出现这首对联诗绝对不是一种简单的重复或啰唆，而是作者采用的一种独特的修辞手法，通过对某一内容重复深入，暗示着整个作品的主旨和神秘情调。这里的"天机"其实也就是指命运，暗示出余道文家族中痴心女子的悲剧结局。自从余道文的表姑为爱痴狂而投入井中后，他家似乎就专出敏感而痴情的女子，但没有一个有好结局的，而银妮则完全重复了表姑的命运，同样拿着一个刻有黛玉葬花和焚稿的"珊瑚心"坠井而亡。这种命运的轮回和不可抗拒性让人明显感到神秘和恐惧，但通过这首对联诗的反复出现，作者明显认为这是上天早已安排好的，人在命运的罗网下逃无可逃。这里的诗歌渗入很大程度上点明了文章的主旨，而不是一种可有可无的摆设。与此

---

① 徐訏：《吉普赛的诱惑》，《徐訏文集》（第4卷），上海三联书店2008年版，第85—86页。

② 杨义：《中国现代小说史》（第3卷），人民出版社1991年版，第440页。

③ ［美］J. 希利斯·米勒：《小说与重复——七部英国小说》，王宏图译，天津人民出版社2008年版，第1页。

类似，《鸟语》中也出现了以签诗来点明题旨的做法，如芸芊为自己问的签诗是："悟道本是一朝事，得缘不愁万里遥。玉女无言心已净，宿慧光照六根空。"替"我"问的签诗则是"有因本无因，无因皆有因。世上衣锦客，莫进紫云洞"。在这篇小说中，作者明显为我们设置了两个世界，世俗的尘世和超越尘世的灵界。在世俗的尘世里，人际关系是势利的，连亲人之间也不能互相理解，甚至充满了嘲笑和伤害。在这种世俗的观念下，芸芊被视为白痴，因为她不仅读书笨，而且也不能讨得"我"亲戚朋友的喜欢，"她不爱说空话，不会打牌，不会帮管家务，而尤其奇怪的她不爱玩，不爱出门，不爱上街，不爱买东西，不爱时髦。"①可以说，这是一个与世俗的尘世完全不相容，也不被现实世界所接纳的人物。然而在超越尘世的灵界里，她完全没有了平时的麻木痴呆，而是神采飞扬，充满了灵性。比如，虽然她对于很简单的数学演算总是搅不清楚，然而当读到诗歌、经文这样一些灵性文字的时候，却能马上欣赏到其中的诗意。更难能可贵的是她能懂鸟语，作者在文中曾多次描写她与鸟亲切地交流时的场景：

> 远山如画，隐隐约约，好像离我们是很远的，田陇间刚刚种上禾苗，满眼青翠，在风中波动着像是一片清柔的绿水，路上都是露水，我们的鞋袜都有点湿了，忽然有一只喜鹊在松树上叫了，芸芊马上停步望它，脸上浮起了她读书时候从未有的灵光。②

> 这时候鸟儿已经在婉转低歌，芸芊没有着声，站在那里，脸上浮出愉快欣喜的光芒。不一会儿，她低吟起来，两只鸟儿飞到她身边去，她蹲下去，同它们嘀嘟了好一回，那两只飞开，又飞来两只，慢慢地许多鸟儿都噪鸣起来，接着一群一群都飞出去了。我偷偷走向篱边去，我看到芸芊在篱外正对着飞去的鸟儿扬手。③

可以说，这是一个典型地遗落在凡间的精灵，每当她接触到大自然，她生命中的灵光就被焕发出来了。因此，芸芊一到世外的宝觉庵，就觉得找到了自己的天堂。而这种与大自然和谐相处的诗性人生境界也正是"我"这

① 徐訏：《鸟语》，《徐訏文集》（第6卷），上海三联书店2008年版，第396页。
② 同上书，第385页。
③ 同上书，第378页。

个患"都市病"的人所向往的，然而这种人生境界在世俗的尘世中终不易得。"芸芊最后不被现实世界所接纳，最终走进了寺庙，实际上表明在诗性人生与凡俗人生的冲突中，最后还是凡俗人生占了上风，诗性的人生只能在宗教的庇护下才有存在的可能。"① 偏偏"我"只是一个普通的凡夫俗子，虽然向往诗性的人生境界，然而却终难摆脱对尘世的恋执，"我"辗转于都市污俗的生活之中，每天忙于是非，忙于应酬，忙于得失。因此，这两首签诗明显暗示出了"我"和芸芊不同的人生境界，芸芊的入宝觉庵是一种命中注定，是前世的因缘；而"我"这个凡俗生命则注定要在世俗的尘世和理想的灵界之间辗转徘徊，灵魂自始至终没有归宿。而这正是现实生活中徐訏内心的真实写照，如在《鸟语》中他曾自白道：

> 我一直在都市里流落，我迷恋在灯红酒绿的交际社会中，我困顿于贫病无依的斗室里，我谈过庸俗的恋爱，我讲着盲目的是非，我从一个职业换另一个职业，我流浪各地，我结了婚，离了婚，养了孩子；我到了美洲欧洲与非洲，我一个人卖唱，卖文，卖我的衣履与劳力……如今我流落在香港。
>
> 我忘了芸芊，我很早就忘了芸芊，但每到我旅行到乡下，望见青山绿水与青翠的树林，一听低微的鸟语，芸芊的影子就淡淡地在我脑际掠过，但这只像是一朵轻云掠过了天空，我一回到现实生活里就把她忘去，多少次我都想写封信问问她的近状，但是对着我污俗的生活，我就没有勇气去接触这无限平和淡泊的灵魂。②

徐訏自认"一向是大都市的人"③，然而，都市在带来声光化电繁荣的同时，也带来了人性的异化、道德的沦落以及疯狂的追求物质的欲望。如徐訏曾经在《谈金钱》中描述都市人对金钱的追逐时说道：

> 他们已经被它压得气都透不过来了，他们生活着，劳作着，他们甚

---

① 罗兴萍：《诗性人生境界的追求——徐訏〈鸟语〉解读》，《无锡教育学院学报》2001 年第 2 期。

② 徐訏：《鸟语》，《徐訏文集》（第 6 卷），上海三联书店 2008 年版，第 406 页。

③ 刘其伟：《徐訏与我》，《徐訏纪念文集》，香港浸会学院中国语文学会 1981 年版，第 19 页。

至愿意把生命去换金钱，因为他们已经明白所以他们之被人轻视，被人讪笑以及种种实际的压迫，唯一的原因就是他没有金钱……这样，大家都为金钱疲倦了，大家奔波，劳苦，投机，钻营，他们什么都不要，他们什么都肯牺牲，健康与美丽，道德与人格，名誉与天才以及一去不返的青春！大家焦头烂额，长吁短叹，神经衰弱，行动痴狂，于是路人相见是仇，咧嘴相向，熟识之客，则亦笑里带刀，毒来毒去。①

而这种都市对人的异化某种程度正是《鸟语》中的"我"患都市病的重要原因，然而，"我"在芸苹的熏陶下病很快痊愈并回到了都市。正如文中的"我"一样，徐訏也是无法脱离都市的，因此他只能辗转徘徊于都市污俗的生活，灵魂自始至终没有归宿。直到临终之前，他皈依了基督教，实际上正是作者在这里所体现的思想的现实化。

而到了《彼岸》中，那种强烈的情感抒发和哲理感悟以至于导致了小说故事的消解，"这重复，这固执，一直发展到写出一部小说不像小说，哲学讲义不像哲学讲义，传记不像传记的《彼岸》。"② 其中所谓的"小说不像小说"就是指其中插入了大量的诗歌，如在文章的第一节、第十二节、第十七节、第二十四节、第二十六节中，作者分别插入了"自己之歌""睡之歌""笑之歌""吻之歌""泪之歌"，有些部分甚至整整一节就是一首诗组成的，如其中的第十二节就是由"睡之歌"组成的。司马长风认为，"如果你能仔细欣赏这五首长歌，那么你对全书的了解已经思过半了。"③ 由此可见，这些诗歌的插入是有其独特的意义的。在这些诗中，最重要的莫过于开篇的"自己之歌"：

我在松影下散步，
忽然失去了自己，
一直寻到林外，
我才看见了你。

---

① 徐訏：《谈金钱》，《徐訏文集》（第9卷），上海三联书店2008年版，第225—226页。

② 吴福辉：《城乡、沪港夹缝间的生命回应——从徐訏后期小说看一类中国现代作家》，《文艺理论研究》1995年第4期。

③ 司马长风：《新文学史话》，南山书屋出版社1980年版，第190页。

在这银色的松下，
难道你不辨东西。
否则你走得这样仓皇，
你也在寻找我的自己。

你说在这虚妄的世上，
我永不会了解你。
过去说你是疯是痴，
如今又说你找我自己。

我说你曾否在林下，
碰到了我的自己。
就因为月色朦胧，
你把它带在袖底。

你说你来自西溪，
那面人家三千几，
五百、三百、两百，
家家户户养小鸡。

今夜小鸡千千万，
月下都失去了自己。
成群结队东西游，
到处在寻找自己。

于是你开始发觉，
你身边也丢了自己，
所以奔到松荫林下，
看是否流落过自己。

我说我在松林中散步，
未见月影下有你，

难道我在松针下叹息，
唤来了你的自己。

这样我开始悟到，
也许我就是你自己，
于是我频频相问，
你可是我的自己？

但是你说我的话稀奇，
又说我是我，你是你，
只因彼此在林中进出，
所以偶然碰在一起。

于是你走进松林，
我就奔到西溪，
西溪小鸡千万只，
我混在里面寻自己。

但月光铺满西溪，
到处忙着小鸡，
我只寻到鸡影，
没有寻到自己。

林下松针千千万，
你难道会寻到自己？
等到月落西山，
你会相信我是你自己。

但那时恐怕已晚，
因为人生本来无几。
你将永远寻不到我，

我也无从再寻到你。①

这首诗是全文的重点所在，表面上是一个迷失了自我的灵魂在寻找自己，其实也就是寻找"我"之存在的意义，这基本是人类存在至今不断追问的哲学命题："我是谁？我从哪里来？我又要到哪里去？"然而，这种哲理的探讨与情感的困惑有时是很难用小说的故事情节、人物的性格特征以及叙事的语言来表现的，而这一点恰恰是诗歌的专长，因此，作者在这里的诗歌插入并不是如有些研究者认为的是不同文体的相互拼贴，而是为了情感的抒发和哲理的探讨所需，从而也使小说达到了一种诗情洋溢与哲理并重的特点。

（二）立象以尽意

作为中国古典诗学的一个重要范畴，"意象"深植于华夏民族的文化心理之中。"意"和"象"最早是以两个概念单独出现的，如《周易·系辞》中的"圣人立象以尽意"②。刘勰在《文心雕龙》中第一次将"意象"作为一个文学概念引入到审美批判的范畴，将"意象"界定为作家在构思中通过种种感受在内心所形成的形象，主要存在于诗歌研究范畴。而在西方，随着20世纪意象主义诗歌运动的出现，意象的理论建构和诗学运用获得了空前的发展，其重要代表人物庞德认为："'意象'不是一种图像式的重现，而是'一种在瞬间呈现的理智与感情的复杂经验'，是一种'各种根本不同的观念的联合'。"③ 它强调的是意象的朦胧性和多义性，因此，"意象"主要是针对诗歌而言，"是诗中最基本的元素，是诗上升到'象征'层面的原动力。"④ 诗歌极大地依赖意象来建筑全诗的整体结构，借助意象来表情达意和寄寓人生感慨。

而在小说等叙事类作品中，随着文学的发展和文体的变迁，意象也越来越受到作家的青睐成为叙事类作品表达思想的重要手段，因为作者借助这种象征性的物象进行深度表意，一方面可以在叙事的过程中拓展其表达的意义空间；另一方面，"意象这种诗学的闪光点介入叙事作品，是可以增加叙事

①　徐訏：《彼岸》，《徐訏文集》（第5卷），上海三联书店2008年版，第121—123页。

②　诸世昌：《周易解读》，黑龙江人民出版社2008年版，第242页。

③　[美]雷·韦勒克、奥·沃伦：《文学理论》，刘象愚等译，北京三联书店1984年版，第202页。

④　同上书，第89页。

过程的诗化程度和审美浓度的。"① 因此，很多现代作家非常重视意象的表现力。而许多现代小说的杰作也通常是意象性的，而非情节性的，如鲁迅、乔伊斯、曼斯菲尔德等人的许多短篇小说完全依赖意象或隐喻式的构思而存在。

对于徐訏这种生命体验性的作家来说，意象的这种朦胧性和暗示性对于其抒发感情以及表达对生命存在的感受起到了重要的作用。他在很多作品中都大量地使用意象，如他的"拟未来派剧"中就曾使用意象来表意。一般来说，戏剧最重要的是戏剧冲突，而在徐訏的很多剧作中，根本就不存在戏剧冲突，却只是一个个意象，如《荒场》中只是通过甲、乙二人于不同的年龄段在"荒场"的对话来展示人生不过是从有趣的童年到青年，然后结婚生子、离开朋友、忘了友谊，最后老啦、病啦、死啦、埋葬了的人生轮回，就仿佛是在荒场上走路，走着走着就走进了坟墓。其中的中心意象"荒场"鲜明地体现出人生的孤独和无意义感，所以有些研究者认为其戏剧创作不是从现实，而是从哲学的高度审视人生，从纯美学的角度表现人生，而且在整个创作过程中剧作家的主体意识极强，这些表明徐訏剧作是诗，是"诗化之剧"②。

而在小说中，徐訏更是大量地使用意象来表情达意，如他的小说《春》中，"春天"既是男女主人公杨先生和董小姐相识相爱的背景，也是这场婚姻的媒介，甚至"每当杨先生的爱情有所短缺，不够推动他往婚姻之路再往前走一步的时候，春天这个主题就会出现"③。他们相识于一个"阳光很暖和，坡上有绿意在树林间浮起"的春天；在"初春的天气忽冷忽热，时雨时晴"的时候，杨先生告诉了董小姐她哥哥战死的消息；随后在"天气骤然热起来，阳光下，坡上的热意有点逼人"的时候，醉酒后的杨先生无意中闯入了董小姐的店面；而在一个"幸亏是春天，天气又好。田野地的绿色简直就像贴在身体一样"的下午，杨先生带着自己的朋友来为董小姐看病；在"天气很暖和，有云，阳光时浓时淡，坡上的绿色如烟，春风来时，绿意似乎吹进了他的衣隙"的时候，他们相爱了；最后在一个"春天，

---

① 杨义：《中国叙事学》，人民出版社1997年版，第276页。

② 参见盘剑《学者之剧：徐訏戏剧创作的独特风格》，《中国现代文学研究丛刊》1993年第2期。

③ 王璞：《一个孤独的讲故事人：徐訏小说研究》，博士学位论文，华东师范大学，2003年，第51页。

月光在绿茵上显得是流动的，微风来时，起了深浅的涟漪”的月夜，他们举行了婚礼。在这篇小说中，"春天"这个意象明显有暗示情绪的作用，如"忽冷忽热、时雨时晴"的春天暗示了男女主人公在听到其哥哥战死的消息时情绪的波动不安，而"热意有些逼人"的春天则暗示了男主人公对女主人公潜藏的情欲等，由此可见，徐訏非常善于通过意象来表情达意，他很多小说的标题就是一个主题性的意象，如《痴心井》《时与光》《百灵树》《黄昏》等，而在某些小说，如《烟圈》等中，意象完全取代了情节，仅通过意象的意蕴表达其对存在的感受。因此，通过意象的分析可以极大地增强对徐訏小说的理解，下面仅挑出几个具有代表性的意象来分析。

1. "烟圈——墙——夜——黄昏"意象

有研究者认为，很多情况下，诗人一切语言上的努力就是产生意象。每个作家都有自己偏爱的意象，如鲁迅的"铁屋子""坟"等，老舍的"月牙儿"，萧红的"后花园"，乔伊斯的"瘫痪的神父"等都是作者"'强烈的感情和有独创性的沉思'的意象"[①]，从中可以窥见出作者内蕴的思想感情，因此通过"意象"很大程度上可以窥见出作者隐秘的思想感情。

徐訏的一生基本都是在孤独中度过的，他深深地感觉到人生的虚无与迷茫，这种感觉基本都是通过很多意象来传达的，如他1932年创作的第一篇小说《内外》就隐约地传达出了那种孤独的感受。《内外》这篇几乎没有什么情节的小说，讲述了一个当铺朝奉毛掌柜的一生，他从最底层的当铺学徒开始做起，慢慢升迁至当铺朝奉，最后穷困潦倒靠典当为生直至死亡。一般的研究者均认为，这是一篇作者自觉运用精神分析学说的尝试，写的是毛掌柜潜隐的情欲使他对三个女顾客的一切烂熟于心，最后，他"终于按捺不住内心的欲望，走出他从未出过的'墙'（柜台），和连长的姘头成婚去了"。[②] 也有研究者认为"内外"暗示着剥削阶级和无产阶级的分别，有着浓郁的左翼色彩。但事实上细读全文，这只是一种表层的阐释。在笔者看来，徐訏更多的是想通过毛掌柜的一生来传达一种孤独、无意义的生存状态，这一点从文中的核心意象"墙"即可看出。毛掌柜自从进了这道墙以

---

① ［美］雷·韦勒克、奥·沃伦：《文学理论》，刘象愚等译，北京三联书店1984年版，第223—224页。

② 陈旋波：《时与光——20世纪中国文学史格局中的徐訏》，百花洲文艺出版社2004年版，第65页。

后，就没有到墙外去过，这里的"墙"既指当铺的柜台，更是指隔绝了毛掌柜与外部世界交流的屏障，"墙"内的生活是单调无意义的：

> 早上醒了，起来洗脸，喝粥，抽水烟，吐痰……他什么都不用想，也没有东西让他想。几点钟，什么日子，他也不必知道，然而自然会让他知道的，这因为他的耳朵同眼睛一样好，但是知道不知道对他没有什么分别……
>
> 墙里，墙外，大包袱，小包袱……
>
> "阿狗！把水烟袋拿来！"
>
> "张二！……"
>
> 抽烟，吐痰，吃饭，于是呼噜呼噜……
>
> 一月，二月……①

这就是毛掌柜生活的全部，这些无意义的话语在文中重复出现了多次，显然是作者的有意为之，它某种程度上正是毛掌柜空虚心灵的外部凸显。这堵"墙"不仅阻断了毛掌柜与外部世界的交流，他的整个心灵也与世界隔绝了，孤独的他渴望通过结婚来摆脱这种无意义的现状，然而等待他的却是贫穷和死亡，因此"墙"深刻地隐喻了人与世界的隔膜。与此同时，《内外》的这种被"墙"所隔绝的空间格局成了徐訏此后诸多小说人物与外界关系的构造，诸多主人公都是孤身一人地面对着整个世界，并且永远与外部世界隔着一层有形或无形的"墙"。如《风萧萧》中即是如此，这一点通过"夜"这个意象清晰地窥见出来，"夜"是徐訏诗歌中经常出现的意象，如《夜别》《夜醒》《夜尾》《雪夜》《平静的夜晚》《寂寞的夜》《夜的圆寂》《夜祈》《茫茫夜》等，可以说他是一个典型的"爱夜者"。王阳明曾经说过："夜来天地混沌、形色俱泯，人亦耳目无所睹闻，众窍俱翕，此即良知收敛凝一时……良知在夜气发的方是本体，以其无物欲之杂也。"② 因此，在夜的宁静中，人能更客观地面对自己的内心，甚至是死亡。这一点徐訏在其散文《夜》中也曾说过："在这光亮与漆黑的对比之中，象征着生与死的意义的，听觉视觉全在死的一瞬间完全绝灭，且不管灵魂的有无，生命已经

---

① 徐訏：《内外》，《徐訏文集》（第6卷），上海三联书店2008年版，第153—156页。

② 王阳明：《传习录》（下），《王阳明全集》，上海古籍出版社1992年版，第106页。

融化在漆黑的寂静与寂静的漆黑中了。看人世是悲剧或者是喜剧似乎都不必，人在生时尽量生活，到死时释然就死，我想是一个最好的态度。但是在生时有几分想到自己是会死的，在死时想到自己是活过的，那就一定会有更好的态度，也更会了解什么是生与什么是死。对于生不会贪求与狂妄，对于死也不会害怕与胆怯。于是在生时不会虑死，在死时也不会恋生，我想世间总有几个高僧与哲人达到了这样的境地吧。于是我不想再在这神秘的夜里用耳眼享受这寂静与漆黑，我愿将这整个的心身在神秘之中漂流。"① 这种对"夜"的特殊爱好让徐訏把他诸多的小说故事的发生时间都设置在夜里，如《鬼恋》中"我"与"鬼"从相识到相知基本都是在夜里，《盲恋》中梦放与微翠的相识相知也是在美好宁静的夜晚，而在小说《风萧萧》里，"夜"成为故事发生的重要时间点，无论是赌窟里的豪赌、温馨的沙龙聚会、盛大的假面舞会、密室中的偷窃还是诗意的星夜漫步、血腥的仇杀、紧张恐怖的逃匿等都是发生在夜里，但同时，"夜"已不仅仅只是一种时间性的标示和故事发生的背景，它具有一种强烈的暗示含义，明显暗示出作者面对世界的一种强烈的孤独感，如下文：

> 我关了灯，月光从窗下进来，我体验到夜从野外逼近，逼近，我感到到处是夜，到处是夜，我缩在被层里，缩在被角里，但是夜侵入我床，侵入了我被，浸透了我肉体，浸透了我心，最后我肉体就在这夜里融化。②
>
> 我走到街上，夜已阑珊，萧瑟的风，凄白的月光，伴我走寂寞的道路，我毫不疲倦，也不觉得冷，眼睛放在地上，手插在衣袋里，空漠的心境上翻乱着零星而紊乱的思虑，我一口气一直走到了家。③

作为哲学家的"我"想追求的是一种平静的书斋生活，用美与爱写一本关于哲学的书，然而都市生活的喧嚣以及战争的影响让"我"倍感生命的脆弱与存在的孤独，即使从同一阵营的梅瀛子身上也感觉仿佛隔了一堵"墙"，感受不到任何温暖。因为作为一个最典型、最成功的间谍，梅瀛子

---

① 徐訏：《夜》，《徐訏文集》（第 9 卷），上海三联书店 2008 年版，第 445—446 页。

② 徐訏：《风萧萧》，《徐訏文集》（第 1 卷），上海三联书店 2008 年版，第 68 页。

③ 同上书，第 198 页。

明显缺乏白苹身上的人情味，她以成功为最高目的，为此可以不择手段地利用别人，比如她先利用白苹对"我"的好感让"我"去偷白苹的文件，后又利用纯真无邪的海伦来当工作上的跳板，一点不顾及丈夫和儿子都在战场上服务的海伦母亲的感情，导致海伦险些被日本军官强暴。虽然在战争年代两军对垒的情况下，这种功利主义的伦理观往往会被视为理所当然，然而她还是让"我"感到了恐惧与矛盾：

> 一尺外是这样美丽的梅瀛子，但只看到她的阴险、残酷与伟大，是一种敬畏，一种鄙视，一种阴幽的悲哀从我周围袭来，从我内心浮起。
>
> 梅瀛子幻成魔影，白色的玫瑰幻成毒菌，整个的房间像是墓地。我窒息，我苦闷，有无数的哲学概念从我脑中浮起：爱与恨，生命与民族，战争与手段，美丽与丑恶，人道与残酷，伟大与崇高，以及空间与时间与天堂与地狱……这些概念融化成茧，我把自己束缚成蚕蛹。①

与此同时，与"我"有着深厚友谊的白苹、史蒂芬却相继牺牲，"我"更是孤独地面对着整个世界，"在琴声中，我深深地感到，在死别的死别，生离的生离以后，我像一个无依的幽灵，黑夜的迷魂，沙漠的落魄，我像一个被弃的婴儿，寒冷地抖索，饥饿地啼号，我需要依靠，我需要支持……"② 这种孤独感就像"夜"的无边无际、无孔不入一样，让人无法逃避。而以往的研究者往往忽略了这一点，他们更注重的是《风萧萧》表层所呈现出的爱与美的浪漫特色来。然而通过"夜"意象的反复出现，这种战争中的浪漫色彩明显大打折扣，这种孤独的情感恰恰通过"夜"的暗示含义恰到好处地传达出来，给读者留下了大量的想象空间，真正达到了一种"言有尽而意无穷"的境界。

随着人生阅历的增长，徐訏的这种孤独感使他感到整个人生的虚无，这种虚无的感觉通过《烟圈》鲜明地传达了出来。这篇小说取消了传统意义上的情节，基本可以看作是一首散文诗，它通过来自九种不同行业的知识分子临终前对人生的感受来结构全篇，他们曾是中学同学，既有新闻记者、体育家、医学博士，也有哲学家、诗人和画家以及摩登女郎。起初的相聚，他

---

① 徐訏：《风萧萧》，《徐訏文集》（第1卷），上海三联书店2008年版，第203页。

② 同上书，第440页。

们狂歌乱舞、吞云吐雾，沉醉在片刻的欢愉之中，似乎忘却生活的苦痛，然而在放纵的笑声中他们终于彻悟到失意的悲凉："大家不约而同地，感到一种苦，感到一种寂寞，其实还不如说是感到一种害怕，沉重地从每个感官压到了神经的末梢，压到神经的中枢。"① 哲学家周似乎勘破了人生的本质，在他看来，烟圈"慢慢地滚动着扩大，扩大，淡起来，淡起来，散开去，散开去，以致消失。'这—就—是—人—生'！"② 为了解答生命幻灭之谜，都市男女中有人提议每人在弥留之际各写一个关于人生的答案，同时也向都市芸芸众生征集，让最后死去的去揭开生命之谜。哲学家周有幸成为此次活动最后的见证人，当他打开保险信封，终于看到百来封信的答案竟是同一符号——圆圈！在死神即将降临之际，他又一次吐出了象征着绝望与虚无的烟圈。因此"烟圈"就成为这篇小说的主导意象，通过烟圈的扩大到消失的过程准确地传达出人生由摇篮到坟墓的过程，生命的虚无与幻灭感被易碎性的烟圈意象准确地传达了出来。这种虚无感让徐訏深深地感到人生的孤独与无奈，这种感觉几乎伴随着徐訏的一生，这一点通过其晚年创作的"黄昏"意象准确地传达了出来。

　　"黄昏"是中国文学中的传统意象，在诗歌中使用得非常频繁，俄国符号学家洛特曼（J. R. Lotman）曾认为，一个语言符号如果在一个国家或民族中使用得久了，它就结合了这个国家或民族的许多历史文化背景，就成了一个文化语码（cultural code）。因此，经过文化的象征，"黄昏"早已不是纯粹的自然现象了，而上升为艺术上的"有意味的形式"。这个时间意象在古典文学中经常能引起人死亡迫近的忧惧，并和苍茫的历史意味以及生命的虚无体验相关联③。在《黄昏》这篇小说中，"黄昏"意象所蕴含的这种象征意义恰到好处地传达出了主人公的感受，经历过战乱时期颠沛流离后到达香港的吴觉逊此时已人到暮年，妻子和三个女儿的相继离世让他倍感生命的孤寂以及死亡迫近的忧惧，每天做的最多的事情就是孤独地看着窗外的夕阳等女儿回来：

---

① 徐訏：《烟圈》，《徐訏文集》（第 6 卷），上海三联书店 2008 年版，第 145 页。

② 同上书，第 146 页。

③ 参见傅道彬《晚唐钟声：中国文学的原型批评》，北京大学出版社 2007 年版，第 62—67 页。

小院子里，阳光已斜到木槿上面，吴觉逊知道，阳光从木槿转到三株小小的雏菊，大概需要半小时，接着，它会一株一株地抚摸过去；几分钟以后，阳光就将为邻墙掩去，房中就此也快隐暗……

"嘉壬还没有回来！"

……

一个人凝视着太阳从木槿滑过，他觉得有点落寞。①

然而残酷的是，自己唯一的女儿在慢慢长大的过程中也离自己越来越远，最后又即将成婚并远去加拿大，望着自己忙忙碌碌却无所收获的一生，吴觉逊心中那种人生的凄凉感和生命的虚无感油然而生：

一不注意，小院里的阳光已经照在四株雏菊身上了……他这样一想，就把雏菊当他的女儿……

当阳光从四株雏菊上斜过去时，吴觉逊开始注意到它真是一株一株地放弃，好像是一只母亲的手，在几个孩子的头上摸过去一样。②

这种黄昏场景的描写在文中出现了多次，而且描写得非常细致，显然是凝聚了作者的真情实感的，因此能淋漓尽致地传达出充塞在作者心中的凄凉和落寞。而这种孤独性的意象在徐訏小说中出现得非常频繁，不仅暗示着主人公的心理感受，更是隐藏在其背后的作者的心理投射。

2. "灯光——光"意象

上文所说的这种孤独感可以说洋溢在徐訏诸多的小说创作中，作者渴望一种灵魂的救赎，这种渴望在徐訏的早期的小说中主要表现为对爱与美的憧憬，如《风萧萧》中，这一点可以从文中的一个典型意象"灯"中即可窥见。

对于中国传统文化而言，"灯"意象基本属于原型意象了。它"在我们民族诗的长河中反复出现成为约定性的文学象征的意象"③，或表繁华之景，喜悦之情，如辛弃疾的"众里寻他千百度，蓦然回首，那人却在灯火阑珊

---

① 徐訏：《黄昏》，《徐訏文集》（第 8 卷），上海三联书店 2008 年版，第 208 页。

② 同上书，第 213 页。

③ 张晶：《诗学与美学的感悟》，北京广播学院出版社 2004 年版，第 100 页。

处",或述秋风夜雨下的悲愁,如黄庭坚的"桃李春风一杯酒,江湖夜雨十年灯",或道禅语书声中的智慧,如皎然的"继世风流在,传心向一灯"等。在徐訏的诗歌中,"灯"意象多次出现,如其中的《心灯》:

> 五更时的天际,
> 有星星三三两两,
> 你问我寥落的心头,
> 闪着何种的光亮?
>
> 我有盏低迷的灯,
> 在我心头升降,
> 但你说此中多少光辉,
> 现在只剩惆怅。
>
> 我说万年来月亮消息,
> 夜夜都有消长,
> 难道你要我的灯,
> 永久只有一个花样?
>
> 它曾经灭,曾经低,
> 但不久它会像太阳,
> 这因为我愿把心头的爱,
> 都献充它的光亮。
>
> 那么你难道不担忧,
> 我痴情里过多的想象,
> 我几曾把坟墓里的鬼火,
> 放在我心头充光亮?①

类似的诗歌还有《淡淡的灯火》《山峰上的灯》《街灯》《寄》等。而

---

① 徐訏:《心灯》,《徐訏文集》(第 13 卷),上海三联书店 2008 年版,第 105—106 页。

在小说中，灯/灯光也是其中主要的意象，例如《风萧萧》中，"灯光"这个意象在书中出现的频率达 16 次之多。韦勒克曾认为，"一个'意象'可以被转换成一个隐喻一次，但如果它作为呈现与再现不断重复，那就变成了一个象征"①。因此"灯光"在小说中蕴含着深刻的含义，某种程度上它已成为整个文章的题眼，最典型的莫过于以下这一段：

> 好像我落在云怀的中心，我看见了光，看见星星的光芒，看见月光的光芒，还看见层层叠叠的光层，幻成了曲折的线条，光幻成了整齐的圆圈，光幻成了灿烂的五彩，我炫惑而晕倒，我开始祈祷，我祈祷黑暗，黑暗……那么我的灯呢？
> "灯在这里。"我听见这样的声音，于是我看见微弱柔和的光彩，我跟它走，跟它走。走过云，走过雾，走进绿色的树丛。我窃喜人间已经在面前，这是我们的世界，是我们祖先几千年来惨淡经营的世界，那里有多少人造的光在欢迎我降世，于是我看见万种的灯火，在四周亮起来。我笑，我开始笑，但我在笑声中发现了我已经跨入了坟墓，我开始悟到四周的灯光都是鬼火，我想飞，我想逃，但是多少的泥土在压迫我，压迫我，我在挣扎之中喘气。
> "太阳来了。"有人嚷。
> 于是我看见了炫目的阳光。②

这是主人公"我"在史蒂芬家的聚会中首次遇见文中三位女主人公白苹、梅瀛子、海伦后做的一个梦，"灯"意象正式进入读者的视线。而事实上，《风萧萧》一书所表现的作为"主流的感觉"就是这种灯的象征，而书中的那些曲折离奇的故事情节，如"我"去白苹家窃取文件，史蒂芬的死亡和白苹的遇刺，"我"和梅瀛子的逃亡等，只不过是一件绚丽多彩的外衣，我千辛万苦、呕心沥血寻找的正是灯，它微弱柔和的光能给我生存下去的希望。这一点作者在写于《风萧萧》同时期的散文《从上海归来》中有明确的展现：

---

① ［美］雷·韦勒克、奥·沃伦：《文学理论》，刘象愚等译，北京三联书店 1984 年版，第 204 页。

② 徐訏：《风萧萧》，《徐訏文集》（第 1 卷），上海三联书店 2008 年版，第 35 页。

光明的憧憬已经模糊了，但是在我心灵深处，始终燃烧着一点发亮的灯火，凭着这点灯火，我想我还能向前摸索，走过困难的荆棘，翻越险峻的山岭，飞渡渺茫的海，贯穿荒凉的沙漠，也许我摸索到什么了。

"是坟墓。"有人说……于是我就在坟场上面播种。

那么，让我背起行囊与锄头，怀着心地的种子，凭胸中的火光走我未尽的道路吧。①

即便如此，现实却往往给人嘲弄和讽刺，满腔热情换来的却是苦闷，在灯光的四周活跃的却是星光、月光、鬼火、阳光，致使灯光显得那么渺小和微弱，以至于熄灭："老婆婆吹灭了这盏在船壁的油灯，它就是指点我们迷途的灯，我望着这灯头的残火一直等它熄灭，我有许多感触。"② 灯光的熄灭某种程度上也是作者理想的破灭，因此，透过"灯"意象的解读我们可以看到，《风萧萧》的主题意蕴更多表现在作者追寻理想——理想破灭的过程。"灯"意象在这里象征着作者对人生爱与美的理想追求，但在严酷的战争时代它只能以熄灭而告终。

在这种爱与美的理想之光照耀下，人身上的阴暗面会暴露得一览无余，而这正是徐訏另一篇小说《灯》中所表现的主题意蕴。这篇明显有着萨特《墙》意味的小说描写的是孤岛时期，"我"心爱的情妇丁媚卷因爱上经常向"我"投稿的朋友罗形累，弃我而去，失恋的"我"对罗形累充满了愤恨，欲以报复却苦无机会。后来，当为抗日事业工作的罗形累因被通缉而来求助于"我"的时候，"我"陷入了两难境地，罗形累的工作让"我"对他肃然起敬，而他与丁媚卷的相爱却让"我"愤恨已久，耿耿于怀。后来由于受罗形累的牵连致使"我"被日本人拘留问话，在被严刑拷打时，那里有两盏亮得刺眼的灯：

起初我只觉得刺我眼睛，很快地我的眼睛像已是瞎了一样，我觉得它在刺我的脸、我的心、我的整个的肉体。于是我的肉体也就像失去了知觉，灯透过了我的肉体，像是直接刺着我的灵魂，我感到焦热干燥与

---

① 徐訏：《从上海归来》，《徐訏文集》（第9卷），上海三联书店2008年版，第401页。

② 徐訏：《风萧萧》，《徐訏文集》（第1卷），上海三联书店2008年版，第391页。

一阵一阵的刺痛。①

以后每当"我"即将招供的时候，刺眼的灯光就会使"我"晕倒：

> 这一号叫，我嘴里吐出一大口血，我一见那血就看到了强烈的灯光。这灯光像太阳照雪一样的，我就溶化了。我昏晕过去，再也不知道什么。②

> 那盏灯由一个雕花的玻璃罩下托着，旁边倒垂着许多反光的玻坠……就在这一会儿，我眼前忽然只看见了强烈的光，正像雪在太阳下溶解一样，我像是被那强烈的光所透过般的，我只听到朝信的声音，但不知道他在说什么，这声音逐渐地糊涂起来，我像是在被疲劳审问时一样，我突然晕了过去。③

最终敌人的狡猾与丁媚卷的亲信让"我"无形中泄露了罗形累的地址，致使其被捕入狱。在这里，"灯光"的照射一方面能让主人公意识到自身的阴暗，另一方面也有着佛教祛除"无明"，达到"明心见性"的隐喻意味，在扫尽昏蔽后引导人向爱与美靠近。

然而，象征爱与美的理想以及明心见性的"灯光"在现实生活中越来越微弱，尤其置身于商业化社会的香港，作者的内心日益焦虑与孤独，此时上帝廖远的"光"成为作者青睐的对象。这种感受在《时与光》中表现得非常明显，"光"可谓是文中的一个中心意象。在这里，"光"更多的是与上帝联系在一起。《圣经·创世纪》里记载："太初，宇宙一片黑暗，天无地、江河、日月、星辰之分，水与地混杂，水面上空虚混沌，只有上帝的灵在水面上运行。上帝开始了创造天地的工作。上帝说：'要有光！'，光便立即出现。上帝看光很美好，便把光和暗隔开，称光为白昼，称暗为夜晚，这样便有了昼夜之分。夜幕退去、清晨来临，世界迎来了第一天。"④ 在这种光的照耀下，一切罪恶都无法掩藏，所以积恶太多，必有恶报，唯有敬畏上

---

① 徐訏：《灯》，《徐訏文集》（第 7 卷），上海三联书店 2008 年版，第 463 页。

② 同上书，第 468 页。

③ 同上书，第 473 页。

④ 段琦编著：《圣经故事》，译林出版社 1994 年版，第 3 页。

帝，才能拯救自身。在有些神秘主义者看来："人通过默想与祈祷接近上帝，在刹那的热情中，上帝产生一种神圣的光照，使人心灵亮朗。作为绝对的一的上帝本身就是最纯净的光，上帝在万物中就如同光普照万物"。"正是在这种光中，灵魂才与天使结缘，也才与那些沉沦于地狱中的天使结缘，并禀有天使的本性的高贵。"① 这一点在徐訏小说中体现得较明显，如正是这种上帝的神圣之"光"使苏雅从一个迷途的歌女成为一个满面春风的天主教徒，也使多赛雷甘愿在喜马拉雅山的宗教院里修道。这种"光"同时也使得信奉偶然主义的郑乃顿的灵魂在死后得到了安息：

> 我似乎摆脱了一切束缚，在一种虚无的幻景中飘荡，我看不见一样东西，听不到一丝声响。于是我在混沌中重新苏醒，像从室闷的船舱走上了甲板，呼吸到新鲜的空气一样，我慢慢地又看见了光，看见了色，有听到了声音。我感到我有了新的生命，它融化在宇宙里，我逐渐发觉一切我看到的光与色都是瑰丽灿烂的图案，一切我听到的声音都是愉快卓越的音乐，我的生命就好像融化在里面，我已经舍弃了眼睛与耳朵的感官，而是用一整个的直觉在感受一切的壮美。②
>
> 像是慈爱的手指在理我蓬乱的头发一般，有光在抚摸我粗糙的灵魂。③

对于徐訏来讲，光就是神性，就是上帝，"光"成了其小说中经常出现的一个意象，如上文所提到的灯光、阳光、星光等，而且徐訏把很多他理想中的女性都赋予"光"的神性，如《风萧萧》中海伦被视为"灯光"，《犹太的彗星》中凯撒玲为救西班牙人民于水深火热之中甘愿放弃和爱人共度天堂一般的生活，在参加反法西斯战争中献出了年轻的生命，作者也是用"光"去形容她如耶稣般的受难和奉献精神，"她的爱与美，精神与肉体总是为世界的光明烧作了火把！""是的，她是光，是火，是星，是把自己的光与热散布给人类，而自身消灭在云海之中的星球。"④

---

① 刘小枫：《诗化哲学》，山东文艺出版社1986年版，第225—226页。

② 徐訏：《时与光》，《徐訏文集》（第3卷），上海三联书店2008年版，第4页。

③ 同上书，第5页。

④ 徐訏：《犹太的彗星》，《徐訏文集》（第6卷），上海三联书店2008年版，第107页。

3. 高僧意象

在徐訏的后期小说创作中，"高僧"成为其小说中频频出现的人物形象。作为小说中的人物，作者在此并没有注重于对其性格的塑造，它更多的是一个符号，是作者完成哲理表达的工具，可以称为是一种典型的"意象人物"①。这种"意象人物"在其小说《幻觉》《彼岸》《江湖行》等中均出现过，明显寄托了作者的某种理念。

小说《幻觉》中，在乡间作画的画家墨龙偶遇了邻家女孩地美，并为她的肉欲所吸引，趁为地美作画的时候占有了她，却又不愿意承担家庭的责任，于是悄悄离开了乡村。地美由此而发疯，后来被一位游方尼姑带走。多年以后，墨龙回村办丧事时得知了地美的遭遇，于是踏上流浪之路试图寻找她。经多方探听得知她的消息时，地美已放火将自己烧死在山顶的尼姑庵里。于是，墨龙在对山的寺院里出家为僧，并取法号"大空"，每天在日出时通过幻觉与地美见面、交谈。

然而，纵观全文，作者并没有把重点放在上述这个始乱终弃的老套故事里，因为这个"过去时"的故事在文中明显没有"现在时"的故事来得重要，作者把更多的笔墨集中在墨龙的感悟上，如他曾认为：

> 我从小爱艺术，爱好美，我追求美，陶醉于美，但结果我反而堕入最丑恶的虚幻中，我不安于痛苦，但不能自拔，一直到我出家了，我灵魂才平静安详起来。
>
> 真正美丽的爱情，我在出家后方才体验到。
>
> 这因为空即是色，一切纯美的东西原在大空之中。②

在这种感悟过后，作者开始把文章的重点引向宗教，认为自然界是贯通宗教情感的，而能由自然界感受到宗教情怀的该是一种因缘；而且墨龙由宗教体验所制造的"幻觉"，不仅获得了至美，而且使自己的灵魂得到了自救。由此看来，小说《幻觉》所讲述的，即是主人公墨龙由现世的欲望向宗教升华的故事，虽然徐訏在小说中并没有指明任何一种具体的宗教，而是

---

① 所谓"意象人物"，是相对于事物意象而言的，它是作品中象征手法的重要组成部分，是作家的理念、哲理内涵的承担者，是在虚实相生的人物塑造中获得了审美价值的人物形象。

② 徐訏：《幻觉》，《徐訏文集》（第6卷），上海三联书店2008年版，第71页。

花费很大的篇幅来渲染自然风景中蕴含的宗教氛围，但由此可见，此时徐訏的内心已开始有种想用宗教来拯救自身的倾向，这种倾向在其香港时期小说的创作中越来越明显。

在《江湖行》中，周也壮在漂泊江湖，几经绝望中碰见了几个高僧在庙里煮食物吃，高僧们无私地施舍给他食物，以此打消了他行劫的念头，他们无私的关爱让周也壮甚至觉得"这是一生中最温暖的一个回忆，也是我一生中最甜蜜的一次睡眠。我没有杂念，没有忧虑，没有害怕，也没有任何的梦。"[①] 甚至在发现山下的老人和孩子时，既不想对他们打劫，也"不想对他们行乞，我只是想可以下去同他们走在一起，赞美这美丽的太阳与世界。"[②] 而在小说的结尾，高僧再次出现，直接启迪了主人公在看破世事后的皈依佛门。在《彼岸》中当"我"去追求政治上的成功而杀掉了所有跪在"我"面前的人时，一个不杀生的僧侣独自跪在"我"面前，让"我"顿觉眼前一黑，心头一颤，内心恐惧的"我"直接晕倒在他面前：

> 高僧告诉我世界的虚妄，高僧告诉我不求外界的统一，但求内心的谐和，高僧告诉我神不在世上，也不在经内，而在自己的心中；高僧还告诉我真正的生命宇宙的谐和，世上的生命原无价值，听凭取你的取你，听凭吮你的吮你，蚊蚋与英雄在他是一样的幻觉，生命的历程就是克服肉体的要求，等肉体的痛苦与心脱离，灵魂的存在才与大自然融化。[③]

在高僧的启迪下，"我"也终于顿悟：

> 一切神的理论与宗教的哲学，从神秘与抽象到具体的实在，心灵的空净中都不必存在。宗教不过是一种境界，这无法解说也无法理明，使空净的心灵与整个的宇宙吻合，这就是神的境界，神是万多，神是独一，一就是多，多就是一，全人类无数的灵魂，在神的境界中就融为

---

① 徐訏：《江湖行》，《徐訏文集》（第2卷），上海三联书店2008年版，第205页。

② 同上书，第207—208页。

③ 徐訏：《彼岸》，《徐訏文集》（第5卷），上海三联书店2008年版，第138页。

一体。①

而"我"在小庵里的苦修与忏悔，在海岛上与锄老的独居与劳作，都是走进这种境界的绝望努力。

这类意象在徐訏后期小说中的频频出现，一方面明显反映出作者内心的虚无及无出路，企图借宗教拯救自身的灵魂；另一方面也借高僧的口吻讲述作者自己对命运、存在的看法。徐訏小说中这类意象蕴含着深邃的哲学意蕴，具有高度的智性特征，不但增强了小说的诗性色彩，同时也提高了小说的哲理品位。

因此，通过对"墙""烟圈""黄昏""夜""灯""高僧"等徐訏笔下出现的较典型的意象分析，可以对徐訏的个性精神、心理特征进行深入的认识和把握。因为对于徐訏这种生命体验性的作家来说，其心灵感受是隐秘复杂的，而这种隐秘的内心感受某种程度上恰恰可以通过意象的含蓄、隐晦来更好地传达出来。

（三）意境的营造

"意境"是中国诗论或画论中的一个重要美学范畴，它在《辞海》中的解释是：文艺作品中所描述的客观图景与所表现的思想感情融合一致而形成的一种艺术境界，且有虚实相生、意与境谐、深邃幽远的审美特征，能使读者产生想象和联想，如身入其境，在思想感情上受到感染。② 在学界，"意境"的理论源头被公认为是道家美学思想，如有学者认为："意境的形成与道家思想的影响是息息相关的，同时又是以山水等自然景象作为表现对象的艺术实践日益成熟的美学概括。而道家思想对艺术、美学的影响，在许多地方又是通过自然山水这一中介而实现。"③ "意境"一词，最早出现在王昌龄的《诗格》中："诗有三境：一曰物境。欲为山水诗，则张泉石云峰之境，极丽绝秀者，神之于心，处身于境，视境于心，莹然掌中，然后用思，了然境象，故得形似。二曰情境。娱乐愁怨，皆张于意而处于身，然后驰思，深得其情。三曰意境。亦张之于意而思之于心，则得其真矣。"④ 随后，诗僧

① 徐訏：《彼岸》，《徐訏文集》（第 5 卷），上海三联书店 2008 年版，第 138—139 页。

② 《辞海》（1999 年版缩印本），上海辞书出版社，第 2453 页。

③ 李文初等：《中国山水文化》，广东人民出版社 1996 年版，第 155—156 页。

④ 朱寿兴：《文艺心理发生论——人文视野中的文艺心理学研究》，吉林大学出版社 2009 年版，第 226—227 页。

皎然在《诗式》中探讨了诗歌创作中"意"与"境"的关系，认为有意境的作品，应当有"文外之旨"，好让读者"采奇于象外"。之后，司空图在《与李生论诗书》中，提出了诗歌的"韵味说"，认为诗歌要有"韵外之致""味外之旨"。在《与极浦书》中，他进一步提出了"象外之象，景外之景"之说。至此，由王昌龄提出的"意境"有了明确的界定。到了近代，王国维在《人间词话》中总结前人观点，以情景为境界之本，强调"意与境浑"，还提出了"隔"与"不隔"、"造境"与"写境"、"有我之境"与"无我之境"、"优美"与"壮美"等一系列与意境相关的概念。由此可见，虽然"意境"更多的是用在诗歌和绘画领域，然而，"意境者，文之母也"①，一切文章，不管是诗歌还是小说都有意境，都可以创造意境。并且"意境作为我国抒情写意文学传统中的审美追求，深深地沉积在中国文人审美心理结构中，并且总是顽强地表现出来。"即使是"'五四'开始的文学革命，打破了中国文学系统中各种文体经过漫长历史选择所形成的结构系列……但现代作家对意境的追求，既没有因为小说戏剧地位的提高和西方美学思想的冲击而减弱，也没有因为审美意识发生历史性的变化而失落。相反，他不仅在属于自己疆土的诗歌和散文小品中有着出色的表现，而且侵入叙事文学的领地，在小说创作中显示出旺盛的生命力。"② 对此杨义曾认为："在一定的意义上说，意境高明的一批小说的出现，为开端期现代短篇小说趋于成熟的一个标志"，"创造出一种深远的、气韵生动的真实境界来。"③ 到了三四十年代，小说创作中对意境的追求已成为部分作家的基本原则，如废名的小说"追求一种超脱的意境，意境的本身，一种交织在文字上的思维者的美化的境界"④，师陀的小说集《里门拾记》被认为是"田园意境的复写"⑤。

　　对于徐訏来说，通过写景来营造意境成为他小说的一大特色，如他的小说《鬼恋》是在静谧的月夜里展开的。在这里，凄清的月光、静谧的夜晚、昏暗的街灯、遇风萧萧的树木营构出一种凄凉而低沉的意境，注定了人鬼之

① 刘大櫆、吴德旋、林纾：《论文偶记·初月楼古文绪论·春觉斋论文》，人民文学出版社1959年版，第73页。

② 方锡德：《中国现代小说与文学传统》，北京大学出版社1992年版，第271—272页。

③ 杨义：《中国现代小说史》（第1卷），人民文学出版社1986年版，第149—150页。

④ 张大明编：《李健吾创作评论选集》，人民文学出版社1984年版，第445页。

⑤ 参见方锡德《中国现代小说与文学传统》，北京大学出版社1992年版，第276页。

间的爱情哀婉而凄凉。《传统》是在雨声中展开的，那阴灰的天空、暗淡的街灯、连绵不绝的雨声所营造的意境笼罩着整篇小说，暗示着这些江湖人物的世界中只有阴霾而无阳光。《盲恋》中"园中草地上月光如水，树叶闪着银光，花影在风中移动，夜是这样宁静，世界是这样宁静"，男女主人公的爱情唯美而浪漫。

除了在整篇小说中营造意境外，徐訏小说也非常注意景物与环境的动静结合与虚实相生，如《痴心井》中对银妮家周围景物的描写：

> 天是阴灰的，雨倒不大，萧萧的风打着树上的残叶，地上都是落叶，几天来似已厚了许多，它在风中蠕动叹息，践在我脚下尤索索作响，四周没有一个人影。秃树上乌鸦傲哳，几只觅食的小雀在地上，见我过去了都飞了起来。我走到断墙残垣的前面，在蹊跷的瓦砾上，远望前面已秃的树林，我希望可以看见银妮。①

在这里，阴灰的天、萧萧的风、树上的残叶、傲哳的乌鸦、断墙残垣等明显传达出一种凄清悲凉的氛围，文中的"我"在俞道文夫妇的提醒下意识到了自己对银妮的爱，遂决定回杭州向银妮的父亲提亲。可是回杭州的途中却在上海下了车，耽误了三天时间，而就因为这几天的耽搁，银妮于精神恍惚中怀揣"珊瑚心"掉入井中而亡。这段对银妮家周围景物的描写很好地传达出了作者悲凉的心境，达到了一种独特的情境书写的境界。关于"情境"，王国维曾认为："境非独谓景物也。喜怒哀乐，亦人心中之一境界。故能写真景物、真感情者，谓之有境界，否则谓之为无境界。"② 因此，徐訏小说对情感的抒发多半是通过景物的描写来进行暗示和烘托作者的情感，所以景物也都打上了作者心境的烙印。类似的描写也在《江湖行》中有明显体现：

> 那天天气很好，是黄昏，太阳已经西斜，蓝灰的天空有一半是红霞，满山都是禅声，树上噪着归巢的鸟鸣，时而有轻轻的风掠过，远处的青草与树丛闪映光暗的波浪，我不知不觉翻过了山坳，于是我看到舒

① 徐訏：《痴心井》，《徐訏文集》（第 5 卷），上海三联书店 2008 年版，第 288 页。
② 王国维：《人间词话》，滕咸惠译评，吉林文史出版社 1999 年版，第 12 页。

展在我面前的钱塘江，江面闪动着鳞瓣般的金波，浮荡着时隐时现的几点白帆。①

这是一幅典型的夕阳西下图，画面感十足。关于绘画，宗白华认为："中国绘画里所表现的精神是一种'深沉静默地与这无限的自然，无限的太空浑然融化，体合无一'……它所描写的对象，山川、人物、花鸟、虫鱼，都充满着生命的动——气韵生动。但因为自然是顺法则的（老、庄所谓道），画家是默契自然的，所以画幅中潜存着一层深深的静寂。就是尺幅里的花鸟、虫鱼，也都像是沉落遗忘于宇宙悠渺的太空中，意境旷邈幽深。"② 虽然徐訏卖文为生，然而他对绘画也有一定的研究，如他曾在《论中西的风景观》中说道："中国是没有宗教的国家，但是深山中一个古刹，一丝悠长的钟声，会启发我们深邃的冥想，这出世的冥想，创出艺术家们的画幅与假山，使我们在都市的斗室之中，将自己的灵魂投入在假山中的小泥人，与画中的面目不清的人物之中。也能参悟到生死的平淡，参悟到光阴的永生，与万物的无常了。"③

不仅如此，画家吕清夫回忆说："记得徐訏曾说过，他早年到欧洲去的时候，便很想弃文学画，他还说，每当看到人家的绘画作品时，他便有跃跃欲画的冲动。"虽然这个愿望最终没有实现，然而，"他（徐訏）也常用绘画的手来描写世事，在《后门》一书之中，他会描写久婚不孕的夫妇看到邻居晾着小孩的衣服时，有着无比的羡慕，他于是打个比喻，说这种家庭虽然幸福，但是就像一幅美丽的风景画中缺少了点景人物，而点景人物对风景画的重要应该是对绘画有相当的认识的人才才会得出来。"④ 因此，徐訏小说中的景物描写往往呈现出古代山水画般的意境，借物写心，萧然淡简而蕴藉浑厚。在小说《江湖行》所写到的这幅画面中，青草、树木、山坳与钱塘江在黄昏中静穆，蝉声与鸟鸣又为这幅静穆的图画增添了动感，使得整幅画浑然一体，颇有"蝉噪林愈静，鸟鸣山更幽"的意境。它一方面是主人公周也壮接受舵伯的"自由"理论教育后顿觉心胸开阔的写照；另一方面

---

① 徐訏：《江湖行》，《徐訏文集》（第2卷），上海三联书店2008年版，第33页。

② 宗白华：《美学散步》，上海人民出版社1981年版，第147页。

③ 徐訏：《论中西的风景观》，《徐訏文集》（第9卷），上海三联书店2008年版，第13页。

④ 吕清夫：《徐訏的绘画因缘》，陈乃欣等编《徐訏二三事》，尔雅出版社1980年版，第261—262页。

也渲染了佛门的静穆与祥和。类似的描写也出现在其小说《鸟语》中：

> 在后园，我听到的则是鸟语，无数的飞鸟都在竹林中飞进飞出。晨曦照在园中，微风拂着竹叶，是仲春，空气有无限的清新……天有雾，我看不见天色，只看见东方的红光。不久鸟声起来了，先是一只，清润婉转，一声两声，从这条竹枝上飞到那条竹枝上，接着另一只叫起来，像对语似的。①

在这幅图画中，"鸟语是一种境界，象征着宇宙间最净化、最和谐的美。飞鸟对语正是为了显示'物'与'人'的静，在百鸟飞鸣中，达到了物我混融、物我两忘的境界。"② 同时也暗示了女主人公不同流俗的高洁人格，这种对意境的营造某种程度上达到了诗歌才有的"韵外之致""味外之旨"的感觉。

第三节　诗性语言的建构

对于文体来说，语言是其结构的重要元素，不仅是文体的"建筑材料"，还是作家"思想的血液"，只有语言才能使人成为作为人的生命存在。在西方，早在 18 世纪，意大利哲学家维柯就在《新科学》中首次提出了"语言起源于诗"的观点，在他看来，"他们（指语法学家，引者注）都说散文的语言比诗的语言较先起；而事实是像在这里揭露出来的：在诗的起源这个范围之类，我们就已发现了语言和文字的起源。"③ 到了 19 世纪，雪莱继承了这一观点，在他看来，"语言本身就是诗"，诗是"来自于语言天性的本身"④。在中国古代，虽然小说与诗歌分属于不同的类型，诗歌属于抒情文学，是文学之正宗，其语言往往典雅凝练，是儒雅高贵的象征；小说属于叙事文学，因为来自于乡野俚俗，被视为"小道"，其语言也较诗歌浅显直白。然而，"汉语是一种心灵的语言、一种诗的语言，它具有诗意和韵

---

① 徐訏：《鸟语》，《徐訏文集》（第 6 卷），上海三联书店 2008 年版，第 374—375 页。

② 余礼凤：《雅俗之间：徐訏小说论》，博士学位论文，华中师范大学，2011 年，第 85 页。

③ ［意］维柯：《新科学》，朱光潜译，安徽教育出版社 2006 年版，第 276—277 页。

④ ［法］泰伦斯·霍克斯：《隐喻》，耿幼壮译，北岳文艺出版社 1990 年版，第 65 页。

味，这便是为什么即使是古代中国人的一封散文诗短信，读起来也像一首诗的缘故。"① 而英国的小说家、理论家戴·洛奇在《现代主义、反现代主义、后现代主义》一文中提出："小说家发现他们在创作中越来越依赖于属于诗歌，特别是属于象征主义诗歌的那些创作技巧。"② 这一点也得到部分中国现当代作家的印证，如废名就坦承他的小说"实是用写绝句的方法写的"③，汪曾祺说得则更为直接："'鸡声茅店月，人迹板桥霜'，'枯藤老树昏鸦，小桥流水人家，古道西风瘦马'，这种超越理智，诉诸直觉的语言，已经被现代小说广泛运用。"④ 因为这种对诗歌特性的借鉴更多有利于小说的表情达意，其语言也自然慢慢向诗歌的诗性语言靠拢。

对于学哲学和心理学出身的徐訏来说，他对人生和存在的关注使其作品的语言自然呈现出别具一格的特色来。这一点研究者也有所提及，如吴福辉在论及徐訏40年代成熟期的小说语言时认为："徐訏意象语言的开放程度更大些，奇幻、浪漫、荒诞、象征、哲理、诗情，有点包罗万象的味道。他的基点，还是立足于语言的充分感觉型上面。"⑤ 而杨义先生在把徐訏与无名氏小说的语言进行比较后也认为，徐訏的小说语言是以诗性的哲语，美丽的色彩画面渲染传达出来的，不同之处在于："徐訏懂得节制，追求的境界较为淡远隽永；而无名氏则急功近利，追求的相当浓艳繁丽。"⑥

在笔者看来，徐訏的语言既不似鲁迅的急厉深刻，老舍的幽默平实，也不是赵树理的直白淳朴，他摆脱了欧化语和方言土语的滥用，而呈现出浓厚的诗性特征来。其小说在20世纪40年代的畅销很大程度上与其语言的诗性特征密不可分。以《风萧萧》为例，同是写间谍斗争的小说，张恨水写于30年代的《热血之花》却没能引起大的轰动，后者的故事情节甚至比《风萧萧》更为曲折悬疑、紧张刺激。然而，在语言的运用上，张恨水的小说

---

① 辜鸿铭：《中国人的精神》，黄兴涛、宋小庆译，海南出版社1996年版，第106页。

② ［英］戴·洛奇《现代主义、反现代主义、后现代主义》，王朝选编《后现代主义的突破——外国后现代主义理论》，敦煌文艺出版社1996年版，第86页。

③ 废名：《〈废名小说选〉序》，冯健男编《冯文炳选集》，人民文学出版社1985年版，第394页。

④ 汪曾祺：《关于小说语言》，《文艺研究》1986年第4期。

⑤ 吴福辉：《都市漩流中的海派小说》，复旦大学出版社2009年版，第205页。

⑥ 杨义：《中国现代小说史》（第3卷），人民文学出版社1991年版，第501页。

却明显缺乏《风萧萧》那种"笔清如水，诗情洋溢"①的语言特征。这两部以抗日战争为题材的小说同时都描写到了文中女主人公舒剑花和海伦弹琴唱歌的画面，试比较如下：

> 那窗户里面，一阵钢琴的声音，由窗户传了出来，接着便有一种很高亢的歌声，那歌子连唱了三遍，国雄也完全听懂了，那歌词是：娇！娇！娇！这样的名词，我们绝不要！上堂翻书本，下趟练军操，练就智勇兼收好汉这一条。心要比针细，胆要比斗大，志要比天高。女子也是人，决不能让胭脂花粉，把我们人格消。女子也是人，应当与男子一样，把我们功业找，国家快亡了，娇！娇！娇！这样的名词，我们绝不要！来！来！来！我们把这大地河山一担挑。②（《热血之花》）

> 钢琴铺满了灰尘，我看到她庄严滞呆的表情，我听见她唱，一首永远在我心头的歌曲！是这样深沉，是这样悠远，它招来了长空的雁声，又招来了月夜的夜莺，它在短促急迫的音乐中跳跃，又从深长的调中远逸，像大风浪中的船只，一瞬间飞跃腾空，直扑云霄，一瞬间飘然下坠，不知所终，最后它在颤栗的声浪中浮沉，像一只凶猛的野禽的搏斗，受伤挣扎，由发奋向上，到筋疲力竭，喘着可怜的呼吸，反复呻吟，最后，一声长啸，戛然沉寂。③（《风萧萧》）

张恨水曾说过："而新派小说，虽一切前进，而文法上的组织，非习惯读中国书，说中国话的普通民众所能接受。正如雅颂之诗，高则高矣，美则美矣，而匹夫匹妇对之莫名其妙。我们没有理由遗弃这一班人，也无法把西洋文法组织的文字，硬灌入这一班人的脑袋，窃不自量，我愿为这班人工作。"④这种为"匹夫匹妇工作"的观念让张恨水的小说语言明显呈现出浅显直白的特点，这在上述描写剑花的弹琴唱歌中即有明显的体现，他仅仅只是用传统文言的句式交代了一下剑花的歌词内容，却明显缺乏徐訏在描写海伦弹琴唱歌时的丰富想象力。在《风萧萧》中，作者充分调动了自己的想

---

① 王集丛：《怀念徐訏》，《幼狮文艺》第 53 卷第 2 期。

② 张恨水：《热血之花》，湖南人民出版社 2011 年版，第 15 页。

③ 徐訏：《风萧萧》，《徐訏文集》（第 1 卷），上海三联书店 2008 年版，第 207 页。

④ 张恨水：《总答谢》，《新民报》1944 年 5 月 20 日。

象，把时而悠扬婉转、时而急促高亢的琴声喻为风浪中颠簸的船只，构成了声音、形象、色彩和谐并存的优美画面，与白居易《琵琶行》中描写琴声的诗句"大弦嘈嘈如急雨，小弦切切如私语。嘈嘈切切错杂弹，大珠小珠落玉盘"实有异曲同工之妙，简直可以说把音乐写活了，也让整篇小说充满了诗情画意。事实上，类似的诗情洋溢的语言在《风萧萧》中很常见，如在描写三个女主人公的性格特征上，作者写道：

> 白苹的性格与趣味，像是山谷里的溪泉，寂寞孤独，涓涓自流，见水藻而涟漪，遇险坳而曲折，逢石岩而激湍，临悬崖而挂冲。她永远引人入胜，使你忘去你生命的目的，跟她迈进。梅瀛子则如变幻的波涛，忽而上升，忽然下降，新奇突兀，永远使你目眩心晃不能自主。但是如今，在我的前面是这样一个女孩：她像稳定平直匀整的河流，没有意外的曲折，没有奇突的变幻，她自由自在的存在，你可以泊在水中，也可以在那里驶行。①

在这里，作者分别用了三种水流的样态，即"山谷里的溪泉""变幻的波涛""平直匀整的河流"来象征三位女主人公的性格特征，同时也隐喻了她们日后的命运，或曲折多舛，或前途难测，或安稳平静。

这种流畅唯美的诗性语言读起来明显给读者一种美的享受，也对该小说的畅销起了重要的作用，因此研究徐訏小说的语言特征则显得尤为重要。

在对待文学语言的问题上，徐訏也是有自己的看法的，他主张在坚守民族语言的立场上，适当地进行欧化，"文学的世界性，一定先有民族性，当全盘西化与民族传统之争论时，我的态度是倾向全盘西化的，但有一个不退让的保留，就是我们'中文'不能变成'洋文'。只要中文是存在的，怎么西化也无法'全盘'，语言文字不只是一个民族传达意念的声音，而是传达文化精神活动的血液。至于有人努力把中文欧化，那个我可不反对。中文在表现许多综合性或暗示的空灵意象时，有它特殊的效能，在表现逻辑的严密的推理时，却有不够之处。"② 因此，徐訏在语言的使用上既没有文言文的枯燥晦涩，也没有欧化语言的生硬拗口，而是取二者之长，熔铸成一种清新

① 徐訏：《风萧萧》，《徐訏文集》（第1卷），上海三联书店2008年版，第83页。
② 徐訏：《禅境与诗境》，《徐訏文集》（第11卷），上海三联书店2008年版，第451页。

秀丽而又蕴含哲理的诗性语言来。

（一）充满感伤的抒情性语言

在中国古典诗学传统中，"抒情性"可谓是诗歌的最大特色，晋朝陆机在《文赋》中就指出：诗缘情而绮靡。因此，诗是最重感情的，特别是抒情诗，着重就在于一个"情"字，用"情"去黏合一切，用"情"去融化一切。如华兹华斯所言："一切好诗都是强烈情感的自然流露。"① 因此，"抒情性"可谓是诗歌的内核。对于徐訏来说，"他本是一个优秀的诗人，由写诗而走上文学道路，这使他的小说语言明显地烙上了诗歌语言方式的烙印，呈现出浓郁的诗意抒情色彩。"② 如《鬼恋》中：

> 在湖边山顶静悄悄的旅店中，我为她消瘦为她老，为她我失眠到天明，听悠悠的鸡啼，寥远的犬吠，附近的渔舟在小河里滑过，看星星在天河中零落，月儿在树梢上逝去，于是白云在天空中掀起，红霞在山峰间涌出，我对着她的照相，回忆她房内的清谈，对酌，月下的浅步漫行。③

这是一段男主人公思念"女鬼"的文字，作者并没有用痛哭流涕或火山爆发式的文字来宣泄情感，而是用"悠悠的鸡啼、辽远的犬吠、孤独的渔舟、零落的星星、逝去的月儿"等意象所构成的情境来表达那种寂寥、感伤的情感，其抒情模式明显类似于马致远《天净沙·秋思》"枯藤老树昏鸦，小桥流水人家，古道西风瘦马"，含蓄而蕴藉。

除了营造情境来进行抒情外，徐訏许多小说也直抒胸臆，如《一九四〇级》中开篇的语言则呈现出低回婉转的抒情特性来：

> 香港九龙间隔着一个海峡，往返必须轮渡，那里很容易碰到许多你想不到的熟人，掀起你古旧的记忆，我碰到过过去还是抱在手里的孩子，现在已经长成很漂亮的少女；我碰到过过去显赫一时的官僚，现在

---

① 华兹华斯：《〈抒情歌谣集〉序言》，《欧美古典作家论现实主义和浪漫主义》，中国社会科学出版社 1980 年版，第 261 页。

② 吴义勤：《漂泊的都市之魂——徐訏论》，苏州大学出版社 1993 年版，第 63 页。

③ 徐訏：《鬼恋》，《徐訏文集》（第 4 卷），上海三联书店 2008 年版，第 176 页。

变成零落憔悴的旅客；我碰到过过去爱摆架子的商人，现在谦恭地对谁都在打恭作揖；我还碰到过过去红极一时的小姐，现在流落为枯萎自卑的老姬；我还碰到过过去贫困无依的朋友，如今变成了骄气凌人的豪客；我还碰到过过去低首下心钻谋名位的女怜，现在安详地做富绅的外妾，我还碰到过过去豪语惊人的政客，现在缄默低叹像一条刚从水里捉上了的鱼；我还碰到过过去我招呼他而不理我的人，现在很亲切地对我称兄道弟，问我借一点钱，说是为付饭钱或房金；当然，我还常见过过去平淡，现在也还是平淡的人……这一切，虽都曾使我惊讶，但见多了就觉得这原是人生的变幻，而我所见的也许正是你所见的。①

这段话通过诸多人物前后境遇的对比明显传达出一种物是人非、生命变幻莫测的感慨，相较于无名氏诸多汪洋恣肆的抒情语言，徐訏小说情感的抒发呈现出明显的节制特征，乐而不淫，哀而不伤。类似的例子还有很多，如《时与光》中郑乃顿对命运渺茫的感慨：

汽车在曲折的山路中盘旋，阳光下一切景物都在移动，这使我想到了一个人的生活也许就像是在盘旋的汽车，而命运则是移动的景物；但也可以说命运是盘旋的汽车，生活则是移动的景物。这两者孰是孰非，我无从解答，不过如果前者是对的，那么，曲折的山路正是命运的一部分；如果后者是对的，那么曲折的山路则是生活传统的轨道。但无论它是命运的轨道或是生活的轨道，我们对于前面总一无把握，人生是多么渺茫呢！②

事实上，这类抒情性的语言在徐訏小说中比比皆是，究其原因，是徐訏小说的叙述话语中始终激荡着一股潜在的情感暗流，"他或借小说中的某个角色来抒情，或直接以'我'的姿态出现在小说中，絮絮叨叨地抒发自己的人生体验、生命历程、玄思冥想等。"③ 而在语言特征上，相较于也是推崇诗与小说融合的香港作家刘以鬯，徐訏小说的这类抒情语言则显得清新隽

---

① 徐訏：《一九四〇级》，《徐訏文集》（第6卷），上海三联书店2008年版，第444页。

② 徐訏：《时与光》，《徐訏全集》（第3卷），上海三联书店2008年版，第128页。

③ 江卫社：《徐訏小说的抒情特征》，《江海学刊》2000年第2期。

永。刘以鬯的小说语言虽然没有生造的词汇，但其明显呈现出西方现代派诗歌的意味，如《酒徒》中的语言：

> 生锈的感情又逢落雨天，思想在烟圈里捉迷藏……烟圈随风而逝，屋角的空间，放着一瓶忧郁和一方块空气。两杯拔兰地中间，开始了藕丝的缠。时间是永远不会疲惫的，长针追求短针于无望中。幸福犹如流浪者，徘徊于方程式的"等号"后边。
>
> 音符以步兵的姿态进入耳朵，固体的笑，在昨天的黄昏出现，以及现在。谎言是白色的，因为它是谎言。内在的忧郁等于脸上的喜悦。喜悦与忧郁不像是两样东西。①

上述语言虽然呈现出类似诗歌语言的暗示特征，并给人一种陌生化的感觉，但似乎缺乏徐訏小说语言的笔清如水、自然流畅的特性。

（二）丰富多彩的暗示性语言

暗示性是诗歌的突出特性，研究者多有论述，如古典诗歌往往追求"言约旨远""言有尽而意无穷"的韵味，对于现代诗歌，象征派领袖马拉美曾指出："诗写出来原就是叫人一点一点地去猜想，这就是暗示，即梦幻……一点一点地把对象暗示出来，用以表现一种心灵状态。"② 指的都是诗歌语言具有丰富的暗示性，诗歌语言的这种暗示性特征在徐訏的小说中也有体现。如在部分小说中的标题设置、人物命名、景物描写、细节设计、服饰颜色的选择上均可窥见一斑。

小说《风萧萧》中，"风萧萧"一语即具有强烈的暗示含义。自司马迁在《史记·刺客列传》中书写"荆轲刺秦王"的传奇故事，创造了"风萧萧兮易水寒，壮士一去兮不复还"的原型意象后，"风萧萧"一词所组成的诗化意象被文人骚客屡屡使用，既可状写兵戎的肃杀之气，又可隐喻独行者的惨淡，还可以映衬种种悲怆惨烈之象，如《古诗十九首》中的"白杨多悲风，萧萧愁杀人"，杜甫的"落日照大旗，马鸣风萧萧"，王嗣奭《登采石矶有怀李白》中的"地迥风萧萧，江长波浩浩"，江淹《别赋》中的"风萧萧而异响，云漫漫而奇色"。在小说《风萧萧》中，徐訏把荆轲那种悲壮的牺牲精神赋予了

---

① 刘以鬯：《酒徒》，江苏文艺出版社 2011 年版，第 1 页。

② 伍蠡甫编：《西方文论选》（下），上海译文出版社 1988 年版，第 258 页。

文中的女主人公白苹，活着时她常徘徊在赌窟与教堂之间。在这里，"赌窟"是真实的世俗人世的象征，是人生的竞技场，而"教堂"则是灵魂经由忏悔得到净化和提升的圣地，是灵魂的家园。对于白苹来说，为革命，为理想，为信仰，为灵魂，为大我与小我的自由生存，赌窟就是她的战场，教堂则是她心灵的归宿。她曾在教堂门口虔诚地祈祷，祝愿抗战早日胜利，愿天下有情人终成眷属，愿自己永久有这样庄严与透明的心灵。最终，这位近乎完美的女性为了民族大业置个人生死于度外，倒在了敌人的枪口之下，完成了从赌窟到教堂的精神之旅。因此，作者以"风萧萧"作为标题明显是在赞美白苹为人类的自由和爱而牺牲的美好品质。但是，这只是表层的意义，因为文中对白苹牺牲的情景着墨并不多，相反却把大量的篇幅放在"白苹之死"所带给"我"的对生命的感悟上，如文中"我"这样的感慨：

> 史蒂芬白苹早已死别定了，现在，史蒂芬太太梅瀛子也生离定了。为工作，为梦，为爱，为各人的立场与使命，悲欢离合，世上无不谢的花与不散的筵席，我为何尚恋恋于人间的法相？①

因此，"风萧萧"一词所传达出的孤独悲凉的氛围更多地指向战争年代作者对生命的悲剧性感受，即在特殊情境下，人渺小的生命已不能为自身所左右。虽然人一出生就被称为一种"向死的存在"（海德格尔语），然而战争年代，人的生命更脆弱，有时就仿佛蝼蚁一样随时随地面临被毁灭的境地，生离死别更是常事。"风萧萧"一词恰到好处地传达出了这种悲凉的生命感受，成为整部小说的题眼，"它把被说出的话同未说出的无限性连结在意义的统一体中并使之被人理解。用这种方式说话的人也许用的只是最普通最常用的语词，然而他却用这些语词表达出未说的和该说的意思。"②

与"风萧萧"类似的是《时与光》中的小标题，如"传记里的青春""舞蹈家的拐杖"等也具有强烈的暗示含义。"传记里的青春"中萨第美娜太太过去曾是香港红极一时的交际名媛，然而随着岁月的流逝只剩下苍老的容颜和寂寞的心境陪伴左右。海德格尔认为：存在即烦，而烦的根源就在于

---

① 徐訏：《风萧萧》，《徐訏文集》（第 1 卷），上海三联书店 2008 年版，第 439—440 页。

② ［德］伽达默尔：《真理与方法：哲学解释学的基本特征》，王才勇译，辽宁人民出版社1987 年版，第 599 页。

时间性，因为人从根本上来说是一种时间性存在。在他看来，人不断地走向不可预知的未来，其唯一的可能性是死亡，也即"向死而生"，因此，在时间之维中人永远处于焦虑的"沉沦"之中。这一点正是萨第美娜太太恐惧的根源，因此她极力地想通过传记的写作来挽回自己已消逝的青春，怀念过往成为支持她"生命的拐杖"。然而，事实上，即使在她年轻的时候，她依然感觉空虚，不满足于当时的生活，想要复活更遥远的过去，因为那时候的她想当音乐家，但没有付诸行动，在优渥的环境中虚耗时光。因此，可以说在生命中的每一阶段她都没有关注当下，"她摸索着去年或昨天，永远计算着过去生活中漏掉些什么，但是她竟遗漏了现在。"① 她是一个没有真正活过的生命，也拒绝接受老去的事实，甚至嫉妒自己女儿的年轻貌美，觉得正是女儿的存在抢夺了她过去的荣光而提醒了她乏味的"现在"。然而年轻美丽女儿的归国使她不得不正视自己的衰老，残酷的现实让她郁郁而终。而在"舞蹈家的拐杖"中，红极一时的舞蹈家陆眉娜凭借自己的年轻貌美肆意地玩弄爱情，终于在旁都与方逸傲的角逐中失去了舞蹈者最宝贵的双腿，而这一切都契合了主人公郑乃顿的一篇小说《舞蹈家的拐杖》中的故事情节。在这里，作者把"传记"和"青春"、"舞蹈家"和"拐杖"两组具有悖论性含义的词语并置，产生了一种强烈的反讽意味。萨第美娜太太的想在传记里面挽回已失的青春以及舞蹈家使用拐杖正是一种无法消解的痛楚，强烈地暗示出人生在世的荒诞性。

除了标题传达出一种强烈的暗示含义外，徐訏部分小说中的人物命名也饱含深意，或折射出作者对人生的看法，或暗示着人物的性格特征。如在小说《江湖行》中，主人公印空这个名字就深具含义。这是女主人公映弓出家时的法号，它不仅印证了人物一生的命运遭遇，也是折射出作者对整个人生的感悟，也即整个生命历程"印证了万境归空"的意思。印空本是静觉庵的一名尼姑，周也壮在杭州看望监狱里的舵伯时遇见了她，当时的印空爱上了一个上海艺专的学生并怀上了他的孩子，男人离开杭州时曾承诺会回来娶她，却从此音信全无，绝望的印空在准备跳崖自尽时为周也壮所救，并被带回上海住了舵伯家中。随后印空生下了孩子并寄养在舵伯家，她在一个偶然的机会中碰见了所爱的那个男人并随其出走，然终以分手作结。最后一次印空的出场是在医院里，参加革命的她在执行任务时被炸伤，生命已奄奄

---

① 徐訏：《时与光》，《徐訏文集》（第 3 卷），上海三联书店 2008 年版，第 129 页。

一息，在临终时她想看看自己的孩子艺中却不知艺中已经先她离开了人世。印空的一生充满了痛苦，她先是把爱情当作是自己生命的全部，努力地追求爱情却发现爱情的空幻和短暂，接着认为救国才是最有意义的事件，然而在临终前她否定了自己的一生，认为自己的一生没有一步路是走对的，并希望孩子不要像自己活得这般苦，然而孩子已经先于她离开了人世，她最终的希望也成了空。从出场时的准备自杀到医院中怀着希望的死去，印空的整个存在都印证了人生的"万境归空"。这种万境归空的感受不仅是印空的感受，也是作者徐訏的感受，因为其在这篇小说中"说的不是故事，而是生命"。类似的做法也出现在《彼岸》中的人物露莲身上。露莲也即带露莲花的意思，而莲花在佛教中明显是圣洁、吉祥、清净的象征，特别是以莲花出淤泥而不染来比喻诸菩萨出于世间而清净无染，如佛陀就被称为"人中莲花"，佛陀不染世间的烦恼、忧愁，宛若莲花不着水，莲花柔软美好的形貌，也被用来比喻佛陀的相好圆满。因而露莲的名字一方面暗示了其自身的纯洁美好，另一方面也预示着其身上的佛性。她用自己带露莲花般的笑容无私地拯救了想要蹈海自杀的"我"，而且在死后也成了神。

除了部分标题和人名具有强烈的暗示含义外，徐訏小说中的许多景物描写也具有明显的暗示含义，如《巫兰的噩梦》中，描写台风过境后宁园的景象：

> 整个宁园如兵灾后的荒村，树木倾折了许多，遍地都是断枝落叶。花棚与温室完全坍塌，木架倒断，玻片四飞，遍地是碎瓦碎瓷，一百几十盆的大小巫兰，已完全毁折，没有剩下一朵完整的花朵。①

表面上这是自然景物的实况描写，但事实上却有深刻的暗示含义。帼英本是儿子学森挚爱的女友，但她对学森并无实质上的感情，早年丧父的她更喜欢"我"这种成熟稳重的中年男子。而"我"因为帼英身上有两点和前妻尚宁一样的红痣而觉得她有一种别样的诱惑。在"我"和帼英定情的晚上，台风肆虐，整个宁园遭到了极大的破坏。这种自然界的景象恰恰预示着"我"与帼英这场不伦之恋将会像台风一样具有巨大的破坏作用。果不其然，他们的婚讯像台风摧折宁园一样彻底击垮了学森，致使他决绝地选择在日月潭自杀。而受此刺激的帼英也从此精神失常，夫妻之间的感情也像遍地

---

① 　徐訏：《巫兰的噩梦》，《徐訏文集》（第 5 卷），上海三联书店 2008 年版，第 463 页。

的碎瓦碎瓷一样破碎不堪，再难复原，"我"的整个心境也似兵灾后的荒村那般凄凉和落寞。类似的还有《风萧萧》在结尾处写道："有风，我看见白云与灰云在东方飞扬。"这是主人公"我"在离开上海前往大后方时的景物描写，短短一段话却暗示出主人公内心的活动。这里作者并没有如 40 年代大部分小说，如茅盾《第一阶段的故事》、郭沫若的《地下的笑声》等那样完全把大后方设置成"光明"与"希望"的所在地，引得青年热烈地向往，而是重点着眼于主人公的内心困惑。"我"在经历了挚友史蒂芬、白苹的死亡以及与梅瀛子的逃亡生涯后内心受到了巨大的创痛，以至于对生活产生了怀疑和绝望，但却割舍不断与生活的默默相系，虽无法抛却生，却又仍然困于生的意义，所以会在铅灰的云中走向未知的远方。汪曾祺曾说："写得少了其实是写得多，写得短了其实是写得长，短了容量就更大了，留给读者余地。"① 虽然只有短短几个字收束全文，却用"白云"与"灰云"的交织形象地暗示出主人公的矛盾心态。

而在一些小说中，徐訏也精心设计了一些细节，非常自然地暗示了某些情节，令人回味。如在小说《春》中，在一个春天的月夜，醉酒后的男主人公杨先生无意中闯进了女主人公董小姐的店铺，其中有一段关于他数脚步的描写：

> 下车以后，他上坡。地上很亮，他想到老沈问他外面月亮可好。他抬起头来，但他没有看月亮，只看见深密的树叶闪着不同的光，他忘了寻月亮，开始数自己的脚步，从十五数起，十六，十七，十八，十九，二十，十七，十八，十七，十八，十七，十八……一百十七，一百十八，一百十七，一百十八……数到一百十八，他抬头是那可爱的小屋。"今天我脚步放大了。"他想。②

在小说的开头，作者就已交代从店铺到杨先生所供职的编辑部的距离是四百三十六步左右，又交代女主人公董小姐的母亲告诉前来买烟的编辑们她的女儿是"十七岁"，"快十八岁啦"。而巧合的是醉酒后的杨先生在数脚步时曾四次在"十七""十八"这两个数字上面重复，最终当他数到"一百十

---

① 汪曾祺、施叔青：《作为抒情诗的散文化小说——与大陆作家对谈之四》，《上海文学》1988 年第 4 期。

② 徐訏：《春》，《徐訏文集》（第 6 卷），上海三联书店 2008 年版，第 31 页。

八"这个数字上，他发现自己停留在店铺前面，这难道是他的计数因醉酒发生了问题？显然这只是一个表面现象，杨先生在"十七""十八"这两个数字之间的多次重复明显暗示出其对女主人公董小姐的情欲，这一点通过文末交代他闯入店铺后对董小姐的无礼举动以及央求女主人公嫁给他的行为即可得到印证。类似的做法也出现在小说《禁果》中，女主人公沙美太太全身都笼罩在丝绒中，丝绒的墙，丝绒的地，丝绒的沙发，她披着丝绒般的便服，用丝绒般的眼光与丝绒般的声音与男主人公交谈。"丝绒"给人光滑、高贵、舒适之感，能激发人内心的某种欲望，它恰到好处地暗示了贵妇沙美太太内心的欲望与激情，为后文男女主角不知不觉滑落到欲尝禁果的边缘埋下伏笔。这种通过细节来暗示主人公心理的做法让小说无形中具有了一种诗歌才有的"言有尽而意无穷"的韵味。

除此之外，徐訏在小说中非常注意用色彩来表情达意和暗示人的心理。黑格尔曾认为："颜色感应该是艺术家所特有的一种品质，是他们所特有的掌握色调和就色调构思的一种能力，所以也是再现的想象力和创造力的一个基本因素。"[①] 同时，色彩并不是一堆没有生命的杂色，"色彩能够表现感情"[②]，"它是作家思想或意念的形象化，心理或心灵状态的形象化，对色彩的运用能够架起象征之桥，通向色彩本身之外的意义的探寻"。[③] 不管是古代诗人还是现代作家都非常注重对色彩的运用，如杜甫的"两个黄鹂鸣翠柳，一行白鹭上青天"中的黄、翠、白、青的搭配，看似不调和的颜色搭配却传达出了一种清新活泼的趣味。类似的还有白居易的"日出江花红胜火，春来江水绿如蓝"等。而在现代文学中，20世纪20年代作家最偏爱的颜色就是"黑色"。这与当时整个社会的大背景息息相关，从军阀混战、北伐战争再到国民党对红色根据地的10年围剿，无论这些战争正义与否，对于陷入多重政治经济压迫下的老百姓来说，都是灾难，他们的精神境界便在紧张、压抑、惶恐、死亡之间徘徊。他们情感上的这些特征也势必会影响到作家的创作，如鲁迅作品对黑色调的倾斜，就承载着黑暗时代和文化重负的双重重压。他在《〈呐喊〉自序》中谈到自己绝望心境时有这样的比喻：

---

① ［德］黑格尔：《美学》（第3卷·上），朱光潜译，商务印书馆1981年版，第282页。

② ［美］鲁道夫·阿恩海姆：《艺术与视知觉：视觉艺术心理学》，滕守尧、朱疆源译，中国社会科学出版社1984年版，第460页。

③ 施军：《叙事的诗意：中国现代小说与象征》，人民出版社2007年版，第132页。

"譬如一间铁屋子,是绝无窗户而万难破毁的,里面有许多熟睡的人们,不久都要闷死了,然而是从昏睡入死灭,并不感到就死的悲哀。"① 因此可以想见,压抑、悲哀、孤独、绝望是鲁迅等现代作家在当时时代氛围中最深切的体验,所以尽管他极力想删减些黑暗,使整个作品添上一点亮色,然而整个画面依然是"死的寂静","黑漆漆的,不知是日是夜"。类似的还有王鲁彦小说中的描写:"地太小了,地太脏了,到处都黑暗,到处都讨厌。"②"是黑暗的世界。风在四处巡游,低声的打着呼哨。屋子惧怯的屏了息,敛了光伏着。"③"黑沉沉地看不见一点什么,从帐中望出去。没有人回答我,只听见呼呼的过了一阵风,随后便是窗外萧萧的落叶声。"④ 因此,黑色可谓是那一代知识分子创作中的底色,深刻地体现出了当时社会的黑暗。到了30年代茅盾的《子夜》、丁玲的《在黑暗中》时,虽然仍以"黑暗"来命名,然而已寄予着光明与黑暗交织的文化氛围,作品中冷色调与暖色调互渗。而到了40年代解放区涌现的孙犁、赵树理等作家笔下,则呈现出明朗、纯净、鲜艳的色彩与格调。因此,"色彩成了一时代的指示剂,承担着象征的功能,即颜色的描写不是再现表面的'形体世界',而是'表现'出暗含的'意义'"。⑤ 徐訏小说中也非常注重用颜色来表情达意和暗示人的心理,在诸多的颜色中,他最偏爱的可能就是"黑色"了,其部分女主人公的服饰装扮尤其喜欢黑色。曾有研究者认为:"服饰描写,作为一种符号和象征物,将人物与社会、心理联系到一起,恰如其分地表现了所描写人物固有的行为方式和精神人格。"⑥ 如早期小说《鬼恋》中的"鬼"全身都是黑色:黑旗袍、黑大衣、黑袜、黑鞋,《精神病患者的悲歌》中的白蒂、《时与光》中的林明默和萨第美娜太太也经常是"全身黑衣"。除此之外,《盲恋》中恢复视力后的微翠一改之前经常穿着的纯白衣服,而喜好穿着黑色的旗袍、黑鹿皮的平底轻鞋。根据传统的说法,"黑色"在中国文化中往往代表了死亡和哀伤,这一点从丧葬时悼念者往往着黑衣即可看出,但同时,黑色也象

---

① 鲁迅:《〈呐喊〉自序》,《鲁迅全集》(第1卷),人民文学出版社1981年版,第419页。
② 王鲁彦:《秋雨的诉苦》,《鲁彦散文集》,上海文艺出版社1984年版,第22页。
③ 王鲁彦:《许是不至于罢》,《柚子》,人民文学出版社1998年版,第45页。
④ 王鲁彦:《秋夜》,《鲁彦散文集》,上海文艺出版社1984年版,第283页。
⑤ 施军:《叙事的诗意:中国现代小说与象征》,人民出版社2007年版,第133页。
⑥ 王璟:《〈半生缘〉中服饰描写的功用》,《中国现代文学研究丛刊》2013年10月。

征着"静寂、悲哀、绝望、沉默、恐怖、严肃、死灭"[1] 等含义。徐訏特意在小说中描写女主人公的黑色着装，很明显暗示出女主人公自身的孤独、绝望的心理状态。如《鬼恋》中，"黑色"暗示出"鬼"在黑色恐怖下革命激情退却后隐居都市的黯淡心理和孤独处境，而《精神病患者的悲歌》中"黑色"也更好地衬托出白蒂对生命的厌倦和情感的空虚。《时与光》中，林明默的"全身黑衣"也暗示出其等待情人的孤独和最终被抛弃的悲哀境遇，而对萨第美娜太太黑衣的反复描写则暗示出其即将死亡的命运，而《盲恋》中特意数次强调视力恢复后的微翠的黑色旗袍着装则明显暗示出她无法接受梦放丑陋外形时的绝望心理及其最终的自杀选择。在这些语言描写中，色彩很明显已不仅仅只是一种单纯的服装颜色展示，它成了作者暗示人物感情和心理的手段，充分发挥了语言的暗示作用。类似的例子还有《风萧萧》中对史蒂芬太太、白苹、梅瀛子、海伦的描写，在这篇小说中，作者充分调动了自己的视觉意识和绘画理论，把色彩融于叙事，"借色点睛"赋予色彩以象征性、情感性和个性，使人物形象更加生动具体，如对史蒂芬太太及其房间的描写：

> 我看见史蒂芬太太穿一件黄色的衣裳从钢琴座位站起来，两只红棕色的英国狗跟随着她……一只小圆桌在房间当中，嫩黄色台布四周绣着绿色的叶子，还有嫩黄色的窗帘，半掀的挂在窗上，上面很自然的缀着布制的绿叶。四周的沙发都蒙着嫩黄的套子。一半浅绿的靠垫，四分之一绣着黄花，于是我注意到嫩黄色的地毯，是这样的干净，是这样的美。[2]

很明显，史蒂芬太太偏爱黄色，黄色有光明、高贵、豪华的意思，在中国封建时代，明黄色象征着皇权，是帝王的徽记，而在希腊传说中，美神则穿着黄色服装，罗马结婚的礼服也为黄色，有美丽、神圣之意，这种颜色特点恰恰传达出史蒂芬太太的雍容华贵。同时，根据色彩学原理，黄色是理论性思考事物的"理智之色"，而这种理智正是一个美国海军驻远东的间谍工

---

① 谢昭新：《乌鸦·枣树·黑色人——鲁迅作品中的色彩象征》，《贵州社会科学》1994 年第 3 期。

② 徐訏：《风萧萧》，《徐訏文集》（第 1 卷），上海三联书店 2008 年版，第 42—43 页。

作人员所必备的素质，无论是面对间谍工作的繁复、危险还是史蒂芬的死亡，她均保持了一个间谍的理智，这种性格特点作者均恰到好处地通过"黄色"暗示了出来。而对于白苹，作品则选用银色来暗示其性格特征和命运遭际，无论是其穿着还是房间装饰甚至是她参加舞会时所开的汽车、所戴的面具，她都偏爱银色：

> 那是初秋，她穿了一件浅灰色的旗袍，银色的扣子，银色的薄底皮鞋，头上还带了一朵银色的花。①
>
> 我开始发现她对于银色的爱好，被单是银色的，沙发是银色的，窗帘是银色的，浅灰色的墙，一半裱糊着银色的丝绸，地上铺着银色的地毡，一方白灰色的皮毯，铺在床前，上面有一对银色的睡鞋。②

银色属于一种调和色，在西方文化中，银色常被作为祭祀的象征，也有代表神秘的意义。而在中国，银色是沉稳之色，代表高尚、尊贵、纯洁、永恒。白苹是上海滩红极一时的舞女，由于抗日战争的需要，她机智地周旋于日本军官之间并从中窃取情报，侠骨柔肠可以说是她最主要的特点。她不希望主人公徐卷入政治，被人利用，而劝徐潜心研究学术以躲避危险。当发现徐被梅瀛子指使窃取自己的军事密件时，她开枪将徐击倒，但又恐误杀所以手下留情，未置徐于死地。同时在发现海伦将被日本军官强暴时，她急中生智地救出了海伦。可以说她身上既有抗日英雄的忠勇也不失宽厚待人的仁爱，在做间谍工作的同时保持住了难能可贵的人情、人性之美。最终，在窃取密件的过程中，白苹因为听信日方间谍宫间美子厨师的话而上当被害。因此，在文中的主人公徐看来，白苹前期的诡异行为、扑朔迷离的身份让人感觉神秘异常，而她后期的牺牲精神又让人肃然起敬，切合了银色带来的圣洁、神秘的含义。但同时，银色在视觉上总给人一种潜在的凄凉与淡淡的悲哀，间谍工作的复杂、危险让有着百合初放般笑容的白苹在风华正茂的年纪却丧失了年轻的生命，不能不让人感到悲哀凄凉，因此，在《风萧萧》中，徐訏主要以"银色"隐喻着白苹的高贵品质、其潜伏着的危机及最终的悲剧命运。而对梅瀛子则用红色，一般来说，喜欢红色的人个性积极，充满斗

---

① 徐訏：《风萧萧》，《徐訏文集》（第1卷），上海三联书店2008年版，第12页。
② 同上书，第73页。

志，而且意志坚强不轻易屈服，凡事按照自己的计划行事，一旦无法实现便觉不顺心。这一点恰恰切合梅瀛子的性格特征，小说对她的描写如下：

> 她的头发像是云片云丝的婆娑，她的衣领与衣袖，像是太阳将升时的光芒。这一种红色的波浪，使我想起火，想到满野的红玫瑰，想到西班牙斗牛士对牛掀动的红绸，我不得不避开它，但我终于又看她侧面从额角到双膝的曲线，是柔和与力量的调和，是动与静的融合。①

爱娃·海勒在《色彩的性格》中曾经说过："从爱情直至仇恨——所有令血液沸腾的情感都与血密切相关。红色是正面与负面的各种激情的象征色。"② 梅瀛子正是介于正面与负面之间的红色精灵，她为盟国打败日本而游走于危难之间，绝不屈服，在被追捕时亦能毫无惧色。白苹为国捐躯后，她不顾个人安危设计毒死了杀害白苹的凶手宫间美子。身份暴露后，她毅然改装，做了慈珊的"三姊"。但同时她又是一个为了达到目的不择手段的人，在她看来："我们的工作是战斗，战斗是永远以部分的牺牲换取整个的胜利，以暂时的牺牲换取最后的胜利。"③ 因此，她利用纯真少女海伦的美色去接近日本人以获取情报而不顾海伦可能面临的个人伤害，她的逻辑是先要海伦痛苦，再要海伦痛恨，最后将海伦变成最坚强的武器，她身上这种天使与魔鬼的混合通过红色恰到好处地传达了出来。而小说中对海伦的描写则更多采用白色，如：

> 海伦进去，回来时也换上白色晚服，缓步低浅，有万种婀娜的风致使人倾折……她穿一件纯白色短袖的麻纱长衣，我从她领袖间可以看出她里面米色的绸衬衣……一个穿着白色衣裙，腰际束黑色漆皮带，腋下夹着黑色的书与浅色纸包的女子的背影。④

在西方文学中白色代表着神圣，"在欧洲，宙斯的化身是白色的公牛，

---

① 徐訏：《风萧萧》，《徐訏文集》（第 1 卷），上海三联书店 2008 年版，第 91 页。
② ［德］爱娃·海勒：《色彩的性格》，吴彤译，中央编译出版社 2008 年版，第 52 页。
③ 徐訏：《风萧萧》，《徐訏文集》（第 1 卷），上海三联书店 2008 年版，第 227 页。
④ 同上书，第 92 页。

圣灵表现为白色的鸽子，耶稣基督是白色的羔羊，白色的麒麟为圣母玛丽亚的象征兽。在印度，白色的牛是光明的化身，白色动物被用来作为供奉天神的祭品。"① 而在中国，白色在感觉上是轻盈的、柔美的，就像是一片毫无声息的静谧，因此赋予白色以纯洁、雅致的含义，而这恰恰非常切合海伦的性格特征，这个既有艺术天赋又有哲学兴趣的少女是恬静温文的，她"娇稚含羞的视线永远避开人们的注视，嘴唇具有婉转柔和明显的曲线，时时用低迷的笑容代替她的谈话，偶尔透露细纤的前齿，象征着天真与娇憨。"② 她就像不染世俗的水莲，圣洁高贵，她也正是作者理想的化身。但同时，白色这种单纯的色彩也很容易被其他色彩所影响，果不其然，纯白色因为红色的影响而发生了变化，海伦在梅瀛子的带领下走向了虚荣的诱惑：

> 这样大概过了一个多月，我明显地发现海伦剧烈变化，她低迷的笑容变成明朗，她温柔的态度变成显豁，她迟缓的态度变成迅速。她的头发烫成时髦，她的服装日趋鲜艳，本来是沉默的孩子，如今很爱说话。开始的时候，在团体中常常冷落自己，爱一个人同我提到她对于人生的感想与思想上的问题，如今则爱在团体中发表她在哲学上文艺上的意见，使座中每个人都去注意她……
>
> 她穿一件微微带着红色的晚服，胸背露出很多，颈项上挂着珠圈，头发烫得非常漂亮，脂粉搽得很浓，十足发挥她少女的美丽，眼睛闪着灵活的光芒。③

太平洋战争爆发后，海伦因为家庭生活的拮据开始在电台工作，这个职业表面上是日本人的电台"海邻广播电台"的播音，实际上她同"我"一样成了梅瀛子部下的人员，整天周旋于声色犬马的社交场所，以至于险些被粗鲁的山尾少佐强暴，然而海伦的单纯与恬静的本性让其开始慢慢地厌倦这种喧嚣零乱的生活，此时她的打扮又开始慢慢回归白色：

> 白色的哥萨克帽子，白色的长毛轻呢大衣，手袖着同样的白呢手

---

① 梁明、李力：《电影色彩学》，北京大学出版社 2008 年版，第 64 页。
② 徐訏：《风萧萧》，《徐訏文集》（第 1 卷），上海三联书店 2008 年版，第 83 页。
③ 同上书，第 104 页。

包，倦涩地走在白苹旁边，脸上浓妆得鲜艳万分，但眼角似乎还闪着泪光，好像是庄严，但含蓄着惊慌与害羞。①

最终，在史蒂芬的墓前，海伦意识到自己的歌声与美貌不过是别人享乐的点缀，那种虚荣堕落的交际生活与自己的个性格格不入，并开始回归到之前恬淡宁静的音乐生活，此时的她洗净铅华：

> 头发匀整地后垂着，毫无油腻与发夹的束缚，后面轻束着一条呢带，这呢带与她身上的衣料一样，是白底嫩蓝小方格的花纹，脂粉眉黛全疏，我看到她鼻梁边几点淡淡的雀斑。②

巴尔扎克曾在《夏娃的女儿》中写道："梳妆打扮成了一种表达内在思想的方式，成了一种语言，一种象征。"③ 纵观海伦的服饰颜色，从之前纯净的白色到艳丽的红色再复归纯净的白色，一方面反映着人物内心思想的细腻变化，另一方面勾连着故事情节的起承转合，成为小说叙事表述的一个重要辅助成分。类似的用白色来暗示人物的纯洁特征的还有《彼岸》中对露莲的描写：

> 她是露莲，她穿的衣服是洁白的，但这不是世间的白色，我相信这是新约里所记，当耶稣与彼得、约翰、雅各登上高山，看到以利亚与摩西前，耶稣的衣服所显的一种洁白，这白色闪耀我的眼，使我无法看到它的式样。我看到她的脸，自然天真如同初嫁我时一样，脸上带露莲花般的笑容一点没有改变。④

曾有研究者认为："语言都有从说出的东西中暗示未说出的东西的特点，这个特点就叫做语言的诗性。"⑤ 在这里，徐訏着重用色彩来暗示人物

---

① 徐訏：《风萧萧》，《徐訏文集》（第 1 卷），上海三联书店 2008 年版，第 190 页。

② 同上书，第 221—222 页。

③ ［法］巴尔扎克：《夏娃的女儿》，《人间喜剧》（第 3 卷），陆秉慧译，人民文学出版社 1994 年版，第 323 页。

④ 徐訏：《彼岸》，《徐訏文集》（第 5 卷），上海三联书店 2008 年版，第 204 页。

⑤ 张世英：《语言的诗性与诗的语言》，《中国人民大学学报》2000 年第 1 期。

的性格和命运，达到了一种含蓄蕴藉的特点。

（三）逻辑严密的哲理性语言

海德格尔认为"诗"与哲学之思是近邻，或者就是同一个东西。"一切凝神之思就是诗，而一切诗就是思。"① 因此，哲理性也是诗歌的一大重要特色，这在古典诗歌中也有明显的体现，如陈子昂的《登幽州台歌》：前不见古人，后不见来者。念天地之悠悠，独怆然而涕下。这首诗歌是作者在感怀现实生活中的怀才不遇，壮志难酬，但却远远超出了他自身以及他所处的时代范围。作者游心和注目于广大的宇宙之中，从中思索渺小的生命如何能够不虚耗自己短暂的一生，怎样才能获得自身的价值？然而，面对天地的博大和广阔，作者只能怆然涕下。这种从宇宙的高度来思索人生的奥秘让整首诗充满了哲理性。

加缪曾经说过："小说从来都是形象的哲学。"② 对于徐訏来说，哲学专业的出身让其经常利用小说来探讨哲学问题，这在整个现当代文学中可谓是独树一帜。很多时候，他让他小说中的人物脱离故事情节，甚至脱离人物性格本身，说出一些过分诗化、哲理化的语言。如他笔下的人物无论是江湖草莽、看守灯塔者，还是舞女、交际花，抑或是间谍、监狱的囚犯都能与主人公探讨一些形而上的问题。因此，他小说中的人物语言常常都不是生活化的对话，也不是如现实主义小说那样是为了凸显人物的性格，而是一种表演性的哲理阐释或者辩论，这也是徐訏小说被人说成是"思想大于形象"的根本原因了。这种例子在其小说中非常普遍，如《彼岸》中"我"投奔到灯塔看守者锄老那里和他的一段对话：

　　"可怜的孩子，我知道你会回来的，因为一切属于肉体的想象都不是灵魂的解释。生命的完美不在获得而在奉献。"

　　"那么我以后应当怎么样呢？"

　　"时间已告诉你过去，时间还会告诉你未来。一切的企图都是虚妄，一切的计划都是自愚，成就你的绝不是你的企图与计划，一切的摸

---

① ［德］海德格尔：《走向语言之途》，孙周兴选编《海德格尔选集》（下），上海三联书店1996年版，第1148页。

② ［法］加缪：《评让－保尔·萨特的〈恶心〉》，杨林译，《文艺理论译丛》（第3辑），中国文联出版公司1985年版，第302页。

索都是无为，一切的期待都无收获，你所得的永不是你所要的。"

"那么你呢？你可以告诉我你对于海的感觉么？"

"我在侍奉海。"

我沉默了，如今我知道对于生命还有一种解释是侍奉。

英雄侍奉他的野心，教主侍奉他的教义，哲学家侍奉他的体系，科学家侍奉他的学说，艺术家侍奉他的艺术，而一切芸芸众生都在侍奉他们所信所望或所爱。①

《阿刺伯海的女神》中"我"与巫女的对话：

"能不能让我问问你，老婆婆，你怎么会是靠方言吃饭的，你是教人家方言么？还是领导人家游历？"

"这些都不是阿刺伯人愿意干的，阿刺伯人有传统数学的头脑，总想过头脑的生活。"

"方言是头脑么？"

"你倒是学什么的，心理学你听说过吗？"

"心理学是我用过一点工夫的课程。"

"那么你以为言语是什么？"

"有的说，言语也就是思想。"

"是的，所以一种方言就是一种思想方式。"

"是的，所以你可以从各种方言知道各种人的思想方式了。"②

这一段与巫女的很普通的对话，"从形而下到形而上，说的似乎是知识问题，其实是谈的'诗'，谈存在，追问人的生命意义；他们所谈的'言语'，就是'思'意义，而这'思'的归宿用存在主义观点来说就是'诗'。"③ 类似的还有《鬼恋》中"我"和"鬼"的对话其实是交换着各自的人生体验以及对世界的感悟；《江湖行》开首与卷尾中"我"与"你"的对话其实是作者对人生遭际的一种反思与倾诉；《时与光》则是主人公跟

① 徐訏：《彼岸》，《徐訏文集》（第5卷），上海三联书店2008年版，第224页。

② 徐訏：《阿刺伯海的女神》，《徐訏文集》（第6卷），上海三联书店2008年版，第202页。

③ 朱曦、陈兴芜：《中国现代浪漫主义小说模式》，重庆出版社2002年版，第266页。

一个超自然的存在交谈着宇宙的玄奇、生命的无常。个中原因，是因为徐訏想要表达的人生感悟和存在思考远远超过了现有的人物形象和故事情节所能承受的范围，只能在文中大量地利用人物对话或内心独白来阐释自己的哲理思索。而不管这些对话或独白是否符合人物的性格特征，因为他的小说本就不注重塑造鲜明的人物性格，而更多的是利用人物阐释自己对存在的思考，这一点较符合海德格尔的观点，即"当人思索存在时，存在就进入语言。语言是存在的寓所，人栖居于语言这寓所中，用语词思索和创作的人们是这个寓所的守护者。"① 因此，这种哲理性的探讨使其小说中的语言很大程度上呈现出哲理性，如《江湖行》中在监狱里的舵伯对"自由"的看法：

> 他说人间就是监狱，有人觉得人间太小，有人觉得人间太大；觉得人间太小的人想跳出人间，觉得人间太大的人想跳进监狱。我以前想成家种田，想进学校读书，都是想跳进监狱；他在监狱也等于我的入学校读书，他说他心里一直很自由。"并且认为"女人的诱惑同一切监狱的诱惑一样，但是那是最狭窄的监狱，只有最不爱好自由的人或者老年人才会去找这个监狱。②

舵伯是一个历尽世事变幻、饱经沧桑之苦的老江湖，他因做不正当的烟土生意而锒铛入狱，"我"去探监时本以为失去自由的他会痛苦万分，然而他对世事的看法却迥异于常人。佛教认为，人之所以会产生诸多的痛苦和烦恼就在于除了社会外在的约束外，人往往有一种执恋，也即所谓的"我执"，这些东西能"把人执着为实在的我体，从而产生和增长贪欲、嗔恚、愚痴，形成各种烦恼，造下种种业力，堕入六道轮回不能自拔。"③ 因此，想要真正获得心灵的自由，必须全力破除"我执"，才能在行动无自由的情况下心灵保持更大的自由。因此，虽然舵伯只是一介江湖草莽，然而却与一个世事洞明的哲学家所说的话毫无差别。但同时，这种对"自由"的观点其实也是作者自己的观念，虽然舵伯人生阅历丰富，但江湖草莽的出身让其

---

① ［德］海德格尔：《关于人道主义的信》，孙周兴选编《海德格尔选集》（上），上海三联书店1996年版。

② 徐訏：《江湖行》，《徐訏文集》（第2卷），上海三联书店2008年版，第33页。

③ 谭桂林：《20世纪中国文学与佛学》，安徽教育出版社1999年版，第112页。

很难用如此文雅和哲理的语言阐释其对人生的感悟。类似的例子在文中还有很多，如周也壮在一家破庙过夜时曾感叹道：

> 人在社会中求生，除了行乞，就是行劫，要不然就是行骗。弱者行乞，强者行劫，狡黠者行骗。①

在游峨眉山又醒悟道：

> 每一个生命的发展，好像无涉于另一个生命，但竟处处影响另一个生命。像白福这样一个生命的变化，竟影响了我家的每一个生命，而我的生命的变化也影响了许多人生命的变化。这些变化都是偶然的机缘，但也像是有前呼后应巧妙的搭配。
>
> 生命的奇妙是这些或大或小或久或暂的人生，像都是来自生命的大海，而又回到生命的海里，每一个生命都活得这样认真，可是又是这样的渺小。在生与死短促的时间中，帝皇与乞丐，英雄与凡人距离实在太少。白福的死与舵伯的死，艺中的死与映弓的死，看来是这样不同，可是在他们死后想想，竟没有什么分别。②

这种生存的感悟很大程度上只有历尽世事的老者或研究哲学的智者才能洞悉，却出自没读过多少书的农村子弟周也壮之口，多少是作者在借人物来进行现身说教。

除此以外，徐訏也直接在小说中发表大段大段的哲理感悟，这种感悟是一种典型的"非叙事性话语"。它通过"叙述者直接出面，用自己的声音述说对故事的理解和对人生的看法，告诉读者如何看待故事中的人物和事件，如何领悟作品的意义"。③ 在徐訏小说中，这种"非叙事性话语"并非叙事话语的对立者，恰是构成徐訏小说叙事话语的内涵之一。如在小说《彼岸》中，文中的叙述者"我"是一个驻足天地间看透了纷扰世事的个体存在，没有点明身份，也没有任何背景介绍，其经常直接登上"讲台"，以凌然之

---

① 徐訏：《江湖行》，《徐訏文集》（第2卷），上海三联书店2008年版，第205页。
② 同上书，第597页。
③ 胡亚敏：《叙事学》（第2版），华中师范大学出版社2004年版，第104页。

势滔滔不绝地直接发表自己的思想见解，不妨摘录如下，如文中的"我"对"心灵空虚"的理解：

> 一个人最怕是在生命已经有厚浊的经验而心灵还在空虚的时期，那时候，一切的新奇都是诱惑，而心灵的冒险永远是心灵的要求。①

对"盗劫"的理解则是：

> 盗劫是一种赌博，用个人的生命去寻求刺激，与其说是物质上的，毋宁说让麻痹的生命重新活跃，那里的光荣不是世上的光荣，那里的胜利不是世上的胜利，一次成功增加了一次神秘，一次神秘增加了一次欲望，同一切的赌博与投机一样，它不能使你有一瞬休息，休息就是空虚与落寞。唯一的休息就是监狱，而在监狱里的生命，它的光荣与胜利不是改恶为善，精神的号召有英雄的模范，这英雄的表现就是越狱，一旦有了这个企图，最安详的监狱就都难使你休息……②

王岳川曾认为："真正的哲学家与真正的诗人灵犀相通，真正的哲学与真正的诗同体。"③ 因此，徐訏利用小说大肆阐发自己的哲理感悟的做法很大程度上带来了其文本的浓郁诗意，不仅让其小说充满了哲学的灵气，而且以其深邃的思想大大地拓展其小说的境界，因为"哲学的思辨可以去蔽求真，可以将读者引领到一个诗的天地"④。由此，徐訏小说的语言在走向哲理化的过程中也在走向诗的本真。

---

① 徐訏：《彼岸》，《徐訏文集》（第 5 卷），上海三联书店 2008 年版，第 135 页。
② 同上书，第 134 页。
③ 王岳川：《二十世纪西方哲性诗学》，北京大学出版社 1999 年版，第 12 页。
④ 余礼凤：《雅俗之间：徐訏小说论》，博士学位论文，华中师范大学，2011 年，第 110 页。

第四章

徐訏小说诗性的生成原因及意蕴

易卜生认为："对作家来说，文学创作就是一种自我审判！"① 审判自己的内心和情感，对于徐訏来说，其在小说中反复不断地思考人的命运、存在及其意义，并建构了一种诗性文体等无不源于作者的内心情感和精神探求。这是一个游离于主流话语之外的知识分子面对战争和人的生存困境时所呈现的"生命独语"，明显烙印上了作者精神探索的痕迹。通过诗性主题的书写，不仅传达着作者的"诗人之思"，更重要的是完成了一个自我人性的彰显、敞开、领悟、实现的生命体验过程，借此拯救自身的灵魂。

第一节　边缘人的生命独语

周宪在《超越文学：文学的文化哲学思考》一书中认为："有两类艺术家，一类是非体验性的艺术家，另一类是体验性的艺术家，前者往往将自己置于局外来观察和描写现实，并未在自己的强烈而深刻体验中构筑艺术世界；后者相反，他总是从自己所处的具体历史情境出发，从自身的内心困惑和焦虑出发，把艺术世界的构造过程当作是经由体验而追寻人类命运之谜的升华过程。前者把艺术当作手段，后者则看作目的本身；前者滞留于一般日常经验的水平上，后者则孜孜不倦地追求，以期达到形而上学的终极层次。我们不无理由地认为，从一定意义上来说，体验的艺术家比非体验的艺术家更深刻，更富有哲学意识。"② 因此，对于一个执着于生命体验性的作家来说，他会设法从现实功利的羁绊和传统的束缚中超脱出来，把它化为自身内心体验的一环，作为达至形而上学的终极层次的阶梯。这一点现代作家能做

① 周宪：《超越文学：文学的文化哲学思考》，上海三联书店 1997 年版，第 31 页。
② 同上书，第 330 页。

到的不多，而徐訏恰恰是其中非常重要的一位。

徐訏年轻时期正值中国的内乱，在他看来，"我同一群和我一样的人，则变成这时代的特有的模型，在生活上成为流浪汉，在思想上成为无依者。"①曾有学者认为："中国知识分子在本性上就不具尼采、克尔凯戈尔那样的孤独气质，最终还是要寻求一个群落，一个可以依赖的归宿。"②这一点用来诠释现代文学中的诸多作家确实很贴切，然而徐訏无疑是其中一个少有的例外，他虽也曾一度地信仰过马克思主义，写过诸如《郭庆记》《小刺儿们》等有着强烈左翼色彩的作品，但他很快就扬弃了这种学说，转而信仰柏格森的生命哲学，自此成为一个一生未加入任何党派的自由主义作家。这种主流话语之外的独立行走姿态，无疑使徐訏"面临自我的孤立，面临与社会的脱节，孤独是他的必然命运"③。这种孤独体验明显迥异于同为自由主义者的沈从文所感受到的孤独，"沈从文的孤独是处于乡村文化与都市文化之交错点的边缘人的孤独，从而使他对一种优美、健康、自然而又不悖乎人性的人生形式有着竭力的追求，并寄寓以之重造民族品德，对牧歌般中国形象的寻找"④。而游离于主流文学之外独自行走的徐訏，更多地体会到的是一种心灵存在的孤独。这种心灵存在的孤独一方面与徐訏自身的经历有关，童年时期父母的离异，5岁起即开始寄宿生活，长大后长年累月的漂泊生涯，从浙江乡下→上海→北京→上海→法国→上海→重庆→美国→上海→香港，还曾短暂地在新加坡等地停留。在这个过程中，漂泊无根的生存状态自始至终伴随着他，而这种孤独感让信奉柏格森"生命哲学"的徐訏强烈地渴望一种心灵的皈依。然而，无论是中国现实的战乱环境还是香港的商业化语境均无法提供这种心灵皈依的场所。因为纵观中国的文化，"由于受到'天人合一'、'高蹈出世'的道家文化和'积极入世'、'矜而不争'的儒家文化的影响，中国的宗教成为一种以'乐感文化'为特征的世俗主义宗教，它既缺乏基督教的原罪意识和彼岸世界的观念，也没有正统的印度佛教的'超越轮回'的苦行观念，它更多地呈现为'赞天地之化育'的天然乐

---

① 徐訏：《道德要求与道德标准》，陈乃欣等著《徐訏二三事》，尔雅出版社1980年版，第83页。

② 许纪霖：《中国知识分子十论》，复旦大学出版社2003年版，第202页。

③ 罗成琰：《现代中国的浪漫文学思潮》，湖南教育出版社1992年版，第58页。

④ 陈娟：《一种说不出的残缺》，硕士学位论文，湖南师范大学，2006年，第36页。

生倾向和豁达态度。"① 这种文化特征也很难让徐訏去从中国本土的宗教中寻求心灵的慰藉，虽然徐訏也在文本中表达过对道家"天人合一"以及佛教"无我无执"思想的向往，如他借文中主人公之口说：

> 在最近一个人的生活中，我有一种新的体念，觉得一个顶幸福的境界就是：从大自然的风景中，对着山，对着水，对着飞鸟与游鱼，能跳到里面去充其中一份子。而在热闹纷纭的社会里，可跳出来做一个旁观与欣赏的角色。②

但接下来作者自己也感到这似乎是很不容易达到的境界。而对于西方的基督教，徐訏曾在《宗教信仰》中认为："信仰原不是属于理智的东西，追寻理由与根据，总是不免失望。我自己寻不到信仰，但我从来不轻视别人的信仰。我觉得宗教总是人类所需要的，它的存在演变与发展，正是千千万万人在信奉宗教的一个有力的根据。我之不信，或者正是因为我少了某一种智慧。"③ 更何况，徐訏所生活的时代，"诸神已离人远举，人被抛弃在大地上，神的缺席使人处于一个根本的'贫乏'时代。由于失去了神的光芒，人生存在于'世界之夜'中"④。因此，深受中国传统文化熏陶的徐訏对基督教的态度始终是复杂的，即使后来他也渴望通过基督教来安放自身孤独的灵魂，但依然未能改变其一生的痛苦处境，这在他临终前不久写的诗歌《遁辞》中即可窥见：

> 我寂寞，在静悄悄的夜里，
> 我像是残落了的花瓣，
> 在黑泥的冰冻中抖索，
> 我像是水蛇所遗弃的残衣，
> 在荆棘丛中寥落。

---

① 吴义勤、王素霞：《我心彷徨：徐訏传》，上海三联书店 2008 年版，第 300 页。
② 徐訏：《时与光》，《徐訏文集》（第 3 卷），上海三联书店 2008 年版，第 32 页。
③ 徐訏：《宗教信仰》，《徐訏文集》（第 10 卷），上海三联书店 2008 年版，第 251 页。
④ 吴义勤、王素霞：《我心彷徨：徐訏传》，上海三联书店 2008 年版，第 301 页。

这时候有谁知道我苦，

有谁知道我心底的哀愁，

还有谁知道悠悠的长夜，

有沉重的闷封在我的心口。

我要飞，要跑，要走，

我要抛弃我的家，

抛弃我尘世的衣履，

我要上升，驾着雾上升，

升到茫茫的天边，

挽着弯弯的新月唱歌，

把我心底的淡淡哀愁，

悄悄地泻入天河。

那么且许我把我的热情收藏，

把我院里的落花埋葬，

把我桌上的玻璃缸打破，

让金鱼放入了池塘。

再会了，那么，朋友，再会！

但请记取钢琴上的灰，

窗棂间书架间的蛛网，

但最要紧是花瓶里的寒梅，

我怕她会对着星光憔悴。①

　　因此，可以说徐訏的内心自始至终处于一种孤独、绝望、焦灼的状态，他充分感觉到了生存的荒诞与无意义，甚至都有种想自杀的冲动，如他在香港时就曾对人说过："自杀还用得着问为什么吗？我也天天想自杀，只是没勇气。"② 这一点他在诗歌中也明确暗示了出来，如其中的《自杀的心绪》：

　　是谁警告我，

---

① 徐訏：《遁辞》，《徐訏文集》（第 14 卷），上海三联书店 2008 年版，第 82—83 页。

② 雨萍：《心香：献给徐訏先生》，《中华文艺》第 20 卷第 4 期。

人生只能死一次，
夜莺在林间，
已经啼得半死。

但诱人的刀子，
还在桌上发亮，
还有多情的安眠药，
仍在枕边发香。

在这静寂的夜里，
再无人管我存在，
倒是杳冥的空中，
像有故人在那里等待。

多少园里家禽，
从未弄清此间真伪，
难道我还管多事野鸭，
将来乱评我死后是非。

这凄凉的人世，
对我似早无留恋，
连我所爱的孩子，
也已在床上安眠。

奇怪倒是炉边鹦鹉，
竟知道我自杀心绪，
它对着窗口狂呼，
叫人把凶器拿去。①

---

① 徐訏：《自杀的心绪》，《徐訏文集》（第14卷），上海三联书店2008年版，第122—
123页。

　　而在其小说中则频频提到死亡，如《自杀》中写道："我决心自杀的那天，是一个干燥寒冷的冬夜，我穿着厚厚的大衣准备去跳海……"①《地狱》中作者则认为："没有再比灵魂脱离躯壳为痛快了！"② 而他小说中的很多人物也最终选择了自杀，如《盲恋》中的微翠、《百灵树》中的先晟、《精神病患者的悲歌》中的海兰等。应该来说，世界上没有人愿意真正直面死亡或死亡带来的巨大哀痛，但"艺术家是死亡真切的观察者和体验者"③，通过他们的死亡叙事我们很大程度上可以窥见出作者的内心。上述的死亡叙述表明，"死亡"本身在徐訏的笔下显得分外清醒。

　　当然，尽管毁灭自身的冲动在徐訏心中时常萦绕，然而，作者也曾幻想死后的另一世界：

　　　　现在，灵魂总算脱离了躯壳。我才悟到，我这一生为负担这个累赘的躯壳是多么愚蠢啊！为这个躯壳，我们为维护它的健康，为医疗它的病痛，为保持它的青春，为增进它的活力，费过多少心血，而它终于是老下来，衰下来，终于所谓死亡。

　　　　……

　　　　我不再回顾，我轻快无比地飞翔游荡着。

　　　　我这才了解了所谓自由。

　　　　我的意念就是动力，我的行动毫无阻碍。

　　　　我没有需要，没有欲求，没有热与冷的感觉。没有饥渴的困扰，我什么都不依靠，什么都不忧虑。

　　　　我自由自在飞翔着，游荡着。

　　　　但是我在哪里呢？

　　　　我在虚无的缥缈的中间。

　　　　没有景，没有前后，没有上下，没有去处，没有来处，我只是存在着，自由自在地存在着。

　　　　我享受了一种绝对的自由。

---

① 徐訏：《自杀》，《徐訏文集》（第 12 卷），上海三联书店 2008 年版，第 374 页。

② 徐訏：《地狱》，《徐訏文集》（第 12 卷），上海三联书店 2008 年版，第 355 页。

③ 靳凤林：《死，而后生：死亡现象学视域中的生存伦理》，人民出版社 2005 年版，第 351 页。

但，慢慢地，我在这绝对自由中竟发现了绝对的空虚。

这时候，我顿悟到我已经经过了死亡。

而死亡竟是灵魂的解放。

灵魂从肉体中解放出来，就获得绝对的自由。

而这绝对的自由竟就是绝对的空虚。①

　　海德格尔把此在的人称为一种"向死的存在"，人不断地走向不可预知的未来，其惟一的可能性是死亡。然而，悲观的徐訏甚至在想象死后也感到了绝对的空虚，应该来说这是一种彻底的悲观主义思想。

　　叔本华曾经断言：人生是一场苦难，解脱的方式只有两个，一是死亡，一是艺术。既然徐訏并没有自杀的勇气，那么以艺术创作的方式来应对人生的苦难，则无疑是一种较好的方式。因为文学创作更多的是一种"苦闷的象征"，正如鲁迅所言，当"人感到寂寞时，会创作，一感到干净时，即无创作"。② 而对于徐訏这种生命体验性的作家来说，文学创作基本就是他的"心灵的象征的诗"，他是用生命来进行创作的，反映的都是作者自身的精神痛苦以及对痛苦绝望的克服过程。

　　在这种孤独和痛苦的处境中，徐訏的小说呈现出一种明显的倾诉性特征。"他或借小说中的某个角色倾诉，或直接以'我'的姿态出现在小说中，絮絮叨叨地诉说自己的人生体验、生命历程、玄思冥想。""在这些小说里，情节近乎成了一种策略、一个衬底，而作家的倾诉才是最主要的。"③如早期的《鬼恋》中借"鬼"倾诉对人世的失望与自身的孤独处境，这种失望与孤独与其说是"鬼"的，毋宁说是作者本人所真切感受到的。《盲恋》中梦放用文学手稿的形式倾诉着自己在人世由最初的孤苦到幸福的婚姻生活再到悲惨的人生际遇，类似的还有《杀妻者》中的陌生人倾诉他的家庭遭遇与人生困境等。而到了晚年，徐訏的那种孤独、焦灼的感觉更加明显，其倾诉的欲望也更加强烈，如《彼岸》是一个悲观厌世者"我"对"你"的倾诉，"我"的自言自语并不要求回答，在那种天马行空式的独白中，展开了宏阔的意识之流，倾诉自己对生命、政治、爱情、灵魂的感悟。

　　① 徐訏：《地狱》，《徐訏文集》（第12卷），上海三联书店2008年版，第355—356页。

　　② 鲁迅：《小杂感》，《鲁迅全集》（第3卷），人民文学出版社1981年版，第512页。

　　③ 江卫社：《徐訏小说的抒情特征》，《江海学刊》2000年第2期。

其实，这就是作者潜意识里的一种声音，正如文中所言："而当我要求你了解我的时候，我竟没有一样东西可以拿出来给你看，我竟无法把我提供在你的面前，供你的考验观察与分析，这因为我遗失我自己已经多年了。一个人了解人固然困难，了解自己似乎更困难，假如我想了解自己的话，我还不如使你了解我，再由你讲给我听。"① 作者在这里隐退，有的只是"我"对"你"的倾诉。《江湖行》中也创造了一个倾听者"你"，在文章的开头和结尾处与"我"展开了对话，如开头部分作者写道：

> 我说，我所有的也许也只是对我的生命在人生中跋涉的故事。但是人生是什么呢？我们还不是为一个偶然的机缘而改变了整个人生的途径，也因而会改变了我们生命里最个别的性格？你难道要我告诉你那人生中无数机遇一步步带我走进奇怪的途径的历程么？
>
> 你说，那么你可是相信中国课命的迷信，以为一个人出生的时辰注定了一生的穷达顺逆与穷富呢？
>
> 我说，我也许不相信这个，可是我不可能不相信，如果我出生的时辰不同，我一定不是我现在的生命了。因为"我"原是由一定的时间与地点所定，换一个时地，其所产生的生命当然不会是我了。
>
> 你说，那么你是不是定命论者呢？以为你的一生早已为命运所定，或者为神所安排了，你的一举一动你都可以不负责的。
> ……
> 我说，我也许没有作什么尝试，也没有失败，我的一生只是追寻已失的东西，而得到的则总是加多了一个已失的东西。我不知道我生我知以前神与命运是怎么安排的，在我生我知以后，我的生命就在这样追寻中浪费了。
>
> 你说，这就值得你细细地回忆与忏悔。那么你愿意把一切都讲给我听么？
>
> 那么，如今且让我从头忏悔。②

而事实上，整部小说就是主人公"我"面对"你"的一种倾诉，这里

---

① 徐訏：《彼岸》，《徐訏文集》（第5卷），上海三联书店2008年版，第127页。

② 徐訏：《江湖行》，《徐訏文集》（第2卷），上海三联书店2008年版，第4—5页。

"我"对"你"的倾诉或许可以看作是作者的两个"自我"在对话，是自我分裂的结果，有了"你"，对自我的关照和对生命的哲思才能更加客观和深刻。而到了《时与光》中，作者则不再虚拟一个"你"了，直接是一个刚把痛苦的肉体遗留在尘世的灵魂面向上帝的倾诉，文本充满了"我"对人生的寂寞感伤与思忖。

这种倾诉性的叙事模式一方面与徐訏自身的性格特征很有关系。徐訏属于那种典型的内倾型性格，作为作家，这种性格特征的人"一般不去表现重大题材和急剧变化的生活，并不是他们缺乏这方面的自觉和敏感，恰恰在于他们的过于敏感和深切的细微体验。变化不定的、剧烈动荡的社会现实，使得他们没有稳定的心态和宁静的情致，因而对此表现出一种近乎本能的反感。所以，现实的重大事件根本不能引起他们的兴趣，或者说是他们所不需要表现的。他们必然地转而寻求那种最宜于表现抽象内容的题材，以在创作活动中找到一种安宁、超脱现实的心灵世界。"[1] 对于徐訏来说，长期孤独寂寞的生活让他更加倾向于对生命的内在体验，而且唯有在孤独寂寞中，他才能不断地向内心掘进，去思考关于命运、存在等这些形而上的东西，并不断地通过文字倾诉出来。因此，徐訏的小说写作更多的是出于一种生命的冲动，是其孤独生命的外化形式，"它们在某种意义上，都是心灵的象征的诗"[2]，是"自然而然地从心中流露的东西"[3]。而且，尤其是在那种高度商业化的香港社会，这种倾诉的对象很多时候不是他人而是自己，因为商业化的香港社会更多的是重视物质而不是人的内心，这里"没有精神生活。大家都在争取赚钱机会，或挣扎活命，没有人提倡文艺活动，充其量有艺无文，并非只有'文学'不能生存茁壮，其他如音乐、美术等等亦然"[4]。

因此，虽然徐訏深谙在香港文坛生存的法则，然而"真正的艺术家只为自己而写作"[5]，他仍然不改这种很大程度上是为自我而写作的初衷，原因则在于："在一种旷世的孤独中，在一种向死的焦虑中，唯有倾诉唯有聆

---

① 程金城：《论中国现代内倾型作家》，《甘肃高师学报》1999 年第 1 期。

② 钱理群：《心灵的探寻》，北京大学出版社 1999 年版，第 245 页。

③ 鲁迅：《革命时代的文学》，《鲁迅全集》（第 3 卷），人民文学出版社 1981 年版，第 418 页。

④ 陈乃欣：《徐訏二三事》，陈乃欣等著《徐訏二三事》，尔雅出版社 1980 年版，第 30 页。

⑤ 参见［美］韦恩·布斯：《小说修辞学》，付礼军译，广西人民出版社 1987 年版，第 97 页。

听才能缓解人们的心灵紧张。"① 很明显，这时支撑徐訏创作力量的已不仅仅是寻求理解和对话，更多的是深沉的倾诉。这一点他通过《彼岸》很清楚地阐释了出来："多少年来，我都在求人了解，但自从我发现连生我的父母始终对我不能有了解时，我再不求人了解了。"② 在这种倾诉中，"作者试图把个人体验上升为抽象的抒情，变成对灵魂的一种追问，在与上帝的联系与接近中获得精神的解脱"。③ 或许只有在与上帝的对话中，个体才会体验到真实的声音，因为"上帝正是从内心与人相遇"。④ 这种倾诉很大程度上缓解了作者自身的焦虑，如《时与光》中结尾"我"就自白道："当我用宇宙的光芒，在云端写完了我的生命的浅狭与污秽，写完了我卑屑生命里的爱与我寂寞灵魂的斑痕时，我感到自己像是一朵透明的白云。"⑤ 这种带有强烈情感特征的倾诉让徐訏小说呈现出一种明显的心理化、抒情性特征，同时，也正是这种特征使得徐訏的小说在快节奏的香港社会很难得到大众的认可，即便如此，他也不愿意改变自己的创作方式以迎合香港的读者。

当然，徐訏通过小说对"自我"的倾诉很大程度上只能部分地缓解自身的痛苦与焦虑。周宪曾经认为："自有人出现以来，人类从未停止过对诸如宇宙的本原、人的生存及意义、人与自然的关系这类形而上学问题的思考……人有一种追求形而上学的本性，就像人同时具有一种相反的追求可由经验实证的知识的本性一样。形而上与形而下是人类无穷精神探求的两极！现代哲学与现代艺术的一个重要的纽结点，是哲人与诗人共同的形而上学思考。"⑥ 在内心无比孤独和迷茫的情况下，徐訏开始不断地思索与追问："这生命到底是什么意思？""人存在的意义究竟何在？"这类形而上的追问在徐訏的小说中出现得非常多，如《烟圈》中主人公就追问道："谁能知道明天怎样？一点钟以后怎样？""人生究竟是怎么一回事？"《江湖行》中周也壮也自思道："但是人生是什么呢？"类似的还有《风萧萧》中的海伦、《时与

---

① 谭桂林：《人与神的对话·前言》，安徽教育出版社 2000 年版，第 2 页。

② 徐訏：《彼岸》，《徐訏文集》（第 5 卷），上海三联书店 2008 年版，第 124 页。

③ 陈娟：《一种说不出的残缺：论徐訏的孤独及小说创作》，硕士学位论文，湖南师范大学，2006 年，第 9 页。

④ ［瑞士］H. 奥特：《不可言说的言说：我们时代的上帝问题》，林克等译，三联书店 1994 年版，第 115 页。

⑤ 徐訏：《时与光》，《徐訏文集》（第 3 卷），上海三联书店 2008 年版，第 277 页。

⑥ 周宪：《超越文学：文学的文化哲学思考》，上海三联书店 1997 年版，第 318 页。

光》中的郑乃顿都反思道："人生究竟是为什么呢?"这种对人生的迷茫和追问是一个有着自主意识和自由意志的主体必然会碰到的问题，也正是这种内心的迷茫才使得徐訏在文本中不断地探问人类存在的意义，因为"人生的本质问题或核心问题乃在于对生命意义的追究，而这是一个关涉'实体世界'的终极性问题"。① 然而，终其一生徐訏都在追寻生命存在的意义：

　　　星移动着，
　　　从那点到这点
　　　从这点到那点。

　　　光跳跃着，
　　　从这个平面
　　　到那个平面。

　　　人往来着，
　　　从春天到秋天
　　　从秋天到春天。

　　　那生的生，死的死，
　　　从无知到已知
　　　从已知到无知。

　　　历史从未解答过
　　　爱的神秘，
　　　灵魂的离奇。

　　　而梦与时间里，
　　　宇宙进行着的
　　　是层层的谜。②

① 檀传宝：《试论对宗教信仰的社会观照与人生观照》，《浙江大学学报》2003 年第 2 期。
② 徐訏：《谜》，《徐訏文集》（第 15 卷），上海三联书店 2008 年版，第 78—79 页。

因此，对于徐訏来说，其大部分小说无疑是其心灵的象征的诗，展现了一个自由主义知识分子在特殊的年代和语境下对生命存在的思考与关怀。所以吴福辉曾认为："徐訏小说是一部生命流浪的史迹，是表达现代中国人（主要是严肃的知识者）生存方式的一幅长卷。"① 徐訏作为边缘者的写作姿态和生存探寻几乎是整整一代有良知的知识分子的生存策略。

第二节　灵魂存在的诗性拯救

弗洛伊德曾认为："每个人必须为自己寻找能够拯救他的特定方式。"② 这一点对于那些身处孤独中的人尤其如此，"正是在孤独的心境中，人开始了自我拯救，这是因为孤独让人感到了世界与人生的荒凉。同时又赋予了人开展自我拯救的精神力量。"③ 徐訏在孤独的处境下，一方面不断地追问存在的意义，另一方面也不断地寻求对自我的拯救。这一点在其诸多文本中都具有的拯救／被拯救的模式可窥见一二。这种模式贯穿于他创作的始终，如早期的小说《赌窟里的花魂》揭示的是曹少奶奶和"我"之间互相拯救的历程。小说中的"我"本是一个职业小说家，为了收集素材沉湎赌窟，后来遇见了"她"——一个神秘、冷艳、落魄的赌窟花魂：

> 这是一对浅蓝色的眼白配两只无光的眼珠，有长的睫毛，但没有一点点油膏的痕迹。上面是自然细黑的眉毛，鼻子两面有排泄的油垢，面色苍白，嘴唇发干，像枯萎了的花瓣，头发很凌乱，一件紫色条纹比她眼白稍蓝的蓝底旗袍，长袖的，露出细瘦的手，指上没有蔻丹的痕迹与指环等的饰物，中指食指与大指都发黄，这时正夹着半段纸烟。
>
> 她住在一间外国人家的楼上，那间房子可真不舒服，空气不好，光线不明，地方很乱，床上放着鸦片盘。④

---

① 吴福辉：《城乡、沪港夹缝间的生命回应——从徐訏后期小说看一类中国现代作家》，《文艺理论研究》1995 年第 4 期。

② ［奥］西格蒙德·弗洛伊德：《论文明》，何桂全等译，国际文化出版公司 2000 年版，第 82 页。

③ 黄健：《文学与人生》，浙江大学出版社 2004 年版，第 194 页。

④ 徐訏：《赌窟里的花魂》，《徐訏文集》（第 6 卷）上海三联书店 2008 年版，第 108—109 页。

赌窟里的偶然相遇使她产生了救赎"我"的本能和冲动，她对"我"说：

> 输吧，再输下去，你就做这里的施主，于是你是这里的宠儿，餐室是你的饭厅，烟榻是你的寝室，赌厅是你的会客厅，仆人是你私有的，电话也是你私有的，你是这里的明星，许多别人都是你的陪衬。那时候你的花已经算是开足，直到你完全输光。但是你还有房子可以卖，东西可以当，于是你再来。不过你不再注意你的地位身份与衣饰，你想在赌里翻本，这时候你已经枯萎了。①

她对于赌性的透辟、精湛的分析彻底折服了"我"，于是"我"听从她的建议让她替"我"翻本，适时地冷却了"我"歇斯底里的狂乱。她以自己的博爱和怜悯救赎了"我"，而"我"发现真正需要拯救的却是她自己。她曾是一个在赌窟里呼风唤雨、千金散去竞豪奢的贵妇，在赌窟里和丈夫输光家产后，曾想以自杀的方式来了结残生，却被人意外救起。为了生计，她不得不再次走进赌窟，成了一个依持着赌桌和鸦片灯来养活自己的折翼天使。这个无所皈依、随风飘荡的花魂激起了"我"崇高的救赎感，救赎她的同时"我"却对她越来越依恋，而自己早已成家，道德、家庭、责任一系列的重压让"我"无所适从，因此，救赎的结果是自己陷入了自己编织的囚笼，此时"我"才发现真正需要拯救的原来是自己。后来，女儿点点和滴滴的来信才使得这段爱情化为友情，两人完成了对对方和自己的拯救。类似的还有《精神病患者的悲歌》，其中展示的则是白蒂被"我"和海兰拯救的过程。而到了香港，这种拯救/被拯救的模式被展示得更加充分，如其中的《盲恋》中身处黑暗孤独中的梦放一直在寻求拯救：

> 如许年来的孤独生活我从未有这个感觉，而今夕像是真正看到了我一生的行程。这等于一个人在船里生活，不知道自己的孤单，一旦望见船外茫茫的海洋，马上会希望有一只伴侣的邻船或者有可依靠的陆地一样。而我就在走进我自己的卧房关上门的时候，我是懦弱得想有个依

---

① 徐訏：《赌窟里的花魂》，《徐訏文集》（第6卷），上海三联书店2008年版，第110页。

靠了。①

　　虽然微翠的爱情暂时拯救了梦放孤独的生命，但微翠的死亡又让他重新踏上了寻求拯救的历程。而对这种寻求拯救探讨得最多的则无异于《彼岸》了。在文中，"我"先后经历了爱情的虚幻、原始的人类劳作、都市的刺激生活、盗劫的冒险生涯以及政治权利的虚妄，然而，这些最终都变成我心灵上厚浊的堆积，并没有能够拯救我迷失的心灵。"我"失去了睡眠，濒于疯狂，最后被送进了疯人院。出了疯人院后，"我"失去了生的信念，感觉到整个世界的无意义并决定蹈海自杀，是露莲带露莲花般的笑容拯救了"我"，只有她相信"我"并没有神经病，而只是失去了自己。但她拯救的仅仅是"我"的肉体，却无法拯救"我"堕落、沉迷的灵魂。"我"居然深陷入斐都肉欲的陷阱，决绝的露莲毅然选择了蹈海自杀，"我"也再次沦入永劫不复的绝望苦海里。"我忏悔，虔诚地忏悔，我作一切痛苦的补赎；我从忘去自己来忘去我的罪孽，我把我生命赤裸地献予我的忏悔与补赎，整日整夜我在自责自罚。但是亲爱的，人始终是时间的动物，忏悔不能使我过去的生命让我重新活过，补赎无法挽回我所害的天使重生，一切逝去都已逝去！"②最终，"我"濒于疯狂的境地，这时候，"你"又来到我身边，追悔莫及的"我"在"你"的劝说下来到一个海岛与灯塔看守人锄老一起过那种与世隔绝的生活。此时的"我"甚至想以自杀来缓解心灵的痛苦，但死亡已无法平息"我"生命的罪恶，因为死亡结束的只是自己的肉体生命。在锄老的指点下，"我"开始了虔诚的忏悔，希望能再见到露莲。被感动的露莲开始在早晨与黄昏时与"我"在海上相见，自此以后，"我的生命重新充实，我的健康重新恢复，我的精神永远新鲜，我的举止日见轻盈，我已有了人间最美最高贵的幸福，我的睡眠现在非常充足，我已把它改到夜间，我在晚上会见露莲后吃饭，饭后就可以睡到非常甜蜜，一直到早晨醒来，醒来就可以再会见露莲，在差不多一年的时间，我享受这样的恩宠！"③然而，贪心不足的"我"不满现状，幻想可以跪在露莲的脚下，俯吻她的脚趾，终于使露莲永不再出现，"我"又回复到之前的痛苦境地。此时"你"又再

①　徐訏：《盲恋》，《徐訏文集》（第5卷），上海三联书店2008年版，第316—317页。

②　徐訏：《彼岸》，《徐訏文集》（第5卷），上海三联书店2008年版，第198页。

③　同上书，第206页。

度走进"我"的生活，给了"我"新的爱情。短暂的欢娱之后，"我"又发现这次婚姻只不过是同饮了一杯苦酒，分离的结局在所难免，"你"对"我"的拯救以失败而告终，痛苦的"我"不得不重新回到海岛，和锄老一起侍奉大海。经过几度沉浮，"我"终于顿悟："一切的企图都是虚妄，一切的计划都是自愈，成就你的绝不是你的企图与计划，一切的摸索都是无为，一切的期待都无收获，你所得的永不是你所要的。"①

徐訏在谈及此作时曾说："朋友，请你不要以为这里有创作的故事，就当它是小说；不要以为这里有哲理，就当它是哲学讲义，也不要以为这里叙述一个生命的历程，就当它是传记。这只是一个迷途的灵魂，书写它的体会与摸索——它的冒险、它的挣扎、它的感受、它的追求与幻灭。"② 这种追求与幻灭的心路历程正是作者渴求灵魂拯救的表征，尤其对于徐訏这种真正的诗人来说更是如此。在这里，"诗人"不仅是指能够创作诗歌的人，更是指能对人类的生存、命运有着终极关怀的思考者。正如刘小枫所言的：诗人是"现世（可见世界）与超验的意义世界（不可见的世界）之间的中介者"③，"诗人的使命是守护此在与超越世界之间的精神纽带"④。因而，诗人尤其不能容忍精神的漂泊无依，不能接受没有终极价值关怀的虚无状态。徐訏所生活的时代无疑是价值信仰严重失落的"贫乏时代"，前半生战争中的四处颠簸，后半生香港社会的物质泛滥，精神生活的贫乏，人大多数是为了最基本的生存而奔波，精神价值等形而上的追求早已被悬置。因此，在这深渊般的"贫乏时代"，面对着人生的诸多生存悖论和困境，沉沦中的人明显感到了无家可归，尤其是徐訏这样"一向是用灵魂在活的人"（三毛语）更是如此。这一点从他小说中设置的诸多人物的流浪——追寻的结构模式中即可窥见。如早期的《吉普赛的诱惑》中的"我"不断地在国内外流浪，以期追求一种自由的生活方式。《时与光》中"我"流落到香港，才会发生一系列偶然的际遇。而后期的《江湖行》中"我"的成长是在大半个中国的流浪中完成的，内心寂寞空虚的"我"始终在追寻一处可以停靠的港湾，直到最终的皈依佛门。F. 詹姆森曾认为结构主义是"明确地寻找心灵本身

---

① 徐訏：《彼岸》，《徐訏文集》（第 5 卷），上海三联书店 2008 年版，第 224 页。
② 转引自吴义勤《漂泊的都市之魂——徐訏论》，苏州大学出版社 1993 年版，第 100 页。
③ 刘小枫：《拯救与逍遥》（修订本），上海三联书店 2001 年版，第 53 页。
④ 同上书，第 392 页。

的永恒的结构，寻找心灵赖以体验世界的，或把本身没有意义的东西组成具有意义的东西所需要的那种组织类别和形式。"① 以此看来，徐訏小说中的这种结构模式正是作者心灵本身的一种反应，他倾向于把主人公的心理流浪注入他们的身体流浪中，所以，我们可以说这些主人公身体上的不断流浪正是处在精神荒原上的无家可归的现代人的一种生存方式和精神文化现象，也是作者精神上无家可归的明证。

　　在这种心灵的空虚与贫乏中，徐訏开始把宗教引入小说。曾有研究者认为："20 世纪中国知识分子的宗教影响同时也蕴含着深刻的文化意味：由于传统儒家信仰体系的崩解，中国社会巨变所导致的诸如现实与理想、感性与理性、自然与人性、生与死、灵与肉等精神领域的悖论性问题亟需文化上的最终解决，宗教因而成为一种超越文化危机的'支援知识'。"② 诚如傅伟勋所言："宗教解脱论可以说是我们现代人切实需要的精神食粮。"③ 这一点对于徐訏来说也不例外，在其后期的小说创作中，诸多人物都选择了宗教作为其人生的归宿，因为"宗教的意义则在于替人类的灵魂发现一块净土——一片了无纤尘澄明清澈的彼岸世界"④。如《幻觉》中，乡间自然中作画的墨龙在肉体的诱惑下玷污了给其作模特的姑娘地美，而自由惯了的墨龙不愿意过早地被婚姻家庭所束缚，这直接导致了地美的发疯、出家，并被大火烧死。所以，良心备受谴责的墨龙最终选择了出家为僧，心灵也慢慢趋向平静；而《杀机》中遥敏一直是"我"心中敬重的对象，他甚至为了"我"而主动离开了自己心爱的晓印，但在家中一次意外失火事件中，"我"和遥敏都想借这次难得的"天机"置对方于死地，阴差阳错间却使两人共同爱的晓印葬身火海，事后承受不了心理重负的遥敏忏悔了自己的罪行：

　　　　我觉得我们人性的成分只是神性与兽性，有的神性多，有的兽性多。但是是人，就不会完全是神性，也不会完全是兽性的，不过如果我

　　① 转引自陈旋波《时与光——20 世纪中国现代文学史格局中的徐訏》，百花洲文艺出版社 2004 年版，第 203 页。

　　② 陈旋波：《时与光——20 世纪中国文学史格局中的徐訏》，百花洲文艺出版社 2004 年版，第 265 页。

　　③ 傅伟勋：《从西方哲学到禅佛教》，三联书店 1989 年版，第 379 页。

　　④ 马佳：《十字架下的徘徊：基督宗教文化和中国现代文学·引言》，学林出版社 1995 年版，第 2 页。

们不知道尊贵神性崇扬神性，兽性随时会伸出来的。这就是说先天上我
们有人是六分神性四分兽性，有人是三分神性七分兽性，但是后天上如
果我们一直尊贵神性，崇扬神性，我们的神性就会发扬，兽性就会隐
没。所谓宗教的修炼，想就是要发扬神性。如果一直听凭兽性发扬，神
性也就会逐渐隐没的……①

最终，在洞悉了自身灵魂的丑恶后他选择了皈依宗教来救赎自己的心
灵。《江湖行》中周也壮在经过了几度的江湖浮游后，在他爱的女人死的
死，疯的疯，嫁人的嫁人后彻悟了人生的虚空，最终选择了在峨眉山出家为
僧，不再沾染世事；《时与光》中的多赛雷与苏雅最终都选择了皈依天主
教，《精神病患者的悲歌》中的富商小姐白蒂为使女海兰的牺牲精神所感
动，决定把自己的一生献给上帝。夏志清曾经指出："中国文学传统里并没
有一个正视人生的宗教观。中国人的宗教不是迷信，就是逃避，或者是王维
式怡然自得的个人享受。"② 应该说，徐訏笔下绝大部分主人公的皈依宗教，
基本都是一种逃避现实纷乱而获得解脱的人生方式，典型地印证了唐代诗人
王维所感叹的"一生几许伤心事，不向空门何处销"。这事实上也正是徐訏
本人内心的写照，如他曾在《夜祈》中真诚地呼唤：

> 主，请莫再让我灵魂
> 在幽暗空漠中流浪，
> 它已经受尽了颠簸、
> 磨折、痛苦、创伤。
>
> 像在无底的山谷中下坠，
> 四周漆黑，阴风森森，
> 身无着、目无见、耳无闻，
> 生活在空虚中飘荡。
>
> 我听凭无限的天谴，

---

① 徐訏：《杀机》，《徐訏文集》（第7卷），上海三联书店2008年版，第411页。
② 夏志清：《新文学的传统》，新星出版社2005年版，第33页。

心流着血，眼挂着泪，

在悠长岁月中，我痛悔，

那一切浮夸愚蠢的荒唐。

请恕我过去，给我未来，

赐我洪亮的声与灿烂的光，

让我跪在你慈悲的脚下，

再醒我卑微的希望。

我愿耳能闻，眼能望，

我身躯能不再下坠飘荡，

我有限的卑微生命，

能永久依附那再亮的光芒。①

　　最终，徐訏也如他的大部分主人公一样在临终前接受洗礼皈依天主教。正如有学者所指出的："一个精神丰富的作家既承载了人类太多的苦难，又有充分的时间思考终极问题，几乎没有不走向宗教的。"② 由此来说，徐訏已经找到了拯救自己灵魂的方式。然而，在笔者看来，这种皈依更多的是一种充满矛盾的皈依，因为徐訏早年便接触宗教，他曾说过："我第一次知道这宗教感情，大概是在我求学时代读到的一本美国的教育学原理书上，那里面对于培养儿童的宗教情感有一种很注意的态度，我当时很有点奇怪，后来知道西洋是有了人不久就产生了神的。"③ 除此之外，他还认识一些外国神父、主教，如劳达一神父，却一直没有皈依之意，这一点在其早期诗作《我是一个凡人》中就有明确的表示：

　　……

　　我知道人世中有悲哀，伤心，

————————

① 徐訏：《夜祈》，《徐訏文集》（第 14 卷），上海三联书店 2008 年版，第 342—343 页。

② 谭桂林：《百年文学与宗教》，湖南教育出版社 2002 年版，第 152 页。

③ 徐訏：《西洋的宗教情感与文化》，《徐訏文集》（第 9 卷），上海三联书店 2008 年版，第 20 页。

我知道人世中有愚笨有顽蠢，
我知道人世中的横暴，残忍，
我也知道人世中有残酷的战争，
可怜的倾轧，嫉妒，老死与疾病，
但是我原谅这些，我不愿意逃避，
我要用我的生命把这些残缺填平。

我是一个凡人，我爱这人世，
所以我不爱白天的太阳，
我爱夜里的灯，
我不爱泉水，我爱酒，
我不爱风雨声，甚至莺歌鹂鸣，
我爱人间的音乐与歌手的唱和，
我爱人间的画，科学哲学与诗篇，
独不爱天启的圣经。①

在早期的诸多作品中，徐訏甚至还批评过宗教，如 20 世纪 30 年代在《谈鬼神》中还饶有兴致地借用几何学来证明灵魂的虚妄性，并认为宗教在中国只剩下鬼神崇拜："社会问题的虚悬，人民的力量无发挥的地方，把一切依靠于渺茫的神鬼去了。"② 并宣称："我个人并没有宗教信仰，也相信宗教会有不存在的一日。"③ 在《阿剌伯海的女神》中也借女巫之口提出了"到底哪一个宗教的上帝是真的?"的疑问，并阐释了自己对宗教的诠释："中国人，孩子时代父母是宗教，青年时代爱人是宗教，老年时代子孙是宗教。"④ 而在《盲恋》中也借主人公梦放之口批评宗教道："基督教以为世上万物造来是给人用的。"⑤ 即使是在后期的作品《时与光》中的前奏里，"我"在回答"神"的发问时也认为自己没有相信过什么宗教，也没有哲学

---

① 徐訏：《我是一个凡人》，《徐訏文集》（第 13 卷），上海三联书店 2008 年版，第 377—378 页。

② 徐訏：《谈鬼神》，《徐訏文集》（第 9 卷），上海三联书店 2008 年版，第 232—233 页。

③ 徐訏：《谈中西的风景观》，《徐訏文集》（第 9 卷），上海三联书店 2008 年版，第 9 页。

④ 徐訏：《阿剌伯海的女神》，《徐訏文集》（第 6 卷），上海三联书店 2008 年版，第 211 页。

⑤ 徐訏：《盲恋》，《徐訏文集》（第 5 卷），上海三联书店 2008 年版，第 374 页。

信仰，只凭天赋的爱，表明他企图通过宗教和哲学来救赎自己的灵魂，但最终没有实现。而在文中也通过陆眉娜的口说出："你从否定人生去接近宗教，这是笑话。真正的僧侣，是有了宗教信仰而后才否定人生的。"[①] 依照这种标准来说，徐訏的皈依明显是不虔诚的，只是他实在找不到心灵的出路，只好在临死前一个星期选择了皈依宗教。这一点他自己也说得很清楚，如在诗歌《雪夜》中他写道：

> 上天在我降生时，
> 也曾交我一颗痴心。
> 要我在漆黑的世间，
> 寻一丝天国的光明。
>
> 但在这嚣嚣的地面，
> 竟没有三尺泥土干净，
> 连我愿死的今夜，
> 也无处可掩埋我的声名。
>
> 世间可怜的羔羊，
> 临死时都有一声哀鸣，
> 但我心底的话儿，
> 竟无人愿意谛听。
>
> 我听凭我寂寞的灵魂，
> 在无主的太空中飘零，
> 愿我多余的肉体，
> 在雪消时同化个干净。[②]

在诗歌《山路》中他也自剖道：

---

①　徐訏：《时与光》，《徐訏文集》（第 3 卷），上海三联书店 2008 年版，第 18 页。
②　徐訏：《雪夜》，《徐訏文集》（第 14 卷），上海三联书店 2008 年版，第 114—115 页。

荆莽把我皮肤划碎，
山岩将我衣衫弄乱，
我头发散了不理，
鞋子破了不管。

因为我在听鬼魂嘀嘟，
我在听山魈歌唱，
还在听鸥鹆对着烟雾，
冷笑我这陌生的旅人疯狂。

其实我只因心底痛苦，
所以走这无尽无尽的山路。
原想知道一点天国的消息，
但天国的消息竟越来越糊涂。①

所以吴义勤指出："在徐訏这里，所谓的宗教并不一定指要皈依某一个教会或遵循某种教义，而更多地是指一种宗教精神，亦即对生命的形而上的和神性的追寻。"② 因此宗教并没能真正救赎他那颗漂泊的灵魂，对于他来说，宗教不过是一种绝望中的希望，而不是如鲁迅式知其不可为而为之，从而反抗绝望。所以，徐訏在皈依时也在质疑性地发问："为什么天主让那么多中国乡下人受罪？"虽然徐訏是在心灵找不到出路的情况下皈依宗教，但不能否认的是，徐訏对宗教是有感情的，正如他在《盲恋》中借主人公之口说道："我不信什么宗教，但我是有宗教情感的人，在我长期孤独的生命中，我总觉得有一个超自然的存在在支配我在让我依靠。"③

同时，在笔者看来，与其说是宗教拯救了徐訏的灵魂，毋宁说是写作拯救了他。当代作家残雪曾经在接受采访时认为："在文学家中有一小批人，他们不满足于停留在精神的表面层次，他们的目光，总是看到人类视界的极限处，然后从那里开始无限止的深入。写作对于他们来说就是不断地击败常

---

① 徐訏：《山路》，《徐訏文集》（第14卷），上海三联书店2008年版，第96—97页。
② 吴义勤：《漂泊的都市之魂——徐訏论》，苏州大学出版社1993年版，第99页。
③ 徐訏：《盲恋》，《徐訏文集》（第5卷），上海三联书店2008年版，第366页。

套‘现实’向着虚无的突进，对于那谜一般的永恒，他们永远抱着一种恋人似的痛苦与虔诚。"① 说的虽然是她自己，但也同样适用于徐訏，这一点从徐訏对创作的态度即可看出。他曾在《作品、作者及其他》中说道：

> 一本书的出版，就为那本书读者而设想的。这设想，并不是作者的事情，而是出版家的事情。一本书如果没有读者，这本书就没有出版的意义。
>
> 可是作者往往不是为读者而写作，而是为自己而写作。所谓为自己而写作并不是说他不需要读者，或者他不会有读者，而是他需要一种能了解他"自己"能有共鸣的读者。
>
> 因此，出版家所需要的读者是"量"，作者所需要的读者有时则是"质"。出版家不肯为少量的读者而出书，除非他有特别的作用。因为读者少到某一个限度，出版家就一定赔本了。可是作者常为少量读者而写书，有时候这读者只是他自己。②

这种"为自己而写作"的创作态度让其在香港这个商业社会依然"坚持严肃的创作态度，不断地默默耕耘，直到耗尽心血，撒手尘寰"。③个中原因则是写作已成为他确证自我存在的方式，所以他不断地把自己对人生的迷茫、对命运的恐惧、对存在的感悟及其意义统统形诸文字，不懈地在写作中追问人的生命价值以及拯救灵魂的途径。

因而，在笔者看来，徐訏的小说创作明显体现为小说家的一种自我拯救意识，是其蜷坐在黑暗的岁月里舔舐自己灵魂创伤的文字外显。正是因为他自觉到存在的无意义、命运的无常，才不得不通过小说凸显自身存在的价值与意义，拯救自身孤苦的灵魂。美国著名批评家欧文·豪曾说："文学创作在伟大的现代作家手中已成为他们对抗荒诞的现实以确证自身的存在的形而上手段。"虽然徐訏离伟大的作家尚有一定的距离，但无法否认的是其利用写作来对抗荒诞的意义，而且通过写作，他也获得了一种

---

① 残雪：《为了报仇写小说——残雪访谈录》，湖南文艺出版社 2003 年版，第 269 页。

② 徐訏：《作品、作者及其他》，《徐訏文集》（第 11 卷），上海三联书店 2008 年版，第266 页。

③ 璧华：《忠于艺术 忠于人生——徐訏论》，寒山碧编《徐訏作品评论集》，香港文学研究出版社 2009 年版，第 6 页。

生命的坚实感以及内心暂时的安然和平衡。恰恰印证了刘小枫的话："当人们感到自己的生命若有若无时，当一个人觉得自己的生活变得破碎时，当生活的想象遭到挫折时，叙事让人重新找回自己的生命感觉，重返自己的生活想象的空间，甚至重新拾回被生活中的无常抹去的自我"①。

① 刘小枫：《沉重的肉身——现代性伦理的叙事纬语·引子》，华夏出版社2004年版，第6页。

第五章

徐訏小说诗性品格的文学史意义

对于徐訏来说，他在小说中反复不断地思考人的命运、存在及其意义，并建构了一种独特的诗性文体。这更多的是一种边缘人的生命独语，是作者"心灵的象征的诗"。这种边缘人的生命独语和灵魂拯救的渴望让其小说凸显出一种典型的现代诗性精神。而徐訏小说中对这种现代诗性精神的追求和丰富不仅是对大陆 20 世纪 40 年代后期逐渐淡出历史舞台的诗性传统的接续和丰富，它明显扩大了以沈从文、废名等小说家开创的诗性小说的内涵，同时在香港文学界也有其独特的贡献，这在某种程度上提升了香港文学的审美格调，并对一些作家的创作产生了重要的影响。因此，本章着重于探求徐訏小说诗性品格所展现的文学史意义。

第一节　现代诗性精神的再造

对于文学来说，诗性品格可谓是其本质特性，这一点被很多小说家和理论家所承认，如结构主义批评理论认为：诗性是文学性或诗的美学特征的表征，文学之为文学，诗性是不可或缺的一维。① 而当代作家张承志也认为："对于我来说，文学的最高境界是诗。无论小说、散文、随笔、剧本。只要达到诗的境界就是上品。"② 因此对于文学来讲，其最高境界便是诗性的境界。

然而，当我们用小说的上述特性来审视中国现代小说时，却发现如此重要的属性却被表现得很单薄，这一点大概与中国的传统文化和小说理念很有关系。"传统儒家文化注重实用，关注现实，对形而上世界极为淡

①　罗璠：《残雪与卡夫卡小说比较研究》，人民出版社 2006 年版，第 123 页。
②　张承志：《骑上激流之声》，陈子善编《雅人乐话》，文汇出版社 1995 年版，第 163 页。

漠，禅与道将得救的希望，生命的终极关怀设置在此岸世界，并在反向消解世界的过程中寻求解脱，其超越性也大打折扣。进入 20 世纪后，在输入西方文化的时候，只从现实功利出发，片面强调科学、民主等实用层面，对宗教、哲学等形而上层面则关注不足，在此基础上形成的中国现代文学明显先天不足，再加上过度注重文学为现实服务，为政治服务，更使其在很大程度上丧失了超越性。"① 所以有学者指出，20 世纪是一个"非文学的世纪"②，在这种不利于文学发展的世纪中，追求文章的经世致用成为绝大部分作家一种根深蒂固的集体文化心理，由此，"中国现代文学的审美超越性确实受到了很大的局限"，"现实功利的羁绊和传统的束缚，在很大的程度上局限了中国现代文学，使它羽翼沉重，难以超越"。③ 因而钱理群才会认为"在现代文学作品里，艺术水准最高的作品往往是（当然不是'全部是'）带有抒情性的，或者说是具有某种诗性特征的。"④ 诸如 20 年代鲁迅的《故乡》《伤逝》，郁达夫的《春风沉醉的晚上》，30 年代沈从文的《边城》、废名的《桥》以至到 40 年代萧红的《呼兰河传》、冯至的《伍子胥》、孙犁的《荷花淀》等，而不是有着宏大史诗性质的《子夜》抑或为革命摇旗呐喊的《少年漂泊者》等，虽然后者也有某种程度上的抒情特性，但空乏浮泛的时代情感很难激起后代读者的灵魂共鸣。相反，那些融入了作者真切情感体验的作品却得到了后代读者的情感共鸣，其中一个很重要的特点则在于它们情感上的真挚性，用语言展现出一种对爱、诗意以及人生皈依的情感诉求。

在形式上，这类小说多倾向于"语言的诗化与结构的散文化，小说艺术思维的意念化与抽象化，以及意象性抒情，象征性意境营造等诸种形式特征。"⑤ 如鲁迅的《故乡》被称为"东方的伟大的抒情诗"，废名曾说

---

① 刘纪新：《通向彼岸的路：论中国现代诗歌中的生存探寻主题》，博士学位论文，南京师范大学，2010 年，第 134 页。

② 朱晓进等著：《非文学的世纪：20 世纪中国文学与政治文化关系史论》，南京师范大学出版社 2004 年版，第 3 页。

③ 张林杰、方长安：《现代文学的审美超越性与现实的羁绊》，《学习与探索》2001 年第 3 期。

④ 钱理群：《文学本体与本性的召唤——〈诗化小说研究书系〉总序》，广西教育出版社 2004 年版，第 2 页。

⑤ 吴晓东：《现代"诗化小说"探索》，《文学评论》1997 年第 1 期。

过他写小说"很像古代陶潜、李商隐写诗",而且"就表现的手法说,我分明地受了中国诗词的影响,我写小说同唐人写绝句一样,绝句二十个字,或二十八个字,成功一首诗,我的一篇小说,篇幅当然长得多,实是用写绝句的方法写的,不肯浪费语言"。① 其作品也明显表现出"一种超脱的意境,意境的本身,一种交织在文字上的思维者的美化的境界"。② 如他的《桥》,在幻想里构造一个乌托邦,"这里的田畴、山、水、树木、村庄、阴、晴、朝、夕,都有一层缥缈朦胧的色彩,似梦境又似仙境。这本书引读者走入的世界是一个'世外桃源'"③。其中的人物如小林、细竹、琴子美好纯洁,史家奶奶仁爱慈祥,庄稼汉三哑憨厚勤劳,整部作品"充满的是诗境、是画境、是禅趣。每境自成一趣,可以离开前后所写境界而独立"④。以至于"读者从本书所得的印象,有时像读一首诗,有时像看一幅画,很少的时候觉得是在'听故事'"⑤。类似的还有他的《竹林的故事》《凌荡》等,都是"远离尘嚣的田园牧歌"⑥。而沈从文的小说《边城》曾被研究者认为"是抒情的,然而更是诗的"⑦,文中翠翠的天真无邪、渡船老人的古道热肠、船总顺顺的放达和洒脱,整部小说的意境和风致流泻着典雅、清丽、圆润的古典美,以至于被研究者认为"整个调子颇类牧歌"⑧。萧红的《呼兰河传》也被茅盾称为是"一篇叙事诗,一幅多彩的风土画,一串凄婉的歌谣。"⑨

　　类似的这种形式上的诗性特征在徐訏的小说中也体现得较明显,如他早期曾在小说《荒谬的英法海峡》中就塑造出了一个典型的没有阶级,没有官僚,和平自由的乌托邦世界:这里人人都是在治理的,平民的领袖由人民推选,政治已经等于没有,而"军事,等于音乐家里一个指挥,每

---

①　废名:《〈废名小说选〉序》,马健男编《冯文炳选集》,人民文学出版社 1985 年版,第394 页。

②　张大明编:《李健吾创作评论选集》,人民文学出版社 1984 年版,第 445 页。

③　灌婴:《桥》,陈振国编《冯文炳研究资料》,知识产权出版社 2009 年版,第 159 页。

④　孟实:《桥》,陈振国编《冯文炳研究资料》,知识产权出版社 2009 年版,第 179 页。

⑤　灌婴:《桥》,陈振国编《冯文炳研究资料》,知识产权出版社 2009 年版,第 158 页。

⑥　杨义:《中国现代小说史》(第 1 卷),人民文学出版社 1986 年版,第 450 页。

⑦　刘西渭:《〈边城〉与〈八骏图〉》,吴福辉编《二十世纪中国小说理论资料》(第 3 卷),北京大学出版社 1997 年版,第 393 页。

⑧　汪伟:《读〈边城〉》,《北平晨报·学园》1934 年 6 月。

⑨　茅盾:《〈呼兰河传〉序》,《茅盾论创作》,上海文艺出版社 1980 年版,第 335 页。

个人都是艺术家，指挥者不过使其统一而已。"① 从而寄托了自身的理想。
他在初到香港时期的小说《鸟语》《私奔》等中也塑造出世外桃源般的回
澜村、枫杨村等，如《私奔》中日出前的枫杨村是那么清爽，"静静的河
流偶尔发出游鱼的接喋，头上不时有鸟叫，除此之外，没有风，没有人
影，再没有其他的声音；一片寂静中，雾慢慢地散了；我看见隐约的青
山，碧绿的原野，村屋的炊烟绕绕上升，天亮了起来，东方一片红光中推
出浑圆鲜红的太阳……"② 而在此生活的人物也都淳朴美好，如枫杨村
中，"人们在那面是这样的亲切，不论贫富，一切的称呼都是伯伯叔叔，
公公婆婆，哥哥弟弟。"③ 类似的还有《鸟语》中的芸芊"属于一个未染
尘埃的世界，在那里，她才显露她的聪慧光彩与灿烂；在那里，她才真正
有安详与愉快"，④ 从而寄予着作者对乡村田园生活的向往之情。在这些
小说中，徐訏极力渲染了诗性人生的美丽，以表达他对这一人生境界的追
求。可以说，"徐訏香港时期的梦想原乡小说充满了田园牧歌情调，都市
的喧嚣与人性的畸变渐渐消遁，代之的是乡村的宁静与生命的和谐，很容
易让人想到沈从文。"⑤ 然而，徐訏毕竟不是沈从文，他并不仅仅满足于
如沈从文、废名那样的"在污秽现实中虚构一个理想净土的真实感情与求
索精神……通过他们虚构的理想，向人们展示他们的反叛精神。在这种情
况下，追求艺术的美也会成为一种对丑恶现实宣战的武器"⑥。作为一个
生命体验性作家，徐訏更多的是从自身的内心困惑和焦虑出发，把艺术世
界的构造过程当作经由体验而追寻人类命运之谜的升华过程。因此，这种
田园牧歌情调的小说更多地出现于其到港的初期，借以表达对香港这座异
己之城的排斥与弃绝，以缓解自己在初入香港时的身份认同焦虑，而并不
能真正承载起他对生命意义的存在之思。徐訏必然会寻求另外的艺术范式
来承载自己所体验到的存在之思，因此，这种田园牧歌情调的小说只是其
大量都市小说的陪衬。

---

① 徐訏：《荒谬的英法海峡》，《徐訏文集》（第 4 卷），上海三联书店 2008 年版，第 16 页。

② 徐訏：《私奔》，《徐訏文集》（第 7 卷），上海三联书店 2008 年版，第 53 页。

③ 同上书，第 36 页。

④ 徐訏：《鸟语》，《徐訏文集》（第 6 卷），上海三联书店 2008 年版，第 405 页。

⑤ 陈旋波：《时与光——20 世纪中国文学史格局中的徐訏》，百花洲文艺出版社 2004 年版，第 258 页。

⑥ 陈思和：《中国新文学发展中的浪漫主义》，《学术月刊》1987 年第 10 期。

同时，当我们真正审视"诗性"的内涵时，它又"不仅涉及象征性、暗示性、意境性等文体的特征，也不仅仅是指追求回归自然、回归乡土、回归单纯质朴生活的情性，'产生美感的东西以及来自审美的印象'，还是'对存在的追问与探寻'，具有存在的超越功能、价值功能"①。而当我们以此标准来审视废名、沈从文抑或萧红的小说创作时，其存在论意义上的"诗性"特征则显得相对薄弱与不足。究其原因，则在于这批作家明显缺乏一种现代意义上的诗性精神。这种现代意义上诗性精神更多的是指在现代社会中面对生存折磨，面对内心虚无，面对死亡恐怖而坚韧挺拔的精神气度，虽然沈从文、废名等作家也曾在不同程度上体会到这种虚无的情感与死亡的恐怖，如废名在写作《桥》时，一面要营造世外桃源，一面又不厌其烦地写到"坟"这一死亡意象，诗意笼罩着一层虚无的人生阴影。即便如此，他们依然愿意选择建构"桃源世界"以及"人性的小庙"来安放自身焦灼的灵魂。所以，虽然司马长风认为徐訏"另有散文诗风的《彼岸》，也是一部杰作，与沈从文的《边城》、老舍的《月牙儿》、萧红的《呼兰河传》是同一类型的作品"②，但其中所反映的作者的精神情感明显有着很大的差异，前者重在展现出作者面对存在的孤独和内心的虚无从而不断追问存在的意义，以期寻求灵魂拯救的渴望。

同时，也正是这种现代意义上的诗性精神让其开始不断地在朝不保夕的战争年代以及物质泛滥的商业化香港依然能够深入思考人的命运、存在及其终极意义，并往往以一种充满诗情和哲理并重的语言展现了出来。因此，徐訏的小说中，尤其是《时与光》《彼岸》中所呈现的诗性精神更多地类似于鲁迅的《野草》中所呈现的作者的精神世界，是一种心灵的象征的诗，很多时候都是作者于孤独的岁月中的"自言自语"。这一点从他们对于写作的看法中即可窥见一二，如鲁迅就曾在《小杂感》中写道："创作虽说抒写自己的内心，但总愿意有人看，创作是有社会性的，但有时只要有一个人看便满足：好友、爱人。"③ 这与徐訏"为自己而不是为读者写作"的看法如出一辙，也难怪林语堂和司马长风都认为徐訏和鲁迅

---

① 席建彬：《20 世纪 80 年代以来"现代抒情小说"研究综述》，《德州学院学报》2006 年第 1 期。

② 司马长风：《中国新文学史》（下），昭明出版社 1978 年版，第 93 页。

③ 鲁迅：《小杂感》，《鲁迅全集》（第 3 卷），人民文学出版社 1981 年版，第 512 页。

一样是 20 世纪中国的杰出作家，虽然这样的溢美之词不能当真，但至少说明二者有某种程度上的共通性。

然而，在政治文化泛滥的现代文学中，即使是这类为数不多的具有诗性特征的小说创作也渐渐远离人们的视野，"由于历史条件的巨大变化，伴随着 40 年代后期政治文化同化一切力量的逐步展开，又将完全蚕食诗性人生的文学空间；历史注定，40 年代将是诗性传统逐渐淡出的时代。"① 而到了新中国成立后的"十七年"和"文革"期间，受"红色美学"② 的影响，具有诗性特征的小说创作基本处于被压抑的状态。1949 年 7 月，在北京召开的第一次文代会把毛泽东《在延安文艺座谈会上的讲话》（以下简称《讲话》）规定为新中国的文艺方向，坚持"政治标准第一、艺术标准第二"，认为政治思想才是评价作品高低的最主要的标准。同时，《讲话》中就创作情绪（情感倾向）也作出了规定，要求文艺工作者"要破坏那些封建的、资产阶级的、小资产阶级的、自由主义的、个人主义的、虚无主义的、为艺术而艺术的、贵族式的、颓废的、悲观的以及其他种种非人民大众非无产阶级的创作情绪"③。在这种思想的指导下，国家开展了多次文艺批判运动，除了对文学作品中的"反革命思想"进行批判以外，还有对"资产阶级唯心论"、"人性论"的批判以及对"小资产阶级情调"的批判等等。可以说，"这些文艺批评运动中，有一个观点是贯穿始终的，那就是对诗性的拒绝"。④

除此之外，对文学创作的题材也作出了相应的规定和控制，不管是历史题材小说、农村题材小说，还是都市题材小说、工业题材小说，都有一个共同的主题，就是对社会主义革命和建设的歌颂。即使是鲁迅、废名和沈从文等人所开创的乡土题材小说，在"十七年"和"文革"文学中其内容也多数指向农村革命和建设等与意识形态紧密相关的部分，其中的乡土已转化为革命化的农村，田园成为战场、合作社、人民公社等意识形态场域，许多抒写乡村情感的作品都遭到批判，诗性因之被压抑。正如洪子

---

① 席建彬：《论现代小说的诗性传统》，博士学位论文，南京师范大学，2006 年，第 29 页。

② 这里所谓的"红色美学"特指 1949—1976 年在红色政治主导下的一元化美学，其取决于国家意识形态审美价值观，以强大的国家意志压抑个体抒情为特征。

③ 毛泽东：《在延安文艺座谈会上的讲话》，中共中央文献研究室编《毛泽东文艺论集》，中央文献出版社 2002 年版，第 79 页。

④ 廖高会：《诗意的招魂——中国当代诗化小说研究》，学苑出版社 2011 年版，第 30 页。

诚先生所言："50 年代以后，写英雄典型、写生活中的矛盾冲突、设计有波澜起伏的情节线索的小说的主张，取得绝对统治地位，成为衡量作品价值的主要尺度，留给'诗化'、'散文化'小说的发展空间已很窄小；即使有这样的作品出现，也难以获得较高的评价（如孙犁的一些小说）。"① 虽然此时期孙犁的诗化小说如中篇《铁木前传》，短篇《吴召儿》《山地回忆》等并没有脱离主流意识形态，题材仍然是为当时的革命和政治服务，但其作品中流露出来的较强的抒情性（诗性），依然被主流政治批判为风花雪月和小资情调，如其作品追求诗一般的意境，并没有正面描写刀光剑影抑或工农兵的阶级性或革命性，而是以白洋淀明媚如画的风光作背景，用飘飞的芦花、洁白如雪的苇眉子、粉红色的荷花和香气清幽的荷叶衬托主人公的思想感情，体现出他们身上的人性之善和人情之美。所以，孙犁的小说尽管写的对象是工农兵，可表现的情绪却是知识分子的。这种与主流意识形态貌合神离的写作态度使得"几十年来，孙犁在主流文学中的地位一直具有某种'边缘'性"②，以至于晚年的孙犁处于一种深沉的悲凉和感伤之中，闭门谢客，伤心而悟道。

像孙犁这种出身工农兵，成长于解放区，向来是被作为主流文学中"正宗"的一派作家看待的人尚且如此，更何况那些被认为带着"知识原罪"的国统区作家了，他们的内心无疑是忐忑不安的。例如，与徐訏同样身为自由主义知识分子的曹聚仁在描述自己听到艾思奇在北大的演讲时猛然一惊，他由此认为，"一块砖头到墙头里去，那就推不动了，落在墙边，不砌进去的话，那就被一脚踢开了。"③ 这无疑是对自由主义知识分子的最终警示，在这种情况下，绝大部分留下来的国统区文人选择了皈依新的人民政权。李欧梵曾说过："一旦作家不再与政治疏离，便不再是现代文人。"④ 作家"也只有在自处于边缘的状态和心态下主观和情感才需要得到夸耀的处理和炫异的强调，而且也只有疏离于中心、自处于边缘的主观情感才能是夸耀的合适对象和炫异的当然内容"⑤。也就是说，"创作

---

① 洪子诚：《中国当代文学史》，北京大学出版社 1999 年版，第 88 页。

② 杨联芬：《孙犁：革命文学中的"多余人"》，《中国现代文学研究丛刊》1998 年第 4 期。

③ 王宏志：《历史的偶然》，牛津大学出版社 1997 年版，第 23 页。

④ 李欧梵：《中国现代作家的浪漫一代》，王宏志等译，新星出版社 2005 年版，第 259 页。

⑤ 朱寿桐：《心态、姿态与情态——略论中国现代浪漫主义文学的基本形态与发展状态》，《文学评论》2005 年第 3 期。

主体只有秉持了这一立场，才有可能形成与审美人生的有效对话，赋予文学感受以生命的自由品性"①。因此，在政治管控文学的年代，这些文人的文学生命迅速走向萎缩，"旧的文艺家一般都表现为不敢写作，文艺市场几乎为新的作家所包办，这种不敢写作的原因，我认为主观上自己认为马列主义水平很低，写出来有问题，在客观上会受到挨批评和挨闷棍的攻打。另外还有一种客观存在，就是：革命的作家写出的作品在思想性上不会有什么问题，旧作家的作品一定都有唯心思想的气氛。这种想法……无形间划分了新的和旧的圈子"②。在这种处境下，这批作家不能不被疏离感和幻想破灭所包围，在怀才不遇的落寞中，一批有着诗性追求的作家或者沉寂，典型的如废名，"他的'苦闷'以至写不下去的一个重要原因，是由于他'写的东西主要是个人的主观'，并且是有意无意地'躲避了伟大的时代'"③。或者选择转向，如被定性为"一直有意识的作为反动派而活动着"④ 的沈从文，在经历了巨大的精神痛苦和内心折磨之后最终放弃文学创作而选择了沉入古代服饰文化的研究中。他曾说过："若重新搞写作，一切得从新学习。照我这么笨拙的人，不经过三年五载反复的学、写、改，决不会出成果。同时从延安随同部队，充满斗争经验，思想又改造得好的少壮有为，聪明才智出众超群的新作家又那么多。"⑤ 因此，"与其于己于人有害无益，不如避贤让路。既然实证生命价值的途径不只一条，文学创作已经难以为继，尽可以另外的方式为社会服务"⑥。类似的还有冯至选择了沉入德国美学的研究中，并彻底否定了自己的前期创作，《伍子胥》式的小说成为"不可重复的绝唱"⑦。而一代才女萧红在 40 年代写完《呼兰河传》后就寂寞地香消玉殒于遥远的香港。

---

　　① 席建彬：《文学意蕴中的结构诗学——现代诗性小说的叙事研究》，人民出版社 2012 年版，第 212 页。

　　② 黄嘉贵：《对"百花齐放、百家争鸣"的一点粗浅体会》，《新港》1957 年第 6 期。

　　③ 金训敏：《不断进取　有所作为——怀念冯文炳先生》，陈振国编《冯文炳研究资料》，知识产权出版社 2009 年版，第 231 页。

　　④ 郭沫若：《斥反动文艺》，《文艺丛刊》第 1 期。

　　⑤ 沈从文：《花花朵朵　坛坛罐罐——沈从文文物与艺术研究文集》，外文出版社 1994 年版，第 34 页。

　　⑥ 凌宇：《沈从文传》，十月文艺出版社 1998 年版，第 437 页。

　　⑦ 钱理群：《〈二十世纪中国小说理论资料〉前言》（第 4 卷），北京大学出版社 1997 年版，第 13 页。

作为后来者的徐訏则毅然选择了在香港这片通俗文学泛滥的市场上继续其诗性文学的耕耘，赴港后仍出现了一个持续而稳定的创作高潮，长篇小说《江湖行》《时与光》《悲惨的世纪》，中篇小说《彼岸》《盲恋》《痴心井》《炉火》以及短篇小说《鸟语》《结局》《巫兰的噩梦》等共70部，"相对于50至60年代服膺于政治规范性、受制于历史必然律的中国大陆文学，徐訏作品探入了历史主体在历史转折时期复杂的心灵历程，并在心理矛盾的苦恼和纠葛中向历史发出一种逆向性的叩问，同时以强烈的生命追寻意识探索人类的精神历程，从而构成了自身丰富的心理性内涵和深刻的精神向度"①，在20世纪50—70年代的中国文学版图上留下了无法替代的足迹。就连对徐訏有些成见的夏志清在晚年回忆往事时也不得不承认："我因早在上海即读了他的《鬼恋》《吉普赛的诱惑》，不喜欢这两种调调儿，故不考虑把他放进《中国现代小说史》内，连《风萧萧》都未看，对他可能是不公平的。其实他晚年在港写的短篇小说，应该算是不错的。"② 同时，这种持续而稳定的创作高潮也这与同时代大陆作家如茅盾、巴金、老舍、曹禺等出现的"创作断层"现象形成鲜明对比。对此吴义勤认为："二十世纪许多中国作家的文学历程中都可以明显地看到一条'向下滑行'的文学轨迹，这其实也是许多西方学者否定中国作家文学水平的一个原因，他们认为一个作家不能持续向前发展提高而是在某个创作高峰之后迅速呈现'下降'趋向，这只能表明这个作家还不具备一个大作家的真正素质。而徐訏在这方面提供了一个相反的例证，他的经验值得珍视。"③ 究其原因则是全新的环境和际遇又带给了徐訏对生命、存在的全新体验。对于一个崇尚生命体验性的作家来说，这无疑是极为有利的，因为对于这类作家而言，"文学创作不再是对被观察到的事件的客观记录，而是内在的自我体验之物的有力表达。即是说，其中贯穿着自我认同性体验"④。这也就是为什么徐訏的很多小说总让人感觉"充溢着一种撼人心力的作家自我人格力量，闪烁着作家个人体悟与发现的真理之

---

① 陈旋波：《时与光——20世纪中国文学史格局中的徐訏》，百花洲文艺出版社2004年版，第298页。

② 夏志清：《夏志清来函谈徐訏》，《纯文学》第6期（1998年10月31日）。

③ 吴义勤：《"通俗的现代派"——论徐訏的当代意义》，《当代作家评论》1999年第1期。

④ 周宪：《超越文学：文学的文化哲学思考》，上海三联书店1997年版，第21页。

光"① 的缘故，尤其是他后期的小说《时与光》《彼岸》，"对于时间与空间、循环与轮回、此岸与彼岸、必然与偶然等终极问题的形而上思考，试图通过对人生残缺的反省与自审，在宗教的意义上提升和关怀人的灵魂，这也是徐訏晚年心态和思想轨迹的真实记录。联想到我们的当代文学史，直到九十年代北村等人才在小说创作中表现'终极关怀'，并引起了文学界的巨大反响，我们更应对徐訏这两部小说的先锋性给以足够的重视"②。对此，吴义勤说得很明白："对比于五六十年代大陆文学创作的单一模式和'空白'现象，徐訏等移民作家在香港的创作无疑是同时代中国当代文学最有成就最值得珍视的部分，它们对整个当代中国文学的版图来说是一种难得的修补和充实。"③

因而，在笔者看来，徐訏的小说所呈现的诗性品格及其成因的过程更多的揭示了一个游离于政权之外的自由知识分子对现代诗性精神的不断追求和丰富，这种追求和丰富某种程度上已完成了以往的以沈从文、废名等开创的诗性小说从纤巧到宏大，从纯重抒情到情理结合的融汇，拓宽了中国现代诗性小说的表现领域，给诗性的小说艺术带来了崭新的美学风格。有了它，20 世纪下半叶的中国文学史才真正成为复调的交响。

第二节　香港文坛的另类风景

香港著名作家刘以鬯先生认为：1949 年香港文坛经历了一次根本性的转变，原因之一是："大批文艺工作者离开香港返回大陆，另一批文艺工作者离开大陆来到香港。"④ 因此，他认为"必须将 1949 年视作香港文学发展过程中的分水线"⑤，1949 年以前，香港由于它特有的国际性文化背景，形成了香港文学的特异性和多元化取向，"香港新文学之所以取得如此成绩，主要是继承和发扬了五四新文学的光荣传统，经过鲁迅、郭沫

---

① 周宪：《超越文学：文学的文化哲学思考》，上海三联书店 1997 年版，第 21 页。

② 吴义勤：《"通俗的现代派"——论徐訏的当代意义》，《当代作家评论》1999 年第 1 期。

③ 同上。

④ 刘以鬯：《香港短篇小说选（五十年代至六十年代）·序》，梅子、易明善编《刘以鬯研究专集》，四川大学出版社 1987 年版，第 78 页。

⑤ 周伟民、唐玲玲：《论东方诗化意识流小说：香港作家刘以鬯研究》，中国社会科学出版社 1997 年版，第 195 页。

若、邹韬奋、茅盾、许地山、戴望舒、萧红、夏衍、张天翼、欧阳予倩等许多著名的革命作家拓荒播种，浇灌培育；又经侣伦、杰克等本土作家，以及蒲特、刘思慕、杜埃、陈残云和谷柳等移居香港的作家艰苦卓绝的努力。"① 而到了 1949 年之后，相比于大陆受禁锢的文艺政策，香港却成为自由主义的渊薮："自一九四九年以后，大陆易手，国民党撤退到台湾。香港夹在两个政权之间，形成了另一种政治上的边缘：在两岸言论控制之下，大陆和台湾不准谈的，香港可以谈，换言之，香港反而形成了一种可以在报章杂志上论证的'公共空间'。"② 相比大陆和台湾，香港的这种"公共空间"虽然让文学保持了某种程度上的自由，但与 20 世纪 40 年代"文化综合"时期雅俗融合的文学景观截然不同，50—60 年代占据香港文坛的是以金庸、梁羽生的武侠小说和夏易、依达的言情小说为代表的通俗文学，因为一般来说，严肃文学意味着文化批判，它代表了一种启蒙精神，英国殖民当局对此是排斥的。对此，叶维廉这样解释说："殖民地的教育，在本质上，无法推行启蒙精神。启蒙，即是要通过教育使他们自觉到作为一个自然体与生俱来的权利和自觉到作为一个中国人所处的情境。这，殖民政府不能做，因为唤起被统治者的民族自觉，就等于让他们认知殖民政策宰制、镇压、垄断的本质；自觉是引向反叛和革命之路。"③ 因此香港采用自由资本主义制度，市场机制十分发达，港英政府不管不问地将文学置于市场之中，写作人也多数视写作为谋生的手段。40 年代司徒怀白曾写过《香港的卖文者》一文，对比重庆、桂林、北京及上海的卖文者与香港的卖文者的区别时指出：

> 桂林重庆当时的文化，是抗战文化、文艺之类的作品，也都是配合那时代而产生的。因此，当时的报刊所能刊登，也为读者所喜爱的文章，是表现抗战、表现政治以致与政治有关的社会诸问题的文字，所以当时的报刊文章的作者，多数是新文艺的作家，新文艺作家的出身品流是比较简单的，除了一些有地位的作家外，就是一般教师公务

---

① 黄展人：《香港文学史·序》，谢常青《香港新文学史》，暨南大学出版社 1990 年版，第 8 页。

② 李欧梵：《狐狸洞呓语》，辽宁教育出版社 2000 年版，第 160 页。

③ 叶维廉：《殖民主义：文化工业与消费欲望》，《叶维廉文集》（第 5 卷），安徽教育出版社 2002 年版，第 183 页。

员学生的作品，他们以写作当副业的。至于北平，因为它是文化的古都，正常的文化支配了一国的文化，因此它没有畸形的低级趣味的作品产生，也就因此属写作者的品流也不复杂，所有报刊文字，除专家学者的作品外，就是教授学生的作品……

香港则不同，经常在报端写文的，有出身儒林，有出身宦海，有出身商贾，有出身洋行职员，有出身工役，有出身就是卖文者，种种色色，极其复杂。总之，是些落拓的文人，是些破败的豪家子弟，是些洋场失意的商贾之类的人物，由于这些人对于人生经验的丰富，对于香港人的趣味观念的熟识，于是才能终年源源不绝的产生出这类为市民们所喜爱的东西。香港的卖文者有点与其它地方的卖文者目的不同的地方，那就是：其他地方，如北平、上海等大都市的卖文者，他们除了为稿酬外，即是重利外还有爱名，所以他在取利之余，还要为名，因此他的文章的创作就稍微谨慎，所以他的文章稍微有读者爱好，他的地位也就稍微提高，甚至成为全国知名之士。但香港则不同，因为卖文者除了为稿酬文章外，没有其它企图。①

所以这些卖文者在撰文时非常注重投合读者的趣味，这便使想要在此生存的香港作家"始终写不出又符合自己理想而又符合读者的趣味的东西"②。这一点，刘以鬯也曾有过类似的感慨：在香港，"用心写的稿没有市场，随便写的东西反受欢迎，严肃文学工作者往往就得到这样的待遇"③。所以即使是被认为"香港真正的作家，真正的著名作家，不仅有名，而且有作品"④ 的刘以鬯，为了应付生活也不得不进行"两只手写作"，即在"每天写完八千字'行货'之后，利用有限的时间，写自己要写的东西"⑤。因此他曾不无感慨地说道："我的青春，已经耗尽在流行小说；刘以鬯这个名字，也早给毁掉了。"⑥ 虽是自谦，却也道出了个中的

---

① 司徒怀白：《香港的卖文者》，《工商日报》（1949 年 3 月 11 日）。

② 同上。

③ 刘以鬯：《知不可而为——刘以鬯先生谈严肃文学》，《八方》第 6 辑。

④ 柳苏：《刘以鬯和香港文学》，《香港文坛剪影》，北京三联书店 1993 年版，第 192 页。

⑤ 转引自蔡振兴《两只手写作的小说家》，梅子（香港）、易明善编《刘以鬯研究专集》，四川大学出版社 1987 年版，第 142 页。

⑥ 同上书，第 141 页。

诸多无奈。所以在德国文化协会的一次关于"作家的社会责任"的座谈会上，与刘以鬯持类似观点的陈浩泉颇有感慨地说道："的确，社会要求作家认真严肃地对待创作，写出推动社会发展，有教育意义、有良好意识而又有艺术性的好作品。在道义上，作家也实在应负这种历史与社会的使命。但是，反过来，社会对作家又尽过一些什么责任呢？一个作家，当他生活面临困境的时候，有谁会去关心他呢？许多时候，他们是为了生活而被迫粗制滥造，或者被迫去写自己不愿意写的东西。"① 由此可以想见到，香港的严肃文学的创作是在一种极其艰苦的情况下产生的，它们多出自作家的良知，出于作家对文学的一份执着。即使如此，相比于大陆文坛，香港的严肃文学只能策略性地寄生在通俗性的报刊上，地位十分可怜。因此，这类通俗小说培植起来的香港市民当然难以接受徐訏那种生命体验性的作品。对此，香港文学史家黄康显曾有一段描述：

> 香港的文学，已分高格调与大众化的两条路线，徐訏的小说的销路已下降，李辉英的长篇《四姐妹》已接近流行小说，六十年代确出现过刘以鬯以意识流手法写的《酒徒》，但读者并不多，读者最多的还是徐速的《星星·月亮·太阳》，跟着是另一本的《樱子姑娘》，因为一般读者只注重情节与桥段，只喜欢悬疑与煽情，对于小说的内心刻划、象征手法、文字技巧与思想深度，一向都不太认识。②

为了扭转这种不利的局面，徐訏在入港初期也曾在武侠题材方面做过尝试，如《传统》（1951 年）、《责罚》（1952 年）、《神偷与大盗》（1957 年）等都是描写大动荡时代江湖传统的残存与衰微。其中充满了传统武侠小说惯用的悬念和奇招，间或也如金庸、梁羽生等的小说那样穿插着香港市民所喜欢的情爱线索，如《传统》中，不仅有血腥的江湖仇杀，有主人公刀疤项成捍卫江湖道义而大义灭亲的举动，也有项成对师妹晓开的一往情深。最终，在项成杀了违反传统的青痣洪全之后被其心爱的师妹所毙杀，凸显出一种冤冤相报何时了的江湖感慨。虽然如此，可徐訏毕竟不是纯通俗的小说作家，他"当然写不出正经的武侠小说，他只能像老舍

---

① 陈浩泉：《青果集》，中国友谊出版公司 1984 年版，第 81 页。
② 黄康显：《香港文学的发展与评价》，秋海棠文化企业 1996 年版，第 82 页。

的《断魂枪》那样赋予现代义侠一种悲壮而苍凉的含义"①。类似的小说创作也很少再在徐訏笔端出现。徐訏曾在诗歌《书眉篇》中写道：

> 十一世纪的欧洲，
> 在进香的路上，
> 教堂的门首，
> 有高唱自编的歌曲，
> 伴着大提琴的歌手。
>
> 如今世界的都市里，
> 也还有流落的琴手，
> 在隐晦晴明的清晨，
> 对寂寞的窗口，
> 或者在黄昏与深夜，
> 对寥落的咖啡座，
> 唱自己心底的哀怨，
> 与人间各种的悲愁，
> 他们都在求人们欣赏，
> 为惨淡的稻粱图谋。
>
> 也还有未登庙堂的画家，
> 把作品摊在巴黎、罗马、
> 维也纳、马德里的街头，
> 在往还的过客中，
> 求一二爱好者购收，
> 或者为善男信女画一幅肖像，
> 求一点报酬。
>
> 此外，在孟买，在耶路撒冷，

---

① 陈旋波：《时与光——20世纪中国文学史格局中的徐訏》，百花洲文艺出版社 2004 年版，第 241 页。

在埃及，在土耳其或阿拉伯，
在一切世界的名城与海口，
有多少会魔术的吉卜赛人，
与手玩蟒蛇、青蛇、绿蛇的印度人，
向游客与旅人献艺，
为谋低卑的生活与些微的自由。

不用说，中国有无名的艺人，
在市角、桥边、渡头、亭畔，
用面、糖、陶土、野草、残竹，
塑编玲珑的人物飞禽走兽，
向路人与过客廉价兜售。

至于残灯港泊的船舶，
鸡鸣山乡的茅店，
你更不难碰到孤女盲丐，
手握册板，胡琴与小锣，
唱凄凉落寞的歌曲，
说平凡无奇的故事，
来安慰你惆怅与哀愁。

此外，你总也见过告地状的同胞，
用白垩写命运的波折，
与他身世的惨遇，
求慈善的人们一点怜恤。

这些都是行乞的事业，
也就是我现在的生活，
向你们唱人间的悲欢，
与葬在我心底的歌曲，
求善男信女们的一点舍施，
谋在拥挤的英雄高僧间，

得卑微的生命与呼吸。①

徐訏亲自设计将这首诗全文影印作为他众多香港出版的书籍的封面，所以，可以说徐訏在香港的处境正如作家马尔克斯（Gabriel Garcia Marquez）所言："在文学创作的征途上，作家永远是孤军奋战的，这跟海上遇难者在惊涛骇浪里挣扎一模一样。是啊，这是世界上最孤独的职业。"②同时，虽然徐訏认识到了香港这一消费主义社会里文学的生存规则，但他并不愿意完全牺牲文学的艺术性，因为"文艺乃是严肃而且沉痛的人间苦的象征"，艺术的表现，"是将收纳在内底生活里的那些印象和经验作为材料，来作新的创造创作"③，而且"艺术之可贵，就在它出于淤泥而不污"④。而并非像那些奇幻的武侠小说和媚俗的言情小说那样只是一种茶余饭后的娱乐。

事实上，徐訏对于那种为了娱乐读者而去媚俗的做法一向深恶痛绝，如他曾经批判鸳鸯蝴蝶派的作品时说道："至于鸳鸯蝴蝶派，那是清末民初在上海的文人遗留下来的一种文风，也就是以游戏态度玩弄玩弄文字。他们也有小说，小说中多是卖弄才情之作，他们很早也就有白话小说。恋爱常是表兄表妹卿卿我我，红粉知己，花前月下，无病呻吟，身世之感，其他是因袭前人的笔记小品，谈鬼说怪，身边琐事，以及艳遇奇闻香艳诗话等等。此外则有上海滩之黑幕小说，滑稽小说，武侠小说，都是以好玩的态度出之。"⑤因为这种为了迎合读者趣味刻意编撰故事、渲染噱头的做法很难贯穿作者个人的生命体验，所以他曾愤愤地对徐速说："要我写那些无聊的东西（引者注，指迎合香港市民趣味的通俗言情小说）吗？不行！我不能，我还没有到出卖自己的时候。"⑥因此，虽然其小说中也

① 徐訏：《书眉篇》，《徐訏文集》（第14卷），上海三联书店2008年版，第318—320页。

② ［哥伦比亚］加西亚·马尔克斯、门多萨：《番石榴飘香》，林一安译，北京三联书店1987年版，第38页。

③ ［日］厨川白村：《苦闷的象征》，鲁迅译，百花文艺出版社2000年版，第22页。

④ 徐訏：《〈三边文学〉序》，《徐訏文集》（第10卷），上海三联书店2008年版，第81页。

⑤ 徐訏：《启蒙时期的所谓写实主义与浪漫主义》，《徐訏文集》（第10卷），上海三联书店2008年版，第28页。

⑥ 徐速：《怀念徐訏》，寒山碧编《徐訏作品评论集》，香港文学研究出版社2009年版，第314页。

贯穿着引人人胜的情爱线索，如《时与光》中贯穿着郑乃顿、林明默与罗素蕾，陆眉娜、旁都与方逸傲的三角恋情，期间还有着鲁地对罗素蕾的不断纠缠，林明默对方逸傲的痴心等待，远比徐速的《星星·月亮·太阳》中"一男三女"的恋情模式复杂。然而，《时与光》中徐訏重在以这种跌宕动人的爱情故事阐释了他对于生命意义的追问。如其中郑乃顿、林明默、罗素蕾三个人之间错综变化的爱情，则直接象征着人生的必然与偶然。郑乃顿因爱情的失败而否定人生的意义与追求，在他以为自己不会再有爱情因而对未来不抱期望，也不打算对人生作任何规划时，他爱上了神秘、高贵的林明默。此时的林明默仿佛成了救他出虚空苦海的一根稻草，这种表面上看起来真挚高尚的爱情却在郑乃顿对林明默求婚成功时荡然无存，因为郑乃顿突然发现自己爱的却是单纯活泼的罗素蕾，似乎生命的唯一意义便是爱情。于是，经历过爱情的失败而又找不到其他生命意义的郑乃顿便在虚空中抛掷自己的生命。但实际情况是，郑乃顿这种对爱情的刻意否定与逃避，正反证了他对爱情的执着。果不其然，他先是为神秘高贵的林明默而倾倒，在然偶室里向林明默求婚成功后又发现自己真正爱的是单纯旷达的罗素蕾，爱情依然是郑乃顿"人生的拐杖"，支撑起了其生命的全部意义。然而，爱情也不过是一种相对的必然与偶然，"人间没有永久的爱情，没有纯粹的爱情，没有不变的爱情。人间的爱情一定要在谐和的天时地利人和中存在。其中有因素与机缘，一错一折之中，就完全不是我们理想的内容。"① 然而这种谐和的爱情境界却是很难达到的，"它要求人明白必然与偶然的相对性，不恋执于自己，不恋执于别人，也不恋执于存在"②。文中的陆眉娜因恋执于现世的爱情游戏，却终于在这场爱情角逐中失去了舞蹈者最宝贵的双腿，而郑乃顿和罗素蕾在看到了水晶棺材的预言后则执着于未来的幸福，最终也正死于对未来的执着。而在小说中，真正能够达到这种谐和境界的只有苏雅和多赛雷。苏雅是一位身世凄凉的孤女，受多赛雷的鼓励而重新建立起了对生活的信心。与此同时，她也深深地爱上了多赛雷。然而，多赛雷最终选择在喜马拉雅山的寺院研究佛学，以灵修来转移两性的爱恋，从而超越尘世的恋执，而苏雅最终也选择在东京的修道院里潜修。这种对宗教的奉献让他们最终达到了人生的澄明

---

① 徐訏：《时与光》，《徐訏文集》（第3卷），上海三联书店2008年版，第224—225页。

② 吴义勤：《漂泊的都市之魂——徐訏论》，苏州大学出版社1993年版，第109页。

和谐和，这就是《时与光》中的跌宕起伏的爱情纠葛带给我们的启示。

虽然《时与光》这篇小说对人生必然和偶然这个复杂问题的探讨是"以恋爱作为中心的辐射点，在小说的广阔度上略显不足"①，然而它自始至终贯穿着作者独特的生命体验，呈现出一种典型的诗性品格。这也使这篇作品明显有别于同样描写爱情题材的小说，因此被陈旋波命名为"中国现代玄学爱情小说"②。虽然这类小说往往要以牺牲小说的销量为代价，但徐訏依然无怨无悔，如他晚年曾对访问者说道："写作要牺牲很多东西，我想艺术工作都是一样的，譬如说，你喜欢音乐，绘画，往往要牺牲许多，为了自己的兴趣，我们不怕吃苦，甚至有好事情或者职业，我都不去做。"③ 由此看来徐訏是把文艺当作自己的事业，写作已成为他确证自己生命存在的方式。

叶兆言在分析钱锺书、沈从文、巴金等人在 1949 年后创作或衰退或中断的原因时认为其不在于他们身心遭受严重迫害，被剥夺了写作的权

---

① 周国良：《时与光的旅程》，寒山碧编《徐訏作品评论集》，香港文学研究出版社 2009 年版，第 140 页。

② 参见陈旋波《时与光：20 世纪中国文学史格局中的徐訏》（百花洲文艺出版社 2004 年版），在他看来，这类小说主要指称的是 20 世纪 40 年代以徐訏、无名氏、张爱玲和钱锺书等作家所创作的以爱情题材为叙事框架，关怀人类的生存状态、探究偶在的生命情境和追求终极价值的哲思性小说，它明显有别于鸳鸯蝴蝶派小说、"五四"个性主义爱情小说以及 30 年代社会爱情小说。因为鸳鸯蝴蝶派小说意在通过男女关系揭露封建宗法制度的罪恶，并希冀达至切实的社会改革，因此它们肯定恋爱，大多是出诸一种市民意识，重视自由，同时也注重实际，缺乏形而上的归纳；而五四时期，现代中国知识分子的灵魂总是那么热情奔放，躁动不安，这使他们很少去思考爱情所可能具有的哲学与神学的内涵；而 30 年代，左翼文学的爱情主题从"五四"时期个性主义的文化启蒙转向阶级政治价值的实现，这种"革命浪漫蒂克"小说所指向的历史功利性自不待言，而处于对峙状态的京派和海派，两者尽管在现代性、伦理性和美学观诸方面存在着极大的分野，但他们或以和谐的人性理想为圭臬而讴歌自然生态的爱情，或在现代都市商业化的视野里审查爱情的异化，因此 30 年代多元共生的爱情小说更加突出了社会存在的制约作用，超越性的玄学追求在分庭抗礼的政治场域里难以形成，更无法在极端功利化的都市经济形态下得以立足，而到了战火纷飞的 40 年代，部分作家从战争的生命体验中直接提炼出爱情婚姻题材所深蕴的哲学命题，通过人类的爱情经验引领人们看向事物的更深处与时间的更远处，并以开阔的人类视野和胸襟追索这永恒主题的形而上深意，这其中尤以徐訏的《风萧萧》为典型，而到了香港时期，徐訏的这种玄学爱情小说的创作更加成熟，《时与光》《彼岸》以及《江湖行》均是其代表作。

③ 璧华：《忠于艺术　忠于人生——徐訏论》，寒山碧编《徐訏作品评论集》，香港文学研究出版社 2009 年版，第 6 页。

利，更重要的原因在于他们的创作高潮在 40 年代后期已经耗尽，他举出例证认为："为什么巴金不沿着《第四病室》和《寒夜》的路子继续写下去，为什么师陀不再写《果园城记》和《无望村馆主》这类作品，简单的解释是环境不让他们这么写，可是张爱玲跑出去了，有着太多可以自由写作的时间，也仍然没写出什么像样的巨著。在漫长的时间里，竟然没有一位作家能仿效曹雪芹，含辛茹苦批阅十载，为一部传世之作鞠躬尽瘁，死而后已。"并从中得出结论："说白了一句话，中国作家既是被外在环境剥夺了写作的权利，同时也是被自己剥夺了写作的机会。如果写作真成为中国作家生理上的一部分，不写就手痒，就仿佛性的欲望，仿佛饥饿感，仿佛人的正常排泄，结局或许不会这样。"① 虽然类似的苛责有些"站着说话不腰疼"，然而徐訏在香港的创作却在这方面提供了一些值得借鉴的经验。他在《〈全集〉后记》中曾说过："长长一辈子，除了写文出书外，好像什么也没有做……一个一生只从事于写作的作家，他的生命与作品就成为无法分割的东西，我的作品有多少成就是另一个问题，其足以代表我的一个诚实淡泊勤劳的生命则是实在的。"② 因此，虽然徐訏把自己的写作自喻为是"行乞的事业"③，但其依然自嘲道："奇怪的是，世界还是有愚笨的傻子，在僻静的角落，弯弯曲曲地用自己的语言诉说自己的梦，虽然他们常常默默无闻地前赴后继在饿死。"④ 这种严肃的创作态度让其在整个香港文坛都显得另类而独特，所以香港文学批评家璧华说："在海外的中国作家群中，不论就作品的数量和质素而言，我认为徐訏都是最杰出的一个。这是因为他能始终如一的忠于文艺，把整个生命投入艺术创造中去。"⑤ 这是对徐訏在海外华文作家中的地位及他对艺术的忠诚的恰当评价。这一点尤其是对于身处消费主义时代的当下作家更是具有重

① 叶兆言:《围城里的笑声》,《收获》2001 年第 4 期。

② 徐訏:《〈全集〉后记》,《徐訏文集》(第 10 卷),上海三联书店 2008 年版,第 136—138 页。

③ 徐訏:《"行乞者"之歌》(上),《徐訏文集》(第 11 卷),上海三联书店 2008 年版,第 394 页。

④ 徐訏:《作品、作者及其他》,《徐訏文集》(第 11 卷),上海三联书店 2008 年版,第 267 页。

⑤ 璧华:《忠于艺术　忠于人生——徐訏论》,寒山碧编《徐訏作品评论集》,香港文学研究出版社 2009 年版,第 6 页。

要的借鉴意义，因为文学毕竟与商品不同，"商品只要求空间上风行，艺术品还要求时间上的永存"①。所以，作为人类精神产品的文学不能仅仅崇尚游戏、消遣和调侃，而是应在精神日益萎靡和信仰日益衰落的现代社会更应该关注人的存在，承担起拯救人的灵魂的重任，而不是一味地追求一种商品利润的最大化。由此可以说，徐訏小说中所呈现出的诗性品格在某种程度上提升了香港小说的格调。所以刘以鬯认为："由于部分文学工作者的苦斗与挣扎，香港文学的超然性还不至完全丧失，香港文学没有在五十年代初期成为怒海中的覆舟，这些文学工作者们的努力不应抹煞。"②而徐訏无疑是这部分文学工作者中的佼佼者。

另一方面，徐訏小说中的诗性品格以及其严肃的创作态度，让其在港台及东南亚华人社会中拥有了一批忠实的读者，并对部分作家的创作产生了重要的影响。这一点司徒卫就曾说过，徐訏的"成就与影响表现在两方面：一是拥有相当数量的读者群，几乎有固定的那么些人爱读徐著，一是他的风格使得有些作家倾心爱慕，无形中有了那么些私淑弟子，几乎形成了流派"③。在这批欣赏徐訏的读者中，有德国汉学家布海歌，意大利汉学家白佐良，有著名物理学家孙观汉和画家吕清夫。如吕清夫在《徐訏的绘画因缘》中说道："回想当年，为了爱看徐訏的东西，还深交了几个朋友，那时由于大家对于徐訏具有共同的爱好，所以经常聚在一起，甚至可以说，是徐訏把我们几个撮合起来的。当时大家似乎酸气十足，彼此都认为，唯有懂得欣赏徐訏的人才是具有深度的人，才是值得做朋友的人。"④欣赏之情可见一斑，还有著名音乐家如林声翕，"林教授其后还和徐訏合作，谱写了《期待》，混声四部合唱《你的梦》和《祝福》。林教授这几首歌曲，一直深为演唱者与欣赏者所喜，为此也就有更多爱乐人士怀念起徐訏来"⑤。除此之外，还有著名作家王璞，这位写出过《幺舅传奇》《补

---

① 徐訏：《作品、作者及其他》，《徐訏文集》（第11卷），上海三联书店2008年版，第267页。

② 刘以鬯：《五十年代初期的香港文学》，梅子（香港）、易明善编《刘以鬯研究专集》，四川大学出版社1987年版，第118页。

③ 司徒卫：《五十年代文学评论》，成文出版社1979年版，第167页。

④ 吕清夫：《徐訏的绘画因缘》，陈乃欣等著《徐訏二三事》，尔雅出版社1980年版，第265—266页。

⑤ 闫海田：《徐訏诗的改编研究》，《党政干部学刊》2013年第5期。

充记忆》的作家对徐訏在各种文学史著作中销声匿迹或被误读的命运如此痛心，她曾感叹说：一个作家要被掩埋是多么容易！哪怕他是一位像徐訏这样著作等身的人，哪怕他曾经拥有那么多热情的读者，哪怕他的作品具有如许辉煌的价值。同时，她深感徐訏虽获得了很多内心赤诚的读者的激赏，但他们多从一种直觉的阅读体验来推崇徐訏，而无法给出相应的有力论述，于是在年过半百之际决心要为挖掘这份文学遗产出一份力，在她看来，"是他的遍布各种文学体裁的杰作激活我写作的热情。是他的小说给了我谈论我对小说理论理解的契机，使我在这大年纪还终于下了决心来写一篇博士论文，攻读博士学位。"① 她想以自己的分析来回答"他究竟怎么伟大"② 的问题。

　　而在对作家创作的影响方面，20 世纪 40 年代，无名氏即模仿徐訏的异域格调写出了长篇小说《北极风情画》和《塔里的女人》，该书问世一两年后，全国各地翻版竟达 23 种，"近五十年内，二书各销一百万册以上，达五百多版"③。其中，《北极风情画》明显有《荒谬的英法海峡》的影子，《塔里的女人》则有《幻觉》的味道，其中的女主人公无论是奥蕾利亚（《北极风情画》）还是黎薇（《塔里的女人》）无不是如微翠、海兰、露莲一样诗意幻化的女性，寄托了作者对美丽、纯情和自由的无限热爱以及对忠贞不渝的爱情的渴慕，但这类理想在现实生活中确实是难以实现的，最终这类纯洁美好的形象都走向了毁灭。当然，无名氏在模仿徐訏作品中的异域格调来进行创作时，明显放大了徐訏作品中的商业品质而遗漏了其对生命的严肃追问。这一点无名氏的哥哥卜少夫在回忆中就曾指出：无名氏在创作《北极风情画》和《塔里的女人》时是"立意用一种新的媚俗手法来夺取广大的读者，向一些自命为拥有广大读者的成名文艺作家挑战"④。由此可见，徐訏小说中对人的存在、人类的命运及生命意

---

　　① 王璞：《一个孤独的讲故事人——徐訏小说研究》，博士学位论文，华东师范大学，2003年，第 92 页。

　　② 吕清夫在《徐訏的绘画因缘》中感慨地说："有人还把他列入中国当代最伟大的两个作家之一，只是对一个关心他的一般读者来说，他究竟怎么伟大倒是大家所关心的问题。所以与其多送花圈，不如多写点'徐訏研究'之类的文字。"（陈乃欣等著《徐訏二三事》，尔雅出版社1980 年版，第 260 页。）

　　③ 无名氏：《自序》，《北极风情画·塔里的女人》，花城出版社 1995 年版，第 2 页。

　　④ 司马长风：《中国新文学史》（下），昭明出版社 1978 年版，第 103 页。

义的严肃追问与探寻绝不是可以轻易模仿的，这是一个严肃的知识分子面对生存困境时所发出的心灵之音，绝不是相似的故事情节与人物形象所能承载的。

同时，徐訏小说中所呈现的诗性品格及其严肃的创作态度对20世纪50年代以后的香港纯文学也产生了直接的影响，许多港台作家都承认受过徐訏的影响，如郭嗣汾就认为："我的创作风格上，受徐訏先生的影响不小，我的《南岛小夜曲》可以说是脱胎于《风萧萧》的。"① 而女作家王璞除了以徐訏的小说为研究对象写了博士学位论文《一个孤独的讲故事人——徐訏小说研究》外，其小说创作也秉承赋了徐訏的诸多"遗传"，其小说也"不太注意故事的完整，而着重表现一种意绪、一种情调，有一种浓郁的抒情气息和沧桑感，文字也比较考究"②。在人物设置上，王璞小说里的主人公也多是从内地移居香港的难民，如《忆》中的卢玲、《话题》中的鲁岸、《红梅谷》中的小岛、《蚂蚁》中的玲子、《小楼的故事》中的刘先生等，他们都如徐訏小说中的王三多（《自杀》）、王逸心（《过客》）、余灵非（《投海》）一样对香港有种强烈的疏离感。这种疏离感不仅表露在对物化香港的疏离，更多的是一种现代城市人所面对的心灵困境，王璞也通过对他们行为的细致描绘和行动背后心理的深刻剖析，表达出一种人生永远无常，悲欢永远演绎，人与人之间永远无法沟通的悲观情绪。在王璞看来，人生本来就是荒谬的，没有固定的价值和意义，因此追寻存在价值本身就显得徒劳无力。这与徐訏在小说《烟圈》中传达出的悲观思想如出一辙，她与徐訏一样依然是个无根的，始终漂泊在路上的孤独过客。

而在台湾，徐訏也有一大批追随者，经常有人请他写序，其中也不乏一些比较著名的作家，如聂华苓、於梨华等。由此可见，徐訏小说中的诗性品格及其严肃的创作态度证明"消费文化、通俗文学再膨胀，也还是挤不掉严肃文学的，它将长期健在，长期居于少数而层次高，其中必有可以永恒的"③，这也难怪在港台文学界，徐訏被视为世界级的作家了。因此，"可以这样说，徐訏的意义还没有终结，他的小说将会愈来愈受人喜欢"④。

① 郭嗣汾：《文坛巨星的陨落》，《中华文艺》第20卷第4期。
② 袁良骏：《香港小说流派史》，福建人民出版社2008年版，第84页。
③ 柳苏：《香港文化纵览》，广东人民出版社1993年版，第121页。
④ 朱曦、陈兴芜：《中国现代浪漫主义小说模式》，重庆出版社2002年版，第271页。

结　　语

　　当代作家史铁生曾认为："中国文坛的悲哀，常在于元帅式的人际征服，作家的危机感多停留在社会层面上，对人本的困境太少觉察"，"从不问灵魂在暗夜里怎样号啕，从不知精神在太阳底下如何陷入迷途。"① 因此，虽然从"五四"时期就开始提倡"人的文学"，但囿于客观的政治环境，文学在很长一段时间内成为政治的传声筒，未能充分尊重生命的自由权利与个体价值的实现。那种真正对人的生存困境及灵魂探索的作家是少之又少，仅有的一些作家在1949年后还往往因为政治的原因被迫搁笔或转行，如穆旦、冯至、钱锺书、沈从文等，或如张爱玲那样漂泊异域再也难以重现往日的创作辉煌，从而使得现代文学中的诗性品格甚或是形而上品格越来越缺乏，而在这其中徐訏无疑是一位自始至终的探索者。

　　徐訏终其一生都是一个自由主义知识分子，"他是一个'非组织人'"②，一生未加入任何党派，漫长的文学生涯使他参与或见证了从20世纪30年代到70年代的大部分文学运动，从其30年代信奉马克思主义从而创作出少量带有左翼色彩的小说开始，到40年代的生命体验性文学，再到50年代香港时期的"绿背文学"，现代主义文学以至60—70年代的"文革"反思文学等，但他的小说始终无意去表现社会政治与时代变迁，而是坚持"建立在个人主义和自由主义基础之上的个人性写作原则"③。用布斯的说法是："对于某些小说家来说，的确，他们写作时似乎是发现或创造他

---

　　① 史铁生：《宿命的写作》，山东文艺出版社2001年版，第25页。
　　② 彭歌：《忆徐訏》，陈乃欣等著《徐訏二三事》，尔雅出版社1980年版，第250页。
　　③ 耿传明：《来自"别一世界"的启示：现代中国文学中的乌托邦心态》，南开大学出版社2014年版，第298页。

们自己。"① 文学对于徐訏来说更像是其生命的一部分痕迹，是其心灵的象征的诗，这也就是徐訏小说多采用回忆结构以及"第一人称"的打上了自身烙印的哲学家、作家为男主人公的重要原因了。因为其小说反映的多是他内在的精神世界，而不仅仅只是为读者讲一个有趣的故事，所以他并不去遵守"正统的，中国的文学大叙述"（王德威语），而是用自己独特的生命体验与话语方式展示了对人的命运的思考，它的神秘与不可抗拒性，充分体现了徐訏在关注人的生存困境时的困惑与茫然。而在存在的体验上，徐訏着重展示了存在的孤独、无意义、荒诞与偶然等，这是一个自由主义知识分子在特殊年代的真实心理遭际。同时，对于徐訏来说，他尤其不能忍受这种精神的漂泊与价值的虚无，在小说中极力地探讨着灵魂拯救的途径，甚至用流浪和弃身的死亡来探讨这种拯救之路，充分体现出了一个严肃的知识分子即使是在朝不保夕的战争年代以及消费主义盛行的香港社会也依然没有放弃对"人"存在本身的关注，从而在政治主流话语之外为"人"的文学命题提供了别样的注释和版本。这一点在"非文学的世纪"中无疑是难能可贵的，因为现代文学中的作家大多是一种非体验性的作家，很少有作者能够做到像朱光潜所谓的"艺术家必须以整个人的人格进行创作"②，更不要说像荣格所谓的"诗人应该以其肺腑之言向全人类倾诉"③ 了。而这两点，徐訏基本都做到了，在其小说中明显凸显出了一种面对生存折磨，面对内心虚无，面对死亡恐怖而坚韧挺拔的精神气度，具有一种鲜明的诗性品格。而这也就是为什么直至今日，在港台及东南亚华人社会中，徐訏一直拥有一些忠实的读者，尤其在台湾，各家出版社仍是陆续出版了徐訏的许多作品，还一度有人提名让他竞争诺贝尔文学奖，因此可以说，"徐訏的成功为中国作家如何保持艺术上的纯洁性、创作风格的独立性和对于现实的超越性提供了异常宝贵的经验"④。

① ［美］W. C. 布斯：《小说修辞学》，华明、胡晓苏、周宪译，北京大学出版社 1987 年版，第 80 页。

② 朱光潜：《西方美学史》，人民文学出版社 1979 年版，第 421 页。

③ ［瑞士］荣格：《探索心灵奥秘的现代人》，黄奇铭译，社会科学文献出版社 1987 年版，第 160 页。

④ 吴义勤：《"通俗的现代派"——论徐訏的当代意义》，《当代作家评论》1999 年第 1 期。

主要参考文献

1. 严家炎：《中国现代小说流派史》，人民文学出版社 1989 年版。

2. 杨义：《中国现代小说史》（全 3 册），人民文学出版社 1986 年版。

3. 孔范今：《中国现代文学补遗书系·小说卷四》，明天出版社 1990 年版。

4. 吴福辉：《都市漩流中的海派小说》，湖南教育出版社 1995 年版。

5. 范智红：《世变缘常——四十年代小说论》，人民文学出版社 2002 年版。

6. 许道明：《海派文学论》，复旦大学出版社 1999 年版。

7. 司马长风：《中国新文学史》（下），昭明出版社 1978 年版。

8. 孔庆东：《超越雅俗——抗战时期的通俗小说》，北京大学出版社 1998 年版。

9. 吴义勤：《漂泊的都市之魂——徐訏论》，苏州大学出版社 1993 年版。

10. 吴义勤、王素霞：《我心彷徨：徐訏传》，上海三联书店 2008 年版。

11. 孔范今主编：《二十世纪中国文学史》，山东文艺出版社 1997 年版。

12. 刘小枫：《诗化哲学》，山东文艺出版社 1986 年版。

13. 刘小枫：《沉重的肉身》，华夏出版社 2004 年版。

14. 刘小枫：《拯救与逍遥》（修订本），上海三联书店 2001 年版。

15. 谭桂林：《20 世纪中国文学与佛学》，安徽教育出版社 1999 年版。

16. 谭桂林：《百年文学与宗教》，湖南教育出版社 2002 年版。

17. 谭桂林：《人与神的对话》，安徽教育出版社 2000 年版。

18. 蔡永宁：《解读命运：关于人生命运的哲学思考》，人民出版社 2001 年版。

19. 王晓明：《批评空间的开创》，东方出版中心 1998 年版。

20. 周宪：《超越文学：文学的文化哲学思考》，上海三联书店 1997 年版。

21. 马佳：《十字架下的徘徊：基督宗教文化和中国现代文学》，学林出版社 1995 年版。

22. 金宏达：《中国现代小说的光与色》，书目文献出版社 1996 年版。

23. 王国维：《人间词话》，上海古籍出版社 1998 年版。

24. 罗璠：《残雪与卡夫卡小说比较研究》，人民出版社 2006 年版。

25. 李扬：《现代性视野中的曹禺》，人民文学出版社 2004 年版。

26. 傅道彬：《晚唐钟声：中国文学的原型批评》，北京大学出版社 2007 年版。

27. 张晶：《诗学与美学的感悟》，北京广播学院出版社 2004 年版。

28. 童庆炳：《童庆炳谈文体创造》，河南大学出版社 2008 年版。

29. 杨义：《中国叙事学》，人民出版社 1997 年版。

30. 张箭飞：《鲁迅诗化小说研究》，广西教育出版社 2004 年版。

31. 王潮：《后现代主义的突破》，敦煌文艺出版社 1996 年版。

32. 王学谦：《自然文化与 20 世纪中国文学》，吉林大学出版社 1999 年版。

33. 董桥：《旧时月色》，江苏文艺出版社 2004 年版。

34. 钱理群：《精神的炼狱：中国现代文学从"五四"到抗战的历程》，广西教育出版社 1996 年版。

35. 钱理群、温儒敏、吴福辉：《中国现代文学三十年》（修订本），北京大学出版社 1998 年版。

36. 钱理群：《1948：天地玄黄》，山东教育出版社 1998 年版。

37. 钱理群：《对话与漫游》，上海文艺出版社 1999 年版。

38. 钱理群：《心灵的探寻》，北京大学出版社 1999 年版。

39. 钱理群主编：《诗化小说研究书系》，广西教育出版社 2003 年版。

40. 朱晓进：《非文学的世纪》，南京师范大学出版社 2004 年版。

41. 陶东风：《文体演变及其文化意味》，云南人民出版社 1994 年版。

42. 马大康：《诗性语言研究》，中国社会科学出版社 2005 年版。

43. 解志熙：《生的执着：存在主义与中国现代文学》，人民文学出版社 1999 年版。

44. 史成芳：《诗学中的时间概念》，湖南教育出版社 2001 年版。

45. 吴晓东：《象征主义与中国现代文学》，安徽教育出版社 2000 年版。

46. 王珉：《终极关怀：蒂里希思想引论》，新华出版社 2000 年版。

47. 柳苏：《香港文坛剪影》，北京三联书店 1993 年版。

48. 李今：《海派小说与现代都市文化》，安徽教育出版社 2000 年版。

49. 李欧梵：《狐狸洞呓语》，辽宁教育出版社 2000 年版。

50. 袁良骏：《香港小说史》，海天出版社 1999 年版。

51. 葛原：《残月孤星：我和我的父亲徐訏》，上海文化出版社 2003 年版。

52. 刘登翰主编：《香港文学史》，人民文学出版社 1999 年版。

53. 罗成琰：《现代中国的浪漫文学思潮》，湖南教育出版社 1992 年版。

54. 洪子诚：《中国当代文学史》，北京大学出版社 1999 年版。

55. 李建中、吴中胜、褚燕：《中国古代文论诗性特征研究》，武汉大学出版社 2007 年版。

56. 王剑丛：《香港文学史》，百花洲文艺出版社 1995 年版。

57. 寒山碧编著：《徐訏作品评论集》，香港文学研究出版社 2009 年版。

58. 贺桂梅：《转折的时代：40—50 年代作家研究》，山东教育出版社 2003 年版。

59. 施军：《叙事的诗意：中国现代小说与象征》，人民出版社 2007 年版。

60. 沈玲、方环海、史支焱：《诗意的语言》，学林出版社 2007 年版。

61. 朱曦、陈兴芜：《中国现代浪漫主义小说模式》，重庆出版社 2002 年版。

62. 残雪：《为了报仇写小说——残雪访谈录》，湖南文艺出版社 2003 年版。

63. 黄健、王东莉：《文学与人生》，浙江大学出版社 2004 年版。

64. 靳凤林：《死，而后生：死亡现象学视域中的生存伦理》，人民出版社 2005 年版。

65. 胡亚敏：《叙事学》，华中师范大学出版社 2004 年版。

66. 赵乐甡、车成安、王林主编：《西方现代派文学与艺术》，时代文艺出版社 1987 年版。

67. 赵稀方：《小说香港》，北京三联书店 2003 年版。

68. 肖百容：《直面与超越：20 世纪中国文学死亡主题研究》，岳麓书社 2007 年版。

69. 计红芳：《香港南来作家的身份建构》，中国社会科学出版社 2007 年版。

70. 王晓明主编：《二十世纪中国文学史论》（上、下卷），东方出版中心

2003 年版。

71. 刘洪涛：《〈边城〉：牧歌与中国形象》，广西教育出版社 2003 年版。

72. 迟蕊：《鲁迅杂文诗性品格研究》，吉林人民出版社 2012 年版。

73. 许纪霖：《中国知识分子十论》，复旦大学出版社 2003 年版。

74. 郑春：《精神与局限：二十世纪中国文学两极透析》，山东大学出版社
　　2002 年版。

75. 席建彬：《文学意蕴中的结构诗学：现代诗性小说的叙事研究》，人民
　　出版社 2012 年版。

76. 席建彬：《诗意的探寻：中国现当代抒情小说研究》，中国社会科学出
　　版社 2012 年版。

77. 南志刚主编：《宁波现代作家研究》，海洋出版社 2010 年版。

78. 廖高会：《诗意的招魂——中国当代诗化小说研究》，学苑出版社
　　2011 年版。

79. 陈乃欣等著：《徐訏二三事》，尔雅出版社 1980 年版。

80. 周伟民、唐玲玲：《论东方诗化意识流小说：香港作家刘以鬯研究》，
　　中国社会科学出版社 1997 年版。

81. 陈旋波：《时与光——20 世纪中国文学史格局中的徐訏》，百花洲文
　　艺出版社 2004 年版。

82. 耿传明：《轻逸与沉重之间："现代性"问题视野中的"新浪漫派"
　　文学》，南开大学出版社 2004 年版。

83. ［德］海德格尔：《存在与时间》，陈嘉映、王庆节等译，北京三联书
　　店 1987 年版。

84. ［德］海德格尔：《荷尔德林诗的阐释》，孙周兴译，商务印书馆 2002
　　年版。

85. ［德］海德格尔：《走向语言之谜》，孙周兴译，商务印书馆 2004
　　年版。

86. ［德］海德格尔：《艺术作品的起源》，孙周兴选编《海德格尔选集》
　　（上），上海三联书店 1996 年版。

87. ［德］海德格尔：《阿那克西曼德之箴言》，孙周兴选编《海德格尔选
　　集》（上），上海三联书店 1996 年版。

88. ［德］叔本华：《叔本华思想随笔》，韦启昌译，上海人民出版社 2005
　　年版。

89. ［德］叔本华：《叔本华论说文集》，范进、柯锦华等译，商务印书馆 1999 年版。

90. ［德］施太格缪勒：《当代哲学主流》，王炳文译，商务印书馆 1992 年版。

91. ［德］伽达默尔：《真理与方法：哲学解释学的基本特征》，王才勇译，辽宁人民出版社 1987 年版。

92. ［德］恩斯特·卡西尔：《人论》，甘阳译，上海译文出版社 1985 年版。

93. ［德］黑格尔：《美学》（第 3 卷），朱光潜译，商务印书馆 2009 年版。

94. ［德］席勒：《美育书简》，徐恒醇译，中国文联出版公司 1984 年版。

95. ［美］W. 考夫曼：《存在主义》，陈鼓应等译，商务印书馆 1987 年版。

96. ［美］华莱士·马丁：《当代叙事学》，伍晓明译，北京大学出版社 1990 年版。

97. ［美］雷·韦勒克、奥·沃伦：《文学理论》，刘象愚等译，北京三联书店 1984 年版。

98. ［美］浦安迪：《中国叙事学》，北京大学出版社 1996 年版。

99. ［美］乔纳森·卡勒：《结构主义诗学》，盛宁译，中国社会科学出版社 1991 年版。

100. ［美］鲁道夫·阿恩海姆：《艺术与视知觉：视觉艺术心理学》，滕守尧、朱疆源译，中国社会科学出版社 1984 年版。

101. ［美］罗洛·梅：《自由与命运》，杨韶刚译，中国人民大学出版社 2010 年版。

102. ［美］考利·达琳：《诱惑与孤独》，侯国良等译，学苑出版社 1989 年版。

103. ［美］威廉·巴雷特：《非理性的人》，杨照明等译，商务印书馆 2004 年版。

104. ［美］马尔库塞：《审美之维》，李小兵译，广西师范大学出版社 2001 年版。

105. ［美］W. C. 布斯：《小说修辞学》，华明、胡晓苏、周宪译，北京大学出版社 1987 年版。

106. ［美］保罗·蒂利希：《存在的勇气》，成显聪、王作虹译，贵州人民出版社1998年版。

107. ［苏］米·赫拉普钦科：《作家的创作个性和文学的发展》，满涛等译，上海译文出版社1982年版。

108. ［法］米兰·昆德拉：《小说的艺术》，董强译，上海译文出版社2004年版。

109. ［法］杜夫海纳：《美学与哲学》，孙非译，中国社会科学出版社1985年版。

110. ［法］萨特：《存在与虚无》，陈宣良译，生活·读书·新知三联书店1987年版。

111. ［法］让·贝西埃：《诗学史》，史忠义译，百花文艺出版社2002年版。

112. ［法］加缪：《评让－保尔·萨特的〈恶心〉》，《文艺理论译丛》第3辑，中国文联出版公司1985年版。

113. ［法］雅克·马利坦：《艺术与诗中的创造性直觉》，刘有元等译，北京三联书店1991年版。

114. ［法］勒内·基拉尔：《浪漫的谎言与小说的真实》，罗芃译，北京三联书店1998年版。

115. ［意］维柯：《新科学》，朱光潜译，人民文学出版社1997年版。

116. ［英］弗吉尼亚·伍尔夫：《论小说与小说家》，瞿世镜译，上海译文出版社2000年版。

117. ［奥］西格蒙德·弗洛伊德：《论文明》，何桂全等译，国际文化出版公司2000年版。

118. ［奥］西格蒙德·弗洛伊德：《精神分析引论》，高觉敷译，商务印书馆1984年版。

119. ［西班牙］乌纳穆诺：《生命的悲剧意识》，北方人民出版社1987年版。

120. ［瑞士］荣格：《集体无意识的原型·冯川文集》，冯川、苏克译，改革出版社1997年版。

121. ［瑞士］荣格：《现代灵魂的自我拯救》，黄奇铭译，工人出版社1987年版。

122. ［瑞士］荣格：《探索心灵奥秘的现代人》，黄奇铭译，社会科学文献出版社 1987 年版。

123. ［日］中野美代子：《从小说看中国人的思考样式》，若竹译，十月文艺出版社 1989 年版。

124. 刘烨编译：《叔本华的智慧》，中国电影出版社 2005 年版。

相关论文类：

1. 周福如：《香港现代派小说论》，博士学位论文，苏州大学，2002 年。

2. 王璞：《一个孤独的讲故事人——徐訏小说研究》，博士学位论文，华东师范大学，2003 年。

3. 张艳梅：《海派市民小说与现代伦理叙事》，博士学位论文，东北师范大学，2004 年。

4. 佟金丹：《徐訏小说创作的文化心理》，博士学位论文，山东大学，2008 年。

5. 袁坚：《论徐訏 30—40 年代的小说创作》，博士学位论文，复旦大学，2008 年。

6. 余礼凤：《雅俗之间：徐訏小说论》，博士学位论文，华中师范大学，2011 年。

7. 刘纪新：《通向彼岸的路：中国现代诗歌的生存探寻主题》，博士学位论文，南京师范大学，2010 年。

8. 席建彬：《论现代小说的诗性传统》，博士学位论文，南京师范大学，2006 年。

9. 金明姬：《孤独者的世界——鲁迅的小说与他的精神世界》，博士学位论文，华东师范大学，1999 年。

10. 陈娟：《一种说不出的残缺》，硕士学位论文，湖南师范大学，2006 年。

11. 张亚容：《时空意识下的生命体验：徐訏小说论》，硕士学位论文，宁波大学，2011 年。

12. 沈铁：《寂寞灵魂的诉说：徐訏作品中的宗教色彩》，硕士学位论文，东北师范大学，2003 年。

13. 沈静：《现代人的途中：徐訏小说叙事研究》，硕士学位论文，苏州大学，2004 年。

14. 郭彩云：《大动荡时代背景下的个人话语》，硕士学位论文，西南师范大学，2003 年。

15. 丁乐慢：《徐訏小说叙事伦理研究》，硕士学位论文，杭州师范大学，2011 年。

16. 李婷：《徐訏后期小说创作论》，硕士学位论文，华中师范大学，2005 年。

17. 邵平：《论徐訏在港的文学选择》，硕士学位论文，南京大学，2011 年。

18. 华敏：《自恋、转移与升华——徐訏小说的心理学解读》，硕士学位论文，南昌大学，2008 年。

19. 张川平：《主体建构与困境救赎——王小波及其文学世界》，博士学位论文，首都师范大学，2009 年。

20. 文玲：《论诗性语言》，硕士学位论文，华中科技大学，2006 年。

21. 闫海田：《当代"重写文学史"后徐訏"座次"问题》，《当代文坛》2013 年第 2 期。

22. 闫海田：《港台及海外汉学界评价徐訏的几个问题新考》，《文艺争鸣》2013 年第 3 期。

23. 闫海田：《徐訏诗的改编研究》，《党政干部学刊》2013 年第 5 期。

24. 吴义勤：《徐訏的遗产——为徐訏诞辰 100 周年而作》，《文学评论》2008 年第 6 期。

25. 袁良骏：《香港小说史上的徐訏》，《新文学史料》2009 年第 1 期。

26. 何慧：《50 年代以来的香港小说创作》，《学术研究》1997 年第 6 期。

27. 黄康显：《旅港作家的流放感——徐訏后期的短篇小说》（上、中、下），《香港文学》1990 年第 66、第 67、第 68 期。

28. 易明善：《徐訏的中篇小说〈彼岸〉初探》，《香港文学》第 89 期。

29. 姚锡佩：《都市漂泊作家徐訏》，《新文学史料》2005 年第 1 期。

30. 王泽龙、张新芝：《徐訏的诗与禅》，《人文杂志》2015 年第 10 期。

著作类：

1.《徐訏文集》（1—16 卷），上海三联书店 2008 年版。

2.《鲁迅全集》，人民文学出版社 1981 年版。

3.《张爱玲典藏全集》，哈尔滨出版社 2003 年版。

4. 刘以鬯：《酒徒》，江苏文艺出版社 2011 年版。

5. 《废名作品新编》，人民文学出版社 2009 年版。

6. 《沈从文作品选》，岳麓书社 2008 年版。

7. 《萧红全集》，哈尔滨出版社 1998 年版。

8. 《〈无名书〉精粹》，武汉出版社 2006 年版。

9. 张恨水：《热血之花》，湖南人民出版社 2011 年版。

徐訏年表（1908—1980）

一　徐訏生平年表

1908

11 月 11 日，出生于浙江省东部宁波洪塘竺杨一个日趋没落的家庭，是家中唯一的男孩。

1912

父亲延请教师在家教授他古文。

1913

被父亲送到离家不远的小学去住校。

1919

随父亲到上海念书，由于父母感情不好，母亲仍居乡下，徐訏在上海独居于斗室，生活寂寞。

1921

到北平，就读于成达中学。

1922

因受堂叔影响，到上海转读天主教圣方济中学。同年，因不满洋教士的伪善，一学期后重回成达中学。初中毕业后就读于北京潮南第三联合中学。

1925

就读于北京大学预科乙班，在著名的北大红楼上课。

1927

9 月，入北京大学哲学系，大学期间，很受马克思主义影响。

1931

毕业于北京大学，获得哲学学士学位，之后留校担任助教，并修读心理学。

1933

离开北平，南下上海。从事创作，最早投稿于《东方杂志》，后任林语堂主编的《论语》半月刊助理编辑。

1934

4月5日，林语堂创办《人间世》半月刊，徐訏与陶亢德任编辑，该刊出版42期，1935年12月20日停刊。

1935

与赵琏女士结婚。

1936

3月，与孙成合办《天地人》半月刊，初版10期而止。

8月，赴法国巴黎大学，修读哲学与心理学，期间曾短暂去英国伦敦旅行，对共产主义思想产生怀疑。

1937

1—2月，徐訏的成名小说《鬼恋》初稿完成，并刊载于上海《宇宙风》杂志。

7月，抗战爆发，徐訏学未竟而回国。

1938

1月24日，抵达已成"孤岛"的上海，初以卖稿为生，作品发表于《中美日报》《宇宙风》《西风》等。

5月，与冯宾符合办《读物》月刊，又办"夜窗书屋"，专门出版自己的作品，此外又在中央银行经济研究处担任翻译工作。

1939

与丁君匐创办《人间世》半月刊，共4期而止。

1941

8月，与赵琏女士协议离婚，一双儿女徐尹秋与徐清夷由母亲抚养。

独立主编新创刊的《作风》杂志，后因日军发动太平洋战争、接管租界而停刊。

1942

年初，经桂林、阳朔到重庆。在重庆时主编《作风》杂志，并在中央大学师范学院国文系兼任教授，同时仍任职于中央银行经济研究处。

1944

秋，以《扫荡报》驻美特派员名义赴美国。

1948

整理自 1930 年开始创作的诗歌，由夜窗书屋出版近千页诗集《四十诗综》，收《灯笼集》《借火集》《待绿集》《进香集》和《末了集》共5 卷。

1949

3 月，与葛福灿女士结婚，因避内战回浙江宁波自己早年购置的老屋。

1950

3 月，女儿出生于上海，因生于战乱，故取名"患中"，后改随母姓，名葛原。

5 月，移居香港，此时女儿患中出生才 53 天，自此徐訏未再踏足大陆。

1951

任《星岛周报》编辑委员。

1953

《幽默》创刊，担任主编，创办创垦出版社。

1954

与葛福灿女士离婚，与张选倩女士在台湾举行婚礼。

1957

任香港珠海书院中文系讲师。

1959

4 月，赴印度出席"亚洲西藏研究会"会议。

1960

赴新加坡任南洋大学教授。

1963

兼任香港新亚书院中文系讲师，编辑《新民报》副刊。

1964

受聘到印度讲学，旋归。

1965

任"香港各界纪念孙中山先生百年诞辰大会"顾问。

1968

创办《笔端》半月刊。

1969

任香港浸会学院中文系兼职讲师。

1970

任香港浸会书院中文系主任。

1973

出席巴黎东方学人会议，顺道游览欧洲，远及苏联。

1975

组织"英文笔会"。

1976

创办《七艺》月刊，四期而止。往德国出席学术会议，并前往法国、芬兰及列宁格勒等地。

1977

兼任香港浸会书院文学院院长。

1978

赴美国、墨西哥出席笔会会议。

1980

5月，退休，7月赴巴黎出席"中国抗战文学会议"，8月返港，因病住进香港律敦治疗养院，9月20日接受洗礼皈依天主教，10月因肺癌病逝于香港，享年七十二岁。

二　徐訏小说创作年表

1932

9月，创作小说《内外》。

12月，创作小说《本质》（发表于《现代》杂志1933年12月第4卷第2期）、《禁果》（发表于《现代》杂志1934年7月第5卷第3期）

1933

4月，创作小说《小刺儿们》，发表于《东方杂志》1933年8月第33卷第16号。

1934

2月，创作小说《助产士》，发表于《东方杂志》1934年11月第31

卷第 21 号。

1936

4 月，创作小说《郭庆记》，发表于《东方杂志》1936 年 6 月第 33 卷第 11 号。

8 月，创作小说《阿剌伯海的女神》。

1937

1—2 月，创作中篇小说《鬼恋》，连载于上海《宇宙风》杂志 1937 年元月及二月号，该小说 1939 年由上海西风出版社出版单行本，名列当年全国畅销书前三甲。

1939

2 月，创作小说《赌窟里的花魂》。

4 月，创作中篇小说《荒谬的英法海峡》，该小说 1940 年 2 月由夜窗书屋初版。

1940

3 月，创作小说《吉普赛的诱惑》，该书同年由西风出版社初版。

6 月，创作中篇小说《一家》，该书 1941 年由夜窗书屋初版。

11 月，创作中篇小说《精神病患者的悲歌》，该小说 1941 年由上海西风出版社初版，同月，由夜窗书屋出版短篇小说集《烟圈》，其中收录的小说包括《犹太的彗星》《赌窟里的花魂》《气氛艺术的天才》以及《烟圈》共 4 篇。

1941

上海夜窗书屋出版小说《精神病患者的悲歌》《一家》。

1943

长篇小说《风萧萧》开始创作，并在《扫荡报》文艺副刊上连载，一时声名大振，当年被称为"徐訏年"。

1944

3 月，《风萧萧》连载完毕，成都东方书店立刻发行了单行本，名列当年畅销书榜首。

12 月，创作小说《春》《旧神》，其中《旧神》于 1946 年 11 月由上海夜窗书屋初版。

1946

11 月，夜窗书屋出版了中短篇小说集《阿剌伯海的女神》，其中收录了《内外》《本质》《小刺儿们》《助产士》《郭庆记》《阿剌伯海的女神》共 6 篇。

1947

2 月，创作小说《旧地》《幻觉》，其中《幻觉》1948 年 2 月由上海夜窗书屋初版。

1948

第二部长篇小说《时与光》开始创作，至 1964 年最终完成于香港，1966 年由台北正中书局出版。开始另一部长篇小说《江湖行》的素材搜集与整理。

由怀正文化社出版三本中短篇小说集：《幻觉》《烟圈》《阿剌伯海的女神》，其中《幻觉》收录小说《滔滔》《属于夜》《春》《旧地》《幻觉》5 篇小说。

1950

香港幸福书屋出版小说《期待曲》，香港夜窗书屋出版小说《婚事》《旧神》以及小说集《太太与丈夫》。

1951

香港夜窗书屋出版小说《炉火》《彼岸》，小说集《百灵树》《笔名》《结局》《私奔》《传统》。

1952

香港夜窗书屋出版小说《痴心井》，小说集《父仇》《花束》《有后》。

1954

香港友联出版社出版中篇小说《盲恋》、小说集《马伦克夫太太》。

1956

《江湖行》第一部出版。

1957

香港友联出版社出版小说集《灯》。

1958

香港亚洲出版社出版小说集《神偷与大盗》《女人与事》。

1959

《江湖行》第二部出版。

1960

《江湖行》第三部出版。

1961

《江湖行》第四部出版。

1964

香港吴兴记书报社出版小说集《小人物的上进》。

1966

开始创作长篇小说《悲惨的世纪》，台北正中书局出版《徐訏全集》（1—18集），其中16—18集为已编定的书目，并未出版。同年，长篇小说《时与光》出版。

1977

《悲惨的世纪》《时与光》，小说集《花神》《巫兰的噩梦》由台北黎明文化事业公司出版。

后　记

　　这本小书是在我的博士论文的基础上整理、修订而成的。读博期间，由于自身基础的薄弱，我在选题上曾经犹豫了很久，最终把选题确立在"徐訏小说诗性品格的研究"上。而在做这个选题的时候，每每有朋友问起所作之题，都不知徐訏为"何方神圣"。虽然徐訏曾是20世纪40年代轰动一时的作家，然而在现代文学史上却落得个无名的寂寞。对此他的朋友梁锡华说道："左派的刀笔客看他'反动'了几十年，当然不提他，另外的人，大约是贵远贱近或同行如敌国或什么无以名之的原因，也算他没有存在过。姑不论徐先生作品质量的高低，只从数量和曾有过的影响来说，现代文学史该有他的一席位。即使给他一个全盘否定，也要让大家知道他糟到那儿去。但要是有可称誉的，难道不该鼓掌？英国文豪约翰生博士有一句名言，大意是'刑罚之力量在默然不管，不在斤斤辩论。'"① 这种默然不管的命运正是徐訏所遭遇到的，虽然在八九十年代之交"重写文学史"的浪潮中，严家炎、许道明、吴福辉、孔范今等著名学者在论述小说流派时都对徐訏有所提及，然而囿于流派的定位很难深入徐訏的文本内部。即使是2008年徐訏诞辰100周年前后，也有研究者如朱久渊等在《共鸣》杂志组稿呼号"徐訏时代"的到来。然而，相比于"张爱玲热"和"钱锺书热"，"徐訏热"终成一空。对此，研究者朱久渊曾遗憾地说道："很令人纳闷，中国大陆的书商们如此没有眼光！'五四'时候的作家，除鲁郭茅巴老曹之外，几乎都被他们炒了个遍，大约一闻到海外的风吹草动，他们便与时俱进：先是80年代炒了钱锺书，90年代炒了张爱玲，2000年又炒了汉奸胡兰成，继而炒张恨水，这不又炒了林语堂。总

---

　　① 梁锡华：《"风萧萧"兮"寂寞"》，陈乃欣等著《徐訏二三事》，尔雅出版社1980年版，第216页。

算京华烟云已成云烟，我翘首以待，暗暗寻思，这回要炒徐訏了吧？没想到出版商们又炒起了张爱玲的残本……"① 因此可以说，把徐訏小说放诸当下文学场域，除了文学研究者、中文系教师和学生等人对其进行关注并重新审读外，徐訏小说已然进入文学史大山中去了。尽管徐訏小说迄今为止仍未在大陆真正风行过，然而却有其独特的气质内涵，我在阅读其小说的过程中，每每被其小说中深沉的情感倾诉所折服，而这种情感的倾诉与徐訏自身的性格很有关系，他是一个极其孤独寂寞的人，而这某种程度上正与我读博期间的心境不谋而合。从硕士期间无忧无虑的快乐时光骤然进入到读博期间苦行僧般的枯燥生活，我是那样地不适应，再加上周围同龄朋友的缺乏，经济状况的拮据，我只好借助书本来排遣我无尽的孤独寂寞。在这种心境下，我开始慢慢沉浸于徐訏的小说文本中，尝试着走进这个一生寂寞者的内心世界。在细读了徐訏的小说、诗歌、散文之后，我发现其小说中明显呈现出一种典型的诗性品格来，这种诗性品格不仅表现在其小说中人物性格的弱化以及诗性的语言特色等方面，更表现在其对命运、存在及其意义的思考与探索上。而这一点却往往被以往的研究者所忽略，也成为本论文论述的重点。

　　小书的篇幅虽然不长，却前后花费了我四年的时间，从博士期间的选题、查阅资料、博士论文的定稿、工作之后的继续研究，期间经历了诸多艰辛，尤其是怀孕期间每天依然要看大量的文献资料让我倍感疲惫。可同时，孕育孩子的过程也让我祛除了诸多急功近利的想法，从而得以在宁静的心绪中慢慢地品味咀嚼徐訏小说中的深沉内涵。经过几个月的潜心研究，终于完成了书稿。可以说，书稿的完成让我有种收获的喜悦与成就感，也更加增长了我潜心研究学术的信心。虽然这种苦行僧般的生活让我一度烦躁异常，然而在夜深人静的时候真正地沉下心来感悟作者的内心世界，也自有一份孤独中的宁静与美好。

　　这一切我要深深感谢导师杨洪承先生，2009 年，承蒙先生不弃把我招入门下。三年来，先生在学业上的谆谆教诲、生活上的无私帮助都让我受益匪浅。尤其在论文的选题过程中，先生不厌其烦地多次与我商量讨论，终于使我顺利地完成了论文。可以说，没有先生的关心和指导，就没有我学术成长的今天。丁帆、朱晓进、贺仲明、谭桂林、高永年等

---

① 朱九渊：《发现徐訏》，《共鸣》2007 年第 7 期。

先生在我博士论文开题和答辩等场合，为我的论文提供了很多至关重要的建议，若无他们的点拨，我也未必能如期完成论文。同时也要感谢台州学院的罗华院长、李涛老师以及中国社会科学出版社的慈明亮编辑，是他们的宝贵意见让我在论文的修改上更加得心应手。

　　小书不久就要付梓面世，然而囿于自身的才疏学浅，在某些问题的论述上尚有很多欠缺的地方，如对于徐訏小说中丰富的主题内涵、主体的心灵感受等明显挖掘不够，只好等在未来的学习研究中继续努力。

金凤 2015 年冬于临海